사국지

1

사국지 1

이사부·1 동해의 쟁투(爭鬪)

하응백 역사소설

1판 1쇄 발행 | 2026. 2. 17

발행처 | **Human & Books**
발행인 | 하응백
출판등록 | 2002년 6월 5일 제2002-113호
서울특별시 종로구 삼일대로 457 1409호(경운동, 수운회관)
전화 | 02-6327-3535~6, 팩스 | 02-6327-5353
이메일 | hbooks@empas.com

ISBN 978-89-6078-825-1

사국지
1

하응백 역사소설

이사부·1
동해의 쟁투(爭鬪)

Human & Books

『사국지』의 내력(來歷)

역사서와 역사소설의 거리는 어느 정도가 가장 적당할까? 이 물음에 대한 해답은 역사서보다는 역사소설에 있다고 생각한다. 전통시대의 사서든 근·현대의 학술서든 역사서는 기본적으로 역사적 사실에 바탕을 둔다. 반면 역사소설은 역사적 사실로부터 비교적 자유롭다. 역사소설도 특정한 시대를 배경으로 삼지만, 실재하지 않았던 사건이나 인물이 등장한다고 하여 아무도 문제 삼지 않는다. 오히려 소설가가 가공의 사건이나 인물을 잘 설정하여 이야기를 흥미진진하게 쓸수록 상상력이 뛰어나다고 칭송한다.

이러한 점에서 역사서와 역사소설의 거리는 소설가가 정한다고 할 수 있다. 그동안 우리 역사를 배경으로 삼은 역사소설이 무수히 많이 출간되었다. 『임꺽정(林巨正)』이나 『태백산맥』처럼 웬만한 역사서보다 더 실감 나게 우리 역사를 묘사했다고 평가받는 작품도 있지만, 실제 역사와는 너무 괴리되었다고 혹평을 받는 경우도 많다. 『임꺽정』이나 『태백산맥』이 수작으로 평가받는 이유는 작품의 시대 배경을 최대한 실제 역사에 가깝게 묘사하려고 노력하면서 상상력을 발휘했기 때문이라고 생각한다. 반면 혹평을 받는 소설을 보면 대부분 시대 배경 자체를 실제 역사와 너무 다르게 그린 경우가 많다.

그런데 아쉽게도 우리 고대사를 배경으로 한 역사소설 가운데 당시 역사적 상황을 실감 나게 묘사한 작품을 찾아보기가 쉽지 않다. 여러 이유가 있겠지만, 고대사 사료가 너무 부족하기 때문이 아닐까 생각한다. 얼마 되지 않는 사료를 바탕으로 시대 배경을 실제 역사적 상황에 가깝게 묘사하기란 참으로 어려울 것이다. 학술서나 논문을 보더라도 연구자마다 견해가 각양각색이어서 어느 견해를 취사선택할지도 난감할 것이다.

이러한 점에서 하응백작가의 『사국지』는 참으로 특별한 의미를 갖는 역사소설이다. 필자와 하작가는 SNS를 통해 만난 '신식' 친구이다. 2023년 여름에 필자가 『시간이 놓친 역사, 공간으로 읽는다』라는 교양서를 출간했는데, 하작가는 역사에서 공간의 중요성을 강조하는 과찬의 서평을 SNS에 올렸다. 이때부터 SNS를 통해 하작가와 소통하기 시작했는데, 주로 하작가가 물으면 필자가 답하는 형식이었다. 그런데 SNS를 주고받는 횟수가 늘어날수록 하작가는 고대의 역사적 사건이나 상황에 대해 매우 구체적으로 질문했는데, 때로는 사료와 논문을 찾아보아야 할 정도였다.

무언가 이상하여 왜 그러냐고 여쭤보니, 삼국시대 특히 신라의 삼국 통일을 배경으로 역사소설을 쓰고 있노라고 답했다. 그러면서 군 복무를 할 때 『삼국사기』를 필사하며 소설을 구상했고, 시대 배경을 알기 위해 수십 권의 학술서와 500여 편의 논문을 읽었노라고 했다. 그때 적잖이 놀라면서도 참으로 반가웠다. 고대사 분야에서도 실제 역사적 상황을 실감 나게 묘사한 역사소설이 탄생할 것이라는 기대감 때문이었다. 그때부터 하작가가 무언가를 물으면, 질문하지 않은 내용까지 다소 장황하게 설명하곤 했다.

『사국지』 초고를 통독하며 하작가가 사료와 연구 성과를 바탕으로 당시 역사적 상황을 실제에 가깝게 묘사하려고 엄청나게 노력했음을 느낄 수 있었다. 아울러 20세기를 관통했던 '민족'이라는 화두 대신, 21세기를 새롭게 열어갈 화두를 찾기 위해서도 많이 고민했음을 느꼈다. 그런 점에서 『사국지』는 실제 역사와 작가의 상상력이 잘 어우러진 역사소설의 새로운 전범(典範)이 될 것으로 믿는다.

많은 독자가 『사국지』를 통해 급변하는 국제정세 속에서 자신이 몸담은 국가와 정치세력의 생존을 위해 피나는 노력을 기울인 고대인의 모습을 접하고, 우리 고대사에 더욱 친숙해질 것으로 기대한다.

2026년 정초에 우면산 아래에서
한국외국어대학교 사학과 여호규

『사국지』의 출범

20대 중반에 삼중당 문고 『삼국사기』 뒷부분 한문 원문을 작은 공책에 볼펜으로 필사했다. 딱히 무엇을 하겠다는 목적의식이 없을 때였다. 어렴풋이, 한문 공부도 하고 역사도 공부하겠다는 다목적의 목적이었을지도 모르겠다. 당시 읽은 『삼국사기』의 내용은 상당히 재미있어 언젠가는 소설로 써도 좋겠다는 생각을 하기는 했다. 『삼국사기』의 상당 부분은 신라·백제·고구려 간의 쟁투(爭鬪)를 다루고 있다. 이 세상에서 전쟁만큼 긴박하고 간절한 이야기도 없다. 중국의 『삼국지』도 따지고 보면, 위·촉·오의 영토전쟁을 다룬 소설이다.

2019년 자전소설 『남중』을 출간하고, 어떤 소설을 쓸까, 고민했다. 나의 정체성에 관한 이야기는 『남중』에서 끝냈기에, 논리적으로 본다면 내가 속한 공동체의 이야기로 나아가야 했다.

대한민국이란 무엇인가? 민족이 아닌 국가로서의 대한민국의 출발은 어디인가? 현재의 삶에 현실적으로 영향을 미치고 있는 대한민국은 언제부터인가? 대한민국 헌법 제3조 "대한민국의 영토는 한반도와 그 부속도서로 한다."라고 할 때, 한반도가 대한민국의 영토로 귀속된 때는 언제인가? 어떤 과정을 통해 한반도는 대한민국의 영토가 되었나?

이런 문제가 계속 내 귓가에 맴돌았다. 이 문제에 대한 답을 소설적으로 찾기 위해서는 20대 중반에 읽었던 『삼국사기』로 돌아가지 아니할 수 없었다. 그 결과가 소설 『사국지(四國志)』다.

『사국지』는 5세기에서 7세기까지, 한반도와 그 주변에서 신라와 백제와 고구려와 가야 네 나라의 영토 확보 전쟁을 다룬 소설이다. 네 나라가 통일된 한 나라의 원천이라 『사국지』라 이름했다. 6세기에 가야를 병합한 신라는 7세기 중반에 백제와 고구려 전쟁에서 차례로 승리했다. 이어 세계적인 제국 당나라와의 전쟁을 통해 그 세력을 대동강 이북으로 몰아냈다. 영토는 전쟁으로 뺏을 수도, 뺏길 수도 있고, 협상이나 조약을 통해서도 확정할 수 있다. 삼국통일전쟁이란 당나라의 삼국침략 전쟁이기도 하다. 신라는 전쟁과 외교를 통해 영토를 확정했다.

『사국지』는 역사적 사실에 충실하고자 했다. 『삼국사기』를 기본으로 하되 『삼국유사』를 참고하고, '충주 고구려비', '단양 신라 적성비', '울주 천전리 각석' 등의 각종 금석문과 여러 고고학 성과를 활용했다. 수십 차례 현장을 답사하여 전설이나 설화를 모으고, 지형을 살펴보기도 했다. 도보로 경주 남산과 낭산과 명활성과 월성을 차례로 답사하면서 많은 영감을 얻었다. 『신당서』, 『구당서』, 『자치통감』과 같은 중국 사료와 『일본서기』도 참고했다. 당나라 때의 묘지석도 좋은 참고자료였다.

이 소설에 등장하는 인물은 대부분 역사적 사료에 등장하는 인물이며, 가공의 인물은 거의 없다. 행적은 있되 사료에 이름이 없는 경우, 그 일을 했을 만한 인물을 당대 금석문에서 찾아 그 이름을 차용했다.

소설은 역사 저술의 기본원칙인 '술이부작(述而不作)'과는 달라, '작(作)', 즉 가공의 창작이 허용되지만, 사료가 부족하여 이야기가 연결되지 않는 부분을 제외하고는 역사 가공을 최소화했다.

『사국지』 1, 2권은 6세기 이야기다. 신라의 이사부장군이 주인공이다. 그의 활약으로 신라는 한반도의 새로운 강자로 부상한다. 『사국지』 3, 4권은 7세기 중반의 이야기다. 김유신과 태종무열왕 김춘추와 문무왕 김법민이 주인공이다. 삼한일통과 당나라를 한반도에서 몰아내는 나당전쟁이 주된 내용이다. 『사국지』 5권 권외편은 5세기 이야기다. 6, 7세기를 이해하기 위한 부록 같은 부분이다. 순서대로 읽고 5권을 읽으면서, 역사를 음미하면 좋겠다. 보통의 소설과는 달리 이 소설에는 각주가 달려 있다. 주로 소설 속의 연도와 장소를 알려주기 위해서다. 각주를 무시하고 읽어도 좋다.

딱 40년 전 『삼국사기』에서 출발하여, 지난 4년 동안 『사국지』 집필에 매달렸다. 많은 분이 도움을 주셨다. 고구려사 전공의 여호규 교수는 길잡이를 해주셨다. 그가 나의 스승이다. 그가 추천한 노태돈 교수의 『삼국통일전쟁사』가 『사국지』의 모본(母本)이라 해도 과언이 아니다.

가야사는 김태식 교수, 신라사는 주보돈·전덕재 교수, 백제사는 노중국 교수와 한성백제박물관의 백제학연구총서, 나당전쟁은 서영교 교수의 논문에 크게 힘입었다. 『사국지』는 최근까지의 한국 역사학계의 연구 성과를 집약했다.

초고가 완성되고 난 뒤에 먼저 읽고, 유익한 충고를 해주신 네 분의 노고가 있었다. 권태한 광운대 명예교수, 김정희 작곡가/음악학자, 노재호 전 ㈜SK 상하이지점장, 배봉한 전 〈경향잡지〉 편집장이 그들이다. 이분들의 애정 어린 충고가 큰 도움이 되었다.

표지 그림은 황주리 화가의 작품이다. 덕분에 표지가 산뜻해졌다.

성의를 다해 책을 만든 염민정 씨에게, 답사를 함께 한 이원목 국장을 비롯한 여러분들에게, SNS를 통해 성원해주신 많은 분에게도 감사를 드린다.

2026년 벽두, 『사국지』는 새로운 항해를 시작한다. 많은 성원 부탁드린다.

2026년 1월 하응백

ǀ

"어딜 그리 쏘다니는 게야, 저 녀석은."

습지공(習智公)이 아내 오명부인에게 물었다.

"글쎄, 벌레를 잡는다고 며칠째 숲으로 돌아다닌다고 합니다."
"벌레? 뭔 벌레?"
"그 있잖습니까? 비단벌레라고. 날개로 은금 보배를 장식하는."
"초록색 반짝거리는 이쁜 벌레 말이요?"
"네, 그렇습니다. 이제 알아들으시는구료."
"저 녀석이 벌레를 왜 잡으러 다녀?"
"글쎄, 돌아가신 공주님 무덤에 들어갈 말다래 장식을 비단벌레 날개로 한다네요. 그 소리를 어디선가 듣고는 자기가 벌레를 잡아야 한다고 숲을 돌아다니는가 봅니다."
"말다래? 말 배 아래로 늘어뜨리는 그 말다래 말이요?"
"그렇습니다. 말 장식하는 말다래입니다."

"웃기는 녀석이구만. 하긴 공주님과 다정하게 지내긴 했지. 이사부(異斯夫)와 물력(勿力)과 공주님이 다 나이가 같지?"

"그렇습니다. 다 을축년[1] 소띠들이지요. 폐하의 손이 귀해 왕후께서 자주 궁으로 불렀지요. 공주께서 심심하다구요."

"공주께서 심심하다고? 왕후께서 그렇게 말씀하셨소? 하하. 부인은 왕후의 말씀을 믿었소?"

"공께서 무슨 뜻으로 그런 말씀을 하는지 압니다. 동갑내기 중에서 혹 짝이 있나 하고 미리 찾은 거지요. 하지만 무슨 소용이 있겠어요. 저렇게 돌아가실지 어찌 알았누."

"그러게 말이야. 세상일 참 알 수 없어. 어쨌거나 이사부가 혼자 돌아다니는 건 아니지요?"

"그럼요. 물력이와 같이 다니는가 봅니다. 늘 호위무사가 따라다니고 있으니 걱정 안 해도 됩니다. 그런데 공께서는 해가 지려고 하니 외출을 서두르십니다, 그려. 안 하던 자식 걱정도 하고."

"허허, 오늘 아침 월성(月城) 정당(正堂)에서 조례가 끝나고 지도로갈문왕[2]께서 이따 해가 지면 집에서 한잔하자고 하셨소."

"당연히 그러셨겠지요. 그 집 술이 잘 익었을 겁니다. 안 하던 자식 걱정은 마시고, 잘 다녀오십시오."

습지공은 시종 몇 명을 앞세우고 집을 나설 채비를 하고 있었다. 갈문왕은 사로국에서 왕과 가까운 인척의 우두머리를 가리키는 말이었다. 대개는 왕의 동생이나 삼촌이 갈문왕이 되었다. 한번 갈문왕으로 임명되면 죽을 때까지 갈문왕의 지위에 있었다. 지도로가 귀족대표로 갈

---

1) 서기 485년
2) 훗날의 지증왕

문왕이 된 지도 수십 년이 지났다.

지도로갈문왕은 혼인 상대를 겨우 찾았을 만큼 덩치가 컸다. 덩치만큼이나 마음 씀씀이도 넓었다. 그는 집에서 산해진미의 음식을 마련하여 술잔치를 자주 벌였다. 사로국의 여러 귀족이 앞을 다투어 지도로갈문왕의 술잔치에 몰려들었다. 지도로갈문왕의 아내인 연제부인 역시 덩치가 컸다. 서라벌에서는 덩치가 큰 만큼 손도 크다는 소문이 파다했다. 음식을 많이 장만할 뿐만 아니라 음식이 맛있다고 했다. 특히 연제부인이 찹쌀로 빚은 맑은 술은 궁중에서도 찾을 만큼 유명했다. 습지공은 지도로갈문왕의 집에 초대받을 때마다 으레 그 술을 마시고 고주망태가 되어 돌아오곤 했다.

그날도 남편은 입맛을 다시며 겅충겅충 집을 나갔다. 남편을 배웅한 뒤 오명부인은 마당 우물가에서 멱을 감고 있던 아들 이사부에게 천천히 다가갔다.

"오늘 더웠지?"

"숲속은 그다지 덥지 않았습니다. 오늘은 낭산(狼山)[3] 숲에서 비단벌레를 서른 마리도 더 잡았습니다. 물력이도 많이 잡구요."

"그건 잘했다만, 아버님이 지도로갈문왕 댁으로 가면서 걱정하시더라. 사내가 산으로 들로 돌아다니면서 호연지기(浩然之氣)를 뽐내도 좋지만, 자기 신분을 생각해서 학문도 닦아야 한다고."

"뭐 그건 아버님의 말씀이 아니라 어머님의 생각이겠지요. 박제상 할아버님처럼 학문이 출중해야 나라에 쓰임이 있다……"

"내 말이 틀렸느냐?"

---

3) 경주 월성 동쪽 벌판에 있는 조그마한 산

"지당하신 말씀입니다. 저는 공부도 좋아합니다. 일단 비단벌레 오백 마리를 잡고요."

"내일은 사리공(斯利公)께서 오시는 날이니 아침부터 달아날 생각은 말아라."

"그러겠습니다."

"물력이와 사부지도 올 거야. 내가 미리 통기해 놓았다. 잊지 말라고."

오명부인은 이사부를 볼 때마다 마음이 든든했다. 열 살이었지만 봄부터 어딘가에서 늠름한 사내의 모습이 나타나기 시작했다. 남편 습지공은 귀하게 자라났다. 시부모가 오냐오냐하고 키워서 그런지 어디 모난 데가 없었다. 서라벌에서 술과 사람 좋아하는 호인(好人)으로 소문나 있었다. 술 좀 한다는 서라벌의 술꾼들은 습지공을 빼놓으면 술 상대가 없다고 할 지경이었다. 시아버지 파호갈문왕은 10여 년을 고구려에 인질로 잡혀 있다가 상처 하나 없이 서라벌로 돌아왔다. 파호갈문왕을 고구려에서 모셔오자마자 박제상은 왜국으로 가서 미사흔 할아버지를 구출했다. 정작 본인은 왜국 왕의 노여움을 사서 왜국에서 불타 돌아가셨다.

눌지왕께서는 박제상이 원통하게 죽자 그에게 대아찬 벼슬을 추증했다. 게다가 박제상의 딸 숙지를 미사흔 할아버지와 혼인하게 하셨다. 그 숙지부인이 바로 오명부인의 외할머니였다. 숙지 할머니는 손녀 오명을 귀여워했다. 무릎 위에 앉혀 놓고 옛이야기를 많이 들려주셨다. 그 이야기 중에는 숙지 할머니의 아버지인 박제상에 관한 이야기도 많았다.

오명부인은 혼기가 차자 삼촌인 습지공과 결혼했다. 결혼 상대로는 나이 차이가 꽤 있었다. 습지공이 서른 살이나 더 많았다. 사로국 왕가에서 그런 결혼이 허다했다. 오명부인은 어려서부터 삼촌이라 부르던 습지공을 자연스럽게 지아비로 받아들였다. 습지공은 후처로 들어온 어린 아내를 존중하고 사랑했다.

오명부인은 혼인 후 태기가 없어 노심초사했다. 남편의 나이가 있으니 빨리 아이 낳기를 바랐다. 습지공의 전 부인이 딸을 셋 낳았기에 이왕이면 아들을 바랐다. 혼인하고 4년이 지나도록 태기가 없자, 오명부인의 친정어머니는 동해 감포에 있는 해신당으로 딸을 데리고 갔다. 사로국의 귀부인들 사이에는 감포 해신당의 동해 해신이 용하다고 소문나 있었다. 부녀는 며칠 밤낮 굿을 하면서 치성을 드렸다. 친정어머니는 외할아버지 박제상이 동해 해신이 되었다고 굳게 믿고 있었다. 평민들도 동해 해신에게 치성을 드리면 자식을 점지해 주신다. 하물며 후손인 오명부인에게 자식을 주지 않을 리 없다. 어머니가 철석같이 믿으니 딸인 오명부인도 따라서 믿었다. 모녀의 믿음에 동해 해신은 바로 답을 주었다. 동해 해신에게 치성을 드린 후 두어 달 만에 오명부인에게 태기가 있었다.

동해 해신에게 치성을 드릴 때 습지공도 감포에 동행했다. 습지공은 오래간만에 술을 마시지 않고 동해의 기운을 받아 오명부인을 사랑했다.

해신이 점지했든 습지공이 용을 썼든, 과정은 중요하지 않았다. 오명부인은 태기를 느낄 때쯤 동해 용이 뱃속으로 들어오는 꿈을 꾸었다. 친정어머니는 딸의 꿈 이야기를 듣고는 할아버지 박제상이 동해 해신이 되어 자손을 도왔다고 확신했다.

"박제상 할아버지가 동해 용왕이 되신 거야. 할아버지가 자식을 점지했으니 아들이 틀림없어."

달이 차자 이목구비가 뚜렷하고 뼈대가 튼튼한 사내아이가 태어났다. 나이 오십이 훨씬 넘어 사내아이를 본 습지공은 기뻐서 어쩔 줄을 몰랐다. 늦게라도 자신의 대를 이었으니 대를 잇는 사내아이라는 뜻으로 이사부(異斯夫)라 이름을 지었다. 습지공은 사리공을 불러 사로국 말 외에 한문으로 이름을 지어달라고 부탁했다. 사로국에서는 6부의 귀족들 사이에 한문식으로 이름짓기가 막 유행처럼 번지고 있을 때였다. 사리공은 이사부를 태종(苔宗)이라 이름지었다. 태(苔)는 이끼를 뜻하는 한자다. 사로국 사람들은 잇는다는 표현을 뜻과는 상관없이 태(苔)자로 표기했다. 잇부가 이사부고 태종이었다. 사람들은 태종이라는 한문식 이름 대신에 이사부라는 사로국 말로 아이를 불렀다.

이사부는 튼튼하게 무럭무럭 잘 자랐다.

2

사리공은 아침 진시 무렵에 나귀를 타고 습지공 집에 도착했다. 사랑채에는 이사부와 물력과 사부지가 정좌하고 있었다. 세 아이는 내물왕의 4대손으로 동갑이었다. 사부지는 지도로갈문왕의 막내아들이었다. 물력은 왕후의 친정 남동생이었다. 스승인 사리공 역시 사로국의 시조 박혁거세의 자손인 박제상의 손자였으나, 이 아이들의 가문에 비할 수는 없었다.

내물왕 이후 사로국의 중앙 권력은 내물왕 후손이 틀어쥐었다. 그들은 사로국 6부의 중심인 탁부와 사탁부를 완전히 장악했다. 무력으로 확장한 지방의 조세권도 확보했다. 지방에 있던 토착세력은 내물왕 직계 후손에 충성해야 그나마 지방에서의 기득권을 유지하고 자리를 보존할 수 있었다. 내물왕 이후 사로국은 박, 석, 김의 세 성씨가 연합하여 대표하던 나라가 이미 아니었다. 김씨의 단독 왕조나 다름없었다. 그렇다 하더라도 박씨나 석씨는 김씨의 핏줄 속에 여러 겹혼인을 통하여 이미 깊숙하게 들어가 있었다. 사로국에서는 오래전부터 권력과 재산의 분산을 막고 힘을 모으기 위해, 박, 석, 김 세 성씨끼리의 혼인이 자연스럽게 이루어졌다. 사로국의 전통이었다.

사로국에서 귀족의 혼인이란 가문과 조상에게 양가 자녀의 결합을 아뢰는 엄숙한 제례 행위이기도 했다. 귀족 가문의 아이는 재산과 노비와 토지를 부모로부터 물려받았다. 부모는 그 부모로부터 물려받았다. 이런 대물림의 확인이 바로 제사였다. 조상에 대한 제사는 귀족의 가장 본질적인 행위로 의무가 아닌 권리였다. 마찬가지로 조상에게 제사로 아뢰지 않은 혼인은 성적인 결합일뿐, 인가된 혼인이 아니었다. 인가된 혼인 외에 태어난 자녀들은 어떠한 권리도 주장할 수 없었다.

사로국의 왕후는 고구려나 백제와 달리 단 한 명이었다. 왕에게 왕후 외에도 궁주라 불리는 아내가 있어 아이를 낳고 기를 수는 있었다. 그렇다 해도 그 아이는 왕가의 자손이 가지는 특권을 누릴 수가 없었다. 지위와 노비와 토지의 상속이 특히 그랬다. 그것은 조상에게 아뢰지 아니한 야합(野合)이었기 때문이었다. 야합으로 탄생한 아이가 특권을 물려받기 위해서는 별도의 인가(認可)가 필요했다. 인가는 받을 수도, 못 받을 수도 있었다. 왕가만이 아니라 귀족 가문도 그랬다.

사리공은 사로국의 독특한 혼인 습속을 생각하며 아이들의 얼굴을 쳐다보았다. 사로국의 귀족은 근친끼리 혼인을 통해 결속을 다지고 권력을 강화한다. 그게 한(漢)나라와 같은 중국의 여러 나라나 북쪽의 고구려와는 사뭇 다른 점이다. 사로국처럼 작은 나라가 결속을 다지면서 강한 힘을 내기에는 적합한 제도라 아니할 수도 없다. 사리공은 그런 생각을 하면서 아이들에게 입을 뗐다.

"위어조자 언재호야(謂語助者 焉哉乎也)라. 언과 재와 호는 말의 의미를 도와준다. 언과 재와 호와 같은 어조사는 자신의 말뜻은 없으면서 다른 말의 의미를 돕는다. 의미를 정확히 해주거나 의미를 더한다. 알겠느냐?"

"네, 알겠습니다."

세 아이는 천자문 마지막 구절을 건성으로 안다고 대답했다. 아이들은 거의 2년 동안 천자문을 외우고 공부했다. 지겨울 때가 되었다. 마지막 구절을 빨리 끝내고 싶었다.

"그래도 꼭 알아야 한다. 세상에는 주인만 있는 게 아니다. 언(焉), 재(哉), 호(乎)와 같은 어조사는 자신을 주장하지 않고 말없이 주인을 돕는다."

"그럼, 어조사는 하인이나 시종 같습니까?"

이사부가 물었다.

"글쎄, 하인이나 시종도 되겠지만 다른 의미도 있지 않겠느냐? 세상에는 주인만 있지 않다. 주인을 돕거나 자신을 희생해서 주인이 큰일을 하도록 하지."

"잘 알겠습니다, 스승님."

역시 이사부가 큰소리로 시원하게 대답했다.

"너희가 천자문을 다 공부했다. 까막눈은 면했다."

"모두 스승님께서 잘 가르쳐주신 덕입니다. 이제 공부는 그만해도 되겠지요?"

물력이 말했다. 물력은 공부하기를 싫어했다. 공부보다는 말 타고 활
쏘고 돌아다녀야 활력이 생기는 아이였다.

"공부할 게 또 있을걸."

이사부가 지나가는 말로 말했다. 이사부는 활달하면서도 나이답지
않게 진중했다. 세 아이가 동갑내기들이라도 이사부가 아이들을 이끌
었다.

"그래, 이사부야. 무엇을 배울까?"
"사서오경도 있고, 사마천이 지은 사기라는 책도 있다고 들었습니다.
하지만 저는 손자라는 분이 지은 손자병법을 배우고 싶습니다."

이사부의 대답이었다. 그때 잠자코 있던 사부지가 한마디를 던졌다.
사부지는 말이 별로 없어도 생각이 깊은 아이였다.

"불경을 배우는 게 더 좋지 않을까요?"

뜬금없는 사부지의 말이었다. 사리공은 그 이유를 짐작했다. 일여 년
전부터 왕궁의 공주가 시름시름 앓더니 10개월쯤 전에 돌아가셨다. 세
아이는 공주와 같은 나이라 왕후께서 이 아이들을 자주 부르셨다. 물력은
왕후의 배다른 동생이었다. 물력이 공주의 삼촌이 되는 셈이었다. 아이들

은 소꿉놀이도 하고 소풍도 가고 바둑도 두면서 함께 어울려 놀았다.

그 공주가 어린 나이에 어울리지 않게, 갑작스럽게 죽었다. 사부지는 공주의 바둑 상대였으니, 사부지가 공주와 보낸 시간이 가장 많았다.

공주가 죽은 직후 사부지가 심각하게 사리공에게 물어본 말이 기억났다. 사부지는 느닷없이, 공주는 어디로 가셨습니까, 하고 스승에게 물었었다. 사부지의 갑작스러운 질문에 사리공은 얼떨결에 서방정토(西方淨土)로 가셨다고 답했다.

기실 사리공은 공주가 어디로 가는지 몰랐다. 사리공이 어릴 때, 사리공의 아버지는 사람이 죽으면, 하늘에 조상이 사는 나라가 있어 그 나라로 돌아간다고 했다. 너는 박제상 할아버지에게 돌아간다고도 말씀하셨다. 어릴 때 사리공은 아버지의 말을 믿었다.

스님들은 끝없는 윤회를 말했다. 그 윤회가 끝나는 지점에서 서쪽으로 십만 억 년을 더 가면 또 하나의 세계가 있다. 그곳이 서방정토라고 했다. 사람이 백 년도 못 사는데 십만 억 년? 서방정토? 사리공은 그러한 세계를 믿을 수 없었다. 어차피 죽음이나 사후의 세계는 알 수 없다. 머리를 싸매고 생각해 봐야 별 해답이 나오지 않았다. 그때 서방정토라는 말은 매우 편리했다. 사리공에게 서방정토로 갔다는 말은 간 곳을 모른다는 말과 같았다. 사리공은 죽음에 대해서는 공자가 답한 말이 가장 마음에 들었다.

공자의 제자 계로(季路)가 공자에게 죽음에 대해 여쭈었다. 공자는 삶도 모르는데 어찌 죽음을 알겠느냐, 라고 답했다. 사리공은 공자의 그 말에 무릎을 치며 탄복했다. 삶에도 모르는 게 얼마나 많은가? 하물며 어찌 죽음을 말하랴!

그렇다고 해서 누가 죽음을 물어보면 공자처럼 대답할 수는 없었다.

죽음도 엄연히 삶의 한 부분이다. 가까운 사람의 죽음은, 영문도 모르는 사이에 삶의 한복판을 슬픔으로 기습한다. 슬픔에 차서 죽음을 물어보는 아이에게 어찌 공주의 죽음을 모른다고 하겠는가. 알 수 없으니 서방 정토로 가셨다고, 그곳에서 편안히 사실 거라고, 우리도 죽으면 그곳으로 간다고 말해주는 편이 나았다. 사리공은 아이를 위로하기 위해서 부처의 거짓말을 활용했다.

그렇게 말해놓고 보니 부처라는 작자도 죽음 이후의 세계는 몰랐던 게 틀림없었다. 십만 억 년이 지나서 나타나는 세계란 없다는 말과 마찬가지다. 공자는 현실적으로 답했고, 부처는 듣기 좋게 답했다. 둘의 생각은 같았다.

사리공이 잠시 생각에 빠져 있을 때, 물력이 한마디를 보탰다.

"불경은 무슨. 불공을 아무리 드려도 공주님은 돌아가셨어. 이사부의 말대로 손자병법을 가르쳐주세요, 스승님. 우리도 병사들을 이끌고 전쟁터로 나가서 싸워야 한다구요."

"그럴 테지. 하지만 나는 손자병법을 잘 몰라. 사기를 조금만 공부한 다음에 손자병법을 잘 아는 스승님을 소개하마. 오늘은 맛보기로 사기 공부나 조금 하자꾸나."

사리공은 아이들의 생각을 이해한다. 지금은 열 살이지만 5, 6년이 지나면 이들은 군사들을 이끌고 전쟁터에 나가야 한다. 사로국은 6부의 귀족들이 솔선해서 전쟁터에 나갔다. 사로국은 전쟁을 통해 나라의 영역을 넓혔다. 넓어진 땅은 그들의 관할지가 되었다. 관할지에서 나온 곡식과 철과 같은 물자는 그들을 부유하게 했다. 물자만큼이나 중요한 건 전쟁 포로들이었다. 이들을 노비로 삼거나 농사일과 같은 노역을 시켰다. 포로들의 노역은 귀족들을 더욱 부유하게 했다. 사로국의 귀족들은 새롭게 유입된 곡식과 물자로 병장기를 만들고 병사를 양성했다.

고구려의 광개토왕이 군주로 있을 때 사로국은 고구려의 속국이나 마찬가지였다. 사로국이 백제와 가야와 왜에 대항하여 조상의 땅을 지키기 위해서는 고구려가 시키는 대로 해야 했다. 눌지왕 이후 사로국은 국력을 다져 서서히 고구려의 지배에서 벗어났다. 그러기 위해 사로국은 오랜 적이었던 백제와도 연합했다. 사로국 6부 귀족들은 태생적으로 전쟁을 앞에서 이끌어야만 했다.

"오늘은 박제상 어른 이야기를 하마. 다들 조금은 알겠지만, 박제상 어른은 나의 증조할아버지이기도 하고 이사부 어머니 오명부인의 할머니의 아버지, 그러니까 4대 조상이다. 박제상 어른이 왜국에서 억울하게 돌아가시자 눌지왕께서는 박제상 어른의 둘째 딸 숙지부인과 미사흔 어른하고 결혼하게 했지."

"그 이야기는 어머니에게서 자주 들었습니다. 그럼 사부지와 물력의 할아버지는 누구예요?"

이사부의 질문이었다.

"그분은 미사흔 어른의 바로 아래 동생인 기보갈문왕이시다. 기보갈문왕의 맏아드님이 사부지의 아버님인 지도로갈문왕이시고. 그건 그렇고 박제상 어른은 사기를 열심히 읽었고, 사서오경에도 통달하신 분이다. 사로국 최고의 학자였다고 할 수 있지. 그분이……"

박제상은 고구려 장수왕을 알현했을 때 당당하게 자신의 세 치 혀를 놀렸다. 언변으로 군주의 동생을 구출하기 위해서는 두둑한 배짱과 학식이 있어야 했다. 박제상은 장수왕에게 사로국은 고구려를 정성과 신의로 모시고 있다고 운을 떼었다. 당시에는 사실이 그랬다. 그러면서 왕자를 볼모로 잡아두니 어찌 고구려가 오패(五霸)와 다름이 있느냐고 일갈(一喝)했다. 장수왕의 자존심을 상하게 하는 전략이었다.

　"오패는 제(齊)나라의 환공(桓公), 진(晉)나라의 문공(文公), 초(楚)나라의 장왕(莊王), 오(吳)나라의 합려(闔閭), 월(越)나라의 구천(句踐)을 말한다. 이들은 한때 세력을 일으켜 국가를 강력하게 했다. 하지만 이들은 도의(道義)에 바탕을 두지 않고 권모술수(權謀術數)로 상대국을 겁박했다. 고구려 같은 대국이 신의를 바탕으로 외교를 하지 않고, 인질을 잡아두는 졸렬한 방법을 사용했다. 할아버지는 이를 비난하셨다."
　"하마터면 목이 달아날 뻔했군요."

　이사부가 토를 달았다.

　"그렇지. 목이 간당간당했지. 그래서 박제상 어른은 재빨리 다음 말을 이어나갔지. 협박 다음에는 아부해야 하거든."

　박제상은 장수왕이 사로국 왕자를 돌려보내 주신다면, 고구려 왕에게는 아홉 마리의 소에서 털 하나 없는 정도라 아무런 손해가 없다고 했다. 반대로 사로국 왕자를 돌려보내 주면, 사로국의 왕은 장수왕에게 입은 은덕(恩德)이 소 아홉 마리의 털보다 많다고 생각하고 충성을 다할 거라고 했다.

"소 아홉 마리에 털이 많기는 많지요."

물력도 재미있다는 듯이 말을 받았다.

"그런데 말이다. 원래 아홉 마리 소 이야기는 박제상 할아버지가 처음 한 말이 아니다. 사기를 지은 한나라의 사마천(司馬遷)이 한 말이다. 이렇게 말했지. 마치 아홉 마리의 소에서 털 하나가 떨어지는 것처럼 아무런 손해가 없다. 한문으로 읽으면 약구우지락일모 무소손야(若九牛之落一毛 無所損也)지. 천자문을 배웠으니 이 정도는 알겠지. 여기서 구우일모라는 말이 나온다."

"알았습니다, 스승님. 말을 잘해서 나라에 공을 세우려면 박제상 어른처럼 학식이 있어야 한다, 그렇게 하려면 사마천이 지은 사기를 공부해야 한다, 그런 말씀이지요?"

"하하하, 그렇지. 역시 이사부다. 사기를 공부하면 역사의 흐름을 알게 되지. 역사의 흐름은 인간의 흐름이야. 인간은 믿을 수도 없고, 믿지 않을 수도 없는 기묘한 존재야. 그걸 모르고 병법을 배우면 모래 위에 지은 집, 사상누각(沙上樓閣)에 불과해."

"알았습니다, 스승님. 사기도 재미있겠습니다. 그걸 배우고 손자병법을 배우도록 하겠습니다. 그렇지, 물력아."

"그러지 뭐, 이사부. 스승님, 오늘은 여기까지 하고……"

"그래, 여기까지만 하자. 몸도 단련해야 하는 거지."

3

 사로국의 비처[4]는 자비왕이 돌아가시자 열일곱 살에 왕이 되었다. 백제의 개로왕이 비명에 간 지 4년 뒤의 일이었다.

 비처왕은 왕이 되던 기미년[5]에 내숙공의 딸 선혜와 결혼했다. 왕후 선혜부인은 왕보다 두 살 연상이었다. 혼인하고 아이가 없어 애를 태우다가 선혜왕후는 혼인 6년이 되는 되는 해인 을축년[6] 춘삼월에 딸을 낳았다. 이름을 명옥이라 했다. 얼굴이 옥같이 밝고 환하다 해서 비처왕이 지은 이름이었다.

 왕후가 아이를 낳고 이어 왕실의 큰 어른인 습지공의 아내 오명부인도 을축년 5월에 아이를 낳았다. 이름을 이사부라 지었다.

 여름 습한 무더위가 찾아오면 마을의 여러 어르신은 고비를 넘기지 못하고 한꺼번에 차례로 돌아가신다. 죽음이 있으면 탄생도 있다. 사로국 왕가의 여인네들도 비슷한 시기에 태임을 하고 출산했다. 이사부가 태어나자 다음 달에 지도로갈문왕과 내숙공도 각각 사내아이를 얻

---

4) 소지왕의 이름
5) 479년
6) 485년

28   사국지 1

었다. 습지공도 늦은 아들을 보았지만, 습지공보다 두 살 아래인 지도로갈문왕도 늦게 아들을 보고 크게 기뻐했다. 아이 이름을 입종(立宗)이라 지었다. 사로국 말로는 편하게 사부지(徙夫智)라 불렀다. 큰아들 원종(原宗)과는 18년의 나이 차이가 있었다. 원종도 사로국 말로는 모즉지(牟卽智)라 불렀다. 내숙공은 선혜왕후의 어머니가 죽고 새로 결혼을 한 부인으로부터 사내아이를 얻었다. 이름을 물력(勿力)이라 했다. 물력은 선혜왕후의 배다른 동생에 해당했다.

왕가에서 앞서거니 뒤서거니 아이들이 태어났다. 사로국 왕가의 크나큰 경사였다. 사로국 왕가에서는 이왕이면 선혜왕후가 남자아이를 낳고 다른 부인이 여자아이를 낳았으면 얼마나 좋았겠냐는 말이 떠돌았다. 기대는 기대일 뿐, 남녀의 점지야말로 왕이라도 마음대로 할 수 없는 일이었다. 왕도 젊고 왕후도 젊었다. 아이야 또 낳으면 될 일이었다.

젊은 왕에게 아이가 생기니 궁에 활기가 돌았다. 선혜왕후는 6부의 여러 귀족과 친척을 궁으로 불러 몇 번이나 잔치를 벌였다. 혼인한 지 6년 만에 아이를 낳았으니 그럴 만도 했다. 선혜왕후는 아이가 태어난 게 다 박혁거세 시조를 비롯한 여러 열왕(列王)의 덕이라고 굳게 믿었다. 선혜왕후는 남편에게 시조묘에 가서 큰제사를 모시라고 부추겼다.

왕은 시조묘를 증축하라 명했다. 제사를 과거보다 크게 지내고 묘를 관리하자면 사람과 토지가 더 있어야 했다. 왕은 기존의 묘지기 30호에 새로 20호를 추가했다. 시조묘의 확장은 왕권이 좀 더 강화되었음을 의미했다.

사내아이가 아닌 공주라 해도 비처왕에게는 첫아이였다. 비처왕은 아직 스물네 살의 한창나이였다. 얼마든지 왕자를 생산할 수 있는 젊은

이였다. 왕에게는 국가를 통치하는 능력도 중요하지만, 후사를 생산하는 능력도 중요했다. 나이 들거나 병든 왕이 후사가 없으면 나라는 당연히 불안해진다. 후계 구도가 확실해야 나라는 안정적으로 미래를 기약할 수 있다. 비처왕이 젊다 하지만 아들이 없으면 불안하다. 후사가 튼튼하지 못하면 언제든지 왕의 권력은 흔들릴 수 있기 때문이었다. 비처왕은 그 점을 명확히 알고 있었다.

비처왕이 아이를 낳고 묘지기를 추가한 이유는 겉으로는 조상신에게 자신의 능력을 보고하기 위함이었다. 비처도 아이를 생산해 왕권을 존속시킬 수 있습니다, 하고 조상 열왕에게 고했다. 내막으로 보자면 6부의 여러 귀족에 대한 과시이자 선포였다. 나, 비처, 능력이 있으니 왕 자리를 넘보지마, 하는 선언이었다. 선혜왕후의 부추김이 아니었다면 비처왕 스스로 나서서 그렇게 했을 참이었다. 먼저 왕후가 부추겨주니 비처왕은 고마울 따름이었다. 비처왕이 아이를 낳고 가까운 왕족이 하필 사내아이를 연이어 낳았기에 비처왕으로서는 당연히 그렇게 해야 했다.

비처왕은 명옥공주를 낳기 4년 전 겨울, 동해 북쪽 비열성[7]을 순시하러 갔을 때 하슬라성[8]에 잠시 머물렀다. 하슬라 촌주의 딸이 비처왕을 시중들었다. 스무 살의 비처왕은 시중을 든 열아홉의 강희에게 마음을 빼앗겼다. 비처왕은 하슬라에서 서라벌로 돌아올 때 실죽장군에게 은밀히 지시했다. 서라벌 월성 인근에 강희의 거처를 준비해 놓을 테니 서너 달이 지나면 강희를 보내라 했다. 비처왕은 개축 중인 월성 인근에 강희가 살 별처를 마련했다.

선혜왕후는 측근으로부터 비처왕이 촌주의 딸과 동침했다는 보고를

---

7) 현재의 강원도 북부 안변으로 추정.
8) 현재의 강원도 강릉시

받았다. 선혜왕후는 비처왕과 혼인 후 2년이 지났어도 태기가 없어 내심 걱정하고 있던 차였다. 선혜왕후는 보고를 받고 오히려 잘 되었다는 생각이 먼저 들었다. 질투는 다음이었다. 혹시라도 강희에게 태기가 있으면 자신에게 문제가 있을 터였다. 만약 그렇다면 자신은 왕후에서 물러나고 다른 6부의 여인이 왕후가 되어야 했다. 그렇게 해야 사로국이 안정을 유지할 수 있다. 선혜왕후는 강희가 아이를 잉태하는지가 가장 궁금했다. 강희라는 여인은 어차피 왕후가 될 수 없다. 사로국의 불문율이었다.

강희가 월성 인근 별처(別處)에 머문 지도 두어 해가 되었건만 강희가 아이를 잉태했다는 소식은 들려오지 않았다. 강희가 머무는 월성 별처는 강희의 이름을 따서 강월궁이라 불렀다. 선혜왕후는 강월궁주 강희가 아이를 잉태하지 못하면 비처왕의 발길도 자연 끊어지리라 짐작했다. 비처왕은 아이를 바라서 강월궁주에게 간다고 생각했기 때문이다. 그게 아니었다. 비처왕은 잉태와는 상관없이 사나흘에 한 번은 강월궁에 가서 밤을 보냈다.

선혜왕후는 젊은 여인이었다. 비처왕이 강월궁에 가서 밤을 보내고 온 날이면, 강월궁주에 대한 질투가 몸 저쪽 깊은 곳에서 스멀스멀 올라왔다. 아이 낳는 게 목적이 아니라면, 왕은 강월궁에게 가서는 아니 되었다. 그런 날이 지나고 나면 선혜왕후는 비처왕에게 사랑을 강요했다. 질투가 효과가 있었던지 선혜왕후는 혼인 5년 만에 임신했다. 정작 강월궁주에게는 비처왕을 맞이한 지 3년이 지나도록 잉태 소식이 없었다. 강월궁주는 결과적으로 왕후의 질투를 불러일으켜 왕후의 임신을 도운 셈이 되었다.

공주가 태어나자 비처왕은 더욱 자신있게 국정을 끌고 나갔다. 백제는 공주의 탄생을 축하하는 사절을 보내왔다. 이듬해 비처왕은 여러 사안에 대해 자신이 직접 명령을 내렸다. 당시까지 사로국 국정에서 중요한 의결 사항은 왕과 지도로갈문왕을 비롯한 6부의 주요 수장들이 정당이나 남당에 모여 화백회의에서 함께 결정했다. 고구려와 백제와 달리 사로국은 왕이라 해도 왕 마음대로 중요한 결정을 할 수 없었다. 특히 사로국이 새롭게 획득한 땅에 대한 지배권 결정이나 6부 전체의 군대 동원과 같은 처결에는 반드시 6부 수장의 합의가 필요했다.

젊은 비처왕은 그게 답답했다. 왕이 신속하게 결정하고 명령을 내려야 고구려에 맞설 수 있다. 그러자면 우선 조상 제사에서부터 국왕 주도권을 확립해야 했다. 왕을 대신할 수 있는 갈문왕과 같은 존재는 없어져야 마땅했다.

처음에 갈문왕은 왕을 돕기 위해 탄생했다. 내물왕 할아버지 때 왕과 갈문왕을 동시에 두었다. 갈문왕 덕에 내물왕은 화백회의에서 절대 우위를 점할 수 있었다. 왕의 동생이 갈문왕에 임명되니 왕은 동생의 도움을 받아 함께 국정을 이끌어 나갔다.

한번 갈문왕이 되면 죽을 때까지 갈문왕 지위에 있는 게 문제였다. 세월이 흐르자 왕은 죽고 갈문왕은 오래 살아있는 일이 생겼다. 오래된 갈문왕은 새 왕에게 아무리 삼촌이라 해도 오히려 부담이었다. 그 갈문왕 삼촌에게도 자식이 있다. 그런 경우에는 갈문왕이 왕을 위협하는 존재가 되었다.

지도로갈문왕이 그랬다. 어린 나이에 왕이 된 비처왕은 자신보다 25세나 연상인 지도로갈문왕을 보면 우선 위압감부터 느꼈다. 그의 덩치는 서라벌 남산만큼이나 커서 비처왕은 그 앞에 서면 늘 주눅이 들었다.

그가 고함을 한번 지르면 왕조차 몸을 숨기고 싶을 만큼 위세가 대단했다. 사로국 조정에서 지도로갈문왕의 존재감은 그만큼 압도적이었다. 더군다나 지도로갈문왕은 형제도 많았다. 비처왕의 장인인 내숙공이 바로 지도로갈문왕의 동생이었다.

그렇다고 비처왕이 지도로갈문왕을 당장 내칠 수는 없었다. 6부 합의체는 사로국의 오랜 전통이어서 당장 척결할 수 있는 대상이 아니었다. 왕은 대신에 차근차근 자신의 권력을 강화해나가기로 마음먹었다.

비처왕은 공주가 돌을 넘기자, 이찬 실죽을 하슬라성에서 불러 대장군에 임명하고 군권을 맡겼다. 6부 수장들은 비처왕의 조치를 탐탁지 않게 여겼다. 덕지장군이 비록 연로하였으나 건재했기 때문이었다.

비처왕은 일선⁹⁾ 군민 3천을 동원하여 삼년산성¹⁰⁾을 보수하고 굴산성¹¹⁾을 새로 쌓았다. 말로는 고구려와 백제의 침입에 대한 대비라고 했다. 사실은 서라벌에 전쟁 분위기를 조성해 비처왕이 정국의 주도권을 끌고 가기 위해서였다.

비처왕은 귀족들의 반발을 무마하기 위해 장인인 내숙공을 이벌찬으로 임명했다. 내숙이 국정을 이끌자 들끓던 6부의 불만은 잠잠해졌다. 내숙은 노회했을 뿐 아니라 지도로갈문왕의 동생이기도 했다. 대부분의 원로가 내숙공과 가까운 혈족들이라 비처왕의 새로운 정책에 반기를 들기가 어려워졌다.

비처왕은 내친김에 내숙에게 북천¹²⁾ 벌판에서 군사 사열을 준비하라 명했다. 이벌찬 내숙은 그 뜻을 바로 짐작했다. 실죽장군을 중심으로 군

---

9) 현재의 경북 구미시 선산군
10) 충북 보은군에 있는 산성
11) 굴산은 충북 옥천군으로 추정.
12) 경주 북쪽을 흐르는 형산강의 지류

지휘와 통솔권을 굳히고, 그 정점에 비처왕 자신을 세우려는 의도였다. 비처왕은 누구도 도전할 수 없는 절대 권력을 확립하고 싶어 했다. 내숙은 젊은 왕의 속마음을 이미 알고 있었다. 젊은 군주이니 응당 그럴 만도 했다. 내숙은 큰형인 지도로갈문왕의 속셈 역시 알고 있었다.

사로국에 용은 하나여야 했다. 두 마리 용이 싸우면 사로국은 망한다. 내숙은 사위 비처왕과 큰형님인 지도로갈문왕 사이에서 줄을 타며 갈등을 조정했다.

서라벌 북천 벌판에 2만의 사로국 정예병이 도열했다. 2만은 사로국이 중앙에서 동원할 수 있는 최대의 병력이었다. 중앙군은 서라벌 6부군이 주축이었다. 비처왕은 각 군 가운데에 포진한 철갑기병의 위용을 보며, 이 정도라면 고구려와의 전쟁에서도 크게 밀리지 않겠다는 자신감이 생겼다. 사로국의 철갑기병은 고구려의 철갑기병을 모방했다. 지난 수십 년간 사로국이 심혈을 기울여 양성했다.

고구려 기병의 신속한 전개로 백제의 개로왕은 한산성[13]으로 들어가기도 전에 포위되어 목숨을 잃었다. 5백 년 도읍지 한성을 빼앗긴 뒤, 백제의 문주 왕자는 남은 병사와 백성을 간신히 추슬러 웅진성으로 도망갔다. 사로국은 개로왕이 비참한 최후를 맞았다는 소식을 듣자, 즉시 왕성을 명활산성[14]으로 옮겼다. 고구려 기병의 기세가 두려웠기 때문이었다. 비처왕은 두려움의 대상이었던 고구려 철갑기병이 사로국 중앙군 속에서 새로 모습을 드러내자, 기쁨을 감출 수 없었다.

사로국의 6부 중앙군은 좌군, 우군, 중군의 3군이었다. 3군은 각각 기병과 보병으로 편제되었다. 보병은 주력 무기에 따라 창수, 검수, 궁

---

13) 현재의 경기도 광주 남한산성으로 추정.
14) 경주 동쪽에 있는 산성. 경주 시내에서 보문단지로 가기 전에 있다.

수, 도부수 등으로 나누었다. 사열이 시작되자 실죽장군의 명은 깃발 신호와 나발소리로 전군에 바로 하달되었다. 대장군의 군호에 따라 전군은 마치 한 몸처럼 일사불란하게 움직였다.

북천 언덕 사열대에는 비처왕과 선혜왕후를 비롯하여 지도로갈문왕과 내숙공 등 왕실과 6부의 주요 인사가 자리했다. 비처왕은 군사 사열을 구경하는 그들에게 말을 건네고 싶었다.

"내가 왕이다. 내가 바로 사로국의 대왕이다."

비처왕의 속마음을 아는지 모르는지 비처왕 바로 옆에 앉은 지도로갈문왕은 간간이 너털웃음을 터뜨리며 군사의 위용을 칭찬했다.

"폐하, 우리 사로국의 군세(軍勢)가 대단히 훌륭하옵니다. 이 정도면 고구려와도 충분히 맞설 수 있습니다."

"그렇지요? 갈문왕께서도 그렇게 보시지요? 그렇다면 궁성을 다시 월성으로 옮겨야 하겠습니다. 월성을 더 튼실하게 수리해서요."

"폐하, 그렇게 하세요. 그동안 궁벽한 산성에서 고생이 많았습니다. 월성으로 나와야지요. 그래야 신들과도 더 자주 뵐 수 있습니다."

"갈문왕, 내년에는 시조 묘를 신궁(神宮)으로 받들까 하오."

"폐하, 묘를 궁으로 받드신다고요?"

"그렇습니다. 묘보다는 궁이 낫겠지요? 저세상으로 가셨다 하나, 살아생전 왕이었으니 돌아가셔도 궁에 모셔야지요."

"그거 좋습니다. 그렇게 하면 폐하의 권위가 더욱 높아집니다. 잘 생각하셨습니다."

"고맙습니다, 갈문왕. 그대가 나의 신하라 하더라도 사사로이는 나의 오촌 당숙이 아니오. 우리 왕실의 안녕을 위해서라도 갈문왕께서 찬성할 줄 알았소."

"폐하, 황공하옵니다."

북천벌 사열은 끝이 나고 차일 아래에 앉아 있던 6부의 주요 인물들은 모두 다 흩어졌다. 귀가하면서 지도로갈문왕은 자리에 함께 있었던 자신의 맏아들 모즉지(牟卽智)에게 물었다. 모즉지는 아버지를 닮아 키가 일곱 자로 훤칠했다. 나이는 비처왕보다 다섯 살이 어린 스무 살이었다.

"폐하께서 이제 늠름해지셨구나. 왕다운 풍모가 느껴졌어. 모즉지, 너도 그렇게 생각하지?"

"아버님, 저는 좀 억지스러웠습니다."

"무엇이?"

"다 그렇습니다. 아직 덕지장군이 건재한데 실직장군에게 군권을 넘겼습니다. 갑자기 시조 궁이라니, 어안이 벙벙합니다. 뭔가 석연치 않습니다. 모두 아버님을 의식해서 아버님을 국정에서 제외하려는 술책입니다. 우리 사로국은 여섯 마을이 합해서 만든 나라가 아닙니까? 폐하께서 다 무시하고 혼자 달려가십니다. 이러다간."

"이러다간 우리 다 죽게 생겼다고?"

"그렇습니다."

"아니야. 그게 맞아. 고구려를 봐. 왕은 절대적 권한을 가지고 있어야 해. 우리 사로국은 중요한 국사는 다 합의해야 하니 그게 얼마나 불편한가?"

"아버님 말씀이 맞습니다. 그러나 그걸 비처왕이 한다는 게 맞느냐

하는 겁니다. 자격과 능력이 있는 자가 해야지요. 아버님이 하셔야 한다는 말입니다."

그 말을 듣자 갑자기 지도로갈문왕의 표정이 굳어졌다. 갈문왕이 정색하며 말소리를 낮추었다.

"허허, 이 녀석아. 큰일 날 소리 하지 마라. 행여 그런 소리 했다가는 바로 죽는다. 그런 소리 입 밖에 내면 내가 너를 먼저 처단하겠다. 알겠느냐?"

지도로갈문왕은 목소리를 깔고 나지막하게 말했다. 그 목소리는 침중하고 음산했다. 모즉지는 아버지가 느닷없이 돌변하여 말하자 몹시 당황했다.

"죄송합니다. 아버님, 자중하겠습니다."
"그래, 늘 자중자애(自重自愛)하여야 한다. 스스로 중히 여기고 스스로 사랑하여야 자신이 존귀해지는 법이다. 자기가 자신을 하찮게 여기면 누가 너를 중히 여기겠나?"
"명심하겠습니다."
"세상은 쉽지 않아, 세상일이란 게 마음먹은 대로 돌아가지 않아. 만약 비처가 뜻하는 대로 사로국이 돌아간다면 그 또한 하늘의 뜻이다. 순천자(順天者)는 흥(興)하고 역천자(逆天者)는 망(亡)한다는 말은 너도 들었지. 그걸 거스를 수는 없다. 순리에 따라야 한다."
"알겠습니다, 아버님."

4

비처왕은 병인년[15]에 군사를 사열하고 난 뒤 내숙공에게 신궁을 짓
도록 명했다. 귀신이 사는 집이라 하더라도 궁은 궁이다. 궁이란 이름이
붙은 이상 화려하지는 않아도 장엄한 외관을 갖춰야 했다. 지난 10여
년 넘게 개축 공사를 해왔던 월성도 공사 막바지에 들어갔다. 이래저래
재화의 쓰임새가 많아지자 사로국 재정이 부족해지기 시작했다.

비처왕은 고구려를 모방하여 사로국 여러 곳에 우역(郵驛)을 설치했
다. 우역이 설치되는 곳에는 말이 달릴 수 있게 길도 넓혔다. 왕은 왕성
인 서라벌에서 여러 지방 촌주에게 직접 왕의 명령을 전달하고 싶었다.
특히 일선군이나 사벌군[16]과 같은 곡창지대와는 빠른 연락이 필요했다.
급한 전갈은 역에서 말을 갈아타고 달리면 서라벌에서 일선군까지 이
틀이면 왕의 전갈이 도착할 수 있었다.

지방과의 연락이 원활해지고 길이 좋아지면서 지방의 물자와 사람이
서라벌로 들어왔다. 지방 촌주의 자제들은 서라벌에 와서 공부하고 생
활했다. 곡물과 베나 쇠와 같은 여러 물자가 서라벌로 쏟아져 들어왔다.

15) 486년
16) 현재의 경북 상주시

서라벌의 재정 부족은 상당 부분 해소되었다.

비처왕의 여러 조치에 대해 지도로갈문왕을 비롯한 6부의 귀족들은 표면적으로는 반발하지 못했다. 내심 불안해도 지켜볼 수밖에 없었다. 국가를 강하게 해야 한다는 명분이 앞섰기 때문이다. 비처왕은 그런 중에서도 늘 긴장하고 있었다. 귀족들에게 틈을 보이지 말아야 했다.

왕은 더욱 강해져야 했다. 혹 있을지 모르는 서라벌 귀족의 반발을 누르기 위해서는 중앙의 6부군에 필적하는 지방 군사를 육성해야 했다. 지방 군사는 6부에 속하는 게 아니라 왕이 직접 임명하는 장군이 통솔한다. 지방군은 평소에는 고구려나 백제의 침략을 일선(一線)에서 방어한다. 당장에는 무장이나 조직이 약해 6부군에 비할 수는 없겠지만, 지방군을 차차 강군으로 만들어야 사로국 전체가 강해질 수 있다. 6부의 중앙군과 왕의 직할 지방군이 힘을 합치면, 고구려의 침략을 저지함과 동시에 가야로도 진출할 수 있다. 왕권을 강화하고 강군을 양성하여 고구려와 백제와 맞서 가야를 정복하는 정복 군주가 되고 싶었다. 그것이 비처왕의 큰 그림이었다.

이벌찬 내숙공은 비처왕에게 신궁이 완공되었음을 보고했다. 남산 서쪽 자락에 새로 신궁이 들어섰다. 신궁은 우람한 여덟 개의 소나무 기둥이 받치고 있는 3층 전각이었다. 사로국 사람들은 새로 신궁이 완성되었다는 말을 듣고 신궁을 구경하러 앞다투어 몰려갔다. 신궁은 웅장하고도 아름다웠다. 보기만 해도 경건한 마음이 일어나 고개가 숙여졌다.

비처왕은 6부의 모든 귀족을 불러서 새 신궁에서 엄숙하게 제사를 지냈다. 박혁거세 이후 모든 왕이 신궁에 모셔졌다. 장엄한 신궁에서 자신이 직접 제사를 주관하니, 비처왕은 조상 모두가 자신의 통치를 반기고 칭찬하고 있다는 느낌을 받았다. 마음속에서 저절로 힘이 생겨났다.

군대 사열을 하고 완공된 신궁에서 제사를 지낼 때까지만 해도 비처왕은 신이 났다. 이대로면 몇 년 가지 않아 사로국도 고구려처럼 국왕 자신이 모든 국정을 주관할 수 있을 것 같았다. 젊고 힘 있는 국왕을 누가 막으랴.

눈엣가시처럼 걸리는 녀석이 있긴 있었다. 바로 지도로갈문왕의 맏아들 모즉지였다. 모즉지가 아버지 지도로갈문왕에게 왕에 대한 불만을 터뜨리고 있다는 사실을 비처왕은 잘 알고 있었다. 꼬투리만 잡으면 모즉지와 지도로갈문왕을 처단할 생각을 했다. 꼬투리를 잡아야 했다. 그들에게 감시를 붙여 일거수일투족을 살펴보게 했다.

지도로갈문왕은 노회했다. 전혀 허점을 보이지 않았다. 보고를 받을 때마다 비처왕은 정말 지도로갈문왕이 자신에게 충심을 다한다는 생각이 들기도 했다. 조카인 국왕을 위해 몸과 마음을 다 바쳐 충성하고 있었다. 언행이 일치했다. 도무지 꼬투리를 잡을 수 없었다. 모즉지에게도 이렇다 할 움직임이 보이지 않았다. 그럼, 그럴 리야 없지. 비처왕은 때로는 안심하고, 때로는 의심했다.

비처왕이 신궁에서 제사를 지내고 온 뒤 얼마 지나지 않아서였다. 비처왕 부부가 금이야 옥이야 하고 애지중지하던 명옥공주가 앓기 시작했다.

두 돌이 지나 걸음마를 하기 시작한 명옥공주는 왕과 왕후를 비롯한 궁중 어른들의 관심을 독차지하고 있었다. 그러던 아이가 갑자기 앓기 시작했다. 몸에 열이 나고 호흡이 가빠졌다. 놀란 유모와 어의가 밤새

간호해도 차도가 없었다. 그렇게 며칠이 지나갔다.

불안에 떠는 선혜왕후에게 친정어머니가 굿을 하자고 했다. 동해 용왕에게 빌면 병을 낫게 해줄 거라고 했다. 급히 궁에 굿당이 차려졌다. 삼일 밤낮 굿을 했다. 시끄럽기만 했지 공주의 병은 전혀 차도가 없었다. 그나마 미음만은 겨우 삼키고 있어 다행이라면 다행이었다. 선혜왕후와 비처왕은 여러 날 제대로 잠을 못 자고 아이 곁을 지켰다. 걱정으로 날밤을 센 선혜왕후에게 나이 든 궁녀가 옛일을 알려주었다.

"왕후마마, 오래전에도 이런 일이 있었습니다. 향을 피우고 불공을 드렸더니 공주의 병이 씻은 듯이 나았습니다."

선혜왕후가 그 말을 비처왕에게 전했더니 왕이 바로 기억했다.

"그렇지, 그래, 맞아, 그런 적이 있지. 내 고모님이 어릴 때 그랬다는 말을 들은 적이 있소. 눌지 할아버지 때 고구려에서 온 묵호자란 스님이 내 고모님, 성국공주의 병을 고쳤다지. 송나라에서 들여온 향을 피우고 그랬다고 하오."

"그럼 그 스님은 지금 어디 있나요?"

"처음에는 임시로 절을 짓고, 흥, 흥, 그래, 흥륜사라 그랬지. 불공을 드리고 그랬는데 어느 사이 고구려로 갔다지 아마. 절은 그대로 있나? 그때는 고구려와 우리 사로국이 친했을 때니까."

"그럼 그런 용한 스님은 사로국에 없습니까?"

"글쎄. 일선군에 있을지도 모르지요. 묵호자스님도 일선군에서 왔어. 일선군 촌주 모례 집안이 스님을 받들고 모셨지. 내가 당장 모례 집안에 사람을 보내겠소. 혹 훌륭하신 스님이 있으면 바로 서라벌로 보내 달라고 하겠소."

새로 생긴 우역을 이용했다. 비처왕의 전갈은 이틀 후 모례 집안의 장자 모수에게 닿았다. 모례 집안에서는 묵호자스님이 고구려로 떠난 후에도 몇몇 고구려 스님을 모시고 불공을 드렸다. 사로국과 고구려가 원수가 된 이후에는 고구려 스님을 모시는 게 몹시 불편해졌다. 도림이라는 고구려 승려가 개로왕을 속이는 간자질을 했기에, 그 여파는 사로국에도 미쳤다. 고구려 승려라면 일단 의심할 수밖에 없었다. 백제의 개로왕이 죽은 이후에 모례 집안에서는 더욱 조심하였다. 그로부터 세월이 한 10년 흐르자 고구려 승려에 대한 경계심도 차츰 누그러들었다.

모수도 집안에서 세운 도리사(桃李寺)[17]에 사로국 출신 승려를 주석하게 하고 싶었다. 사로국 승려 중에는 아직 절의 주지를 맡을 정도의 법력 있는 스님이 없었다. 하는 수 없이 모수는 비밀리에 고구려에서 스님을 초빙해 왔다. 그게 바로 이태 전이었다. 그렇게 모셔온 고구려 승려 성진은 묵호자의 맥을 잇는 스님이었다.

얼굴빛이 검다는 뜻의 묵호자는 저 멀리 서역에서 온 스님이었다. 법명을 아도(我道)라 했다. 묵호자가 개창한 도리사는 처음에는 조그만 토굴이었다. 아도가 고구려로 돌아가고 차츰 가람의 모습을 갖추어 나갔다. 고구려에서 온 성진은 묵호자가 세 명의 제자를 두었다고 했다. 자신은 그 제자의 제자라고 했다. 세속으로 치면 성진은 묵호자의 손자뻘인 셈이었다. 성진은 갓 서른이 되지 않은 승려였다. 얼굴이 수려하고 음성이 맑았다. 염불 또한 구성지니 듣기 좋았다. 모수는 성진이 와서

---

17) 구미시 해평면에 있는 사찰. 신라 최초의 사찰이라 전해진다.

도리사에 주석하고 염불을 하자 마음이 편안해졌다.

비가 내리는 날 아침 모수에게 비처왕의 급한 전갈이 도착했다. 고구려 출신이라도 좋으니 스님이 있으면 시각을 다투어 서라벌로 보내라는 분부였다. 명옥공주가 위독하니 불법으로 병을 낫게 하겠다는 뜻이었다. 모수는 일선에서 급히 낙수[18]를 건너 도리사로 갔다. 모수는 도리사에서 설법 중이던 성진을 데리고 바로 서라벌로 향했다.

"스님, 서라벌의 공주님이 몹시 편찮으신 모양입니다. 스님의 불법으로 다스릴 수 있겠소?"
"불법이 병을 낫게 하지는 못하옵니다. 부처님께 빌어볼 수밖에요."
"그렇겠지, 부처님께 빈다고 다 병이 나으면 세상에 죽을 사람이 누가 있겠소? 다 빌지 그럼."
"그러하옵니다."
"그럼 큰일 아니오? 스님이 공주의 병을 낫게 하지 못하면?"
"엉터리 중놈이라 하여, 저의 목숨이 달아날지도 모르겠습니다."
"어허, 어찌 남의 이야기처럼 하시오. 그럼 아예 서라벌로 안 가는 게 좋지 않겠소?"
"아닙니다. 저는 가서 공주님을 낫게 해달라고 열심히 불공을 드리겠습니다. 혹 나으실지도 모르니까요. 부처님의 가피로 병이 나으면, 서라벌에도 절을 다시 짓고 불법을 널리 알려야겠습니다. 대왕께서 도움을 주시겠지요."
"성진스님은 보기보다 생각이 깊으시군요. 욕심이 많은 건지. 허허."

18) 낙동강

명활성으로 들어간 성진은 굿을 했던 굿당 자리에 바로 부처님을 모셨다. 바로 불공을 올리기 시작했다. 향을 피우고 공주의 병을 낫게 해달라고 염불을 외었다. 은은한 향냄새가 궁성 여기저기에 스며들었다. 궁성 사람들은 한동안 잊었던 향의 냄새를 기억해 냈다. 성진의 염불 소리 또한 잔잔하게 궁성으로 퍼져나갔다.

이튿날 명옥공주는 혼수상태에서 깨어나 의식을 찾았다. 두 돌이 갓지난 아이는 눈을 뜨자마자 엄마를 찾았다. 아이의 반짝 뜬 맑은 눈을 보자 선혜왕후는 온몸에 전율을 느꼈다. 말 그대로 환희였다. 왕후는 눈물을 철철 흘리며 아이를 껴안고 야단법석을 떨었다. 옆에서 왕후를 바라보는 비처왕 역시 기쁨을 감추지 못했다.

비처왕은 바로 성진과 모수를 불러 크게 칭찬했다. 성진에게는 과거 묵호자가 개창했던 흥륜사를 다시 사용하도록 허락했다. 흥륜사는 폐허로 방치되어 있었다. 모수에게는 특별히 청동 허리띠를 비롯한 여러 귀한 선물을 주었다. 성진은 흥륜사에 초가를 올리고 손을 보아서 불당을 마련했다. 불당에 부처님을 모시고는 도리사와 서라벌을 오가며 설법과 염불을 했다.

성진의 염불은 듣기 좋았다. 물처럼 흘러 사람의 마음을 편안하게 했다. 선혜왕후를 비롯한 서라벌의 여러 귀한 부인들이 모여들었다. 흥륜사는 낡고 비좁은 초가였다. 선혜왕후는 근사한 절을 지어주겠다고 성진스님에게 약속했다. 성진은 왕후가 궁성으로 부르면 달려가서 불공을 올리기도 했다. 다른 귀족 부인들도 성진의 영험을 받고 싶어 다투어 성진을 초빙해 불공을 올리기 시작했다.

강월궁주 역시 강월궁으로 성진을 초빙했다. 강월궁주는 정작 비처왕의 총애를 자주 받는 자신에게 아이가 생기지 않는 게 너무 이상했다.

비처왕 몰래 굿도 해보았지만 별 효험이 없었다. 의원이나 무녀들도 고치지 못한 공주의 병을 고쳤다면 성진은 대단한 공력을 지닌 스님임이 틀림없었다. 성진은 궁주에게 몸과 마음가짐을 바르게 하면서 불공을 드리라고 했다. 부처님은 모든 중생을 내려다보며 중생의 일을 주관하신다고 성진은 말했다. 믿음만 튼실하면 잉태가 이루어지겠지만 믿지도 않으면서 욕심만 내세우면, 부처님은 그 욕심을 먼저 다스린다고 성진은 설법했다.

공주의 병이 낫고 무진년[19]이 되면서 비처왕은 월성으로 이궁(離宮)을 단행했다. 명활성에 궁이 있는 동안, 사로국은 월성 주위에 해자를 깊이 파는 등, 대대적인 개축 공사를 했다. 흙을 다져 성벽을 튼튼하게 하고 옹성을 마련하고 우물을 깊이 팠다. 고구려나 왜적의 기습이 있다 하더라도 아군의 지원이 올 때까지는 월성에서 버틸 수 있어야 했다. 아군의 지원병은 늦어도 한 달이면 도착할 수 있다. 최소 한 달은 버틸 수 있게 물자도 비축해야 했다. 월성에서 명활성은 그리 멀지 않았다. 위급할 때 월성에서 기를 올리면 명활성에서 눈으로 보고 봉수를 올릴 수 있었다. 그 봉수는 사로국 각지와 연결되어 있었다. 위급할 때 월성을 향해 군사들이 몰려올 수 있게 하였다.

시위대 병사들이나 궁성의 여러 잡일을 하는 궁인들은 하루빨리 월성으로 이궁하기를 학수고대했다. 아무래도 서라벌 동쪽에 치우친 명활성은 생활하기에 불편했다. 산성이라 협소했고, 서라벌 저잣거리와 멀기도 했다. 많은 사람의 기대 속에서 이궁이 이루어졌다. 궁인들은 여염집이 새집으로 이사하듯 들떠있었다.

---

19) 488년

12년 만에 다시 월성으로 오니 모두 좋아했다. 선혜왕후 역시 명활성을 벗어나 월성으로 오니 한결 생활하기가 좋았다. 선혜왕후는 사부지의 어머니인 연제부인과 이사부의 어머니인 오명부인을 자주 월성으로 초대했다. 연제부인은 사로국 왕실에서 가장 연륜이 있는 부인이었다. 부인들이 오면 자연스럽게 어린 이사부와 사부지도 함께 왔다. 물력은 선혜왕후의 친정 동생이니 따로 불렀다. 사로국의 최고 귀부인이 모이면 그들끼리 이야기를 나누느라 시간 가는 줄 몰랐다. 공주와 이사부를 비롯한 아이들은 시종이나 시녀의 시중을 받으며 아이들끼리 놀았다.

해마다 정월이면 사로국에는 큰 행사가 열렸다. 새해를 맞이하여 국왕을 비롯한 갈문왕과 6부의 수장들은 모두 신궁에 모였다. 그들은 새해에 해야 할 중요한 국정을 논의했다. 의결된 사항 중에서 중요한 내용은 이어지는 제사 때 조상 열왕에게 아뢰고 축복을 기원했다. 왕가의 결혼이나 출산, 전쟁과 인근 소국의 지배와 같은 사항이 신궁 회의 때 논의가 되었다. 결정 사항은 바로 조상에게 아뢰어졌다. 조상에게 아뢰는 자체가 사로국의 공식적인 인가와 다름이 없었다. 이렇게 결정된 사항은 신궁에서 다음 회의를 통해 번복되지 않는 한 그 효력이 유지되었다. 정월 대보름까지 사로국의 신궁 행사가 끝나면 그 이후에는 사로국 전체의 대보름 놀이와 잔치가 시작되었다.

왕은 대보름날이 지나면 서라벌 6부 여기저기를 순시하며 백성들의 삶을 살폈다. 6부의 백성들은 집마다 마을마다 음식을 차리고 놀이를 하며 음주가무를 즐겼다. 짐승의 가면을 쓰거나 탈을 쓰고 우스갯소리를 하고 귀족들을 흉보는 놀이도 있었다. 놀이가 끝나면 마을은 다시 잔치의 흥겨운 마당으로 변했다.

비처왕은 수레에 술과 음식을 싣고 남산 동쪽 기슭 아래에 있는 양피촌으로 순시를 나갔다. 양피촌에서는 이미 한바탕 놀이마당이 펼쳐지고 있었다. 마을 사람들이 왕의 행차를 보고 놀이를 접으려 했다. 비처왕은 그대로 놀이를 계속 진행하라고 이르고 자신도 놀이를 구경했다.

쥐 탈을 쓴 사람과 까마귀 형상을 한 사람이 마당 중앙으로 나왔다. 둘은 돼지 형상을 한 여자를 두고 서로 자신이 임자라고 다투었다. 둘은 멱살을 잡고 싸우는 시늉을 했다. 그 장면에서 좌중은 박장대소하며 즐거워했다.

왕이 그 정도에서 자리를 비켜주기로 했다. 백성들의 흥을 방해하지 않아야 했다. 왕이 자리를 벗어나려던 순간이었다. 갑자기 쥐 탈을 쓴 사람이 마당에서 뛰쳐나와 왕 가까이 다가왔다. 시위대 호위무사가 바로 그를 제지했다. 왕은 웃으며 호위무사를 물러나게 했다.

"무슨 할 말이 있는 게냐?"
"대왕이시여, 저 까마귀를 따라가 보소서."

그 말을 듣고 까마귀 형상을 한 자를 보았다. 그는 이미 남산 쪽을 향해 달려가고 있었다. 왕은 호위무사에게 그를 따라가 보라고 했다. 호위무사는 말을 타고 급히 그를 따라갔다. 그는 마을 위쪽 조그만 못에 이르더니 숲속으로 사라져버렸다. 무사가 그의 행방을 찾느라 사방을 두리번거렸다. 그때 옷을 잘 차려입은 노인이 숲속에서 나타났다. 호위무사는 그에게 까마귀 형상을 한 사람의 행방을 물었다, 노인은 그 물음에는 대답하지 않고 느닷없이 종이봉투를 쑥 내밀었다.

"이것을 대왕께 드리게나. 여기에 답이 있네."

호위무사는 왕에게 돌아와 봉투를 올렸다. 까마귀가 사라진 곳에서 웬 노인네가 나타나 대왕께 올리라고 했다고 보고했다. 왕은 봉투를 받았다. 봉투에는 검은 글씨가 씌어 있었다.

"開見二人死(개견이인사) 不開一人死(불개일인사)? 열어보면 두 사람이 죽고, 열지 않으면 한 사람이 죽는다?"

왕을 수행하던 늙은 일관(日官)이 왕이 내려준 봉투를 보면서 말했다.

"폐하, 그런 뜻이 맞사옵니다. 열면 두 사람이 죽고, 안 열면 한 사람이 죽는다. 이런 뜻이옵니다."
"그럼 안 열어보아야겠군. 한 사람이 죽는 게 낫지 않느냐?"
"폐하, 아뢰옵기 황송하오나 한 사람이란 가장 신분이 높은 사람을 말하니 폐하를 뜻합니다. 열어보심이 가한 줄로 아뢰옵니다."
"그래? 그럼 열어봅시다. 뭐 큰일이야 있을라구."

비처왕은 장난스럽게 봉투를 뜯어보았다. 그 속에는 별지의 종이에 딱 글씨 세 자가 쓰여있었다.

"射琴匣(사금갑). 이게 뭐냐. 금갑이면 사로금[20]집을 말함이 아니냐. 그럼 사금갑이라면?"

---

20) 사로금은 신라 고유의 악기. 가야금과 흡사하다.

일관이 말했다.

"사로금집에 화살을 쏘라는 뜻입니다."
"그래, 사로금집이라면…… 그렇지, 바로 거기에 있지. 기이하기도
하지."

왕은 양피촌에서 어가를 월성으로 바로 돌리라고 명했다. 왕은 월성
으로 향하다가 갑자기 월성 옆에 있는 강월궁으로 목적지를 바꾸었다.

정월의 짧은 해는 서산으로 가서 어느덧 뉘엿뉘엿 지고 있었다. 대개
비처왕이 강월궁으로 향할 때는 월성에서 저녁을 먹고 출발했다. 강월
궁에는 밤이 이슥해야 도착할 때가 많았다.
이 날은 달랐다. 왕이 여러 번 재촉하자 어가는 빠르게 강월궁에 도
착했다. 아직 해가 지기 전이었다. 예고 없이 왕이 들이닥치자 강월궁주
강희는 몹시 당황했다. 강희가 우왕좌왕하는 사이, 왕은 벌컥 궁주의 방
에 들어섰다. 궁주는 흐트러진 옷매무새를 바로잡을 겨를도 없었다. 헝
클어진 머리칼을 급히 매만지면서 비처왕을 맞았다.

"오늘은 웬일로 일찍 오셨습니다."
"궁주와 저녁을 함께 먹으려고 일찍 왔소."
"잘하셨습니다. 하지만 궁과 달라 음식이 시원찮고, 갑작스러운지라
준비되지도 않았습니다."
"뭐, 무엇인들 다 좋습니다. 저녁을 먹기 전에 먼저 술상을 내오시오."

이윽고 술상이 나오자 그때까지 말이 없었던 비처왕은 술을 급하게 몇 잔 마셨다.

"술이 아주 잘 익었소. 이 정도로 익은 게 딱 마시기 좋소. 그런데 저건 왜 저기 나와 있소?"
"무엇? 아 저기 사로금 말씀이로군요. 제가 요즘 사로금을 배우고 있습니다. 낮에는 적적하고, 아이도 없고……"

그때였다. 병풍 옆에 세워둔 사로금집에서 인기척이 들리는 듯도 했다. 비처왕은 급히 호위무사를 불렀다.

"여봐, 저기 사로금집 있지. 저기에 활을 쏘아."
"네?"
"내 말이 안 들리나, 어서 활을 쏘아. 활을 쏘란 말이야."
"네, 폐하."

호위무사는 화살 한 대를 꺼내 신중히 사로금집을 겨냥했다. 호위무사가 활시위를 놓자 화살이 핑하는 바람 소리를 내며 날아갔다. 화살은 사로금집을 깊숙하게 꿰뚫었다. 사로금집에서 윽 하는 낮은 비명이 울렸다. 이어 사로금집은 썩은 고목이 쓰러지듯 바닥에 나뒹굴었다.

5

비처왕은 강월궁 마당에 피투성이가 된 사내와 강월궁주를 포박하여 꿇어 앉혔다. 사내의 어깨죽지에는 화살 맞은 상처에서 피가 조금씩 흐르고 있었다. 왕은 노기에 가득 차서 입을 열었다.

"감히 너희가 사통을 해? 이 괘씸한 연놈들이, 내 눈을 속여?"

강월궁주가 먼저 대답했다.

"폐하, 억울하옵니다. 사통이라뇨. 아이가 생기지 않아 스님을 모셔 놓고 불공을 드렸사온데, 갑자기 폐하가 들이닥쳐서 저리 숨어들었습니다."

"궁주는 닥쳐라. 성진, 이놈. 네가 공주의 병을 낫게 해주었다고, 내가 네 놈의 청을 들어주었다. 서라벌에서 불법을 퍼지게 하고 싶다고? 네 놈의 불법이 왕의 여자를 탐하는 거냐? 아니지? 그것보다는 너의 목적은 다른 데 있지? 백제 개로왕은 고구려 첩자에게 속아 넘어가서 죽기까지 했다. 너도 바로 고구려의 첩자지?"

"폐하, 어차피 강월궁의 침소에 숨어있다가 제가 발각되었으니 저는 살아남지 못함을 아옵니다. 하지만 저는 첩자도 아니고 간부(奸夫)도 아니옵니다. 폐하의 아이를 점지하는 불공을 올리다가 그렇게 되었사옵니다. 폐하께서 갑자기 들이닥쳐 마땅히 숨을 곳이 없었사옵니다. 저는 바로 죽이시되, 궁주님은 아무 죄도 없으니 살려주시옵소서."

"너의 씨를 심어놓고 내 씨라고 우기려고 하진 않았고?"

"천부당만부당 하오신 말씀이옵니다. 부처의 제자가 어찌 그런……"

"닥쳐라. 중놈들이야 말은 늘 번지르르하지. 이 연놈들이 철저히 짰을 게야. 더 이상 들어볼 이유가 없다. 왕의 처소에 숨어있었어. 죽어 마땅하다."

강월궁주가 울부짖으며 말했다.

"폐하, 억울하옵니다. 천지신명께 맹세코 결백하옵니다. 아이를 갖고 싶었을 뿐입니다. 폐하의 아이를요."

강월궁주는 거듭 결백을 주장했다. 하나 왕은 궁주를 살려줄 수가 없었다. 경위야 어찌 되었건 결과적으로 왕의 침소에 남자를 숨겨놓았다. 중도 남자다. 도저히 용서할 수가 없다. 그놈이 언제 비수를 꺼내 왕의 목숨을 노릴지 모르지 않는가. 행여 그렇지 않다 해도 숨어서 왕과 궁주가 나누는 이야기를 엿들었다. 그것만으로도 목숨을 부지하기 어려운 중죄다.

비처왕은 강월궁주를 물끄러미 쳐다보았다. 한때는 사랑했던 여인이었다. 비처왕은 강월궁주가 혹 중놈과 통정했다고 자백할까 두려웠다. 그건 왕이 아니라 한 남자로서 참기 힘든 일이다. 어차피 죽일 수밖에 없다면, 그 말이 나오기 전에 어서 죽여서 입을 막아야 했다. 비처왕은 호위무사에게 명했다.

"죽여라."

왕의 명령은 단호했다. 명령은 바로 집행되었다.

살려달라는 강월궁주의 마지막 외침이 사라지자 사위가 조용해졌다. 성진은 살려달라 애원하지도 않았다. 왕은 눈을 감고 있었다. 칼이 그들의 목을 치자 비처왕의 코끝으로 피비린내가 확 몰려왔다. 피 냄새를 맡으며 비처왕은 죽은 이들이 불쌍하다는 생각이 들었다. 심지어 막 죽은 강월궁주가 보고 싶어지기까지 했다. 강희, 하고 부르면 그녀가 대답할지도 모른다. 왕은 너무 슬퍼서 눈물을 조금 흘렸다.

저들은 불공을 올렸을지도 모른다. 불공을 올리다 발각이 되었건, 간통하다 들통이 났건, 무엇이든 상관없다. 왕의 침소에 사람을 숨겨둔 일 자체가 목숨이 열 개라도 부지할 수 없는 일이다.

비처왕은 월성으로 돌아오는 말 위에서 골똘히 생각에 잠겼다.

만약 중놈이 고구려의 간자라면? 그 배후가 있을 터였다. 간자가 아니라면? 역시 저들을 죽게 한 배후가 있을 터였다. 그렇구나, 과연 누구일까?

이튿날 아침 비처왕은 실죽장군을 월성으로 불렀다. 급히 6부 정예군 중에서 기병 1천을 편성해서 자신을 수행하라 일렀다. 실죽장군에게도 행선지를 알리지 않았다.

비처왕은 실죽장군과 병사의 수행을 받으며 북쪽으로 향했다. 비처왕은 행군이 시작되자 실죽장군에게 일선군 촌주의 집으로 간다고 말했다. 실죽장군은 묵묵히 왕의 명령을 수행했다.

비처왕과 군사들은 일선에 있는 모수의 집에 들이닥쳤다. 일군의 병사는 낙수 건너 도리사로 보냈다. 절을 샅샅이 뒤져서 혹시라도 있을지도 모를 편지나 목간을 찾으라고 했다.

모수는 비처왕이 1천의 기병을 이끌고 갑자기 들이닥치자 마른하늘에 날벼락을 맞는 심정이 되었다. 모수는 성진에게 무슨 일이 생겼음을 직감했다. 그가 고구려의 첩자임이 들통났을 수도 있다. 성진이 고구려의 첩자였는지는 자신도 모르는 일이었다.

"폐하, 기별도 없이 이 누추한 곳까지 무슨 일이옵니까?"
"촌주, 그대를 나는 믿었소. 아니 지금도 믿고 있소."
"폐하, 무슨 말씀이온지……"
"그 중놈이, 성진이라고 했지, 고구려의 첩자임에 틀림없소. 내 처소로 들어와 나를 염탐하고 있었소."
"그럴 리가 없습니다. 성진스님은……"
"그럼 내가 빈말을 하고 있단 말이요? 촌주."

모수는 노기 띤 왕의 얼굴을 올려보고 보통 일이 아님을 알아챘다.

"폐하, 열 길 물속은 알아도 한 길 사람 속은 모른다 하였사옵니다. 신이 고구려에서 성진을 초빙하여 도리사를 맡겼으니 혹 성진이 첩자

사국지 1

라 해도 신이 몰랐을 수도 있사옵니다. 하지만 맹세코 저는 알지 못했습니다. 만약 성진이 첩자라면 그때 같이 성진과 같이 온 고구려 동자승도 둘이 있사옵니다. 이제 자라서 청년이 되었사온데, 그들을 심문하면 어떨까 합니다."

"성진이 그대와 공모한 게 아니오?"

"아니 폐하, 어찌 공주마마의 병세를 미리 짐작하고 제가 고구려 첩자를 데리고 있었겠습니까?"

"그야 모르지. 공주가 아프기 전에 고구려가 멀리 내다보고 첩자를 심었을지도……"

"폐하, 만약 그가 첩자라면 저도 죽어 마땅하옵니다. 무슨 말을 해도 변명임을 제가 잘 압니다. 하지만 폐하, 우리 일선군은 오래전부터 폐하께 충성을 다했습니다. 삼년산성을 쌓을 때 우리 일선 군민 3천 명의 피와 땀이 들어갔습니다. 실죽장군도 잘 아시지 않습니까? 장군께서는 우리 일선 군민 3천 명을 직접 통솔하시어 재작년에 삼년산성과 굴산성을 고쳐 쌓지 않았습니까? 장정 3천은 우리 일선 군민 장정 거의 모두에 해당하옵니다. 그런 제가 폐하를 배신하고 고구려와 통기를 하겠습니까?"

"그렇지, 그대 아버지와 그대의 충성은 내 잊지 않고 있소. 그대가 고구려와 내통할 리는 없지."

그때 막 소년티를 벗어난 승려 두 명이 묶여 왔다. 그들은 일선군 촌청 마당에 마련된 틀에 앉혀졌다. 실죽장군이 나섰다.

"바른대로 말하면 고통없이 죽게 해주겠다. 말하지 않으면 어서 죽여달라고 소리치게 해주겠다. 먼저 이것을 보아라."

실죽장군이 승려 둘 앞에 놓인 보자기를 풀자, 성진의 머리가 나왔다. 몸에서 잘린 성진의 삭발한 맨머리는 무섭기보다는 기괴했다. 젊은 두 승려는 아무 말도 못 하고 바들바들 떨었다.

"너희들은 고구려의 첩자임이 틀림없지? 누가 시킨 거냐?"
"저희들은 모르옵니다."

그들에게 무자비한 매질과 압슬이 가해졌다. 곧 그들은 기절했다. 둘을 분리시켜 자복을 하면 한 사람은 살려준다고 했건만 그들은 자복하지 않았다. 그때 절을 뒤지던 감찰부 병사들이 수상한 편지봉투를 찾았다고 일선 촌청으로 보내왔다. 겉봉에는 上(상)이라고 적혀있었다. 봉투를 열자 안에는 正月移都月城(정월이도월성)이라는 여섯 글자가 적혀있었다. 정월 달에 궁을 월성으로 옮긴다는 내용이다. 이는 결정적인 첩자의 증거다. 상(上)이 누군지는 모르겠으나, 첩자의 윗선임이 틀림없다. 고구려의 장수왕일 수도 있다. 궁을 옮긴다는 정보는 적에게는 매우 유용한 기밀이다. 만약 고구려가 미리 안다면 사로국에 치명적인 공격을 가할 수도 있다.

실죽장군은 비처왕에게 그 봉투를 전하면서 말했다.

"폐하, 확실하옵니다. 성진이 비밀을 염탐해 이 녀석들에게 전달하면 이 녀석들은 이를 고구려로 전달했습니다. 왕궁을 옮기는 건 고구려에게 매우 중요한 정보입니다."

비처왕은 그 편지 봉투를 유심히 쳐다보았다. 어디선가 본 듯한 봉투였다. 어디서 보았을까? 하지만 곰곰이 생각해도 어디서 보았는지 기억나지 않았다. 그보다 비처왕은 모수를 어떻게 처리할지가 고민이었다. 젊은 승려 둘이야 목을 치면 그만이다. 증거도 나왔으니 당연히 그래야한다. 하지만 모수를 어떻게 하나. 적국 고구려와 내통하는 빌미를 만들었으니 모수 역시 참수를 해야 마땅했다. 하지만 모수는 자신에게 충성을 다했다. 자신도 모르고 속았다면 죽일 수야 없지 않겠는가. 그보다 모수를 죽이면 사로국에 충성하는 여러 촌주들이 불안에 떨 수 있다. 죽이지 않으면 사로국의 여러 촌주들이 왕을 만만하게 볼 수도 있다.

　한참을 생각하던 비처왕은 장고 끝에 묘수를 발견한 듯 무릎을 탁 치고 모수를 불렀다.

　"촌주, 그대는 죽어 마땅하오. 증거까지 나왔소."

　"억울하옵니다, 그렇다 해도 폐하의 명이라면 기꺼이 목숨을 바치겠습니다. 다만 충정을 믿어주시면 죽어도 원통하지 않겠습니다."

　"그렇군. 끝까지 충성스러운 말을 하는구려. 그대는 충성스러운 나의 신하가 분명하오. 내 그대에게 명하겠소. 작년에 일선군에 풍년이 들어 창고에 곡식이 가득하다고 들었소. 홀아비, 홀어미, 고아, 자식 없는 늙은이에게 곡식을 차등 있게 내려주시오."

　"명에 따르겠사옵니다. 대왕께서 일선군까지 순시하시어 불쌍한 백성들에게까지 은혜를 베푸시니, 백성들은 입이 닳도록 대왕의 은덕을……"

　"나는 앞으로 일선군과 같은 충성스러운 군의 군사들을 강력한 군대로 양성할 생각이오. 그대는 실죽장군의 지시를 받아 3천의 군사를 지금부터 양성하시오. 그리고 사벌군과 고타군과 날이군[21]으로 가서 내 말을 전하시오. 2, 3년 이내에 각 군은 3천의 군사들을 양성하라고 말이오. 우리 사로국이 더욱 강해지려면 촌의 병사들이 6부 정예병만큼 강해져야 하오. 촌주는 나의 명령에만 따르시오. 알겠소?"

"그렇게 하겠습니다. 살려주시고 또 저를 믿어주시니 폐하를 위해 무엇인들 하겠사옵니다. 섶을 지고 불구덩이에 뛰어들라 해도 기꺼이 뛰어들겠사옵니다. 폐하의 은혜가 망극하옵니다."

일선군 촌주 모수는 지옥의 문턱까지 갔다가 구사일생으로 살아났다. 어찌 왕의 명령을 거역할 수 있으랴. 창고의 곡식을 풀어 일선군의 가난한 자와 불쌍한 자를 돌보는 일 역시 자신이 해야 할 일이었다. 어차피 지난가을에 추수한 곡식이 썩기 전에 나누어주려고 했다. 중이 세 놈이나 죽었지만, 이 정도로 일이 마무리되니 이보다 다행일 수는 없었다. 모수는 비처왕의 명에 따라 세 중의 머리를 고구려로 보냈다. 다시는 고구려 중을 부르지 않겠다고 결심했다.

이듬해였다. 고구려는 9월에 북쪽 동해 변경 과현(戈峴)[22]을 급습했다. 과현을 수비하던 사로국의 병사들은 몰살당했다. 호산성[23]마저 함락되었다. 8년이나 호산성을 잘 수비하였던 사로국 병사들은 황급히 하슬라성으로 철수했다. 이 지역을 잘 알고 방비하던 실죽장군이 서라벌로 자리를 옮긴 다음의 일이었다. 사로국은 하슬라성에서 반격의 기회를 노리며 관망하기로 했다. 고구려는 호산성만 차지하고는 더 이상 움

---

21) 사벌군은 현재의 경북 상주시, 고타군은 안동시, 날이군은 영주시
22) 확실한 위치는 모른다. 현재의 강원도 회양군으로 추정하기도 한다.
23) 확실하게 알 수 없다. 강릉 북쪽의 산성으로 추정한다.

직이지 않았다. 하슬라성으로도 움직이지도 않았다.

비처왕은 머리가 복잡해졌다. 고구려의 북쪽 변경 기습은 첩자 스님 3명을 처단한 데 따른 고구려의 복수인지도 몰랐다. 그렇지 않다면 고구려가 그 정도에서 멈춘 게 이상했다. 고구려에 있는 사로국 첩자들의 보고에 의하면 고구려의 장수왕이 매우 위독하다 했다. 나이가 96세라 했다. 고구려는 장수왕에 기대어 거의 백 년을 지내온 나라다. 왕이 편찮으면 국사가 제대로 돌아갈 리 없다. 하물며 왕이 위독하면 전쟁을 계속할 수 없다. 그렇다면 첩자 처단에 대한 보복이 아닐 수도 있다.

비처왕은 고구려 상위층에 첩자가 있어야 하겠다고 생각했다. 사로국의 누가 첩자인지 알려면 고구려에 나가 있는 첩자가 고구려 내부 정보를 빼돌려 자신에게 알려주어야 한다. 그렇지 않다면 사로국 안에 누가 자신의 적인지 알 수가 없다. 내부의 적은 틀림없이 비처왕 주변에 있었다. 그 내부의 적을 색출하지 못하니, 비처왕은 어둠을 헤매는 기분이었다. 답답했다.

신미년[24], 동방의 큰 별이 떨어졌다. 고구려의 장수왕이 유명을 달리했다. 사로국에게 장수왕은 두려움의 대상이었다. 반드시 넘어서야 할 거대한 벽이었다. 사로국은 조금씩 조금씩 오랜 세월을 거쳐 장수왕의 손아귀에서 벗어났다. 그것마저도 감격스럽지 않을 수 없었다. 장수왕에 이어 손자 나운(羅雲)[25]이 왕이 되었다. 나운도 만만한 인물이 아닐 터였다. 나운의 아버지 조다가 죽고, 나운은 할아버지 밑에서 오랜 기간 제왕 수업을 했다. 장수왕 말년에는 나운이 왕이나 다름없었다.

젊은 왕이 즉위했기에 백제와 사로국은 오히려 긴장했다. 고구려의

---

24) 491년
25) 고구려 문자명왕의 이름

침략에 맞서는 방법은 백제와 사로국의 동맹밖에 없었다. 몇 차례 고구려의 침입에 백제와 사로국은 서로의 필요성을 절감했다. 동맹 중에서도 가장 확실한 연대는 역시 혼인을 통한 결합이었다. 왕가의 혼인만큼 두 나라를 결속시켜주는 것은 없었다.

백제왕 모대[26]는 사로국에 신부를 요청했다. 사로국과 달리 백제는 여러 왕비가 있었다. 대개는 첫째 왕비의 아들이 다음 왕위 계승권을 가진다. 하지만 백제는 개로왕이 전사한 뒤로 정세가 엎치락뒤치락하여 짧은 기간에 왕이 두 명이나 죽었다. 개로왕의 동생 문주가 왕이 되더니 2년 만에 피살되었고, 문주왕의 아들 삼근왕도 13세의 나이로 즉위한 뒤 또 2년 만에 죽었다. 왜국에서 귀국한 곤지왕자도 암살되었다. 곤지의 아들 모대가 귀국하여 왕이 되면서 백제는 겨우 안정을 찾았다. 모대는 계유년[27] 사로국에 혼인을 청했다.

비처왕은 화백회의를 열었다. 모대의 혼인 요청을 받아들이자는 게 중론이었다. 누구를 보낼 것인가. 왕의 딸이 있으나 여덟 살, 명옥공주는 시집가기엔 너무 어리다. 명옥공주가 혼기가 되었다 해도 비처왕이나 선혜왕후는 백제왕의 후처로 명옥공주를 보낼 리는 없었다.

지도로갈문왕을 비롯 여러 중신은 회의를 거듭했다. 비지의 딸 오진으로 결정했다. 오진은 이사부의 어머니 오명부인의 배다른 동생이다. 이사부의 이모로 막 열여덟이었다. 오진의 아버지 비지는 미사흔과 박제상의 딸인 숙지부인의 막내아들이었다. 비지의 외할아버지 박제상은 기꺼이 나라를 위하여 목숨을 바쳤다. 비지는 마음속으로는 피눈물이 났지만, 자신의 딸을 내놓을 수 없다고 버틸 수가 없었다. 아버지의 날

26) 동성왕의 이름
27) 493년

벼락 같은 통보를 받은 오진은 울며불며 난리를 쳤다. 나라가 결정하면 순장도 받아들여야 하는 사로국이었다. 오진 스스로 자진하지 않는 이상 6부 화백회의에서 결정된 사항을 뒤집을 수 없었다.

춘삼월에 오진이 백제로 시집을 갔다. 오진이 목놓아 울며 백제로 떠난 다음 사로국 월성 왕실에는 난리가 났다. 명옥공주의 병이 또 도졌다. 비처왕과 선혜왕후는 그들이 할 수 있는 모든 방법을 다 동원했다. 공주의 병은 나을 듯 나을 듯하다가 점점 심해졌다. 그 와중에 고구려 5천 병사가 삼년산성 쪽으로 진격해왔다. 실죽장군은 백제에 원병을 청하는 한편 황급히 중앙군 일부와 일선군 병사로 편성된 지방군으로 맞섰다.

실죽은 살수(薩水)[28]를 사이에 두고 고구려군과 대치했다. 살수는 남에서 북으로 흘러 한수로 들어가는 한수의 지류였다. 살수가 한수와 만나는 곳에는 고구려가 백제의 한성 공략 이후 국원성(國原城)[29]을 설치해 백제와 사로국 공략의 거점으로 삼고 있었다. 국원성은 한수 하류에서 뱃길로 고구려의 군사와 물자를 수송할 수 있었다. 국원성 자체가 백제와 사로국에 큰 위협이 되었다. 고구려가 살수 상류를 장악하면 고구려는 사로국이 공들여 쌓은 삼년산성을 공격할 수 있었다. 굳이 삼년산성을 공략하지 않더라도 사로국 내륙으로 진출할 수 있는 길이 열려있었다.

고구려군은 첫 전투에서 철갑기병을 출동시켰다. 실죽 역시 철갑기병으로 맞섰다. 하지만 고구려 기병이 선수를 쳤다. 고구려 기병이 사로국 진영으로 돌격하여 장애물을 격파했다. 강가 넓은 벌판 전투에서도 고구려 기병은 역시 강했다. 실죽은 황급히 철수 나발을 불어 기병을 후

---

28) 여기서 살수는 현재의 충청북도 괴산군 청천면을 흐르는 달천
29) 현재의 충북 충주 지역의 성

퇴시키고 궁수와 창수를 전진시켜 고구려군의 공격을 막았다. 해가 지고 고구려군이 공격을 멈추자 실죽은 전 병력을 빼냈다. 실죽은 야음을 틈타 1백여 리나 후퇴해 견아성(犬牙城)[30]으로 물러났다. 견아성으로 적이 추격하면 삼년산성의 사로국 군사로 고구려의 후방을 칠 계산을 했다. 백제의 구원군이 도착한다면, 거꾸로 고구려군을 세 방향에서 포위하여 섬멸할 수 있다. 그게 실죽의 계획이었다.

백제의 모대왕은 빨랐다. 모대왕은 열여덟의 새신부를 맞이하여 기분이 좋았는지, 즉각 사로국의 요청을 받아들였다. 모대왕이 신속하게 3천 군사를 견아성 쪽으로 보내자, 고구려군은 바로 살수 이북으로 철수했다. 산악지역에서 백제와 사로국 군사에게 포위되면 진퇴양난에 빠지기 때문이었다. 후퇴한 고구려군은 살수 중류를 방어선으로 확보한 다음, 더는 남하하지 않았다. 실죽과 모대는 고구려의 나운왕이 많은 병력을 동원하는 전격전보다는 치고 빠지는 기습전을 선호한다는 인상을 받았다. 백제와 사로국이 긴밀하게 연대하면 고구려가 남쪽에 많은 병력을 투입하여 장기전을 벌이기는 힘들었다.

비처왕은 고구려 나운왕의 공세에 겨우 한숨을 돌렸다. 비록 패하기는 했지만, 중앙군과 지방군을 함께 움직였기에 소득도 있었다고 비처왕은 스스로 위로했다. 하지만 곧 비처왕은 생에서 가장 큰 슬픔을 맛보아야만 했다. 그토록 애지중지했던 명옥공주가 그만 이승을 하직해버렸기 때문이었다.

---

30) 경북 상주시 화북면의 견훤산성으로 추정.

6

　명옥공주를 이승에서 저승으로 보내는 날이었다. 공주는 왕의 딸로 태어나 이승에서 딱 9년을 살았다. 두세 살 때 병이 들어 죽을 고비를 한 번 넘겼다. 여덟 살에 중병이 들었을 때는 어떤 약도 소용이 없었다. 가슴이 두근거리고 맥이 약해졌다. 기운이 빠져 혼절한 적도 여러 번이었다. 월성의 어의(御醫)는 공주의 병이 심기허증이라 진단하고 여러 탕약을 처방했다. 차도가 거의 없었다. 선혜왕후는 스님들을 궁으로 불러 향을 피우고 불공을 드렸다. 불공에도 공주의 병에 차도가 없자 무녀를 불러 굿도 여러 차례 했다. 백약이 무효였다. 공주는 칠월 칠석날 하늘에 있는 전생의 짝을 찾으러 가는 듯이 한밤중에 홀연히 숨을 거두었다.

　공주가 죽자 비처왕과 선혜왕후의 얼굴에 핏기가 사라졌다. 왕과 왕후의 슬픔은 칠석날 밤하늘의 짙은 어둠보다 깊어졌다. 월성 궁중에서 명옥공주를 돌보던 유모와 시녀들의 통곡은 샛별이 동쪽 하늘에 반짝일 때까지도 계속되었다. 공주의 죽음은 곧 그들의 죽음이었기에 울지 않을 수도 없었다. 그게 그들의 운명이었다.

　공주가 죽고 사나흘이 지났어도 선혜왕후는 식음을 전폐하다시피 했다. 공주와 함께 어울려 놀았던 공주의 소꿉동무들도 시무룩해졌다. 공주는 궁중에 또래의 아이가 없어 왕족인 세 사내아이와 어울려 놀았다. 명옥공주는 어머니 선혜부인을 닮아 몸은 약해도 성격은 씩씩한 사내아이 같았다. 비처왕은 그게 더 귀여워 어린 딸을 장차 사로국의 국왕으로 삼아야겠다고 농담처럼 말했다. 병이 들기 전에는 바둑두기도 좋아했다. 역시 바둑을 좋아한 사부지와 자주 바둑을 두었다. 이사부와 물력은 공주가 바둑을 두면 공주의 방에서 빠져나와 다른 놀이를 찾았다. 둘은 말을 타고 활을 쏘면서 궁 밖에서 놀았다.

바둑판에서 대마를 잡은들, 돌을 들어내고 나면 아무것도 없다. 아무리 큰 집을 지어도 마찬가지다. 돌을 들어내면 집은 사라진다. 그냥 텅 빈 나무판만 남는다. 이사부는 공주와 사부지가 바둑을 두면 옆에서 구경하다가 이 허망한 짓을 왜 하나 하는 생각을 가질 때가 많았다. 그 시간에 꿩이라도 사냥하면 구워 먹을 수도 있지 않은가. 물력도 이사부와 비슷하게 생각했다. 마음에 들지 않아도 공주가 하는 놀이인지라 이사부와 물력은 처음 한 판 정도는 지켜보아주기도 했다.

차츰 이사부도 바둑에서 아무리 바둑알이 많이 몰려있어도 두 집을 내지 않으면 죽는다는 정도는 알게 되었다. 병사들끼리 연결되어야 사는 건 전쟁과 비슷했다. 전쟁에서도 적에게 둘러싸여 고립되면 죽거나 사로잡힌다. 성을 두 개 마련해놓고 적이 포위 공격하기 전에 얼른 다른 집으로 도망가야 산다, 바로 명활성과 월성이 그런 경우였다. 사로국 왕실도 월성이 포위당할 염려 때문에 명활성으로 도망갔다. 이사부에게는 바둑에서 두 집이 있어야 사는 이유가 그것으로 설명되었다.

공주가 죽자 이사부는 늦봄부터 여름까지 낭산과 남산 기슭을 헤맸다. 공주의 육신은 월성 한켠 응달진 납신당(納身堂)에 잘 모셔져 있다. 사로국에서는 왕이나 왕후나 갈문왕과 같은 왕족이 죽으면 우선 육신을 납신당에 모셨다. 납신당은 땅을 파고 돌로 석실을 만든 다음 관을 안치할 수 있게 해 놓았다. 석실 아래에 석빙고에서 가져온 얼음을 깔고 관을 안치했다. 관 위로도 얼음을 겹겹이 덮었다. 얼음 위에는 왕겨를 다져 넣고 두꺼운 나무짝으로 전체 석실을 덮었다. 석실 아래는 작은 배수구가 있었다. 석실 위에는 지붕을 덮어 햇볕을 받지 못하게 하였다. 이렇게 시신을 안치하면 2년이 지나도 변치 않았다. 사로국에서는 왕족이 죽으면 납신당에 안치하였다가 1년 이상 장례 준비를 한 다음, 본 장례를 치렀다. 공주의 장례는 관례대로 대아찬 내숙공이 주관했다.

대아찬 내숙공 역시 슬프기 한량이 없었다. 명옥은 공주이기에 앞서 자신의 외손녀였다. 내숙은 1년 동안 차근차근 공주의 장례를 준비했다. 죽음 너머의 세계에서 공주다움을 유지하게 하려면 부장품도 중요했다. 금동관과 귀걸이, 팔찌, 허리띠, 반지와 은장도 등 모든 부장품은 사로국 최고 장인이 정성을 다해 새로 만들었다.

공주가 이승에서 저승으로 건너갈 때는 말을 탄다. 시조 박혁거세부터 사로국의 왕족은 걸어서 저승을 가지 않았다. 화려하게 장식한 말을 타고 저승으로 가는 강을 건넜다. 마구 하나하나가 화려해야 했다. 선혜 왕후는 비단벌레 장식을 좋아했다. 청동 말안장이나 청동 허리띠 사이사이 장식한 비단벌레 날개를 넣으면 어떤 보석보다 아름다웠다. 선혜 왕후는 공주의 말다래를 비단벌레 날개로 장식하고 싶었다. 말다래는 말이 달릴 때 튀어오르는 흙이나 돌이 말 탄 사람의 다리에 튀지 못하게 하는 가림막이었다. 말다래는 구경하는 사람들 눈에 잘 띄었다. 말다래는 화려할수록 보는 사람의 감탄을 자아냈다. 말다래 장식으로 비단벌레를 사용하자면 수백 마리의 비단벌레가 필요했다.

선혜왕후가 귀족 부인들에게 공주의 말다래 장식은 비단벌레로 하고 싶다고 했다. 그 말은 들은 오명부인은 지나가는 말로 이사부에게 그 이야기를 했다. 그 이야기를 들은 이사부는 진지하게 자기가 비단벌레를 잡겠다고 선언했다. 오명부인이 왕후에게 이사부의 결심을 전하자 선혜왕후는 이사부의 결심을 칭찬했다.

"그렇구나, 이사부도 얼마나 슬프겠누. 이사부가 비단벌레를 잡아주면 공주가 얼마나 좋아할까."

이사부는 처음에는 낭산 주위에서, 나중에는 남산을 돌아다니며 비단벌레를 잡았다. 비단벌레는 소나무 밑둥에 붙어 있다가도 인기척이 나면 날아가 버렸다. 잡기가 여간 어렵지 않았다. 이사부는 꾀를 냈다. 대나무 작대기 끝에 그물망 주머니를 매단 채를 만들었다. 장례 준비가 막바지에 달했을 때 이사부는 필요한 비단벌레를 전부 다 잡았다. 이사부는 장례를 준비하는 관청인 품주로 비단벌레를 보냈다. 이사부가 비단벌레를 잡을 때 대부분은 물력이 함께 거들었다. 가끔 사부지가 동행하기도 했다.

이사부는 공주의 무덤으로 들어가기 전에, 비단벌레 날개로 완성된 말다래를 구경했다. 말다래는 어린 나이의 이사부가 보아도 멋지고 아름다웠다. 대나무 살에 붉은 천을 붙이고 나뭇잎 모양의 금동 틀을 만들어, 그 사이에 비단벌레 날개를 두 겹 겹쳐놓았다. 나뭇잎 모양 네 개가 합쳐지니 하나의 꽃잎처럼 보이기도 했다. 이 꽃이 좌우 각각 50개여서 실제 말다래 양쪽에 들어간 비단벌레는 4백 마리였다. 이사부와 물력은

5백 마리 이상의 비단벌레를 잡았다.

이사부는 저걸 말에 장식하면 이쁘고 아름답기는 하지만, 한번 말을 세게 달리면 다 떨어져나가겠다고 걱정했다. 그래도 공주의 저승길을 위해 자신과 친구가 비단벌레를 다 잡았으니 속으로는 기뻤다. 공주님이 말을 타고 사뿐사뿐 저승길로 가는 모습이 눈에 그려졌다. 공주님이 이쁜 말다래를 보고 눈을 깜빡거리며 이사부에게 고맙다고 했다. 까르르 웃는 공주의 웃음소리가 들렸다.

공주가 땅에 묻히는 날이었다. 비처왕과 선혜왕후를 비롯 6부의 여러 귀족이, 평토하여 닦아놓은 무덤 주위에 질서 정연하게 모였다. 명옥 공주의 관을 놓기 전에 말다래나 금동 신발과 같은 부장품을 먼저 놓았다. 저승 가면서 공주 일행이 곡식을 빻아 먹으라고 절구와 절굿공이와 여러 그릇도 놓았다.

다음이었다. 무덤 자리 뒤에서 여자들의 외침이 느닷없이 들려왔다. 공주의 유모와 시녀 네 명의 외침이었다. 그들은 눈이 안대로 가려진 채로 죽기 싫다고 소리치고 버둥거렸다. 하지만 그들의 외침은 장례의 장식일 뿐이었다.

아무도 움직이지 않았다. 가볍게 불던 바람도 잠시 멈추었다. 그녀들의 외침도 서서히 잦아들었다. 장례를 주관하는 품주의 수장 대아찬 내숙공이 군사들에게 명했다.

"공주님을 보살피게 하여라."

군사들은 쇠몽둥이로 여자들의 뒤통수를 가볍게 내리쳤다. 퍽퍽 소리와 함께 여자들은 고꾸라졌고 이내 그들은 꿈틀거림도 없이 조용해졌다. 공주의 관이 안치된 다음 그녀들은 관도 없이 공주의 관 주위에 반듯이 눕혀졌다. 한때 공주에게 젖을 주거나 공주를 돌보았던 육신들이었다. 따뜻한 피가 흐르던 부드러운 육신은 절구나 금동 신발과 같은 공주의 부장품이 되어 무덤으로 들어갔다.

공주의 유모와 시녀를 순장하는 장면을 이사부는 두 눈으로 똑똑히 보았다. 사람이 사람을 죽이는 장면을 이사부는 처음 보았다. 살아 움직이던 사람이 쇠몽둥이 한 방에 바로 막대기처럼 딱딱하게 굳어 저승길로 갔다. 사람도 참 쉽게 죽을 수 있구나, 그보다 왜 저들을 꼭 죽여야 하는가, 그들이 죽어 공주의 시중을 든다는 건 진짜일까? 죽으면 영혼이 된다는데, 영혼은 훨훨 날아다닌다는데, 저 무덤 속에 묻어봐야 공주를 돌보지 않고 훨훨 날아다닐지도 모르지 않는가. 이사부가 궁에 놀러 갈 때면 공주의 시중을 들던 유모와 시녀들이었다. 모르는 사람이 죽었다고 하면, 그냥 죽었구나 하지만, 아는 사람이 죽으면 왜 죽었지 하는 의문이 생겼다.

그 죽음이 느닷없으면 마음이 슬퍼졌다. 유모와 시녀들의 죽음도 마찬가지였다. 이사부는 눈물을 흘렸다. 누가 볼까 봐 얼른 눈물을 닦았다. 새삼 공주의 죽음이 슬퍼졌다.

공주의 장례가 끝나고 사흘이 지났다. 아침 일찍 이사부 집으로 사리공이 아이들을 공부시키기 위해 왔다. 스승에게 예를 차리자마자 이사부가 사리공에게 물었다.

"스승님, 왜 공주님 무덤에 유모와 시녀를 묻었습니까? 꼭 그래야 합니까? 유모는 어린 아기도 있는데 말입니다. 그 아이는 엄마를 찾지 않겠습니까?"

"어허, 이사부야, 숨을 좀 쉬자꾸나. 순장을 말하는 거로군."

"그렇습니다. 저는 공주님께서 돌아가셔서 슬펐습니다. 공주님은 공주님이고 또 저와 같이 놀고 같이 지냈던 분입니다. 그래서 더 슬펐습니다. 하지만 그 유모와 시녀들도 다 아는 사람들입니다. 여기 물력이와 사부지도 잘 알아요. 우리가 궁에서 놀 때 과자도 가져다주고 심부름도 했던 시녀들입니다. 그래서 또 슬펐습니다."

"이사부야. 네 말이 맞다. 사람은 가까운 사람을 사랑하고 아낀다. 그게 당연하지. 그 가까운 사람을 지키기 위해서 너희가 공부하고 힘을 기르는 거다. 그게 인지상정(人之常情)이다."

"더 알기 쉽게 말씀해주세요."

"그건 그렇고. 차차 알게 되겠지. 오늘 공부를 하면 좀 이해할 거야. 에, 춘추시대 진(晉)나라에 위주(魏犨)라는 사람이 있었어. 이 사람이 젊은 첩이 있었어. 위주가 병이 심하게 들어 곧 죽을 지경이 되었다. 맏아들 위과(魏顆)를 불러 유언을 남겼지. 진나라 풍습이 우리 사로국처럼 대신이 죽으면 젊은 첩을 같이 묻는 거였어. 위주가 맏아들에게 말했다. 그게 무슨 소용이 있느냐? 다 부질없다. 내가 죽으면 여자를 죽이지 말고 친정으로 돌려보내라. 하지만 막상 죽을 때가 되어 위주가 말을 바꾼 거야. 사람이 죽을 때가 되면 정신이 오락가락할 때가 많거든. 죽을 때 젊은 첩을 순장하라고 말을 바꿨지. 그리고 돌아가셨어."

"맏아들은 마지막 말을 따르게 되나요?"

죽음에 관심이 많은 사부지가 스승에게 조급하게 물었다. 며칠 전 명옥공주 장례 때 유모와 시녀를 순장했기에 아이들에게 위주의 이야기는 상당히 현실적으로 다가왔다. 사리공이 계속 말했다.

"맏아들 위과는 아버지 장례를 치를 때 고민을 했지. 동생들 의견을 물어보니, 동생들은 아버지 마지막 유언대로 첩을 죽이자고 했어. 하지만 위과는 정신이 또렷할 때 남긴 아버지 말씀을 따르기로 했어. 죽을 무렵에는 정신이 오락가락하는 사람들이 많아. 위과는 여자를 죽이지 않고 친정으로 돌려보냈어. 친정으로 간 여자는 다른 남자와 새로 결혼해서 잘 살았지.

그리고 세월이 흘렀어. 위과는 장수가 되어 전쟁터에 나갔지. 두회(杜回)라는 적장을 만난 거야. 두회가 용감하고 싸움을 잘해서 위과는 도망치기에 바빴어. 위과는 두회와 싸우다가 도저히 견딜 수 없어 말을 돌려 도망쳤지, 두회는 위과를 바짝 추격했어. 위과는 거의 따라잡혀 곧 목숨이 달아날 판이야. 그런데 추격해오던 두회의 말이 벌판에서 갑자기 넘어진 거야. 그 틈에 위과의 병사들이 두회를 사로잡아 죽였지. 위과가 뜻하지 않게 대승을 거둔 거야.

그날 밤 위과가 꿈을 꾸었어. 한 노인이 나타나 절을 하면서 말했지. 저는 장군이 살려준 여자의 아버지입니다, 여기서 장군에게 은혜를 갚을 날을 기다리고 있다가, 풀을 묶어서 두회의 말이 풀에 걸려 넘어지게 했습니다, 라고 했지. 여기서 결초보은(結草報恩)이라는 말이 나온다. 풀을 묶어서 은혜를 갚는다는 말이지. 잊지 말아라. 결초보은. 인간이라면 은혜를 꼭 갚아야 하는 법이다. 서로 은혜를 갚겠다는 마음으로 신의를 쌓으면 그게 나라의 힘이 된다."

"스승님, 결초보은의 의미는 알겠습니다. 스승님이 오늘 이 이야기를 해주신 까닭은 우리 사로국도 순장하지 말라는 말 같아 보입니다."

이사부의 말이었다.

"그렇게 느꼈느냐? 허허. 천하를 통일한 진나라 진시황도 자신의 지하 궁전에 수많은 사람을 순사(殉死)시켰지. 그러나 진나라는 진시황이 죽고 그 아들 대에 바로 망하고 말았다. 수십 년도 못 갔어."

사부지가 이어받았다.

"순장은 옳지 않다는 말씀이군요."
"나는 뭐라고 말한 적이 없다. 너희들 스스로 판단하거라."

"순장, 그거 다 쓸데없는 짓이구만요. 괜히 불쌍한 유모와 시녀만 생으로 죽였구만요. 우리도 순장하지 말아야 해요."

물력의 우렁찬 말에 사리공이 대답했다.

"너희들의 세상에는 너희들의 뜻대로 하거라."

7

아이들이 사라졌다. 조반을 먹을 때, 먼저 와서 밥상에 앉던 이사부가 보이질 않았다. 오명부인은 시종에게 이사부를 불러오라고 했다. 시종은 도련님이 방에 없다고 했다. 오명부인은 별 생각 없이 아이가 어딜 갔나 하고 시종에게 집안을 뒤져보라고 했다. 이사부는 보이질 않았다. 습지공은 아이가 아침에 어디 놀러 갔겠지, 배고프면 들어올 테지 하고 천천히 조반을 들었다. 여름이면 동해에서 많이 잡히는 참가자미를 말렸다가 맑은국으로 끓이면 속을 푸는 데는 그만이었다.

습지공이 식사를 마칠 때까지 오명부인은 수저를 들지 못했다. 아침 댓바람에 말도 없이 사라지는 아이가 아니었다. 오명부인은 이상한 예감이 들어 갈문왕 댁과 대아찬 댁으로 사람을 보냈다. 말을 타고 쌩하고 다녀온 집안 마름 시종이 그 댁 아이들도 사라져 집안이 발칵 뒤집혀 있더라고 했다. 이사부와 물력과 사부지가 같은 날 아침 동시에 집에서 사라져 버렸다.

그 말을 들은 습지공이 그제야 역정을 내기 시작했다.

"아니, 이 녀석들이 어디로 갔다는 게야. 아니 당신은 그래 아이가 사라지는 데도 몰랐소?"

"아니 제가 그걸 어떻게 알겠습니까? 발이 없는 아이도 아니고 말입니다."

그때 마름 시종이 보고를 했다.

"도련님이 타고 다니시던 말도 사라졌습니다."

습지공은 말을 내오라고 하고 바로 대아찬 댁으로 갔다. 대아찬 내숙공 집에서도 난리가 났다. 막내 물력이 새벽에 말을 타고 사라졌다는 것이었다. 지도로갈문왕의 집에서는 더 큰 난리가 났다. 막내 사부지 역시 새벽에 말을 타고 사라졌다. 지도로갈문왕도 가만히 앉아 있을 수 없어 말을 타고 대아찬 집으로 갔다. 어른들이 대아찬 내숙공의 집에 모여 걱정을 하고 있을 때, 내숙공의 집으로 급히 말을 타고 군관 한 명이 들어섰다.

"대아찬 나리를 뵙습니다."

내숙공이 얼른 군관을 맞이했다. 군관은 말에서 내려 내숙공에게 예를 차렸다.

"저는 덕지장군 휘하의 연락군관이옵니다. 덕지장군께서 대아찬 어른이 걱정하실 게 틀림없다고 하시며 저를 보내셨습니다. 아이들은 잘 데리고 갔다 올 테니 걱정 말라 하셨습니다.”

연락군관의 말을 듣고 어른들은 자초지종을 알게 되었다.

아침나절에 출정식이 끝나고 덕지장군이 치양성으로 막 출발할 때였
다. 세 아이가 말을 타고 덕지장군을 찾아왔다. 체구에 맞지 않게 칼과
활을 차고 화살통도 말에 달고 왔다. 그들은 덕지장군에게 자기들도 출
정하여 공을 세울 수 있으니 전쟁터에 데려가 달라고 간청하였다. 덕지
장군은 그들이 누구인지 이미 알고 있었다. 갈문왕과 대아찬과 습지공
의 막내아들이다. 이들이야말로 왕 다음가는 가문의 아이들이다.
덕지장군은 이사부 일행이 명옥공주의 말다래를 장식한 비단벌레를
잡으러 다닌 일도 알고 있었다. 덕지는 아이들에게 벌레를 잡으러 가는
게 아니라고, 어서 집으로 돌아가라고 엄포를 놓았다. 그들은 덕지장군
에게 떼를 썼다.

“장군님, 저희의 앞가림은 저희가 합니다. 말도 잘 타고 활도 잘 쏩니다.”
“이 녀석들아, 이게 놀이인 줄 아느냐? 이건 전쟁이야. 군량이 모자라
면 굶을 수도 있고 비가 오면 비를 맞고 행군해야 해. 잠도 한데에서 자
고 말이야.”
“다 각오하고 왔습니다.”

덕지는 막무가내로 우기는 그들이 귀여웠다. 덕지는 평생을 전쟁터
에서 살았다. 나이도 예순이 훨씬 지났다. 마지막 출정인지도 모른다.
덕지의 손자 중에도 바로 이사부 또래가 있다. 같이 가면서 말동무나 할

까? 어차피 앞으로의 전쟁은 저 아이들의 몫이다. 저 아이들이 사로국을 어깨에 메고 가야 한다. 이번 기회에 내 평생의 전쟁 경험을 이야기해주면 아이들에게 큰 도움이 되지 않을까? 마침 이 전쟁은 사로국이 한발 비켜선 전쟁이다.

"좋다. 허락한다. 단 너희들은 아직 병사가 아니다. 전투에 나서서는 안 된다. 항상 내 뒤에 붙어있어야 한다, 아니면."
"군법으로 다스리소서."

단호하게 이사부가 말했다. 덕지는 그가 이사부인지 알고 있었다.

"이사부야, 군법이 뭔지는 아느냐?"
"목을 댕강 자르는 거지요."

이번에는 물력이 말을 받았다. 아이들은 진지했다. 덕지는 간신히 웃음을 참았다. 이번 싸움이 고구려와의 정면 승부라면 아이들을 데리고 갈 수가 없다. 안전은커녕 목숨도 보장하지 못하는 싸움이 될 수도 있다. 하지만 이번 싸움은 유리한 싸움이 될 공산이 컸다. 첩자의 보고에 따르면 새로 왕이 된 고구려의 나운왕[31]은 지난달 국원성을 비롯 한수 상류 일대를 두루 살피고 돌아다녔다고 한다. 왕이 되었으니 자신의 영토를 순시할 만도 했다. 바다에서는 망제를 지냈다고 했다. 군사 1만으로 백제의 치양성을 공격하게 하고는 왕 자신은 정작 평양성으로 돌아갔다고 했다. 고구려가 전력을 기울이는 게 아니었다. 백제를 시험하고

───────────────

31) 나운은 고구려 제21대 문자명왕의 이름. 장수왕의 손자로, 할아버지의 뒤를 이어 왕이 되었다.

있는 느낌이 들었다.

백제 모대왕은 사로국에 구원을 청하고 병력을 증원하여 방어에 들어갔다. 치양성은 국원성에서 웅진으로 가는 중간 길목에 있는 요충지였다. 작천(鵲川)[32]이 흐르는 개활지 바로 옆이어서 치양성이 뚫리면 한밭이나 웅진까지 한달음에 고구려군이 들이닥칠 수 있었다. 백제로서는 사활을 걸고 지켜야만 하는 요충지였다.

사로국은 6부회의에서 모대왕을 구원하기로 했다. 지난번 모대왕이 견아성에 신속하게 구원군을 보내주어 사로국은 큰 피해 없이 고구려의 공격을 막아낼 수 있었다. 이번에는 사로국이 도움을 주어야 했다. 고구려는 마치 두 나라의 연대가 튼튼한가 확인하듯이 한번은 사로국, 한번은 백제, 이렇게 번갈아 군사를 출동시키고 있었다.

실죽장군은 지난번 패전에 대한 책임을 지고 자숙 중이었다. 이번에는 사로국의 노장 덕지 차례가 되었다. 덕지는 내심 기뻤다. 애송이 실죽 따위를 대장군으로 삼았으니 그따위로 패전을 했지, 자신이라면 백제의 도움 없이도 승리했을 거라고 자신했다.

덕지는 그런 생각을 아무에게도 내색하지 않았다. 그런 조그만 험담조차 점점 자라서 군의 화합을 가로막는 불쏘시개가 된다. 덕지는 묵묵히 기다리다가 자신에게 출정 명령이 떨어졌을 때 분연히 일어나 전의를 다졌다.

덕지의 군관이 대아찬 내숙공의 집을 다녀간 뒤에 세 집안의 부인들은 거의 실신 상태가 되었다. 그도 그럴 것이 아이들이 다 막내였다. 습

---

32) 미호천의 백제 때 이름

지공은 첫 부인에게서 딸 셋만 얻었다. 둘째 부인인 오명에게서 낳은 아이가 바로 이사부였다. 습지공의 나이가 딱 환갑이라 아직 오명부인이 젊다 하나 다시 자식을 보기는 어려운 처지였다. 지도로갈문왕이 연제부인과의 사이에서 낳은 막내아들이 바로 사부지였다. 남자야 나이가 들어도 아이를 얻을 수 있으나 연제부인이 마흔이 넘어 사내아이를 얻었으니 또한 애지중지였다. 내숙공도 둘째 부인인 진무부인이 낳은 막내가 바로 물력이었다. 세 아이 나이가 같고 함께 어울려 다녔으니 사로국 귀족들 사이에서는 이 아이들을 사로국 막내 삼공자라 불렀다. 삼공자가 함께 사라져 전쟁터로 향하고 있으니, 어머니들의 속이 타는 건 당연지사였다. 나이가 든 아버지들도 내색은 못 해도 부인들만큼 속이 시커멓게 변했다. 하지만 사로국 서라벌의 6부의 귀족 자제들이라면 누구라도 전쟁터로 가서 병사들을 이끌어야 했다. 그게 사로국 귀족 남자들의 불문율이었다. 사로국의 귀족 사내라면 누구도 전쟁터를 피할 수는 없었다. 그래도 열 살은 너무 일렀다.

지도로갈문왕과 내숙공과 습지공은 모여서 의논했다. 아이들의 용기를 가상히 여기나 아직 전쟁터에 가기에는 너무 어리기에 한 아이에 호위군관 두 명씩을 붙이기로 합의했다. 이들은 집안 호위무사 중 무공이 뛰어난 자를 골라 날쌘 말에 태워 급히 덕지의 부대를 따라잡게 했다. 이틀 후 일선군을 지날 때쯤 서라벌에서 보낸 호위무사 6명은 덕지의 본대에 합류할 수 있었다. 물력의 호위무사는 덕지장군에게 내숙공의 편지를 전했다.

"서신을 보내는 못난 아비를 용서하시구료. 하룻강아지 범 무서운 줄 모르는 천방지축들이오. 장군의 호된 가르침을 바라오. 장군의 노고에

짐을 얹어서 미안한 마음 이를 데가 없소. 아이들은 살아서 돌아오기만 하면 되오. 거듭 감사를 표하는 바이오."

국정을 책임지는 대아찬의 편지치고는 매우 솔직했다. 아이를 키워본 아비의 심정이었다. 덕지는 자신 휘하의 모든 병사가 누군가의 아들이고 누군가의 지아비임을 잘 알고 있었다. 모두가 그러했다. 소중하지 않은 생명이 어디 있으며, 안타깝지 않은 죽음이 어디 있는가. 덕지는 평생을 전쟁터를 누볐지만 늘 그렇게 생각하고 부하들의 목숨을 아꼈다. 이기지 못할 전쟁은 안 하는 게 최고의 계책이다. 덕지는 아이들의 호위무사를 불렀다.

"너희들은 절대로 본대를 떠나지 말라. 내 바로 옆에 붙어있어야 한다. 내 명령 없이는 무슨 일이 있어도 전투에 나서선 안 된다. 혹 공자들의 안위에 문제가 생기면 너희들에게 책임을 묻겠다."

덕지장군은 그때부터 대부분의 식사는 군중(軍中)의 장막에서 아이들을 불러 함께 했다. 아이들과 같이 행군하면서 아이들의 맑은 모습을 보고 있으니, 덕지장군은 전쟁터로 가는 게 아니라 마치 자신이 소풍가는 것처럼 느껴졌다. 평소에는 말이 없는 덕지였으나 아이들에는 여러 이야기를 해주었다. 손자를 대하는 여느 할아버지와 하나도 다를 게 없었다. 아이들도 덕지장군을 할아버지처럼 따랐다.

"그때 대왕께서 사람을 보내, 해가 뜨기 전에 집안에서 기르는 수탉을 모조리 죽이라고 하셨지. 고구려 군대가 서라벌에 주둔하고 있을 때야. 내가 월성 시위대장이었는데, 기병을 데리고 고구려 막사를 기습해서 1백여 명을 몰살시켰지."

덕지는 눌지왕 때 서라벌에 주둔하고 있던 고구려 당주군을 전면시킨 이야기를 신이 나서 이야기했다. 아이들은 눈을 동그랗게 뜨고 숨도 제대로 쉬지 못하고 집중해서 덕지의 무용담을 들었다.

"고구려에서 반격은 없었나요?"

이사부의 질문이었다.

"하려고 했지. 하지만 우리가 선수를 쳤어. 내가 5천 군대로 죽령으로 나아갔고, 대왕의 본대 1만 5천 대병은 새재 쪽으로 나아갔지. 고구려도 맹광장군이 2만 대병을 궤영(跪營)³³⁾에 집결시켜 놓았지."

"크게 붙었겠네요?"

이번에는 물력이 받았다.

"그렇지는 않았어. 전쟁은 어느 한쪽이 승산이 있다고 판단할 때 크게 벌어지는 법이다. 약점이 있어야 상대가 달려든다는 뜻이다. 그때 사로국은 백제의 비유왕과 연합하기로 처음으로 약속을 했지. 그전까지는 고구려의 속국이나 마찬가지였다. 우리가 힘을 키우고 백제와 동맹

---

33) 충주 고구려비에 나오는 말로 고구려의 군영으로 추정.

을 하니 고구려도 우릴 함부로 하지 못했다."

"그 이후에 우리 사로국은 고구려의 간섭 없이 우리의 왕을 세울 수 있게 된 거구요."

"이사부는 누구한테 그 이야기를 들었느냐?"

"아버님이 이야기를 해주셨습니다."

"그렇군. 습지공이 잘 알고 있는 일이지."

"장군님, 그러면 반대로 약점을 보여서 적군을 유인할 수도 있겠네요?"

"어허. 이사부는 벌써 그런 생각을 하는구나. 바로 그거다. 허점을 보여 상대를 유인하지. 병법 중의 하나다. 그걸 허허실실(虛虛實實)이라고 한다."

덕지의 3천 지원군은 7주야 만에 치양성(雉壤城)[34]이 멀리 바라보이는 산기슭에 도착해 진을 쳤다. 치양성을 공략했던 1만 고구려군은 성에 별다른 피해를 주지 못하고 물러서 있었다. 강가에 주로 성을 쌓던 백제는 한성 패전 이후 거점 지역에는 산성을 쌓아 고구려의 침입을 대비했다. 치양성이 바로 그런 경우였다. 과거 치양성은 쌍현성 북쪽 고구려 영토에 있었다. 백제가 웅진 천도 이후 산줄기 방어선에 새로 성을 쌓으면서 그 성 이름을 같은 치양이라 불렀다. 언젠가는 고구려에게 빼앗긴 실지(失地)를 회복하겠다는 의지를 다지기 위해 붙인 이름이었다.

고구려로서도 치양성을 점령하면 작천과 백강[35]의 합류 지점이 한눈에 보이게 된다. 웅진 서북쪽 상류 지역 백강을 압박할 수 있다. 서쪽으로는 아술[36] 지역까지 조망할 수 있어 치양성은 산맥 방어선의 요충지

---

34) 정확히 알 수 없다. 치양성은 황해도 배천, 강원도 원주 등 여러 설이 있다. 여기서는 충남 세종시 전의면 일대로 추정.
35) 현재의 금강
36) 현재의 충남 아산시

였다.

덕지장군은 치양성을 바라보면서 고구려군이 성을 깨기는 쉽지 않음을 직감했다. 우선 공격로가 마땅찮았다. 많은 병력이라 해도 그 병력을 집중하기가 힘들었다. 치양성에 접근하자면 여러 골짜기를 활용해야 한다. 그러자면 매복에 걸릴 위험이 있었다. 지형적으로 백제의 치양성은 방어하는 백제군에게는 유리하고 공격하는 고구려군에게는 매우 불리하게 보였다.

사로국의 구원병이 도착하자 백제의 연락군관이 급히 덕지장군을 찾아왔다. 신속히 구원하러 와 준 덕지장군에게 감사의 예를 표하고 고기와 술을 건넸다. 덕지장군은 백제가 보내준 술과 고기를 보며 치양성의 백제군 식량 사정을 짐작할 수 있었다. 서너 달은 충분히 버틸 수 있을 양식을 비축하고 있음이 틀림없었다.

"우리 백제군은 장군께서 오셨으니 밤에 성을 나와 기습을 할까 합니다. 사로국 군사가 배후를 지켜주면 몰살시킬 수 있습니다."

"오늘 내일이 달이 없는 밤이라 밤중에 뒤섞이다 보면 백제군과 우리 군이 서로 오인해서 살육할 수가 있소. 오늘은 우리 병사들이 오랜 행군을 하여 지쳤으니 며칠을 푹 쉬어야 하겠소. 사흘 뒤 새벽에 전투를 시작합시다. 요즘은 묘시가 지나야 해가 뜨니 인시에 공격을 시작하시오. 하루, 이틀은 새벽이라도 고구려군이 사로국군이 왔으니 잔뜩 경계할 게 틀림없소. 사흘쯤이면 경계가 좀 느슨해질 거요. 그때를 노립시다. 고구려군이 기습을 알아채고 대비하여 싸움이 시작되면 동이 밝아올 때요. 그러면 피아 적군을 구별하기도 쉽고. 우리 병사들이 고구려군과 맞붙을 때는 아침나절이 될 거요. 군량은 충분하지요?"

"네, 포위가 된다 해도 두어 달은 버틸 수 있습니다. 성주께 그렇게 전하겠습니다."

사로국 군사들은 고구려군의 기습에 대비하여 산 능선에 소수의 병력을 배치하고 골짜기 아래에 진을 쳤다. 고구려군의 기습을 받아 진입로가 차단되면 치양성으로 들어갈 수 있는 위치였다. 덕지는 호기심으로 눈을 반짝이는 아이들에게 왜 이곳에 진을 치는지, 적이 기습하면 어떻게 대처할 계획인지를 자세히 설명해주었다.

"전투를 하다 보면 장군이 앞장서서 적진을 돌파해야 할 때도 물론 있다. 하지만 그런 상황을 만들어서는 곤란하다. 대개 그럴 때는 적에게 포위당했을 때다. 장군은 지휘 계통을 유지하면서 미리 약속한 군호로 전체 전장을 지휘해야 한다. 어디에 아군이 있고, 어디로 적군이 움직이는지 머릿속에서 다 가늠하지 않으면 안 된다. 적이 어디 있는지 모르면 그 전쟁은 필패다."
"적이 어디에 있는지 어떻게 압니까?"

이사부의 질문에 덕지장군은 설명했다.

"항상 척후병사를 운용해야 한다. 날래고 충성스런 병사가 주위 산 위로 올라가 적의 동태를 파악해야 한다. 행군 때도 마찬가지다. 전방과 후방에 척후병사를 여러 조로 편성하여 늘 감시하면서 군대를 움직여야 한다. 군대의 눈은 많을수록 좋다. 척후병사가 없으면 그 군대는 장님이나 마찬가지다."

"말을 타고 적장의 목을 베는 싸움을 하지는 않나요?"

물력은 용감한 장수가 적장의 목을 추풍의 낙엽처럼 베어버리는 이야기를 들었다. 자신도 그렇게 하고 싶었던 모양이어서 그렇게 물었다.

"선봉장이 그렇게 하지. 대개 선봉은 젊고 용맹한 장수가 맡는다. 하지만 전체 군을 지휘하는 장수는 함부로 나서서는 안 된다. 물력아, 바둑판에서 바둑은 누가 두느냐?"

물력이 대답했다.

"바둑은 사부지가 잘 둡니다."

덕지가 사부지에게 물었다.

"그럼, 사부지. 바둑은 누가 두느냐."
"그야 사람이 두지요. 돌이 병사겠지요."
"그렇다. 사람이 바로 장수다. 장수는 바둑을 두는 사람이고, 바둑돌은 병사다. 바둑판 전체를 바라보며 병사를 적재적소에 배치하고, 병사를 빼고 나아가는 명령을 내리는 게 바로 장수다. 장수는 절대로 함부로 움직이면 안 된다. 스스로 위험해져서도 안 된다. 장수가 안전해야 전쟁에서 이긴다."

이번에는 이사부가 덕지에게 물었다.

"안전만 생각하면 적에게 큰 타격을 못 줄 수도 있지 않을까요? 적도 마찬가지일 테니까요."

"그렇지. 이사부 말이 맞다. 그러니 전쟁이란 장수의 머리 싸움이다. 병법을 배우는 이유도 바로 그 때문이다. 이사부는 열심히 병법을 공부해야 하겠구나."

사흘 후 새벽 인시 무렵이었다. 백제군 진영에서 약속했던 불화살 세 발이 동시에 올라왔다. 덕지는 병사를 은밀히 골짜기를 따라 우회시켰다. 개천을 따라 남으로 진군했다가 산자락이 끝나는 평지에서 다시 북으로 들어가도록 명령했다. 기병이 뒤를 따르고 보병이 선두에 섰다. 기병이 선두에 서면 사위가 조용한 새벽에는 아군의 위치가 적에게 노출될 우려가 있었다. 기습의 효과를 올리려면 보병이 앞서는 게 좋았다. 가장 후미에 덕지장군의 본대가 천천히 움직였다.

동이 트기 직전에 백제의 기습이 시작되었는지 산마루 쪽에서 병사들의 병장기 소리와 함성이 들려왔다. 전투가 개시되자 덕지는 기마병을 전진시켰다. 기마병은 앞으로 치고 나가면서 고구려군의 측면을 공격하기 시작했다. 남쪽 측면에서 갑자기 나타난 적들에 당황하면서 고구려 본대가 무너지기 시작했다. 창수와 검수와 도부수로 구성된 보병도 앞으로 돌진했다. 덕지는 일선에 선 장수들에게 적이 무너지더라도 깊숙이 추격하지 말라고 일러두었다. 길게 뻗은 산을 넘으면 바로 개활지가 나타난다. 그곳이 고구려 본진이 야영하던 곳이다. 개활지에 이르기 전에 여러 개의 골짜기가 있어 매복을 염려하지 않을 수 없었다. 덕지는 골짜기가 나타나면 추격을 멈추라고 일러두었다.

해가 중천에 뜨면서 승부는 결정되었다. 고구려군은 상당한 군사를 잃었다. 백제군도 경미하지만 피해가 있었다. 사로국군은 거의 손실이 없었다. 백제군과 사로국군은 승리의 기세를 타고 고구려군을 공격할 태세를 갖추었다. 넓게 펼쳐진 고구려 야영지 건너편에 일자진을 구축했다. 고구려군은 예봉이 꺾였기에 섣불리 나서지 않았다. 백제군과 사로국군 역시 고구려군을 얕보지 않았다. 아침나절의 후퇴는 고구려군의 유인책일 수도 있어 진격하기 힘들었다. 고구려군은 철수 준비를 한다고 척후병이 알려 왔다. 정오가 지나자 고구려군은 대오를 유지하면서 질서정연하게 퇴각을 했다. 백제와 사로국 연합군은 퇴각하는 고구려 군대를 바라보기만 했다.

백제군은 치양성을 지켜냈기에 만족했다. 사로국군은 백제군을 도와 고구려군을 물리쳤으니 목적을 달성했다. 덕지로서는 고구려군을 추격하여 무리한 싸움을 할 이유가 없었다.

덕지는 기분좋게 서라벌로 돌아갈 수 있었다. 승전도 승전이지만 이사부를 비롯한 아이들에게 사로국 군대의 자긍심을 심어줄 수 있었기에 무엇보다 기뻤다. 아이들을 데리고 돌아가면서 덕지는 자신이 젊은 시절부터 경험했던 전쟁터의 이야기를 들려주는 재미에 푹 빠졌다.

"그 언제인가, 그래 40년쯤 되었네. 내가 스물네 살 때 서라벌에 주둔하고 있던 고구려 군사를 모조리 죽였지. 안 그랬으면 그놈들이 우리 대왕을 시해했을 거야. 그 이듬해 내가 스물다섯 때였지. 고구려가 백제의 해씨와 내통하면서 백제 비유왕이 자객들에게 살해되는 일이 벌어졌지. 그때 내가 벌지장군을 모시고 백제의 한성으로 구원병을 이끌고 갔지. 그때 처음으로 한수를 보았다."

"덕지장군님, 왜 한수를 두고 백제와 고구려가 저리 다투었나요?"

"이사부야, 그렇게 묻는 너는 답을 알고 있는 것 같은데. 네가 말해봐."

"그야, 한수 일대가 비옥한 땅이 많아서 백성이 살기 좋구요, 또 배로 짐이나 사람을 실어나르기 좋으니까, 당연히 군사적으로도 중요하겠습니다."

"또 없느냐?"

이번에는 사부지가 대답했다.

"위나라나 제나라 같은 바다 건너 있는 나라들과 교통하기도 좋겠지요. 스님들도 고구려나 백제를 거치지 않고 바로 오고, 바로 보낼 수 있고요."

사부지의 말에 물력이 말을 받았다.

"아니 사부지는 또 스님이야? 스님이 뭐가 중요하다고. 스님이야 오든지 말든지."

아이들이 투닥거리자 덕지가 웃으며 말했다.

"허허. 물력이는 그렇게 말하지 말아라. 스님들도 중요하지. 사부지 말이 맞다. 한수 일대를 차지하면 위나라나 제나라와 직접 교역도 할 수 있고, 스님도 쉽게 오고 갈 수 있지. 그게 다 나라에 보탬이 된다. 물은 한곳에 있으면 썩고 만다. 나라도 마찬가지야. 이사부야."

"네, 장군님."

"한수는 사로국 사람들이 한 번도 보지 못한 넓고 큰 강이란다, 한수의 꿈을 꾸어라. 그게 사로국이 살길이다."

다음 날은 아침 일찍부터 서라벌로 철수 행군을 시작했다. 덕지의 말 바로 뒤에 아이들의 말이 따르고 호위무사와 부관들이 줄을 이었다. 덕지장군은 45년을 전쟁터를 누볐다. 왜적과도, 고구려와도 죽음을 다투고 싸웠다. 하지만 한 번도 패장이 된 적은 없었다. 벌지장군을 모시고 왜적을 물리칠 때는 큰 공을 세웠다.

전쟁에 나아가 병사들을 아꼈기에 병사들은 용맹으로 그에게 화답했다. 장수라고 더 잘 먹고, 장수라서 더 좋은 곳에 자지 않았다. 장수의 잠자리가 편하려면 그만큼 병사들이 고생해야 했다. 덕지장군은 이번 출정에서도 아이들을 위해 좀 더 편하고 안락한 막사를 설치할까도 생각했다. 나이가 들어 육십도 중반에 들어서니 아이들이 그렇게 이쁠 수가 없었다. 이사부와 물력과 사부지가 사랑스러웠다. 서라벌 집에 있는 손자 나이였다. 그래도 덕지는 그들을 위해 좋은 막사를 세우지 않았다. 오히려 아이들이 보고 배울까 봐서였다. 장수는 호의호식을 위해 전쟁터에 나온 게 아니다. 장수는 병사들을 지휘하여 그들의 생명을 지키고 승리하기 위해 전쟁을 한다. 그것을 아이들에게 보여주어야 했다.

덕지는 그런 생각을 하다가 말 위에서 깜빡 졸았다. 밤에 아이들에게 이야기를 해주느라 잠을 덜 잤기 때문인가 보다 하고 눈을 부릅떠 보았지만 감기는 눈을 참을 수가 없었다. 덕지의 눈이 스르르 감기는가 하더니 몸에서 힘이 풀렸다. 덕지의 큰 덩치가 말에서 쏟아져 내렸다. 낙상이었다. 거의 50년을 전쟁터를 누볐지만 한 번도 낙상한 적이 없는 덕지였다. 이사부가 덕지장군 바로 뒤에 있다가 장군이 낙상하자 깜짝 놀라 소리쳤다. 이사부가 말에서 내려 장군에게 다가갔다. 덕지장군은 이미 의식이 없었다.

사로국 군대는 당장 행군을 멈추고 막사를 쳤다. 서라벌에 급히 전갈을 보냈다. 승리하고 돌아오다가 덕지장군께서 낙상하셔서 위독하다는 내용이었다. 마침 몇 개의 산을 넘어 일선군 입구에 도착했을 무렵이었다.

덕지장군의 간호는 아이들이 도맡았다. 덕지장군은 의식을 찾지 못했다. 낙상하면서 머리를 땅에 부딪혔던 게 치명상인지도 몰랐다. 일선군에서 의원이 달려왔지만 뾰족한 수가 없었다.

다음 날 아침이 되자 덕지장군의 입에서 신음소리가 새어나왔다. 이사부가 덕지를 부르며 천에 물을 적셔 덕지의 입에 물렸다. 덕지가 힘겹게 눈을 떴다. 그러고는 낯선 풍경을 잠시 쳐다보았다. 옆에는 아이들과 부관이 자신을 들여다보고 있었다. 덕지는 자신이 행군 중에 말에서 떨어졌던 일을 기억해냈다. 장군이 창피하게 말에서 떨어지다니. 아이들과 부관이 장군님을 외쳤다.

덕지는 정신이 가물가물했다. 그러면서 자신은 갈 때가 되었음을 직감했다. 전쟁터에서 수많은 부하를 먼저 보냈다. 그들을 만나러 갈 때가 되었다. 용감하게 싸웠으니 후회없는 삶이었다. 덕지는 자신에게 시간이 많이 남지 않았음을 알았다. 잠이 자꾸 왔다. 몸에서 힘이 빠져나갔다. 덕지는 손을 뻗었다. 덕지의 두툼한 손을 작은 두 손이 잡았다. 이사부의 손이었다. 덕지는 이사부를 불렀다.

그 말은 전달되지 않았다. 덕지의 입술 모양이 이사부에게 귀를 대라고 말했다. 이사부는 덕지장군의 입에 귀를 가까이 대었다.

"이, 이사부야, 이제 너, 너다……"

이사부는 그게 무슨 말인지 잠시 생각했다.

"장군님, 알겠습니다. 제가 하겠습니다."

이사부의 대답을 들은 덕지의 손에서 스르륵 힘이 빠져나갔다. 그것으로 평생 전장을 누볐던 장군의 이승에서의 삶은 끝이 났다. 눌지왕 때 태어나 세 왕의 치세에서 사로국의 우장군, 좌장군, 대장군으로 승승장 구했다. 명실공히 사로국 군부 최고의 장수였던 덕지는 고구려와의 마지막 전투를 승리로 이끌고 귀경하던 중 낙상하여 야전 막사에서 숨을 거두었다. 이름처럼 덕장(德將)이었고, 지혜로 적을 상대했던 지장(智 將)이었다. 왜적 소탕도 여러 번이었다. 고구려와의 전투에도 승리했기 에 덕지는 사로국 백성들에게 늘 믿음의 주인공이었다. 적군에게는 기 피와 경계의 대상이었다. 사로국 대장군 덕지가 그렇게 세상을 떠났다.

8

집 나갔던 아이들이 돌아왔다. 덕지장군이 돌아가셨다는 소식과 함께 도착했지만, 아이들의 부모는 버선발로 마당으로 뛰어 내려올 만큼 반가웠다.

"아이쿠, 내 아들, 이사부야."

오명부인은 집 마당으로 들어서는 이사부를 부둥켜안았다. 이사부의 뺨을 얼굴에 비비다가 오명부인은 뭔가 이상함을 느꼈다. 아들을 껴안았던 팔을 풀고 아들을 쳐다보았다. 아들에게는 이사부 특유의 아이 냄새가 풍겼었다. 이사부 몸에서 나던 그 냄새는 사라졌다. 대신 써늘한 찬바람 같은 냄새로 바뀌어있었다. 오명부인은 그게 젊은 사내에게서 나는 냄새라는 걸 곧 깨달았다. 그걸 느끼는 순간 다시 껴안기가 쑥스러워졌다. 아이가 집을 나갔건만, 돌아온 건 아이가 아니라 아직 어리기는 해도 사내였다. 몇 달 사이에 키도 훌쩍 컸다. 키가 크느라 그랬는지 비쩍 말라 있었다.

아이가 말랐다. 그 실체를 확인하는 순간 오명부인은 바로 활기를 되찾았다. 먹여야 할 게 아닌가. 전쟁터에서 먹기라도 제대로 했겠는가? 덕지장군은 병사들과 같은 음식을 먹는다고 했다. 기껏 주먹밥이라도 배불리 먹기나 했을까?

오명부인이 하녀들을 데리고 부엌으로 갔다. 이사부는 아버지 습지공에게 큰절을 올렸다.

"아버님께 허락도 받지 않고 집을 떠났습니다. 용서를 비옵니다."

"네가 허락을 청했다면, 내가 허락했겠느냐?"

"아니옵니다. 아버님께서는 허락하지 않으셨겠지요."

"그래서 마음대로 갔다고?"

"죄송하옵니다."

"아니다. 잘했다. 내가 허락해서 네가 떠났다면, 네 어미 등쌀에 내가 편안히 살아있겠느냐?"

"네?"

"그러니 앞으로도 내 허락받지 말고 네 뜻대로 하여라."

"네?"

"너는 바른 아이다. 사로국에 너 같은 아이는 드물다고들 한다. 아비인 내가 너를 믿지, 누가 너를 믿겠느냐. 나는 너를 믿는다."

"알겠습니다. 무슨 뜻인지 알겠습니다."

"알면 되었다."

"고맙습니다. 아버님."

세 아이가 각각 자기 집에서 맛있는 음식으로 배를 불리고 있을 즈음, 사로국 조정은 덕지장군의 장례식 준비로 분주했다. 덕지장군은 왕족은 아니었기에 한 달이 장례 기간이었다. 한 달이 지나자 덕지장군의 장례가 성대하게 치러졌다. 이사부도 지극한 정성으로 예를 다했다. 이사부에게는 덕지장군이 친할아버지나 마찬가지였다. 백제왕 모대는 치양성 구원에 사례하는 사신을 보냈다. 백제 사신은 마침 덕지장군의 장례에도 조문했다.

백제 사신은 그 자리에서 이찬 비지공에게 오진부인이 막 딸을 순산했다는 소식을 전해주었다. 오진부인은 2년 전 봄에 모대왕에게 시집갔던 이사부의 이모였다. 오명부인은 그 소식을 듣고 동생에게 줄 선물을 준비하느라 분주했다. 돌아가는 백제 사신 편에 보낼 작정이었다. 동해에서 채취한 긴미역, 건대구, 건홍합을 비롯한 여러 해산물과 면으로 짠 아기 옷과 같은 것들이었다.

"백제에도 미역이 있는지 모르겠다. 아이 낳고는 미역을 먹어야 한다. 건홍합 불려서 미역국 끓여 먹으면 부기가 쫙 빠지는데…… 찬모(饌母)가 시집갈 때 따라갔으니 이것을 전해주면 해먹일 거야……"

이사부는 어머니의 말을 듣다가 한 가지 꾀를 생각해 냈다.

"어머니, 제가 다녀오겠습니다."
"아니 네가 또 어딜 다녀온단 말이냐?"
"백제에요. 이모님께 미역도 갖다 드릴 겸 해서요. 백제 사신을 따라가면 됩니다."
"아니, 이 아이가 역마살이 꼈나. 왜 자꾸 돌아다니려고 하나. 네가 집에 없으면 엄마 마음이 늘 조마조마하단 말이야."

"하하, 저는 제 한 몸을 잘 돌봅니다. 걱정 안 하셔도 됩니다. 이번에야말로 전쟁터도 아니지 않습니까?"

사로국의 막내 삼공자는 백제 사신을 따라 웅진으로 향하게 되었다. 공식적인 사신의 행차라 아이들만 보낼 수 없었다. 덕지장군의 부관이었던 약문(若文)에게 사로국 아이들과 호위군관을 통솔하게 했다. 아이들 아버지가 대아찬을 비롯한 사로국의 쟁쟁한 가문이다 보니 근사한 행렬이 웅진으로 향하게 되었다.

사신 일행은 일선, 사벌을 거치고 삼년산성 근처를 지나 웅진[37]으로 향했다. 이사부는 지난번 치양성에 갈 때 갔던 길이라 조금은 익숙했다. 치양성으로 접어들기 전에 일행은 한밭[38]으로 방향을 틀어 백강 상류 쪽으로 나아갔다. 그곳부터는 말을 타거나 걸어가지 않아도 되었다. 사신 일행을 태울 배가 통기를 받고 미리 대기하고 있었다. 가뭄 때나 겨울철에는 백강 상류의 수량이 줄어든다. 수심이 낮아지면 바닥이 낮은 평저선(平底船)을 운행했다. 웅진 상류는 거의 뗏목과도 흡사한 평저선이 운행된다고 했다. 몇 척의 평저선에 나누어 타고 일행은 하류로 내려가기 시작했다. 이사부와 아이들은 처음 타보는 배가 마냥 신기했다. 이사부는 약문에게 물어보았다.

"우리 사로국도 배로 다니는 곳이 있습니까?"

"당연히 있지요. 공자님께서 모르셔서 그렇지, 낙수는 이 백강보다 훨씬 길고 폭도 넓습니다. 가야와 경계 지역인 남해안부터 북쪽 고타군

---

37) 현재의 충남 공주시
38) 현재의 대전

(古陁郡)[39]까지 뱃길을 많이 활용합니다. 우리 사로국 북쪽의 소금은 저 낙수 아래쪽 황산진(黃山津)[40]으로부터 다 배로 올라갑니다. 동해 쪽에도 배가 많이 있지요. 고구려나 왜적을 상대하는 전선도 수십 척 있습니다. 이런 뗏목과 비교할 수는 없지요. 하지만……"

약문은 서른 살 정도의 군관으로 덕지장군의 참모였다. 지난번 치양성 원정 때도 아이들은 약문의 얼굴을 여러 번 보았다. 그때 아이들은 덕지장군 곁에 있어서 그와 이야기를 나눈 적은 없었다. 약문은 각종 무술에도 능했다. 손자병법도 열심히 공부한다는 소문도 있었다. 벼슬은 하급 장수인 나마(奈麻)였다.

"계속 말씀해 주시지요, 장군님."
"장군이라니요. 공자님, 저는 나마인데요."
"뭐 어떻소. 좀 있으면 장수가 될 게 아니요."
"하하, 기분은 좋습니다. 공자님."
"그럼 백제는 어떻습니까?"
"백제는 일찍부터 배를 이용해 국력을 키웠습니다. 백제(百濟)라고 할 때 제(濟)는 물을 건넌다는 뜻입니다. 제(濟)라는 말에는 배가 머무는 포구라는 뜻도 있지요. 백제는 처음에 십제라고 했다가 백제라고 고쳤습니다. 백제는 고구려에서부터 배를 타고 물을 건너온 여러 사람이라는 뜻입니다. 강이나 바다와 떼려야 뗄 수 없는 나라가 바로 백제입니다. 그러니 늘 강 옆에 도읍지가 있지요. 한성도 바로 한수 가에 있었고, 웅진도 물가에 있습니다. 곧 도착할 테니, 보면 알겠지요. 백제는 뱃길

---

39) 현재의 경북 안동시
40) 현재의 경남 김해시와 양산시 사이를 흐르는 낙동강 하류의 나루터로 추정.

사국지 1

이 발달한 나라입니다. 제나라나 왜국까지도 자주 배로 왕래하지요."

"강가에 있어서 지난번에는 고구려 기병의 기습에 당하기도 했잖아요?"

"바로 그것입니다. 강가에 있으면 평소에는 매우 좋으나 적군도 배를 타고 바로 쳐들어올 수 있는 약점이 있겠지요."

"고구려는 어떤가요?"

"제가 고구려는 잘 모르지만, 고구려는 한수 일대를 장악하고 뱃길로 국원성까지 물자를 이동합니다. 평양성도 뱃길이 매우 편리하다 들었습니다. 장수왕이 평양성으로 천도한 가장 큰 이유도 뱃길을 활용하기 위해서라지요. 고구려 수군은 제나라에까지 물자를 실어나르니 대단하다고 봐야지요. 수백 마리 말도 서해를 건너 실어 날랐다고 합니다. 지금 서해는 고구려 수군이 장악하고 있어 백제 수군은 눈치를 보면서 요리조리 피해 다닌다고 합니다."

"그럼 우리 사로국은요?"

"아직 두 나라에 비하면 어린아이 수준도 안 됩니다."

"그렇군요. 잘 알겠습니다. 장군."

이사부의 질문이 아이의 단순한 호기심 정도가 아니었다. 약문은 수준 높은 전략가의 질문 같아 허술하게 대답할 수가 없었다. 매우 조심스러웠다.

"허허, 공자님은 어찌 그런 질문까지 하십니까?"

"어린아이답지 않게 말이요?"

"허허, 그런 말씀이 아니라……"

"장군께서 손자병법을 잘 아신다고 들었습니다. 우리의 스승이 되어

가르쳐 주세요."

"무슨 말씀을 하십니까? 저는 그저 조금 아는 정도라 누구를 가르칠 정도는 못되옵니다."

"하하, 겸양지덕(謙讓之德)이란 말을 스승님께 배웠습니다. 장군께서 그런 덕을 갖춘 분입니다."

"공자님들의 스승이 사리공이란 건 저도 압니다. 그분에 비하면 저는 정말 아무것도 아닙니다. 조족지혈(鳥足之血)이지요."

그때 물력이 끼어들었다.

"정말 새 발에는 피가 조금밖에 없더라구요. 전번에 꿩사냥 때 확인 한 겁니다."

이사부가 다시 말했다.

"조족지혈이란 말씀이 바로 겸양이죠. 서라벌로 돌아가면 사리공 스 승님께 졸라서 장군에게도 배우겠다고 하겠습니다."

백제의 평저선은 이윽고 곰나루에 도착했다.

이사부 일행은 사신과 함께 서문을 통해 웅진성으로 들어갔다.

오진왕비는 이사부 일행을 보자마자 울음을 터뜨렸다. 고생스럽게 사는 건 아니지만, 오진왕비는 서라벌이 그리워 병이 들 지경이었다. 사 람에 대한 그리움 때문이었다. 어머니와 자매들과 친구들이 보고 싶어 눈물로 지샌 밤이 수백 일이었다. 그나마 아이가 태어나면서 오진왕비의 눈물은 잦아들었다. 한참을 운 다음에야 오진왕비는 쑥스러운 듯이 이사부를 놓아주었다.

"이사부야, 네가 제법 사내티가 나는구나. 내가 서라벌을 떠날 때만 해도 아이였는 데 말이야."

"세월이 흘러간 겁니다. 누님은 아기까지 낳았는데요, 뭘. 서라벌이나 여기나 세월은 공평하게 흐르지요. 한 곳에만 흐르지 않아요."

"풋, 너 말까지 어른스럽게 하려고 노력하는 게 보인다. 이 누나한테까지 힘주고 그러네."

"이사부는 맨날 저러고 다닌답니다. 어른처럼요."

물력이 나서서 이사부 흉을 보았다.

오진왕비는 이사부 일행에게 음식을 차려내고 아이들과 수다를 떠느라 정신없는 시간을 보냈다. 이사부는 처음에는 누나가 백제 조정이나 모대왕에 대해 좀 말해주면 좋겠다고 생각했다. 누나는 전혀 그런 말을 하지 않았다. 이사부는 처음에는 좀 의아했다. 깊이 생각하니 누나가 옳았다. 괜한 오해를 사서는 곤란했다. 오진왕비야말로 성안에 갇혀있으니 백제 실정을 자세히 알지 못할 게 분명했다. 음식이 차려지자 사로국에서 온 일행은 모두 함께 모여 식사를 했다. 오진왕비가 말했다.

"미역은 그래도 동해 미역이 최고야."

이사부가 화답했다.

"백제도 미역이 있지 않은가요?"

"있긴 있는데 우리처럼 미역을 자주 먹진 않아. 우린 생일에는 꼭 미역국을 먹잖아."

"그래도 찬은 사로국보다 더 맛있습니다."

늘 조용하던 사부지가 모처럼 입을 뗐다.

"이사부는 그렇구나. 나는 좀 싱거운데."

사부지의 말에 물력이 결론처럼 말했다.

"좀 싱겁긴 해도 맛은 백제 음식이 훨씬 좋아."

식사를 마치자 이사부는 웅진성을 한 바퀴 둘러보고 싶었다. 바로 웅진성 궁성의 시종들이 제지하고 나섰다. 위험하니 아무 곳이나 함부로 다니지 못하게 하라는 명이 있었다고 했다. 이사부는 왕비의 거처 주변만 둘러보았다. 역시 적의 침입에 철저하게 대비한 성 같았다.

웅진성은 왕성이라기보다는 산성에 가까웠다. 북쪽 벼랑으로는 백강이 흘렀다. 동쪽은 가파른 산이라 외부 접근이 어렵게 보였다. 서쪽과 남쪽은 비교적 완만했다. 자연적인 지형을 이용하여 성벽을 조금만 쌓아놓으면 적이 쉽게 공략하기 힘든 성이 분명했다. 어린 이사부의 눈에도 웅진성은 천혜의 요새로 보였다. 덕지장군은 백제 한성은 평지성이어서 고구려 기병의 기습에 포위되어, 결국 왕이 전사하는 지경에 이르렸다고 말했다. 백제는 그후 고구려군에 쫓기다가 방어에 유리하니 도읍을 여기로 옮긴 게 분명했다. 사로국도 백제 국왕이 전사했다는 소식을 듣고 고구려군의 기습이 두려워 바로 명활성으로 왕성을 옮긴 적이 있다. 월성에 해자를 파고 궁성 담장을 높이고 하여 겨우 월성으로 돌아왔으니, 백제의 불운에서 배웠다고 해도 된다.

물력이 생각에 잠긴 이사부에게 말을 걸었다.

"이사부, 여기가 백제의 도읍지라고 하니 좀 실망이야."

"그래, 나도 그래. 너무 작고 조용해. 우리 명활성 같아. 하지만 어쩔 수 없었을 거야. 저 남문 밖으로 백성들이 사는 저잣거리가 있다고 하네."

"우리 구경 갈까? 백제 사람들은 어떻게 생겼는지 구경 가자, 이사부. 사부지야, 너도 가고 싶지?"

물력의 말에 사부지가 대답했다.

"나는 백제의 절을 구경하고 싶어. 백제는 우리보다 먼저 부처님의 법이 들어왔다고 했어. 절도 먼저 지었고."

이사부가 대답했다.

"그거 좋은 생각이다. 사부지야. 우리가 그냥 구경 다닌다고 하면 분명 보내주지 않을 거야. 하지만 절 구경 간다고 하면 별 의심없이 우릴 보내줄 거야."

이사부는 곧 오진왕비에게 절 구경 가겠다고 청을 올렸다. 오진왕비는 모대왕에게 아이들의 뜻을 전달했다. 모대왕은 아이들이 절 구경을 하겠다고 하니 기꺼이 허락했다. 짓는 중이지만 구경하고 싶으면 가도 좋다 했다. 절 이름은 대통사(大通寺)였다.

대통사는 웅진성 남문에서 가까웠다. 이사부의 추측대로 웅진성 남문에서 대통사에 이르는 길이 바로 저잣거리였다. 월성 북쪽의 서라벌 저잣거리처럼 웅진성 저잣거리도 집들이 즐비하고 내왕하는 사람들도 많았다. 하지만 서라벌보다는 새 도읍지라 그런지 규모가 작았다. 대통사는 절터를 크게 잡아놓고 짓고 있는 중이었다. 한쪽에 임시로 지어놓은 대웅전은 그다지 볼품이 없었다.

이튿날 이사부 일행은 곰나루에서 사로국으로 향하는 배를 타야 했다. 백제 조정은 호기심에 가득 차서 여기저기 다니는 사로국 공자들을 마냥 내버려 둘 수가 없었다. 지금은 어려도 얼마 지나지 않아 사로국 군대의 지휘관이 될 게 뻔한 아이들이었다. 일행에게 사로국으로 돌아가는 배편이 준비되었다고 알려왔다.

갑작스러운 이별이라, 추방은 아니라 해도 오진왕비는 속이 상해 울음을 터뜨렸다. 울다가 체념하고 오진왕비는 급히 떡을 찌고 고기를 삶았다. 왕비는 친정 동생의 장도에 허기를 달랠 음식을 마련하면서 슬픔에서 잠시 벗어났다. 다시 이사부를 만날 날이 이승에서 있을까. 오진왕비는 자기 앞에 어떤 운명이 기다리고 있는지 그때는 알지 못했다.

곰나루를 출발한 이사부 일행은 열흘 남짓 걸려 서라벌에 도착했다.

9

"손무(孫武)라는 사람이 있었어. 손자(孫子)라고 하지."
"드디어 스승님께서 손자병법을 이야기하시는구나."

이번에는 물력이 먼저 스승님의 말을 받았다. 사리공을 바라보는 아이들의 눈망울이 초롱초롱 빛이 났다.

"손무는 춘추시대 제(齊)나라 사람이야. 병법으로 유명해졌어. 오(吳)나라 합려(闔閭)가 그를 초빙했다. 합려는 과연 손무가 이름 그대로 병사들을 잘 조련하는지 알아보려 했지."
"명불허전(名不虛傳)인지 확인하려고 했군요."
"허허. 물력이 제법이다. 그렇지. 이름만 유명한지 진짜 실력파인지 확인하려고 했지. 합려는 궁중에 있던 미녀 1백 8명을 불러냈다. 이 여자들을 조련시켜 보시오, 라고 했지."
"그거 재밌게 되었군요."

이번에는 이사부가 받았다.

"손무는 여자들을 두 부대로 나누어 합려가 총애하는 두 사람을 각각 대장으로 삼았어. 손무는 두 부대 모두 줄을 세워 창을 들게 하고 호령했지. 뒤로 돌아 하면 뒤로 돌고, 오른쪽을 봐, 하면 오른쪽을 보고, 왼쪽을 봐, 하면 왼쪽을 본다. 그렇게 명령하고 북을 울려 오른쪽이라고 했지. 여자들은 오른쪽을 보지 않고 모두 깔깔거리고 웃기 바빴어. 너무 재미있었던 거야. 손무는 다시 한번 말했어. 북이 울린 다음 명령을 내리면 반드시 복종해야 한다, 그렇지 않으면 목을 치겠다 하고, 이번에는 북을 울린 다음 왼쪽이라고 크게 외쳤어. 이번에도 여자들은 깔깔거리고 웃는 거야. 더 재미있는 거지."

"누가 죽어나가겠군요. 불쌍해요."

낯빛이 어두워지며 사부지가 말했다.

"손무는 군령이 하달되어도 여자들이 명을 어기고 움직이지 않자 바로 좌우 대장의 목을 치려고 했어. 합려가 그걸 구경하다가 깜짝 놀랐지. 손무가 장난하는 줄 알았거든. 하필 그 여자 둘이 합려가 총애하는 여자들이야. 급히 시종을 보내 장군의 용병술은 알겠으니 여기서 멈추라고 했지. 저 여자들이 없으면 맛있는 음식을 먹어도 맛을 모를 정도라는 말도 특별히 전하게 했어. 하지만 손무는 자신이 이미 명을 받고 장수가 되었다고 했어. 군중(軍中)에 있으면 왕의 명이라 해도 받지 않는다고 하면서 두 여자의 목을 바로 베고 말았어."

"전쟁 중에는 왕의 명을 거역할 수도 있군요."

이사부가 말했다.

"글쎄, 그건 나라에 따라 다르겠지. 여하튼 그렇게 하고 난 뒤 다시
훈련했어. 여자들은 아주 칼같이 명령을 잘 따라. 일사불란하게 손무의
명대로 마치 한 몸처럼 움직이는 거야. 그렇게 해 놓고 손무는 왕에게
아뢰었지. 오셔서 여자들에게 명령을 내려보십시오, 그러면 물불을 안
가리고 명령을 들을 겁니다, 라고 했어. 하지만 합려 기분이 좋을 리가
없지. 자기가 총애하던 두 여인을 한꺼번에 잃어버렸으니."

"합려는 손무를 장수로 기용했나요?"

이사부가 물었다.

"기용했지. 합려는 손무를 장수로 임명해 서쪽으로 초나라를 격파하
고, 북으로 제나라와 진(晉)나라를 위협했지. 손무를 기용한 오나라는
강국이 되었어. 모두 손무의 용병술 때문이었다고 하지."

사부지가 토를 달았다.

"무섭습니다."

"사부지는 이런 이야기가 힘들겠구나."

"힘들다기보다는 왜 나라와 나라는 늘 싸워야만 하는지를 모르겠습
니다."

"글쎄, 나도 그건 잘 모르겠구나. 네 스스로 답을 찾아라."

이사부가 이어서 사리공에게 물었다.

"손무는 그렇고 손빈은요?"

"손빈(孫臏)은 손무가 죽은 후 1백 년 정도 있다가 태어났지. 손무의 후손이라고 한다. 어릴 때 방연(龐涓)이라는 자와 같이 병법을 배웠다. 방연은 자신이 손빈보다 모자람을 알고 그를 질투했다. 하여 손빈을 모함하여 함정에 빠뜨렸어. 손빈은 원통하게도 젊은 나이에 두 발이 잘리는 형벌을 받았어. 방연은 위(魏)나라를 섬겨 혜왕(惠王)의 장군이 되었고, 손빈은 자신을 알아준 제나라의 장수 전기(田忌)의 책사가 되었어."

물력이 스승에게 물었다.

"책사라 하심은?"

"물력이 모르는 건 잘 물어보는구나. 그게 좋은 태도다. 책사란 지혜를 써서 군주나 장군을 보필하는 자를 말한다. 머리를 써서 작전을 짜고 군사를 움직이는 사람이지. 손빈의 작전으로 전기장군은 여러 번 전쟁에서 공을 세웠어. 그리고 마침내……"

"원수를 외나무다리에서 만나게 되었군요."

"그렇다, 이사부야. 제나라 대군이 위나라 깊숙이 들어가게 되었지. 평소에도 위나라 사람은 제나라 사람을 겁쟁이라고 깔보고 있었어. 손빈은 바로 그 점을 이용하기로 했지. 위나라 군대는 제나라 군대를 우습게 본 거야. 손빈은 군사를 빼서 후퇴하게 했지. 후퇴하면서 밥 짓는 아궁이를 첫날은 10만 개, 다음 날에는 5만 개, 또 다음 날에는 3만 개로 줄이게 했지. 그걸 보고 방연은 과연 제나라 사람은 겁쟁이라, 사흘만에 도망간 병사가 반이 넘었다고 생각했지. 그래서 기병 1만 명을 선발해서 빠르게 추격을 시작한 거야."

방연은 이번 기회에 제나라를 완전히 쑥대밭으로 만들려고 작정을 했어. 손빈은 방연의 기병대 1만의 행군 속도를 계산했지. 저녁이면 마릉(馬陵)에 도착할 것 같았어. 마릉은 길이 좁고 험준한 곳이어서 복병을 숨겨놓기 딱 좋은 곳이었어. 마릉 깊숙한 곳에 큰나무가 있어 손빈은 큰 나무의 껍질을 벗겨내고, 글씨를 써놓았지. 방연이 이 나무 아래에서 죽는다, 라고 말이야. 그리고는 매복시켜놓은 궁수 1만에게 횃불이 오르면 일제히 화살을 쏘라고 했지.

　　마침내 위나라 기병이 날이 어둑어둑해질 때쯤 마릉에 도착했어. 방연은 큰나무에 쓴 글씨를 발견했어. 하지만 어두워서 글씨가 확실히 보이질 않았어. 방연은 횃불에 불을 붙이라고 했지. 방연은 그 글씨를 보고 아연실색하고 말았어. 방연이 여기서 죽는다, 이렇게 써놓았으니 말이다. 그때 일제히 화살이 날아올랐어. 횃불을 보고 쏜 제나라 궁수의 화살이 일제히 위나라 기병에게 쏟아진 거야. 그제야 방연은 자신이 손빈의 계책에 완전히 놀아났음을 알았지. 손빈에게 포로가 되면 그 창피를 어떻게 견딜 수가 있겠나. 수모를 견딜 자신이 없었던 방연은 결국 그 자리에서 자결하고 말았지. 장군을 잃어버린 위나라 군대는 완전히 괴멸되었지. 손빈은 승세를 타고 위나라 태자까지 포로로 잡는 대승을 거두었다.”

　　“손빈이 방연에게 통쾌한 복수를 했군요.”

　　이번에도 물력이 말했다.

　　“그렇구나. 정말 통쾌하게 복수를 했다. 발목을 잘린 앙갚음을 목으로 대신 받았어. 후세 사람들은 손자의 병법과 손빈의 병법을 모아 손자병법이라 이름했다. 내가 지금 이야기해준 건 모두 사마천이 지은 사기 열전에 나오는 거다. 그래서 말인데 사기는 너희들이 천천히 평생을 두고 곰곰이 읽을 책이다. 사기를 알아야 나라를 이끌어 나갈 수 있다. 이제 나는 너희들에게 따로 가르칠 게 없다. 전번 백제에 갔을 때 약문이 너희들을 수행했다고 들었다. 약문도 따지자면 나의 제자다. 약문은 나에게서 배운 뒤 혼자서 손자병법을 열심히 공부했다. 병법은 나의 체질도 아니고 내가 아는 바도 없어서 너희를 더 가르칠 수가 없다. 이제부터는 약문에게 배워라. 아니 배운다기보다 함께 공부해라."

"스승님, 갑자기 그게 무슨 말씀입니까? 말씀을 거두어주십시오."

이사부가 두 눈이 휘둥그레져서 사리공에게 말했다.

"아니다. 나는 사기와 같은 역사나 사서삼경과 같은 경전을 공부하는 사람이다. 병법과는 어울리지 않는다. 내가 이미 약문에게 일러두었다. 나 대신에 너희들과 함께 손자병법을 열심히 공부하라고 말이다. 손자병법은 전쟁에서 이기는 방법을 집약했다. 너희들이 장군이 되면 실제 전쟁에서 우리 실정에 맞게 잘 바꾸어서 적용해야 할 거다. 그게 너희들의 일이다."

"그래도 스승님, 저희는 사서삼경도 배워야 합니다."

"아니다. 지금과 같은 난세에는 사서삼경보다 병법이 더 필요하다. 너희들은 사로국의 군사를 이끌어야 하니 더욱 그렇다. 사서삼경은 천천히 배워도 늦지 않다. 다 때가 있느니."

"스승님, 부디 강녕하셔서 저희를 또 가르쳐주십시오. 저희도 사서삼경을 꼭 배우고 싶습니다."

"그래, 이사부야. 그랬으면 좋겠구나. 그럴 때가 와야지."

사리공이 떠나간 뒤에 아이들은 잠잠해졌다. 사리공은 아이들의 응석을 받아주면서 공부를 가르쳐주었다. 아이들은 사리공에게 정이 많이 들었다. 사리공은 재미있으면서도 교훈적인 이야기를 많이 했다. 아이들이 정신적으로 성장하는 데 큰 도움을 주었다.

사리공은 늘 타던 나귀를 타고 표표히 사라져 버렸다.

며칠 후부터 사흘에 한 번씩 아침마다 약문이 이사부의 집 사랑방을 찾았다. 약문은 그들의 스승이라기보다는 형 같았다. 약문은 막 사춘기에 접어든 아이들의 여러 호기심에 찬 질문도 잘 받아주었다. 약문은 심신을 단련한다는 핑계를 대고 아이들과 함께 사로국의 이곳저곳을 구경 다녔다. 말을 타고 다니면서 궁술(弓術)과 창술과 검술 같은 기본적인 무예도 수련하였다. 서라벌 남쪽의 남산에는 더욱 자주 올랐다. 남산에는 남쪽과 북쪽에 높이가 비슷한 두 봉오리가 있었다. 사람들은 북쪽 봉오리를 용봉이라 했고, 남쪽 봉오리를 이무기봉이라 했다.
약문은 용봉에 올라 말했다.

"여기를 용봉이라 합니다. 여기서 보면 우리 서라벌 전체가 잘 보입니다. 서쪽으로 대천 강줄기도 잘 보이지요. 저 대천이 우리 서라벌의 보물입니다."
"저 건너편은 왜 이무기봉이라 하나요?"

이사부가 약문에게 물었다.

"자세히는 모르지만, 서라벌과 멀어서 그런가 봅니다. 용은 왕입니다. 서라벌과 가까우니 용봉이라 했을 겁니다. 저 건너편은 왕과 싸우다 패배한 사람들을 뜻하는 봉우리란 의미로 그렇게 불렀을 겁니다."

"실제 있었던 이야기입니까?"

이번에는 사부지가 물었다.

"실제 있었던 이야기는 아니겠지요. 세상 도처에 그런 이야기가 있습니다. 용과 이무기의 싸움은 이미 승리가 정해져 있지요. 이기는 쪽이 왕입니다. 항상 그렇습니다."

사부지가 다시 물었다.

"이기는 쪽이 왕이라, 그거 참, 그래도 됩니까?"

약문은 사부지에게 말했다.

"그래도 된다, 안 된다가 아니라 그렇게 됩니다. 이기는 쪽이 왕입니다."

약문은 서라벌에만 머물지 않았다. 가끔은 사로국의 여러 곳을 순례했다. 서라벌에서 멀리 갈 때는 무술의 고수인 호위무사가 대동했다. 아이들은 그들에게도 무예를 배웠다.

한창 자라고 배울 때는 저잣거리의 거렁뱅이조차 스승이 될 수 있다. 사로국 최고의 고수에게 학문과 무예를 닦으니 그들의 실력은 나날이 성장했다. 아이들은 마음을 열고 받아들였다.

약문은 아이들을 가르치지 않고 그들 스스로 느끼게 했다. 약문은 손자병법도 그냥 가르치지 않았다. 실제 지형지물에 대입해서 서로 토론하면서 공부하게 했다. 약문과 아이들은 서라벌 인근은 물론이고 멀리는 동해 실직주[41]와 날이국[42]으로 해서 아래로는 남해와 낙수 하류 황산진[43]까지 사로국 국토를 종횡무진 다녔다. 높은 산에 올라가서 지형을 연구하고, 어디에 산성을 쌓으면 효과적으로 적을 방어할 수 있고, 어떻게 산성을 공격하면 보다 효율적인지 공부했다. 정답이 있는 게 아니었기에 서로 토론했다. 그러면서 아이들은 사로국 국토에 대한 지식을 쌓아갔다.

그들이 사로국 여기저기를 주유할 무렵, 고구려는 북쪽 동해안 국경의 우산성[44]을 공격했다. 이번에는 실죽장군이 지난날 패전의 불명예를 씻고자 단독으로 6부 정예병을 데리고 출정하여 이하(泥河)[45]에서 적을 막아냈다. 고구려도 만만치가 않았다. 1만의 군사를 동원하여 우산성을 집요하게 공격했다. 실죽장군이 방어에 주력하자 우산성 부근 산봉우리에 목책을 쌓고 틈이 나면 우산성을 공격했다. 대장군 실죽은 고구려의 군사를 상대하느라 서라벌로 돌아갈 수가 없었다.

약문과 아이들은 고구려와의 전쟁에 직접 참여하지는 않았다. 전투

---

41) 강원도 삼척시
42) 현재의 경상북도 영주시
43) 경남 김해시와 양산시 사이를 흐르는 낙동강 하류의 나루터
44) 위치를 알 수 없다. 강릉 북동쪽의 성이다.
45) 강릉 부근의 하천. 정확히는 알 수 없다.

가 소강상태에 접어들었을 때 그 지역으로 가서 고구려군과 사로국군의 작전과 움직임을 세밀히 복기해보았다. 약문의 지도하에 아이들은 조금씩 조금씩 성장했다. 본인들은 더딘 것 같았지만, 아이들의 성장은 비 온 다음의 죽순처럼 빨랐다. 몸이 자라면서 정신도 함께 성장했다.

세월은 금방 흘러갔다. 아이들은 청년이 되어갔다.

10

비처왕은 답답했다. 명옥공주가 죽고 난 이후 선혜왕후는 정신 나간 사람 같았다. 그토록 아끼던 공주를 잃었으니, 왕후의 행동거지를 이해 못 할 바는 아니었다. 왕을 대하는 태도도 불손하기 그지없었다. 명옥공주가 죽고 몇 년이 지나자 선혜왕후는 스님을 죽인 게 잘못이라고 했다. 마치 왕을 힐책하는 듯한 태도로 말했다. 경진년[46] 벽두부터 그랬다.

"아니, 그게 뭐 죽일 일인가요? 아이를 낳아달라고 축원을 했다는데, 어느 간 큰 놈이 대왕의 여자를 건드리겠습니까?"

"왕후, 그게 느닷없이 무슨 말이요?"

"성진스님 말입니다."

"그건 벌써 12년 전의 일이오. 그 일을 왜 다시 끄집어내는 것이오?"

"세월이 가도 생각이 나니 어찌하겠습니까? 어릴 때 다 죽어가는 공주를 성진스님이 낫게 하질 않았습니까? 그런 스님을 죽여버렸으니, 그 악업이 다시 공주에게 간 게 아닙니까? 은혜를 원수로 갚은 겁니다. 그

---

46) 500년

러니 부처님께서 벌을 내렸습니다.”

“그게 무슨 말이요. 말을 함부로 하지 마시오. 그놈은 강월궁주와 사
통을 한 게 틀림없소. 아니면 왜 숨어 있었겠소?”

“그야 대왕께서 갑자기 들이닥치니 그랬을 테지요. 아이를 점지해 달
라는 축원을 올렸다고 하면 대왕께서 이상하게 생각할 테니 숨기려고
한 겁니다. 여자 마음은 여자가 압니다.”

“그럼, 내가 괜한 사람을 죽여 그 저주가 공주에게 왔다는 말이요?”

“이를테면 그렇다는 거지요.”

“닥치시오. 아무리 왕후라 해도 할 말이 따로 있지. 왕의 처소에 숨어
있는 자는 누구라도 살아남을 수 없소. 설사 그자가 여자였다 하더라도
죽였어야 하오. 그자는 틀림없는 고구려의 첩자였소. 훗날 일선군에서
증거도 나왔지 않소.”

“그런 증거야 늘 차고 넘치지요. 증거야 얼마든지 조작될 수 있단 말
입니다. 그렇게 죽일 건 아니라는 거지요.”

“증거가 조작이라고? 그걸 말이라고 하시오? 첩자였어도 죽여서는
안 되다고? 그게 사로국의 왕후가 할 말이오? 당장 나가시오. 꼴도 보기
싫으니 당장 궁에서 나가시오.”

“나가지요. 나갑니다. 저도 나가고 싶습니다. 대왕 곁에 있으려니 숨
도 쉬기 힘듭니다.”

그렇게 해서 선혜왕후는 친정으로 가버렸다. 선혜왕후의 아버지 대
아찬 내숙공은 민망하기 그지없었다. 내숙공은 대아찬으로서 왕의 입
장을 모른 체하면서 돌아서기는 어려웠다. 그렇다고 딸의 사정도 헤아
리지 않을 수 없었다.

비처왕은 자신의 장인인 내숙과 그런대로 잘 소통을 하는 편이었다. 왕후와 사이가 좋았을 때는 그랬다. 선혜왕후가 친정으로 보따리를 싸 들고 간 뒤에는 장인과도 데면데면해졌다. 장인이, 못난 놈, 아내도 제 대로 이해시키지 못하나, 하고 꾸짖고 있는 듯한 기분이 들었다. 그러다 가 이 모든 일의 배후에 내숙공이 있는 게 아닌가 하는 의심이 들기도 했다. 왕후가 증거는 조작될 수 있다고 말했다. 그게 왕후의 머릿속에서 나온 말은 아닐 터였다. 그렇다면 누군가에게서 들은 게 분명했다.

비처왕은 12년 전의 그 일을 곰곰이 생각했다. 사금갑(射琴匣)이라고 쓴 봉투와 정월이도월성(正月移都月城)이라고 쓴 봉투가 아무래도 비슷 했다. 처음에 비처왕은 그 봉투가 조작되었다 하더라도 그것을 조작한 배후는 불교를 싫어하는 무당 일당이라 생각했다. 공주의 병을 고친 성 진이 서라벌에서 설법을 시작하니, 위기감을 느낀 무당들이 나서서 일 을 꾸몄을 가능성이 있다. 성진이 첩자가 확실하다는 증거가 도리사에 서 발견되어 무당들의 모함은 아니었음이 밝혀졌다. 비처왕은 고구려 중들을 참수하고 목을 고구려로 보내는 선에서 사건을 덮었다. 궁주의 죽음이 아쉽기는 했지만 어쩔 수가 없었다. 그것으로 사건은 마무리되 었다.

선혜왕후가 갑자기 왜 그 일을 끄집어냈을까? 선혜왕후가 이 일을 알고 있다면, 그 배후는 선혜왕후의 친정일 가능성이 있다. 그렇다면 내 숙공도 깊숙이 관계하고 있다고 봐야 한다. 내숙공이 왜?

선혜왕후보다 비처왕을 더 답답하게 한 게 있었다. 비처왕은 큰 그림 을 그리고 있었다. 사로국이 고구려처럼 강력한 나라가 되기 위해서는 자신에게 권한이 집중되어야 했다. 중요한 국사를 갈문왕과 6부의 수장이 모두 모여서 합의해서 결정해야 한다면, 사로국은 강력한 나라가 될 수 없다. 땅 문제가 특히 그랬다. 사로국은 군대가 새로운 땅을 점령하면 그 땅을 점령하는 데 공을 세운 6부의 귀족이 그 땅을 가졌다. 뺏은 건 뺏은 자의 몫이다. 그게 땅이건 황금이건 사람이건 상관없었다. 사로국의 전통이었다. 물론 탁부면 탁부, 사탁부면 사탁부 한 부의 힘만으로는 그 땅을 점령하기는 어려웠다. 여러 부와 여러 귀족이 힘을 합쳐 땅을 점령했다면, 그 공헌도를 따져 땅을 나누거나 순서에 따라 합의하여 땅을 나누어 가졌다.

점령지의 백성은 자연스럽게 땅 주인이 다스리는 백성이 되었다. 합의는 왕과 갈문왕이 참여하는 화백회의를 통해 이루어졌다. 비처왕은 이게 못마땅했다. 전쟁에서 뺏은 땅은 왕의 땅이라야 했다. 왕은 공을 세운 장군이 있으면 그 장군에게 땅을 하사할 수 있어야 한다. 그래야 장수가 더욱 용맹스럽게 전쟁에 임한다. 그것은 불문가지(不問可知)다.

비처왕에게는 그런 권한이 없었다. 그게 사로국의 성장과 영토 확장을 가로막고 있었다. 비처왕은 그 관습을 타파하고 왕의 결정으로 일사불란하게 왕의 명령이 시행되는 국가를 만들고 싶었다.

그게 나라다. 가장 비근한 예가 바로 고구려다. 광개토왕이나 장수왕의 명령 한 마디로 수만의 군대가 움직였다. 나라의 온 백성이 왕에게 복종했다. 고구려가 강국이 된 건 바로 그러한 왕의 절대적인 통치력 때문이었다.

실죽장군은 자신을 따르고 있었다. 대아찬 내숙도 왕의 속셈을 잘 따라주었다. 내숙은 실죽장군의 대장군 승진과 북천벌에서의 사열을 진두지휘했다. 자신이 시조 묘를 궁으로 승격하고 우역을 설치할 때까지만 해도 내숙은 일부 귀족들의 반대를 무마하고 왕권의 강화를 위해 노력했다.

　3년 전의 일이었다. 날이군[47) 변방의 점령지를 국가의 직할지로 두
는 일에 내숙이 정면으로 반기를 들었다. 원래 이 땅은 고구려가 점령하
고 있다가 고구려가 죽령 이북으로 철수하면서 사로국의 땅이 되었다.
관례대로 하자면 이 땅은 6부군이 점령했으므로, 6부군 중 가장 공헌이
많은 사탁부의 자수지(子宿智)에게 돌아가게 되어있었다. 자수지는 군
사를 많이 내었을 뿐 아니라, 무기와 말과 군량까지도 상당 부분 조달했
다. 당연히 자수지가 날이군 북쪽 변방 땅을 점령하여 백성과 곡식을 소
유하였다.
　비처왕은 관례를 깨고 그 땅을 국가의 땅이라고 선언했다. 동시에 왕
은 대아찬 이하 여러 신하에게 지방을 다스릴 벼슬아치를 추천하라고
명했다. 누군가가 날이군의 파로(波路)를 추천했다. 왕은 날이군 촌주로
파로를 임명하고 그 땅의 관리를 맡겼다. 그 땅에서 거둔 곡식은 농사를
지은 백성들이 반을 가져가고 나머지 반은 국고(國庫)에 충당했다. 그
곡식은 전쟁 때를 대비하여 변방의 군량미로 비축이 되고, 흉년이 들면
백성들의 구휼미로 사용될 터였다. 그 창고의 관리 역시 파로가 맡았다.
　자신의 땅을 파로에게 빼앗겼다고 생각한 자수지는 가만히 있지 않
았다. 자수지는 사탁부의 지도로갈문왕에게 호소했다. 다른 6부의 수장
들에게도 억울함을 알렸다. 결국 내숙의 제안으로 화백회의가 열렸다.
관례대로 하자면 당연히 자수지의 땅이니 자수지에게 돌려주자고 지도
로갈문왕이 주장했다. 대부분의 참석자들이 지도로갈문왕의 말에 찬동
을 표시했다.

---

47) 현재의 경북 영주시

비처왕은 그렇게 할 수 없었다. 왕은 완강하게 버텼다. 마찬가지로 다른 6부 귀족들도 완강하게 반대했다. 왕은 역정을 내며 회의를 끝냈다.

"절대로 되돌릴 수는 없소. 그 땅은 어느 누구의 땅이 아니라 사로국의 땅이요. 또한 내가 즉위한 이후 새롭게 사로국으로 편입한 땅은 모두 나라의 땅으로 환수하겠소. 새로 임명한 촌주에게 그 땅의 관리를 맡기겠소. 아니면 파견한 장군이 하든지. 대아찬 내숙공은 그리 알고 일을 진행하시오."

사로국에 이런 일은 없었다. 6부의 합의를 깨고 국왕이 정책을 결정하고 독주한 경우는 결코 없었다. 왕이 나라 땅 환수 결론을 내고 퇴청해버리자, 대다수의 6부 수장들은 언성을 높였다. 평소 말이 없고 침착했던 지도로갈문왕의 얼굴이 벌겋게 달아올랐다. 지도로갈문왕의 의견도 물어보지 않고 일방적으로 명령을 내렸다. 여러 6부 귀족 앞에서 지도로갈문왕은 허수아비가 된 기분이었다. 더군다나 자신과 같은 사탁부에 소속한 자수지의 땅이 아니었던가. 6부 귀족들은 모두 지도로갈문왕을 쳐다보았다. 이대로 당하고 있겠냐는 항변의 눈길이었다. 지도로갈문왕은 한마디 했다.

"두고 봅시다. 그대로 되는지."

지도로갈문왕의 말은 단순히 지켜보겠다는 말인지, 왕의 말이 실행되지 않도록 어떤 행동을 하겠다는 말인지 불분명했다. 답답했던 자수지가 한마디했다.

"갈문왕께서 뭐라도 하셔야지요?"

거구의 갈문왕은 아무 대답도 하지 않고 마룻바닥을 쿵쿵 울리며 퇴청해버렸다. 남은 자들끼리 중지가 모이지 않자 내숙은 왕에게 아뢰어 곧 회의를 다시 열겠다고 약속했다. 하지만 그 약속은 지켜지지 않았다. 동해안 북쪽 변방에서 고구려가 또 군사를 일으켰기 때문이다.

고구려의 공격은 2년 전인 병자년[48] 우산성을 함락하지 못한 분풀이 때문인지 더욱 거칠었다. 무인년[49] 8월 투석기를 보강한 고구려 군대는 죽기 살기로 달려들었다. 실죽장군의 분전에도 불구하고 우산성은 결국 함락되고 말았다. 사로국 군대는 수백 명의 사상자를 내고 하슬라성으로 철수하여 고구려 군대의 남하를 저지했다. 이하를 경계로 하여 백전노장 실죽장군이 버티고 있으니 고구려군도 더는 남하하지 못했다. 이하싸움이 장기화되면서 각 지역의 군량미가 하슬라성으로 운반되었다. 왕의 말대로 국고에 속한 군량미가 실제 사용되었다. 귀족들은 땅 문제로 왈가왈부하기가 힘들어졌다. 그렇다고 그들의 불만이 완전히 사라지지는 않았다. 자신들의 곡식도 군량미로 사용했다. 귀족들이 보기에 여러 변방의 곡식이 군량미로 사용되면서 문제는 더 커졌다. 나라의 재정이 귀족들이 의도하지 않는 방향으로 흘러가고 있었다.

왕은 공언한 대로 일을 차근차근 진행했다. 서라벌에 가까운 곳은 손을 대지 못했지만, 변방의 땅은 국가 소유로 전환시켰다. 그 관리는 왕의 신임을 받는 촌주에게 맡겼다. 그런 일이 계속되자 곳곳에서 갈등이 일어났다. 귀족들의 사병과 촌주 병사 간의 유혈 충돌도 일어났다. 6부

---

48) 496년
49) 498년

귀족들이 왕에게 당하고만 있지는 않을 태세였다.

왕은 그들의 동향에 귀를 곤두세웠다. 만일의 사태에 대비하기 위해 시위병 수를 늘리고 시위대장도 실죽이 추천한 장수로 교체했다. 그럼에도 비처왕은 불안해졌다. 고구려 군대를 방비하기 위해 하슬라성에 있는 실죽을 빨리 서라벌로 불러들여야 했다. 하지만 호시탐탐 하슬라를 노리고 있는 고구려 군사가 문제였다.

||

해가 기울면서 습지공의 집으로 서라벌의 6부 귀족들이 모여들었다. 난만(爛漫)한 봄밤이었기에 꽃놀이를 겸해서 술잔치가 벌어졌다. 습지공 저택 마당 연못 주위로 활짝 핀 돌배꽃과 오얏꽃은 아름답기로 서라벌에서도 유명했다.

"이 집 꽃은 언제 봐도 일품이야. 흐드러지게 봄꽃이 피었구만."

먼저 들어선 자수지가 꽃을 보면서 한마디 했다.

"어서 오십시오. 자수지 어른."
"오, 이사부냐. 벌써 이렇게 컸구나. 엊그제 어린아이 같았는데 말이다. 올해 몇이냐?"
"열다섯이옵니다."
"그래. 어른이 다 되었구나."

이사부는 마당에서 차례로 들어서는 귀족들에게 인사를 하며 그들을 사랑채로 안내했다. 습지공의 커다란 사랑채에는 한둘씩 사람이 모이기 시작하여 반 시진(時辰)이 지나자 20여 명의 귀족들이 모여들었다. 집주인 습지공은 해마다 봄이면 사로국에서 내로라하는 사람을 집으로 초대하여 한바탕 술잔치를 벌였다. 마침 습지공의 생일이 춘삼월이라 생일잔치와 꽃놀이를 겸해서였다. 때문에 습지공의 집에 사람이 모인다 해도 누구도 의심의 눈길을 보내지는 않을 터였다.

지도로갈문왕의 장남 모즉지는 바로 그것을 노렸다. 갈문왕 집에 사람이 모이면 분명 국왕의 귀에 모임 소식이 전해진다. 왕에 대한 귀족들의 불만이 높아질수록, 왕 역시 귀족들의 동향을 면밀하게 감시하고 있었다.

어둠이 찾아오면서 모즉지와 습지공이 의논하여 선정한 자들은 빠짐없이 모두 모였다. 사탁부의 사덕지(斯德智)와 자수지, 탁부의 지심지(只心智)와 신육지(愼肉智), 본피부의 두복지(頭腹智), 사피부의 모사지(暮斯智) 등은 6부 귀족을 대표하는 인물들이었다. 대아찬 내숙은 일부러 부르지 않았다. 그는 뭐라 해도 왕의 장인이다. 참석자들끼리 인사가 끝나자 집주인 습지공이 말을 꺼냈다.

"이렇게 모여주어서 감사하오. 오늘은 내 생일이라 음식을 좀 대접하려고 이렇게 초대를 했소. 사실은 올해 생일잔치는 안 하고 그냥 넘어갈까 했소. 시국도 어수선하고 게다가 왜적이 장봉진(長峯鎭)[50]으로 쳐들어 왔다고 하오. 대병은 아닌 모양이긴 하나 장봉진에 있는 우리 진군(鎭軍)으로는 대적이 어려운 듯하오. 대왕께서는 6부군을 출동시킬 준

---

50) 장봉진이 어딘지는 알 수 없다. 이 소설에서는 울산 어느 해안가 지역으로 가정했다.

비를 하는 듯하오. 그러니 내 어찌 한가롭게 술잔치를 벌이겠소.

갈문왕께서 며칠 전에 나에게 이르기를 오늘 내 집을 좀 빌려달라고 하셨소. 이목이 있으니 자신 대신 아들 모즉지가 참석한다고도 하셨소. 갈문왕께서 또 나에게 특별히 말씀하시기를 모즉지의 말이 곧 갈문왕 당신의 뜻이라고 하셨소. 오늘 회의는 모즉지가 주관할 것이오. 나는 나이도 들고 하여 뭔 이야기인지 모르니 저 구석에 가서 조용히 듣기만 하겠소."

그렇게 회의가 시작되었다. 평소 같으면 술이 몇 순배 돌만 했지만, 누구도 술을 찾지 않았다. 모즉지는 간단히 귀족들에게 인사를 올리고 바로 본론으로 들어갔다. 비처왕은 6부 귀족들을 배제하고 국왕 중심의 국가를 만들어가고 있다. 6부는 없어지고 각 부는 몇 개의 마을로 쪼개어 왕성의 벼슬아치가 직접 다스리게 된다. 6부의 귀족은 국왕 휘하로 들어가 벼슬아치가 되어야만 살아남을 수 있다. 모즉지는 비처왕이 추구하는 정책을 간략하게 설명했다. 다 왕권의 강화였다.

"여러 어른께서 다 아시다시피, 왕은 우리의 재산과 사람을 다 빼앗을 겁니다. 우리의 수족이 날아간 다음에는 우리 차례가 됩니다. 고구려의 장수왕이 평양으로 천도하면서 많은 공신과 귀족을 처단했습니다. 사로국도 그렇게 하면 더 강해집니다. 그렇지 않습니까?"

"어허, 모즉지께서 큰일 날 소리를 하시네. 우리 사로국은 6부가 화합해서 지금까지 온 거야. 가야를 물리치고 백제와 고구려와 싸워가면서 오늘날까지 온 건 순전히 6부의 단합된 힘 때문이야. 6부군은 우리들의 사람이고 재산이기 때문에 강해. 나라의 군사라면 누가 자기 일처럼 나서겠나? 나라의 곡식이라면 누가 한 톨이라도 더 건사하려고 하겠나? 모두 우리 것이니 더 지키려고 노력하지.”

모즉지의 말에 자수지가 역정을 내며 귀족들의 입장을 강변했다. 모두 이구동성으로 자수지의 말에 찬동했다. 모즉지는 쐐기를 박는 듯한 말투로 그들에게 물었다.

“그렇습니까? 정말 그렇습니까?”
“그렇다마다. 난 솔직히 말하면 왕을 몰아내자고 하면 몰아내고 싶어. 우리가 살아야지. 우리가 죽으면 사로국이 다 무언가?”

자수지의 말에 갑자기 좌중에 물을 끼얹은 듯 조용해졌다.

“반역하자는 말입니까? 자수지 어른.”

모즉지가 자수지에게 냉정한 어투로 물어보았다. 모즉지의 말에 모두 정신이 번쩍 난 듯했다. 반역이라면 삶과 죽음의 길이 순식간에 바뀐다. 꿀꺽, 침 삼키는 소리가 났다. 모두 목젖이 타들어가는 듯했다. 침묵을 깨고 모즉지가 말했다.

“여러 어른께 말씀드립니다. 지금 실죽장군이 하슬라성 군사 5천을 몰아 서라벌로 오고 있습니다. 서라벌에 있는 6부군은 곧 장봉진으로 출정하게 됩니다.”
“아니, 그게 무슨 말인가?”

여러 사람이 갑자기 웅성거리면서 이구동성으로 말했다.

"하슬라성 촌주가 갈문왕에게 몰래 사람을 보내왔습니다. 하슬라성 촌주는……"
"하슬라성 촌주는 왕이라면 이를 갈고 있었지. 강월궁주가 간통 누명을 쓰고 죽지 않았나. 자기 딸이 그렇게 죽었으니. 가만히 있을 부모가 어딨어?"

이번에는 구석에 있던 습지공이 말을 받았다.

"그렇습니다. 하슬라성 촌주는 왕을 원수로 생각하고 있겠지요. 실죽이 왕의 밀지를 받고 바로 군사를 배편으로 서라벌로 빼돌리고 있다고 알려주었습니다. 만약 실죽이 왜적을 막으러 장봉진으로 간다면 서라벌 6부군을 동원할 이유가 없겠지요."
"그렇군. 서라벌의 6부군은 장봉진으로 빼고, 실죽의 군사는 서라벌로 들이닥치고?"

모즉지의 말에 자수지가 화답했다. 다시 모즉지가 좌중을 둘러보며 말했다.

"그렇습니다. 실죽의 군사는 서라벌로 들어오겠지요. 아시겠습니까? 갈문왕께서 비밀리에 여러분을 소집한 이유를?"

좌중은 조용해졌다. 쥐죽은 듯이 조용한 시간이 잠시 흘렀다. 크게 헛기침을 하더니 사덕지가 고요함을 깨고 말했다. 사덕지는 말이 없는 편이었다. 다만 한마디 말도 신중하게 하는 편이어서 모두 사덕지의 말은 존중했다.

"실죽은 왕의 심복이야. 그가 군사를 이끌고 서라벌로 온다면 목표는 뻔하지. 갈문왕과 우리들이야. 우리를 죽이거나 잡겠다는 말이야. 그럼 우리는 어떻게 해야 하나? 모즉지, 자네가 말해 보게. 자네가 우리를 모았어. 방법을 알고 모았을 게 아닌가?"

"사덕지 어른, 그 전에 제가 여러 어른께 묻습니다. 여러 어른께서는 이 자리에서 합의한 약속을 목숨 걸고 지키겠습니까? 만약 지키지 못하겠다면 여기에서 바로 지금 조용히 물러나십시오. 물러난다고 해도 입만 다물고 있다면, 목숨을 빼앗지는 않겠습니다."

목숨은 뺏지 않겠다는 모즉지의 말에 깜짝 놀라 모두 모즉지를 쳐다보았다. 그때 그들은 보았다. 아수라같이 불타고 있는 모즉지의 눈을 보았다. 이 집을 먼저 나가면 바로 죽여버리겠다, 반역에 가담하지 않으면 죽이고 말겠다. 모즉지의 눈빛이 그렇게 말하고 있었다.

"이미 엎질러진 물이야. 어쩔 수 없지. 모두 모즉지의 말을 듣기로 하겠네. 갈문왕께서 모즉지의 말이 자신의 뜻이라고 한 말을 이제야 알겠어. 그렇지 않은가? 모두들."

"그렇습니다."

습지공의 말에 모두 낮고 굵직하게 대답을 했다. 대답을 듣고 모즉지가 말했다.

"그럼, 모두 맹세를 했습니다. 배반자에게는 철저한 응징이 있습니다. 갈문왕의 이름으로 약속합니다."
"잠깐만 기다리게."

습지공은 모즉지의 말에 토를 단 뒤 잠시 밖으로 나갔다. 조금 시간이 흘러 습지공은 도자기 주전자를 가지고 들어왔다. 습지공은 주전자에 담긴 붉은 내용물을 모두의 잔에 따랐다. 붉은 내용물은 아직은 따뜻했다.

"내가 급히 시켰네. 닭의 피일세. 계림의 주인들이 닭의 피를 나눠 마시며 맹세를 하세. 약속을 어기면 계림의 조상이 바로 그 자에게 복수할 거야."

12

비처왕은 탁부의 탐수(耽須)장군에게 출정 명령을 내렸다. 장봉진에 쳐들어온 왜적이 장봉진을 점령하고 서라벌로 진격하는 중이니 6부군을 소집하여 출정하라는 명이었다.

비처왕은 6부 군사 소집령을 내렸다. 탐수장군은 남천벌에 본대 막사를 설치하고 군사 대오를 갖추기 시작했다. 6부의 군사들이 집을 떠나 남천벌에 모이느라 서라벌 전체가 어수선했다.

지도로갈문왕 역시 아들 모즉지에게 명을 내렸다. 모즉지는 탐수장군보다 빨리 움직였다. 모즉지는 사탁부의 정예 군사 중 기병 3백을 이끌고 어둠 속에서 서라벌을 벗어나 진이마촌(珍而麻村)으로 향했다. 이사부가 모즉지의 부관 노릇을 하며 모즉지를 보필했다. 이사부는 친구 물력도 함께 출정하기를 바랐지만, 물력에게는 연락조차 할 수 없었다. 물력의 아버지가 대아찬 내숙이었기 때문이었다. 물력과 같이 출정하지 못하는 섭섭한 감정은 금방 사라졌다.

이사부의 첫 출정이었다. 이사부는 스스로 흥분을 다스리느라 애를 먹었다. 이사부의 스승 약문도 함께 출정했다. 습지공이 쓸만한 책사라고 약문을 모즉지에게 추천했다. 이사부가 아버지에게 졸라서 그렇게 만들었다. 습지공도 어린 아들을 보내는 게 마음이 놓이지 않았기에 약문이 함께 가주기를 바랐다. 모즉지는 약문과 몇 마디 말을 나누어보고 바로 그를 바로 부관으로 삼았다.

약문은 모즉지에게 말했다.

"실죽장군이 배편으로 군대를 이끌고 오니 분명 아혜(阿兮)[51] 쪽에 상륙해서 진이마촌을 거쳐 음즙벌로 해서 서라벌에 진입할 겁니다. 실죽장군은 늘 이 길로 다녔으니까요."

"대천으로 오면 더 가깝지 않은가?"

"그렇지 않습니다. 그쪽은 아직 봄이어서 강에 수량이 많지 않아 바다에 맞게 건조된 전선(戰船)이 들어오기는 어렵습니다. 또 봄이면 그쪽 길은 수렁이 많습니다. 질퍽해져서 군사를 움직이기는 어렵습니다."

"우리가 진이마촌으로 가면?"

"매복이 답입니다."

"매복?"

"그렇습니다. 우리 3백 병력으로 5천 이상이나 되는 실죽을 상대할 수는 없습니다. 게다가 실죽은 백전노장입니다. 하지만 서라벌까지 오는 길에 분명 아무런 대비도 하지 않고 올 게 확실합니다. 왕이 오라고 했는데 누가 매복을 하고 있다고 생각할까요? 우리는 그걸 노리는 겁니다. 진이마촌 북쪽 고개는 좁고 길어서 3백이면 충분히 매복할 수 있습니다. 오히려 병력이 많으면 더 거추장스럽습니다."

"확실한가?"

---

51) 오늘날의 청하(淸河)

"여기 이사부에게 물어보십시오."

"그래볼까? 이사부, 어떤가? 약…… 그래 약문이라고 했지. 약문장군의 말이 맞는가?"

약문은 장군이라는 말에 조금 놀랐지만, 바로 기분이 좋아졌다. 이사부가 모즉지의 말에 대답했다.

"그렇습니다, 형님. 약문 스승님의 말이 맞습니다. 제가 스승님과…… 물력도 함께였지요. 일전에 가보았습니다. 매복하기에 확실한 곳이었습니다. 길고 좁은 고개 옆으로 소나무가 들어차 있어 병사들이 숨어있기에도 매우 좋았습니다. 다만……"

"다만?"

"실죽장군이 척후병을 보내면 일이 수포로 돌아갈 겁니다. 나라면 이런 길로 들어설 때는 무슨 일이 있어도 척후병을 미리 보낼 텐데 말입니다."

"약문, 척후에 대한 대책은 있는가?"

"숲이 우거져 있으니, 땅을 살짝 파고 숨어들어 있어야지요. 위장하고 철저히 은폐하고 있어야 합니다. 척후를 내보내지 않겠지만 보낸다 해도 속여야지요."

"그게 가능한가?"

"가능합니다. 다행히 우리의 행군 속도로 보면 실죽보다 한나절 이상 빨리 도착합니다. 그 시간 동안 땅을 헤치고 나뭇잎과 솔갈비를 덮고 숨어있어야지요."

"그 방법 말고, 내가 실죽을 설득하면 어떤가?"

"죽일 겁니다."

"나를?"

"그렇습니다. 실죽은 용맹한 만큼 고지식한 사람입니다. 절대로 왕을 배반하지 않을 겁니다."

"그렇군. 그럼 이 방법밖에 없단 말인가?"

"그렇습니다. 우리가 살려면 이 방법이 유일합니다."

모즉지는 이사부의 스승이라는 약문의 말을 믿기로 했다. 6촌 동생인 이사부를 신뢰해서 그렇기도 하지만 지금으로서는 다른 방법도 없었다. 만약 실죽의 군대가 서라벌로 들어오면, 아버지 지도로갈문왕을 비롯한 6부의 수장들은 대부분 실죽에게 제압을 당할 게 틀림없다. 정상적으로 전투를 해서 실죽의 군대에 당할 6부 장수는 없다. 6부를 장악하면 비처왕은 귀족들을 다 죽일까? 아마 죽일 거다. 살려두면 왕도 후환이 두려울 수밖에 없다.

죽이지 않으면 죽는다. 비처왕도, 6부의 귀족도 모두 죽느냐 사느냐의 기로에 서있다. 한쪽은 어차피 죽을 수밖에 없다.

큰할아버지 눌지왕이 실성왕을 죽였을 때도 똑같은 상황이었다. 눌지왕이 실성왕을 죽이지 못했다면 지금의 왕도, 지도로갈문왕도, 모즉지도 당연히 존재하지 않는다. 비처왕을 죽이지 못하면 갈문왕과 갈문왕의 장남인 자신은 당연히 죽는다. 모즉지는 그런 생각을 하면서 북으로 말을 달렸다. 자신의 말 옆에는 이사부의 말이 바짝 따라오고 있었다. 형님인 자신을 경호라도 하는 듯이 이사부의 기마 자세는 흐트러짐이 없었다. 이사부는 자신보다 열여덟이나 아래였다. 겨우 열다섯이라는 나이가 무색할 정도로 늠름했다. 하지만 바짝 긴장하고 있었다. 역시 풋내기는 풋내기였다.

모즉지가 군사 3백과 진이마촌에 도착한 건 해가 중천에 떴을 때였다. 모즉지는 군사들이 점심을 먹을 동안 서둘러 진이마촌 북쪽 골짜기로 말을 달렸다. 이사부와 약문과 몇 명의 호위병이 따라갔다. 가는 도중에 마침 골짜기에서 나무를 한 짐 해서 내려오는 농부를 만났다. 약문은 농부를 불러세웠다.

"잠깐 말 좀 묻겠소. 어디에서 오는 길이오?"
"아, 저 뒤 골짜기에서 나무하고 오는 길이오만. 왜 그러시오?"
"저 골짜기? 아무도 없었습니까?"
"네, 나으리. 저쪽은 아무도 없습니다. 가끔 밤에 범이 나타나기는 하지요."
"그래, 저기 골짜기 이름이 무어라고 합니까?"
"진이마촌에서는 저길 범밭골이라 합니다. 범이 나타나니까요."

그들은 서둘러 범밭골로 들어갔다. 평지가 끝나고 산자락이 시작되면서 좁은 골짜기가 나타났다. 입구에서 들어가서도 그리 오르막이 심하지 않았다. 그러다가 비탈이 심한 지점에 길이 갈지자로 딱 꺾어졌다. 다음부터는 또 평탄한 내리막이었다. 범밭골 전체 길이는 오 리쯤 되어 보였다. 좁은 길 양옆으로는 과연 호랑이가 나타날 정도로 숲이 우거져 있었다. 5천의 병력이라면 4열로 줄을 서서 여기를 통과하는 수밖에 없다. 한 시진이면 다 통과할 수 있는 길이다. 모즉지가 산세와 지형을 유심히 보더니 말했다.

"바로 여기구만. 여기를 범밭골이라 한다고?"

"그렇습니다, 형님"

이사부가 모즉지의 말을 받았다.

"여기서 한번에 기습을 끝내야 합니다. 활로 제압이 가능합니다. 다음에 양쪽을 막고 확인을 해야지요."

이번에는 약문이 모즉지에게 말했다. 확인이란 실죽의 죽음을 뜻했지만 약문은 말을 부드럽게 했다. 잠시였지만 한때 실죽은 그가 모신 상관이기도 했다.

"만약 기습이 실패하면? 범이 화살을 피하면?"
"골짜기로 모두 뛰어 내려가야지요. 어차피 이곳은 많은 병력이 들어올 수 없습니다. 실죽은 중군과 함께 올 테니 중군이 여기를 지날 때 먼저 활로 제압을 합니다. 다음에는 뛰어 내려가서 끝내야 합니다. 범밭골에서 범을 반드시 잡아야 합니다."
"그래, 알았다. 기습하기는 매우 좋은 곳이다. 이사부 말대로 사전에 발각만 되지 않으면 충분히 승산이 있다."

모즉지의 병사들은 점심을 먹고 도보로 범밭골로 이동했다. 말은 소리가 나니 진이마촌에 묶어두었다. 병사들은 숯검댕이를 얼굴에 칠한 뒤, 약문의 지시대로 지정된 위치에 땅을 파고 몸을 숨겼다. 약문은 병사들의 위치를 확인하고 모즉지에게 배치 완료 보고를 했다. 모즉지와 이사부와 약문 역시 병사들과 마찬가지로 위장을 했다. 땅을 파고들어

나뭇잎을 덮었다. 조용한 숲속이고 병력이 많지 않아 군호는 약문의 휘파람 소리로 정했다.

한참이 지나자 봄날의 짧은 해는 서산 너머로 낮게 기울었다. 숲속 어디선가 꿩꿩하고 꿩이 울더니 푸드덕하는 날갯짓 소리가 이어졌다. 숲속에서 장끼와 까투리가 짝짓기를 위해 희롱이라도 하는 모양이었다. 조용한 숲속에는 팽팽한 긴장감이 감돌았다. 그때 아혜 쪽으로 망을 보러 갔던 날랜 병사 둘이 돌아왔다. 병사는 골짜기에 들어와서도 숨어 있는 아군이 보이지 않자 당황했다. 그때 약문이 그들을 불렀다.

"이리로 오고 있는가?"

병사 둘은 그 소리를 듣고 약문 쪽으로 다가갔다.

"오고 있습니다. 해 지기 전에는 여기에 도달합니다."
"알았다. 수고했다. 너희는 여기 있지 말고 마을로 내려가서 쉬어라."

약문은 초조해졌다. 해가 지지 않아야 한다. 해가 지면 실죽을 노리고 활을 쏠 수가 없다. 화살이 쏟아지면 실죽은 기습을 직감하고 다시 아혜 쪽으로 도망칠 공산이 크다. 그러면 승산이 없다. 그때 멀리서 희미하게 군사들이 움직이는 소리가 들려왔다. 약문은 길게 휘파람을 불었다. 대비하고 기다리라는 군호였다. 병사들은 가볍게 한기를 느끼며어서 다음 군호가 떨어지기를 기다렸다. 멀리서 말발굽 소리, 병사들이 행군하면서 내는 소리가 점점 다가오고 있었다.

실죽의 군대는 서두르고 있었다. 하슬라에서 배를 타고 출발한 뒤 바람 때문에 아혜 도착이 늦어졌다. 점심 무렵에야 겨우 육지에 상륙했다. 실죽은 배에서 병사들의 식사를 해결하고 상륙하자마자 바로 행군을 시작했다. 저녁에는 진이마촌에 도달해야 했다. 서둘러야 비처왕이 지정해준 시각에 맞출 수 있었다. 북풍이 불어 배가 도착하는 시간이 한나절 늦어졌지만 그게 핑계가 될 수는 없었다. 육지 행군을 빨리해서 바람 때문에 늦어진 시간을 벌충해야 했다.

병사들의 선두가 범밭골에 들어서면서 실죽은 잠시 척후를 보내야 하지 않을까 생각했다. 하지만 곧 생각을 바꾸었다. 자신은 비처왕이 내린 밀지에 의해 군사를 움직였다. 사로국 영토 내에서 실죽의 군사를 막기 위해 매복할 군사는 있을 수가 없다. 전시도 아닌데 누가 감히 매복하랴.

시간에 맞추어야 했다. 군사는 북천벌에 대기시키고, 밤늦게 변복 차림으로 월성으로 입궁하라는 왕의 밀지가 있었다. 서두르지 않으면 아니 되었다. 군사가 북천벌에 오래 머물면 소문이 새어나가기 마련이다. 전광석화같이 서라벌로 들어가 6부 주요 귀족들, 특히 탁부와 사탁부의 갈문왕과 귀족들을 제압해야 한다.

병사들의 선두가 진이마촌으로 들어갈 무렵 실죽은 범밭골 갈지자 고갯길에 막 들어섰다. 그때 어디선가 짧은 새 울음소리가 들렸다. 무심코 실죽은 새가 우는 방향으로 고개를 돌렸다. 바로 그때였다. 그쪽에서 화살 하나가 슉, 하고 날아왔다. 실죽의 눈에 날아오는 화살이 보였다. 그 화살은 실죽의 목으로 곧장 날아왔다. 턱, 하더니 실죽은 자신의 목을 뚫는 화살촉의 묵직한 감을 느꼈다. 목이 뜨거웠다. 이게 뭐지, 하는 순간 실죽은 말에서 거꾸로 떨어졌다. 떨어지면서 실죽은 도대체 누가 나를 쏘았지, 하는 생각을 잠시 했다. 마치 꿈을 꾸는 듯했다. 곧이어 함성이 들리더니 좌우와 앞뒤에서 군사들이 쏘는 화살이 쏟아졌다. 다음 생각을 이어나가기 전에 실죽의 숨이 끊어져버렸다. 차라리 실죽에게는 그게 다행인지도 몰랐다.

수십 발의 화살이 실죽의 몸에 꽂혔다. 어떤 살은 갑주를 뚫었고, 어떤 살은 실죽의 팔다리에 꽂혔다. 실죽의 부관과 호위병들이 혼비백산하여 어쩔 줄 모르는 가운데 좁은 골짜기 길에 말들이 뒤엉켰다. 앞뒤 실죽의 군사들은 도대체 무슨 일이 일어났는지조차 가늠할 수 없었다.

실죽이 말에서 떨어지자 약문이 지도로갈문왕의 깃발을 흔들면서 범밭골 골짜기 큰 소나무가 있는 바위 위에 올라가 큰소리로 외쳤다.

"사로국의 병사들이여, 나는 실죽장군의 부관이었던 사탁부의 약문 길지다. 실죽장군은 죽었다. 사탁부 지도로갈문왕의 명이다. 너희는 지금부터 갈문왕의 아들 모즉지공께서 지휘한다. 모두 무릎을 꿇어라. 말 탄 병사들은 하마(下馬)하여 무릎을 꿇어라. 반항하면 모두 죽는다."

실죽의 병사들이 무슨 일인지 영문을 몰라 우왕좌왕할 때 황금빛 투구를 쓴 모즉지가 바위 위로 나타났다.

"내가 지도로갈문왕의 아들 모즉지다."

마침 서산으로 기우는 해가 모즉지의 투구를 비추었다. 실죽의 병사들은 황금빛 투구가 햇빛을 반사하여 번쩍이는 광채를 보았다. 눈부신

광휘(光輝)였다. 그 빛을 보는 순간 병사들의 무릎에서 힘이 빠졌다. 기병은 말에서 내렸고 보병은 바로 무릎을 꿇고 말았다.

한 시진이 지나 진이마촌에 어둠이 깔리기 시작했다. 실죽의 5천 병사들은 모두 모즉지의 병사가 되었다. 누구도 이탈하려 들지 않았다. 어차피 사로국의 병사, 누가 지휘한들 달라질 게 없었다. 왕족이나 귀족들에게 무슨 변고가 있다 해도 사로국 병사들끼리 싸우지만 않으면 되었다. 대부분 6부 출신인 병사들은 지도로갈문왕의 직속이 되어 서라벌로 진입하게 됨을 오히려 기뻐했다. 6부에는 그들의 부모와 형제, 처자식이 살고 있었다.

다음 날 아침 해가 뜨자 진이마촌 벌판에서 모즉지는 황금 투구를 쓰고 새롭게 자신의 군사가 된 6부군을 사열했다. 실죽의 지휘부는 모즉지에게 충성을 맹세했다. 모즉지 곁에서 잔뜩 긴장한 이사부가 모즉지를 호위했다.

"너희들은 내가 지휘한다. 지도로갈문왕의 명이시다. 지금 왕은 무도하여 너희들의 칼로 너희 부모와 형제를 도륙 내려 했다. 어찌 부모 형제의 피를 보겠는가? 어찌 처자식의 피를 보겠는가? 우리가 막아야 한다."

진이마촌 들판에는 긴장감이 흐르고 있었다. 병사들은 도열한 채로 모즉지의 말을 한마디라도 놓칠세라 귀를 세우고 듣고 있었다.

"너희들의 피를 흘리게 하지 않겠다. 너희들의 부모 형제 처자식의 피를 흘리게 하지 않겠다. 갈문왕에게 충성하면 너희들은 배불리 먹고 무사히 집으로 돌아간다. 공을 세운 자에게는 특별히 상을 내리겠다. 제군들이여! 갈문왕에게 충성하겠는가? 나를 따르겠는가?"

어제까지 실죽의 병사들이었던 6부군은 환호성을 올려 모즉지에게 충성 맹세를 했다. 창을 든 병사는 창으로, 방패를 든 병사는 방패로 땅을 치면서 환호성을 올렸다. 이사부와 약문도 병사들과 함께, 아니 병사보다 더 빠르게 대답하고 우렁차게 환호성을 질렀다.

병사들이 진이마촌에서 배불리 먹고 대기하는 동안, 이사부는 몇 명의 연락군관을 대동하고 서라벌로 말을 달렸다. 이사부는 바로 지도로 갈문왕의 저택으로 갔다. 갈문왕은 갑옷 차림으로 대기하고 있다가 이사부를 맞았다.

"이사부구나, 어떻게 되었느냐?"
"성공했습니다. 형님께서 실죽의 군사를 접수하여 지휘합니다."
"그래? 잘되었다. 정말 잘되었다. 수고했다. 탐수장군은 내가 설득을 하겠다."
"그러면 연락군관에게는 바로 돌아가서 형님께 서라벌로 진군하라고 해야겠습니다."
"그래야겠다. 너희는 바로 가서 모즉지에게 진군하라고 전해라."
"저는 서라벌에서 갈문왕전하를 호위하겠습니다."
"그래? 이사부가 나를 호위해?"
"그렇습니다."

지도로갈문왕은 이사부가 대견했다. 아이들은 쑥쑥 큰다. 우후에 죽
순이라더니, 대나무보다 빨리 큰다. 습지공이 술만 마시는 게 아니고 느
지막이 아들을 잘 봤구만. 내 막내 사부지와는 친구지. 그 녀석……

"그래, 그렇게 하자. 이사부가 앞장서라."

지도로갈문왕은 월성 남쪽 남천벌에 진을 치고 있는 탐수장군의 군
영으로 갔다. 갈문왕을 수십 명의 중무장한 병사가 호위했다.

탐수장군은 비처왕의 명을 받고 6부군 5천을 소집하여 왜적을 소탕
하러 장봉진으로 떠날 채비를 하고 있었다. 6부군 소집이 늦어져서 예
정일보다 출발이 이틀이나 미루어졌다. 탐수장군은 출발이 늦어져 잔
뜩 화가 나 있는 상태에서 군영 앞에서 은빛 갑옷을 입은 젊은 장수가
군영 쪽으로 다가오는 것을 보았다. 장수 뒤에는 호위병에 둘러싸인 갈
문왕이 보였다. 갈문왕은 덩치가 커서 멀리서도 바로 알아볼 수 있었다.
탐수장군은 얼른 갈문왕에게 다가가 예를 차렸다.

"갈문왕께서 여기까지 오셨습니다. 소장 인사드립니다."
"내가 탐수장군에게 긴히 할 말이 있소. 군영으로 들어갑시다."

임시로 세워놓은 군영으로 갈문왕이 들어가고 이어 탐수장군이 따라
들어갔다. 이어 작은 실랑이가 이어졌다. 탐수장군의 호위병과 부관들
이 군영으로 들어서려 하자 이사부가 막아섰기 때문이다.

"아무도 들어갈 수 없습니다. 갈문왕의 명이오. 밖에서 기다리시오."

이사부의 기개에 눌렸는지, 탐수장군의 부관들은 아무도 군영 안으로 들어올 생각을 하지 못했다. 군영 주위는 갈문왕의 호위병들이 에워쌌다.

탐수장군은 그제야 눈치를 챘다. 뭔가 수상하다. 탐수장군은 자신의 목을 먼저 만졌다. 잘 붙어있었다. 아무리 그래도 자신의 상관이 안에 있는데, 밖에 대기하라 한다고 대기하는 저 머저리 같은 부관들을 데리고 전쟁터에 가야 하나 하는 생각이 먼저 들었다.

군영 안에는 갈문왕과 탐수장군, 갈문왕의 호위군관 몇 명, 그리고 문을 막아서서 지키고 있는 젊은 장수가 있었다. 갈문왕이 입을 열었다.

"탐수장군, 길게 말하지 않겠소. 사로국을 위해 나의 명을 받으시오."
"무슨 말씀이신지. 저는 알 수가 없어서."
"지금 비처왕이 실죽의 군대를 동원해서 6부 귀족을 모조리 참살하려 했소. 내가 다행히 실죽을 죽이고 그 군사를 진이마촌에 대기시켜놓았소. 비처왕은 탐수장군에게 6부군을 데리고 장봉진으로 가라 했소. 6부 귀족의 손발을 빼앗으려는 술책이지. 장군은 자신도 모르게 6부 귀족을 상대로 싸움을 하게 되었소. 그게 가당키나 한 일이오?"
"아니 그럼, 6부 귀족과 폐하께서 전쟁을?"
"그렇소. 이미 시작되었소. 하지만 사로국 6부군끼리 칼을 겨누어야 하겠소? 내가 막아야 하지 않겠소?"

탐수의 머리가 빨리 돌아갔다. 왕은 큰 나라, 강한 나라를 만들려고 하셨다. 자신의 명 하나로 나라가 일사불란하게 돌아가게 하고 싶으셨다. 그래야 고구려처럼 강한 나라가 된다. 하지만 갈문왕을 비롯한 6부 귀족이 당하고만 있을까. 그들이 재산과 권리를 내려놓을까? 큰 싸움이 일어나지 않을까? 탐수는 언젠가 그 싸움이 일어나리라 생각하고 있었다. 올 게 너무 빨리 왔다. 그들의 싸움이 이렇게 빨리 현실이 될지는 몰랐다. 갈문왕은 이미 실죽이 죽었다고 했다. 그럼 왕이 동원할 수 있는 6부 중앙군은 자신이 소집한 군사가 전부다. 이 병력을 제외하면 서라벌에는 월성에 있는 몇 백의 시위대 병력이 왕이 가진 군사의 전부다. 만약 자신이 왕의 편에서 싸우면 승산이 반반이다. 아니다. 자신이 진다고 봐야 한다. 왜냐하면 6부군의 이탈이 많을 수밖에 없기 때문이다. 6부 사람들은 왕보다 갈문왕을 존중하고 따른다. 나이도 나이려니와 그의 인품이 오랜 세월 그를 따르게 했다. 나이나 인품에서 갈문왕이 왕보다 더 왕 같았다. 왕을 따른다고 하면 갈문왕은 자신을 죽일 게 분명하다. 살려면 군영에서 도망치거나 갈문왕을 따를 수밖에 없다. 어떻게 군영에서 도망칠까?

군영 입구를 막고 있는 저 애송이 젊은 녀석은 도대체 누구일까? 저런 녀석일수록 바로 칼을 뺄 공산이 컸다. 젊을수록 앞뒤를 재지 않는다. 자신이 갈문왕에게 반기를 들겠다고 하면 바로 저 녀석의 칼에 목이 댕강 날아가 버릴 거다.

"저는…… 갈문왕전하께 충성을 바치겠습니다."

탐수는 자리에 바로 꿇어앉아 갈문왕에게 머리를 조아렸다.

"허허허. 고맙소, 탐수장군. 내 장군의 충정을 잊지 않으리다. 그대가 우리 사로국 6부군의 피를 아꼈소."

그때였다. 군영 막사 주위에서 막사 안을 엿듣고 있던 누군가가 바로 뛰어나갔다. 이사부가 막사 밖으로 나가 그를 따라갔다. 그는 재빨랐다. 대기시켜 놓은 말을 타고 바로 도망쳤다. 그를 잡으려 활을 쏘아보았지만 이미 멀리 달아난 뒤였다. 그는 왕이 심어놓은 왕의 심복임이 분명했다. 그를 놓치고 난 뒤 이사부가 말했다.

"갈문왕께 제가 한 말씀 올려도 되겠습니까?"
"이사부, 말해보아라."
"지금 달아난 녀석은 월성으로 가서 왕께 고할 게 틀림없습니다."
"그렇겠지."
"왕은 탐수장군이 배신했다고 간주하고 오직 실죽의 군대만 기다릴 겁니다."
"그렇겠지."
"하지만 오늘 오후쯤 되면 왕도 알게 될 겁니다. 실죽은 죽고 실죽의 군대는 모즉지 형님이 접수했다는 사실을. 형님께서 진군을 시작했을 테니까요."
"그렇겠지."
"그럼 왕은 어떻게 할까요? 6부군이 모두 갈문왕 쪽으로 돌아섰으니. 왕에게는 지방 군사밖에 없습니다. 아마도 시위대를 데리고 일선과 사벌로 가서 그쪽 군사를 모아 6부군에 대적하려고 할 겁니다. 그럼 사로국은 큰 혼란에 빠집니다. 그 틈을 고구려와 왜가 노릴지도 모릅니다."
"그렇겠지."

"그렇다면 지금 월성을 포위해서 끝장을 내야 합니다. 여기 남천벌에 있는 병력이라면 금방 월성을 포위할 수 있습니다."

"아니다. 그렇게 하면 안 된다. 우리는 모즉지의 군사가 남천벌에 다가올 때까지 여기서 기다린다."

"네?"

"이사부야, 너는 아직 모르는 게 많다. 세상일은 싸움이나 힘만으로 해결되는 게 아니다. 더 중요한 건 세상의 이치를 깨닫는 일이다. 너도 알 날이 올 거다. 알겠느냐. 이사부."

"네. 알겠사옵니다. 그러나……"

"나는 여기서 기다린다. 갈문왕이 명한다. 이사부와 탐수장군은 한 발짝도 움직이지 말고 여기서 나를 시립(侍立)하라. 바로 연락병을 모즉지에게 보내라. 서라벌로 들어오면 월성을 포위하지 말고 여기 남천벌로 바로 와서 나를 호위하라 일러라. 모든 군사는 남천벌에서 대기한다. 알겠느냐."

13

월성 주위로 밤 안개가 자욱했다. 새로 월성을 지으면서 월성 북쪽으로 해자를 많이 팠다. 월성 남쪽은 남천이 흐르고 있다. 새롭게 동서북 삼면에 해자를 팠으니 월성은 물에 둘러싸인 성이 되었다. 비처왕은 이궁(移宮)한 지 13년 만에 월성으로 복궁(復宮)했다. 그해 자신이 사랑했던 강월궁주가 중놈과 사통을 하는 바람에 궁주를 죽이지 않을 수 없었다. 아니다. 강월궁주는 선혜왕후의 말대로 사통하지 않았을 수도 있다. 자식을 점지해 달라고 불공을 드렸는지도 모른다. 그랬다면 살려달라고 처절하게 자신에게 빌어야 하지 않는가. 강월궁주는 빌지도 않고 죽음을 받아들였다. 사통했으니 죗값을 받느라 죽음을 담담히 받아들였다. 아니다. 사통하지 않았기에 오히려 당당했는지도 모른다. 다 좋다. 강월궁주야 그렇게 갔다 치자. 그렇게 사랑했던 명옥공주는 왜 그 어린 나이에 나를 떠나갔단 말이냐.

명옥공주가 가고 선혜왕후도 나를, 이 왕을, 그래, 감히 이 왕을, 마음으로부터 떠나갔다. 그렇다, 모두 월성이 문제다. 월성으로 복궁한 다음에 모든 일이 벌어졌다. 월성이 문제다. 월성이 나를 배반했다. 눈을 가늘게 뜬 달이, 표변한 여인네의 앙칼진 눈매가 되어 나를 배신했다. 그 눈매가 무섭다. 반달처럼 생긴 월성이, 이 반월성이 나를 배신했다. 내가 월성을 나갈 차례다. 비록 이 사로국의 왕이지만, 나를 배신한 월성을 이번에는 내가 떠난다.

초조하게 실죽장군의 소식을 기다린 지 하루가 지났다. 하는 수 없이 시위대 연락군관을 진이마촌으로 보냈다. 그 연락군관조차 소식이 끊겼다. 실죽장군에게 무슨 일이 벌어진 게 분명했다. 무슨 소식이라도 오겠지 하고 초조하게 기다리는 차에 탐수장군 쪽에 심어놓은 연락군관이 헐레벌떡 입궁했다. 지도로갈문왕이 탐수장군을 위협하고 있다는 보고였다. 그렇다면 새로 소집한 6부군마저 지도로갈문왕 수중에 떨어졌다는 뜻이다. 정말 월성을 떠나야 하는가? 간다면 어디로 가야 하는가? 이런 생각을 하면서 전전반측하다가 설핏 잠이 들었다. 급히 왕을 깨운 건 탐수장군이었다.

"폐하, 큰일 났사옵니다."

비처왕은 탐수장군을 보자 의심부터 들었다. 해 질 무렵 탐수장군이 지도로갈문왕에게 잡혀있다는 보고를 분명히 받았다. 그렇다면 탐수장군이 갈문왕의 회유에 넘어가 자신을 해칠 수도 있다. 비처왕은 잔뜩 경계하며 아무것도 모르는 척하며 탐수장군에게 물었다.

"탐수장군 아니시오. 여긴 어인 일이요. 이 야심한 밤에. 장군은 지금 남천벌에서 6부군을 소집하여 장봉진으로 출정 준비를 끝마쳐야 하지 않소?"

"폐하, 큰일 났사옵니다. 반역이옵니다."

"반역? 누가 말이오?"

"낮에 지도로갈문왕이 갑자기 남천벌 소장의 군영에 들이닥쳤습니다. 소장에게 충성을 맹세하라 하면서 소장을 감금했습니다. 게다가……"

"게다가……"

"실죽장군의 군대를 지도로갈문왕의 아들 모즉지가 접수를 했다고 하면서……"

"무어라, 실죽의 군대를?"

"그렇습니다."

"아니, 그럼 장군은 지도로에게 군사를 다 빼앗겼다는 말이오?"

"폐하, 면목이 없사옵니다. 죽여주시옵소서. 죽어 마땅한 중죄를 저질렀습니다."

"지금 그걸 따질 때요? 장군의 죄는 나중에 묻겠소. 그것보다……"

"그렇습니다. 대책이 더 시급합니다."

비처왕은 그제야 사태의 전모를 파악했다. 자신의 계획은 모조리 물거품이 되고 말았다. 서라벌의 6부군은 탐수장군이 장봉진으로 빼고, 실죽의 6부군으로 지도로를 비롯한 귀족들을 제압하려 했다. 아무와도 상의하지 않았다.

어디에서인가 기밀이 빠져나간 게 분명했다. 도대체 이 무슨 변고인가? 어떻게 내 계획을 먼저 알았단 말인가? 눈치를 챈 지도로에게 되치기를 당했다. 자신의 믿음직했던 심복, 대장군 실죽이 그렇게 허무하게 당한 게 믿어지지 않았다. 믿어지지 않았지만 믿어야 했다. 실죽은 약속을 어길 사람이 아니다. 죽었기에 약속을 못 지켰다. 탐수장군은 갈문왕에게서 도망쳐 나온 게 확실했다. 그렇다면 지금으로서는 믿을 수 있는 장수는 탐수밖에 없다.

"폐하, 저는 그들에게 붙잡혀 있다가 어둠이 오면서 겨우 몸을 빠져나왔습니다. 그들은 월성을 향하겠지요."

"그래? 탐수장군, 이제 어떻게 해야 할까?"

"저들은 6부를 완전히 장악했고, 남천벌에 곧 합류한다고 했습니다."

실죽과 탐수의 병사, 이제는 갈문왕의 군대가 된 병사를 모두 합하면 1만이 넘는다. 월성에는 시위대 병력 수백 명밖에 없다. 하지만 일선과 사벌 등 지방에 있는 병력과 여러 성에 나누어진 병력을 모두 합치면 족히 2, 3만은 된다. 그들은 모두 사로국 국왕의 명을 따른다.

"탐수장군, 어떻게 할까?"

"폐하께서는 월성에서 빨리 나가셔야 합니다. 여기에 있다간 곧 포위를 당합니다. 월성이 견고하다 하나 수백의 병력으로는 버틸 수 없습니다. 그렇게 되면 폐하의 안위가 심히 염려됩니다. 사벌이나 일선이나 고타로 몸을 피하셔서 그곳 군사를 모아 역도들을 다스려야 합니다."

"아무래도 그렇겠지?"

"그렇습니다. 한시가 급하옵니다."

비처왕은 탐수장군이 고마웠다. 역도의 무리에 가담하지 않고 목숨을 걸고 탈출하여 자신에게 오지 않았는가.

"이제부터 탐수장군이 대장군이다. 시위대를 이끌고 우선 일선군으로 가자. 이미 자시에 가까우니, 묘시에 바로 떠나자."

"그렇게 준비하겠사옵니다."

비처왕은 월성에 복궁하여 12년을 살았다. 명옥공주가 떠난 이후에는 월성이 마음에 들지 않았다. 자신이 왕만 아니라면 어디론가 멀리 떠나고 싶었다. 역도들의 반란이 떠날 때를 알려준 게 아닌가 싶기도 했다. 월성을 벗어나 다른 곳에 도읍을 정하고 사로국을 이어나갈 궁리를 하기도 했다. 달구벌이라면 오히려 더 좋은 도읍지가 될 수 있지 않을까. 명옥공주가 죽은 이후에는 월성 내전(內殿) 여기저기에 명옥공주의 영육이 느껴졌다. 공주를 잊기 위해서도 월성을 떠나고 싶었다. 그렇다 해도 이렇게 쫓기며 떠나고 싶지는 않았다.

묘시가 되자 월성 주위로 밤안개가 가득했다. 탐수장군이 시위대를 이끌었다. 비처왕도 갑옷 차림으로 말을 탔다. 신속하게 이동하기 위해 시종장 외에는 시종도, 시녀도 대동하지 않았다. 연락군관은 모즉지의 병력이 밤새 행군하여 곧 서라벌에 이른다고 전했다. 빨리 월성을 벗어나 서라벌을 탈출하지 않으면 비처왕은 역도들에게 사로잡히고 만다. 비처왕도 탐수장군도 급했다. 빨리 서라벌을 벗어나야 한다. 그들에게 서라벌은 사지(死地)다. 사지만 벗어나면 승산이 있다. 다행히 새벽이 되면서 월성 주위는 봄 안개가 가득 피어올랐다. 안개는 소리도 막아주는 듯 사위는 적막했다. 비처왕 일행은 안개의 덕을 보았다. 어디엔가 포진해 있을지도 모르는 반란군을 마주치지 않고 급히 서라벌을 벗어났다. 그들은 서북쪽으로 급히 달렸다.

왕이 반월성을 떠나기가 무섭게 시종 한 명이 남천벌 지도로갈문왕에게 급히 달려갔다. 그는 군영으로 들어가 갈문왕에게 보고를 올렸다.

"폐하께서 시위대와 함께 월성을 떠났습니다. 탐수장군도 함께 갔습니다."

"그래? 알았다. 그럼 월성에는 누가 있나? 왕후께서는?"

"왕후께서는 내숙공의 집으로 가신 지 이미 오래되셨습니다."

"그럼 주인이 없는 궁이구만."

그때 밖에서 요란한 군마의 소리가 들려왔다. 모즉지가 도착했다. 모즉지는 몇몇 참모들을 대동하고 황급히 군영으로 들어왔다.

"아버님, 무사하시군요. 걱정하였습니다."

"걱정할 게 뭐가 있나? 누가 나를 해친다고. 저기 봐라. 이사부가 저리도 늠름하게 날 지키고 있다. 하하하."

"그렇군요. 이사부가 버티고 있군요. 다 컸습니다."

"그 이상이야. 탐수장군도 꼼짝 못 했다니까, 이사부에게. 하하하."

"아버님, 이제 어떻게 합니까?"

"병력은 남천벌에 대기시키고 호위병들만 데리고 입궁하자. 비처왕은 없다."

"비처왕이 어디로 갔습니까?"

"갔다. 궁을 비우고 도망갔다. 우리가 입궁하여 귀족들을 소집하자."

"알겠습니다. 화백회의를 준비하겠습니다."

이사부는 지도로갈문왕과 모즉지 형님이 하는 말을 듣고서야 비로소 이해했다. 갈문왕이 왕을 추격하여 월성으로 들어가지 않은 이유를 알았다. 갈문왕은 비처왕이 스스로 도망치게 했다. 탐수장군을 느슨하게 감시하여 도망치게도 했다. 모두 다 계략이었다. 이사부는 새삼 갈문왕의 지략을 보았다. 큰 체구 속에 헤아리기 힘들 만큼의 큰 지략이 숨어 있다.

비처왕은 제 발로 도망가버렸다. 사로국의 왕 자리는 한시라도 비울 수가 없다. 그러니 당연히 갈문왕이 왕좌에 앉아야 한다. 싫어도 앉아야 한다. 그게 사로국의 법도. 갈문왕은 어제 분명히 세상일은 싸움이나 힘만으로 해결되는 게 아니라고 하셨다. 그게 바로 이 말이었다. 자연스럽게 왕좌에 앉는 법을 말씀하셨다.

모즉지를 따라 남천벌 군영으로 들어온 약문이 이사부의 어깨를 슬쩍 치며 말했다.

"무얼 그리 골똘히 생각하십니까?"

14

하루만에 세상이 바뀌었다. 6부의 귀족들이 월성으로 모여들었다. 대아찬 내숙공도 빠질 수가 없었다. 내숙공은 비처왕을 보좌하여 비처왕의 여러 정책을 현실화한 인물이었다. 비처왕의 장인이기도 했다. 딸 선혜왕후는 명옥공주가 죽은 이후 거의 친정에 와서 살다시피 했다. 딸이 남편에게서 멀어지면 장인 역시 사위에게서 멀어진다. 내숙공의 마음도 이미 비처왕을 떠났다. 화백회의에서 내숙공은 오히려 앞장서서 갈문왕의 처지를 옹호했다. 그게 자신이 살아날 길이기도 했다.

"왕이 성급했소이다. 사로국은 무엇보다 6부의 협력이 중요합니다. 박혁거세 시조 때부터 6부가 합하여 이루어진 나라가 바로 사로국입니다. 왕이 도망간 이상 6부의 단합을 위해 서라벌에 구심점이 있어야 합니다. 갈문왕이야말로 왕이 되어 마땅합니다. 도망친 왕을 폐하고 갈문왕을 대왕으로 추대해야 합니다."

애당초 모인 귀족 중에 반대할 자는 없었다. 모두 한목소리로 지도로갈문왕을 대왕으로 옹립하자고 했다. 지도로갈문왕이 낮은 목소리로 또렷하게 말했다.

"여러분의 뜻은 고맙소. 하지만 그럴 수는 없소. 하늘에 해가 둘이 아닌 것과 같이, 사로국에 대왕이 둘이 있을 수는 없소. 나는 지금처럼 갈문왕으로 그냥 있겠소. 잠시도 궁을 비울 수는 없으니 입궁하여 정사는 보겠소."

지도로갈문왕은 부드럽게 비처왕을 두고 자신이 왕이 될 수가 없음을 말했다. 그 말이 더 무서웠다. 하늘에 해가 하나다. 사로국 대왕은 곧 자신 하나여야 한다는 말이다. 이는 비처를 찾아 죽이라는 말과 같았다. 모즉지가 말을 이었다.

"비처왕은 일선군으로 갔다 합니다. 그를 추적해야 합니다. 지방 군사를 몰고 서라벌로 입성하려는 속셈이 분명합니다. 대비를 철저히 해야 합니다."

갈문왕이 이어서 말했다.

"모두 분명히 알아야 할 게 있소이다. 우리 사로국 백성들끼리 피를 흘려서는 안 됩니다. 6부군과 지방 군사가 싸워서 희생이 나서는 절대로 안 됩니다. 다 우리 사로국 백성들입니다. 여기 여러분들이 지방에 사람을 보내 촌주를 설득하여 비처왕 편에 가담하지 못하게 해야 합니다. 비처왕은 일선군과 사벌군, 날이군과 고타군 병사를 동원하려 하겠지요. 그 지역에 연고가 있는 분들은 사람을 보내 연통을 넣어야 합니다. 나부터 그렇게 하겠소."

지도로갈문왕의 말에 모두 수긍을 했다. 아군끼리의 내전은 고구려의 침략을 부추길 가능성이 매우 컸다. 모두 고구려가 두려웠다. 이어 갈문왕이 말했다.

"모즉지는 명을 받아라."
"하명하소서."
"남천벌에 진을 치고 있는 군대의 대장군으로 임명한다. 사사로이는 내 아들이지만 여기서 분명히 말한다. 함부로 군사를 움직여 사로국 군사끼리 충돌하는 일은 꼭 피하도록 해야 한다. 우선 장봉진에 쳐들어온 왜적을 소탕하는 일이 급선무다. 일부 군사를 보내 왜적을 소탕하라."

지도로갈문왕이 주재하는 첫 남당회의가 마무리되었다. 갈문왕은 남당회의가 끝나고도 계속 월성에 머물렀다. 가족들도 모두 월성으로 들어오게 했다. 주인이 바뀌어 어수선했던 월성도 지도로갈문왕이 입궁하면서 안정을 되찾았다.
모즉지는 비처왕 세력의 남진에 대비하여 새로 시위대를 뽑아 월성에 배치하고 군사의 주력은 남천벌에 그대로 머물게 했다. 일부지(壹夫智)에게 병사 1천을 주어 장봉진의 왜적을 소탕하라 명했다. 모즉지는 일부지에게 부장으로 약문을 데리고 가라 일렀다. 약문은 모즉지에게 이사부를 출정시켜도 되는지를 아뢰었다.

"이사부는 자기 몸 지킬 정도로는 성장했다. 앞으로 사로국의 장군이 될 재목이니, 두루두루 많은 경험을 쌓게 하는 게 좋다. 그 녀석 친구들도 함께 데리고 가라."

모즉지도 이사부와 물력과 자신의 동생 사부지가 단짝 친구임을 잘 알고 있었다. 모즉지는 막내 사부지가 문약해서 늘 걱정스러웠다. 막내가 강건한 사내가 되기를 바랐다. 사부지는 바둑을 좋아하고 늘 깊은 생각에 사로잡혀 있었다. 모즉지는 그게 안쓰러웠다. 나이가 들면서 이사부와 물력과 어울려 사내답게 성장하기에 내심 좋아했다.

약문에게 소식을 들은 이사부는 물력과 사부지와 함께 출정하게 되어 뛸 듯이 기뻤다. 이들이 출정군에 합류하자, 일부지장군은 출정에 앞서 이사부를 불렀다.

"이사부, 나의 명령 없이는 함부로 행동하면 안 된다."
"여부가 있겠습니까? 제가 어린아이가 아니니 염려 마십시오. 장군님."
"그래도 염려가 되니 하는 말이다. 친구들과 함께 공을 세운다고 함부로 싸우면 내가 군법으로 다스릴 거야. 늘 지휘부에서 나와 함께 있어야 한다."
"알겠습니다. 그래도 저희에게 역할을 주십시오. 척후를 맡기시면 잘할 수 있습니다. 전번에 실죽장군은 척후를 내지 않아 패장이 되었습니다."

이사부는 실죽이 비참하게 죽었다고 말하려다가, 아차 싶어, 패장이 되었다고 말했다. 실죽장군이야말로 평생을 사로국의 장수로 전장을 누볐다. 어쩌다가 왕과 귀족들의 싸움에 말려들어 영문도 모른 채 기습을 당해 죽었다. 이사부는 실죽의 죽음을 눈앞에서 보았다. 사로국의 대장군은 그렇게 죽으면 안 될 일이었다. 이사부는 실죽의 죽음으로 인해 사로국 군사끼리 큰 충돌이 없어 다행으로 여기면서도, 한편으로는 마음이 몹시 쓰라렸다. 실죽을 죽이지 않는 다른 방법은 없었을까? 이사부는 그런 계책을 찾지도 않고 매복을 선택해 실죽을 죽음으로 몰고 간 약문이 마뜩잖았다. 그렇다고 스스로 뾰족한 계책을 내지도 못했기에, 약문을 비난할 수도 없었다.

"말을 해 놓고 무슨 생각을 하나? 이사부."

"아, 아닙니다. 그저…… 그저, 척후를 시켜주십시오."

"허허, 위험하단 말이야. 그러다가 적과 마주치면? 전장에서 가장 잘 죽는 게 척후병사야. 그걸 모르나?"

"알고 있습니다. 그렇지만 척후병사의 죽음은 본대 병사들 다수를 살리는 거지요."

"그건 그렇지. 그렇지만 이사부가 척후를 나가 죽으면, 내가 살아서 서라벌로 돌아간들 살아있는 기분일까? 자네 아버님이나 모즉지공에게는 무슨 말을 할 건가? 자네는 장군이 될 재목이야. 혈기왕성한 나이지만, 그렇다고 함부로 나대다가 죽으면 그게 바보지."

"장군님 말씀도 맞습니다. 그렇지만 저는 죽지 않을 자신이 있습니다. 제가 그런 경험을 해봐야 제가 나중에라도 병사들에게 지시할 수 있습니다. 안 죽을 테니 걱정마십시오."

"그것 참. 정 그렇다면 경험 많은 병사와 함께 가도록 하지."

둘의 대화를 옆에서 듣던 약문이 일부지장군에게 말했다.

"장군님, 제가 함께 하겠습니다."
"그래? 약문장군이?"
"장군이라니오. 저는 아직……"
"뭘, 이번 거사에 큰 역할을 했다고. 소문이 자자하네. 모즉지공께서 아끼는 장수가 될 거라고. 하여간 그렇게 해준다면 나야 고맙지."
"이사부와 함께 저희도 가겠습니다."

일부지가 돌아보니 물력과 사부지였다.

"어허. 여기가 아이들 놀이터도 아니고 말이야. 뭐 알아서들 해. 나는 책임 못 져."

일부지의 군대는 신속하게 서라벌에서 남산 동벌판을 통과해 동해안으로 이동했다. 행군 동안 이사부 일행은 본대보다 앞에 서서 척후를 보면서 본대의 행군을 이끌었다. 왜적은 작은 부대라 매복을 걱정할 정도는 아니었다. 사로국 군사가 나아가니 동해에 이르기도 전에 여러 작은 마을에 사는 백성들이 왜군들의 동향을 알려주었다, 여러 소식을 종합하면 장봉진에 상륙한 왜적은 5백여 명 정도였다. 장봉진 수비를 하던 사로국 군사 1백여 명은 세에 밀려 싸워보지도 못하고 도망쳤다.
일부지장군의 부대가 장봉진을 향해 가니, 장봉진 수비대 병사들도 합류했다. 지원군을 만나니 그들은 물을 만난 물고기같이 되살아났다. 그들이 합류하면서 자연스럽게 길 안내를 했다. 당연히 척후는 소용없게 되었다. 사부지는 말이 없었지만, 물력은 앞장서서 나가지 못하니 시무룩해져서 툴툴거리기 시작했다.

"이사부야, 우리가 앞에 나가자. 왜적을 만나면 한바탕 붙어보고 싶어."
"물력, 나도 그러고 싶지만, 그랬다간 장군님에게 혼날 거야."

이사부가 물력을 달래는 투로 말했다. 이사부와 물력의 대화를 듣고 있던 사부지가 물력에게 한마디를 던졌다.

"싸우는 게 그렇게 신나?"
"아, 그럼 전쟁터에 왔으니 싸워야지. 그럼 안 싸우고 뒤에 앉아있나?"

둘이 투닥거리자 이사부가 나섰다.

"시끄럽다. 지금 그런 다툼을 할 때가 아니다."

장봉진 수비대의 말에 의하면 왜적은 장봉진을 근거지로 하여 인근 사로국 마을을 약탈하고 있다고 했다. 반항하는 장정들은 죽이고 부녀자는 사로잡아 갔다. 그렇다고 그들이 장봉진을 벗어나 멀리까지 진출하지는 않았다. 그들 역시 세가 약하니 사로국 군대를 두려워해서 내륙 깊숙이는 들어오지 못했다. 장봉진을 근거지로 해서 약탈을 일삼고 있었다. 서라벌에서 토벌대가 오면 재빨리 도망칠 준비도 함께 하고 있음이 틀림없었다.

일부지의 군사가 기병을 앞세우고 해안으로 나아가니 장봉진에서 도망쳤던 백성들이 산에서 나와 군대와 합류했다. 아내와 딸을 약탈당하고 삶의 근거지를 빼앗긴 백성들이었다. 그들은 자신의 가족과 혈육을 찾아 달라며 아우성을 쳤다.

일부지의 군대는 혹시 모르는 매복에 대비하여 조심스럽게 장봉진이 보이는 언덕까지 나아갔다. 남천벌에서 행군한 지 이틀만이었다.

언덕의 능선에 올라서니 이사부의 눈에 동해가 한꺼번에 들어왔다. 멀리 장봉진 포구가 보였다. 장봉진은 육지의 산세가 이어지는 언덕 바로 아래에 있어, 북풍을 피하기에는 매우 좋은 포구로 보였다. 언덕과 포구 입구에는 목책이 여러 겹으로 설치되어 있었다. 왜적이 새로 설치한 게 분명했다. 목책 때문에 기병이 바로 돌파하기는 어렵게 보였다.

"저기 보이는군. 약문장군. 어떤가. 속전속결로 바로 돌파하는 게 어떤가. 우리 군세면 충분할 것 같은데."

일부지가 말했다. 잠시 생각을 하더니 약문이 대답했다.

"그렇습니다. 바로 덮쳐야 할 것 같습니다. 저들은 불리하면 배에 탈 게 분명합니다. 그 시간도 주지 않기 위해서는 여기서 기병을 앞세워 바로 쳐들어가는 게 상책입니다. 발 빠른 병사가 함께하여 재빨리 목책을 치워야 합니다. 궁수는 엄호도 해야 하구요."

"좋다, 그럼 지금 당장……"

그때였다. 날카로운 호각 소리가 길게 세 번 들렸다. 그 순간 언덕 바로 앞에 있는 큰 은행나무에서 왜적으로 보이는 병사 한 명이 뛰어내리더니 장봉진 방향으로 냅다 뛰기 시작했다. 왜적의 뜀박질이 상당히 빨라 순식간에 20여 장 거리로 멀어졌다.

그때 슉, 하는 소리가 아군 진영에서 났다. 소리를 남기고 시위를 벗어난 화살은 왜적의 등에 정확히 박혔다. 이사부가 쏜 화살이었다. 왜적은 탄성으로 몇 발짝 더 뛰다가 푹 고꾸라졌다. 그 신체 위로 이어서 날아온 여러 발의 화살이 더해졌다. 사로국 궁수들이 쏜 화살이었다. 약문이 일부지장군에게 말했다.

"저놈들이 보초를 세워놓았던가 봅니다. 그걸 발견하지 못했습니다. 장군, 이렇게 되었으니 왜적들이 도망가기 전에 돌격해야 하겠습니다."

"그렇다. 전군 돌격하라!"

일부지장군의 명령에 따라 사로국 군대의 공격이 시작되었다. 기병이 선두로 앞으로 나아갔다. 장봉진 안에 있는 왜적들도 초병의 호각 소리를 신호로 급하게 움직였다. 목책 뒤로 들어가 활을 쏘는 병사도 있었지만, 대부분은 서둘러 배에 올랐다. 사로국 포로 수십 명은 이미 배에 실려있는지 왜적들의 움직임만 있었다.

일부지의 군사들은 일제히 장봉진으로 돌격했다. 숨을 몰아쉬면서 도착한 기병들과 뒤따라온 창검수들이 목책을 제거했다. 사로국 병사들이 화살을 쏘던 왜적을 베거나 찔러 제압했다. 그러는 사이, 이미 대부분의 왜적이 배에 올랐다. 그들은 필사적으로 노를 저었다. 배가 포구에서 조금만 벗어나도 사로국 군사가 왜적선을 공격할 길은 막막했다. 노를 젓는 병사를 나무 방패가 가리고 있어, 아무리 화살을 쏘아도 적의 피해는 미미했다. 이윽고 왜적의 전함 10여 척은 이미 난바다로 진입하고 말았다. 이사부와 물력과 사부지의 눈앞에서 왜적이 아녀자들을 싣고 달아나 버렸다. 물력이 발을 동동거리며 소리쳤다.

"아휴 속상해. 저걸 못 잡네. 조금만 더 일찍 왔어도 몰살시켰는데 말이야."

이사부가 맞받았다.

"맞아. 물력아. 원통해. 배가 있어야 저놈들을 쫓아갈 텐데……"

아이들과 마찬가지로 사로국 궁수들도 분통을 터뜨리며 활을 쏘아 댔다. 화살은 힘차게 날아가다가 왜적 전함 앞에서 힘없이 바다로 떨어졌다. 이미 활의 사정거리를 벗어나 버린 탓이었다. 화살로도 적을 잡을 수 없게 되자 사로국 병사들은 닭 쫓던 개 지붕 쳐다보듯이 달아나는 적선을 바라볼 수밖에 없었다.

그날 밤이었다. 일부지장군은 장봉진 포구를 되찾은 병사들의 노고를 치하했다. 급하게 도망가느라 미처 왜적이 배에 싣지 못한 소와 돼지 몇 마리를 잡았다. 왜적들이 남기고 간 술통도 발견되어 한바탕 잔치가 벌어졌다. 진중이 소란한 가운데 밤이 깊어지자 이사부와 물력과 사부지는 포구 선착장으로 나왔다.

보름달이 바다를 환하게 비추고 있었다. 바다는 잠잠했다. 파도는 해안을 가볍게 찰싹거렸다. 찰랑대는 바닷물이 선착장의 나무 기둥을 간

지럽혔다. 이사부는 납작한 돌을 주워서 힘차게 물수제비를 떴다. 달빛이 물수제비의 궤적을 따라가며 물을 반짝거렸다. 바다에는 작은 길이 나는 것 같이 보였다. 몇 번 돌을 던지던 이사부가 말했다.

"나는 기분이 안 좋아."

사부지가 말했다.

"나도 그래. 물력, 너는 좋지?"
"아니야, 나도 좋지 않아. 우리 아녀자들이 붙잡혀갔잖아."
"맞아, 붙잡혀간 여자들도 그렇고, 남편이나 부모는 얼마나 슬프겠어."

오래간만에 물력과 사부지의 의견이 일치했다. 이사부가 말했다.

"다른 방법은 없었을까?"
"무슨 소리야? 이사부."
"사부지야, 만약 말이야. 진군을 좀 늦추고, 무예가 뛰어난 병사와 이쪽 사정을 잘 아는 수비대를 뽑아. 그래서 밤에 여기를 침투한단 말이지. 그래서 배를 불태우거나 침몰시켜버리면?"

사부지가 대답했다.

"그렇구나, 이사부. 그럼 왜적은 독 안에 든 쥐가 된단 말이지."
"그렇지, 사부지. 그렇게 한 다음 공격했더라면 적들도 다 사로잡을 수 있고, 우리 아녀자들도 구출할 수 있었을 거야. 그러니 우리 진군이 경솔했어. 왜적을 몰아내고 이기기만 하면 된다는 생각을 한 거야. 우리 아녀자들을 구하고 왜적이 아예 우리 바다로 건너오지 못하게 만들어야 해. 오늘처럼 배로 도망가면 추격할 수 있게 우리 수군 배도 많이 만들어야지."

이사부의 말을 듣고 물력이 말했다.

"역시 이사부구만. 나나 사부지는 그런 생각은 안 하지. 사부지는 사람들이 불쌍하다는 생각은 하지만."

이번에는 사부지가 말을 받았다.

"그건 그렇지. 물력의 말이 맞아. 이사부야, 너는 그런 생각을 늘 깊이 하지. 그러니 너는 사로국의 대장군이 될 거야."

물력이 사부지의 말을 받았다.

"맞다. 사부지야. 이사부가 사로국의 대장군이 되면 이제 왜적들은 다 죽었다. 그건 그렇고, 이사부야."
"물력아, 말해."
"이사부, 네가 대장군이 되면 나는 꼭 선봉장을 시켜다오."

15

지도로갈문왕은 6부의 모든 귀족을 신궁에 불러 모았다. 신궁에서 제사를 모시면서 갈문왕은 조상 열왕에게 우렁찬 목소리로 엎드려 고했다.

"먼 옛날 조선(朝鮮)의 유민들이 서라벌 들판으로 와서 박혁거세를 왕으로 모시고 여섯 마을을 이루며 살았습니다. 훗날 탈해와 알지 할아버지가 서라벌에 터를 잡으면서, 먼저 살던 사람은 새로 온 사람에게 야멸차지 않았고, 새 사람은 먼저 사람을 핍박하지 않았습니다. 여섯 촌은 힘과 지혜를 합쳐 나라는 번창하고 부강하게 되었습니다. 박씨와 석씨와 김씨는 서로 힘을 합쳤습니다. 백성이 많아지고 땅은 넓어져 사로국의 위세는 백제와 고구려와 가야에 이르렀습니다.

사로국은 지신(地神)과 해신(海神)과 산신(山神)의 영검으로 오곡백과가 무르익고 백 가지 물고기가 잡히며 집마다 동네마다 가축과 가금이 넘쳐납니다. 이 모두 어찌 조상 열왕의 보살핌의 덕이라 아이하겠습니까. 비처가 그릇된 욕심으로 혼자 제사를 받들어 조상님과 사로국 천지신명을 노하게 하였습니다. 하늘의 고요함은 땅의 어수선함을 덮어버립니다. 지도로는 6부 후손들과 함께 제사를 받들어 조상 열왕님과 천지신명을 기쁘게 합니다.

지도로는 조상 열왕님 앞에 엎드려 비옵니다. 부디 사로국의 건곤광명(乾坤光明)을 축수하고 축수하나이다. 조상이시여, 조상이시여."

지도로갈문왕은 엎드렸다가 팔을 들어 하늘로 높이 벋치면서 조상에게 비는 동작을 마쳤다. 지도로갈문왕의 위엄은 과거 비처왕에 비할 바가 아니었다. 예순을 넘은 갈문왕의 나이도 나이려니와 낮고 굵은 음성과 8척에 이르는 큰 체구는 갈문왕의 언행에 위엄을 더했다. 게다가 갈문왕은 행동이 느린 듯하면서도 절도가 있었다. 갈문왕은 엎드린 자세에서 일어나 돌아앉으며 제사에 참석한 6부의 여러 귀족에게 말했다.

"비처가 일선군과 사벌군의 병사는 데리고 가지 못했다고 하는구려. 하지만 지금 고타군과 날이군 병사들을 모아 서라벌에 대항하려고 하오. 북쪽 변방 여러 성에 흩어져 있는 군사들은 비처를 따르겠지. 하늘에 해가 둘일 수는 없소. 어떻게 하면 좋겠소. 의견들을 말해보시오."

사탁부의 자수지가 앞에 나오며 말했다.

"시간을 오래 끌어서는 안 됩니다. 틈을 타서 고구려가 쳐들어오기라도 한다면 그야말로 속수무책입니다. 어쩌면 비처가 이미 고구려에 손을 벌렸을지도 모릅니다. 비처가 고구려 군사와 함께 서라벌로 들어온다면 대책을 세우기가 어렵습니다."

"맞는 말씀이오. 하나 비처가 사로국의 왕으로 지낸 지가 20년 가까이 되오. 고구려를 원수로 삼고 고구려에 맞섰는데, 어찌 하루아침에 마음을 바꾸겠소. 그렇게 한다면 날이군이나 고타군의 병사들도 따르지 않을 게 분명하오. 사사로이는 비처가 내 사위지만, 사위를 두둔해서 하는 말이 아니니, 내 말을 잘 새겨서 들었으면 하오."

대아찬 내숙공의 말이었다. 갈문왕이 그 말을 받았다.

"그건 내숙공의 말이 맞는 것 같소. 아무리 비처가 급하다고 하나 어찌 고구려를 끌어들이겠소? 그렇다고 하나 마냥 기다릴 수는 없소. 비처가 월성에서 도망친 게 봄이었는데, 벌써 가을이오. 비처를 바로 추격하려다가 가을 추수가 끝나면 하려고 기다려왔소. 때가 왔소. 6부군을 보내서 반란군을 제압하되 어차피 사로국의 병사들이니 아군끼리 충돌하지 않는 방법을 찾아야 하오."
"폐하, 이번에도 저를 보내주십시오. 제가 고타군으로 행군을 하되 상황을 봐서 고타군 병사들을 설득할 수 있으면 설득하겠습니다."

모즉지였다. 지도로갈문왕으로서는 아들 모즉지를 가장 믿을 수 있었다.

"좋다. 모즉지가 6부군 1만을 편성해 출정하라. 피를 흘리지 않는 게 최선임을 명심하라."
"명을 받들겠습니다."

모즉지는 6부군을 편성하면서 일부지장군을 선봉으로 삼았다. 약문과 이사부, 사부지, 물력도 종군하게 했다. 모즉지는 막내 사부지가 늘 심약해서 걱정이었다. 몇 년 사이에 이사부와 물력과 함께 어울리면서 부쩍 크더니 행동거지도 어른스러워져서 마음이 놓였다. 사내 나이 열다섯이면 이미 아이가 아니다.

"사부지, 너도 출정하되 경거망동하지 말라. 공을 세우려 나서지 마라."

사부지와 함께 있던 물력은 그게 자신에게 향한 소리란 걸 눈치챘다. 물력은 바로 모즉지에게 말했다.

"형님, 제가 뭐 어린아이인 줄 아십니까? 제 앞가림은 하니 걱정하지 마세요."
"그래, 물력이야 제 앞가림을 하지. 사부지와 이사부도 다 그렇다. 너희들에게 병사들의 관심이 집중된다. 각별하게 조심해야 한다. 너희들이 잘못하면 내가 처벌할 수도, 아니 할 수도 없다. 무슨 말인지 알겠지?"
"네, 알겠습니다. 형님."
"군중에서는 장군이라 불러라. 형님이 뭐냐?"
"네, 잘 알겠습니다. 장군님."

이사부가 대표로 큰 소리로 대답했다. 선봉이 먼저 출발하고 약문과 이사부 일행이 중군 앞에 서서 행군을 시작했다. 서라벌에서 출발한 모즉지의 군사는 골벌군[52]과 조문군[53]을 지나 미천[54]을 따라 낙수로 북진했다. 강 건너 고타군 본거지가 보이는 곳에 진을 쳤다. 1만의 군사가 낙수 남쪽 강변에 진을 친 광경은 볼 만했다. 강 건너 북쪽 모래사장에 고타군 병사들도 진을 쳤다. 어느 쪽이든 강을 건너야 전투가 시작이다. 모즉지는 바로 전투에 나서지 않고 행군에 지친 병사들을 쉬게 했다. 모즉지는 약문을 불렀다.

"약문장군, 병법에 싸우지 않고 이기는 게 최선이라 했지?"

"그렇습니다."

"그럼, 내가 어떻게 해야 하는가?"

"무슨 말씀인지 알겠습니다. 저에게 비처왕을 설득하라는 말씀이지요?"

"그렇다. 하지만 비처왕이 단단히 화가 나 있어 잘못하다가는 살아 돌아오기 힘들지도 모르겠네. 그렇다면 가지 않아도 괜찮아."

"가겠습니다. 설마 죽이기까지 하겠습니까?

약문은 조그만 배에 백기를 달고 병사 두어 명이 노를 젓게 하여 강을 건너 비처왕의 진영에 도착했다. 마침 비처왕은 진중 장막에 있었다.

"지도로갈문왕의 명으로 폐하를 뵙습니다."

"지도로의 말을 전하러 왔다? 반역의 수괴가 바로 지도로가 아니더냐. 너는 목숨이 아깝지 않다는 말이지. 그래 무슨 말을 하러 왔느냐?"

"군사를 물리고 서라벌로 돌아오시라 하셨습니다. 일생을 편안하게

---

52) 현재의 경북 영천시
53) 현재의 경북 의성군
54) 오늘날의 낙동강의 지류, 감천

보내실 수 있게 모든 조치를 취하겠다고 갈문왕께서 약속하셨습니다."

"어허, 이놈이 나에게 항복을 하라고 하네. 그러면 목숨은 살려준다고. 적반하장도 유분수지. 내 나라를 빼앗고 나를 살려준다고? 반역자가 누구인데? 탐수장군, 당장 이놈의 목을 베어 적진으로 보내라."

약문의 목이 달아날 판이었다. 약문은 자신이 경솔했음을 깨달았다. 비처왕은 왕이다. 아무리 쫓긴다 해도 오래도록 왕좌에 있었다. 왕에게 항복하라고 직설적으로 말하다니, 자신이 생각해도 미친 짓이었다. 제대로 꿈도 펴보지 못하고 죽게 되었다. 모즉지공을 만나 일생의 뜻을 한번 펴보나 했다. 꿈엔들 이렇게 죽게 될 줄 몰랐다. 약문은 체념하고 눈을 감았다. 인명은 하늘에 달려있다. 어차피 죽을 목숨, 억울하다고 발악해봐야 더 구차해진다. 그때 탐수장군의 음성이 들려왔다.

"폐하, 이놈의 목을 베기야 식은 죽 먹기입니다만, 이놈의 목을 보고 오히려 적들이 분기탱천하여 사기가 올라갈까 두렵습니다. 등짝에 매질을 해서 돌려보냄이 좋을 듯하옵니다."

"그래? 그럼 그렇게 하시오. 호되게 매질을 해서 보내시오."

장막 밖으로 약문을 끌고 간 탐수장군은 약문의 등짝을 말채찍으로 서너 차례 후려쳤다. 그런데 채찍질이 소리만 크게 나고 실제로 약문의 등짝을 아프게 파고들진 않았다. 약문은 탐수의 채찍질에 숨은 의미를 눈치챘다. 탐수는 약문을 돌려보내면서 속삭이듯 말했다.

"그대가 무슨 잘못이 있겠소. 살살 쳤으니 그리 아오."

"고맙소, 탐수장군. 이 은혜는 꼭 갚도록 하겠소."

"오늘 밤이 마침 그믐이니, 자시에 저 강 아래쪽에서 뵙고 싶소."

그 말을 들은 약문은 정신이 번쩍 들었다. 의외로 쉽게 전쟁이 끝날지도 모른다. 약문의 머리가 빠르게 돌아갔다.

"알았소. 자시에 기다리겠소. 저 강 모퉁이를 돌아 움푹한 곳에 버드나무가 있지요. 버드나무 아래에서 기다리겠소."

약문이 진중으로 돌아왔다. 살살 쳤다고는 하나 약문의 등짝에는 굵은 채찍 줄이 서너 개 나 있었다. 이사부는 약문을 엎드리게 하고 가루 약을 뿌렸다. 갑오징어 뼈를 갈아 가루로 만든 약이었다. 엎드려 약을 뿌리는 동안 약문이 모즉지에게 탐수장군의 일을 보고했다.

"아무래도 탐수장군이 심상치 않습니다. 일부러 저에게 신호를 보냈습니다."

"그렇지. 죽이려면 죽일 수도 있는데 일부러 그런 말을 했다면 다른 생각을 품고 있다 봐야지. 배신이야. 우리 군세를 보고 놀란 거지. 혹 몰라. 함정인지도. 군사를 섣불리 움직이는 일은 삼가야 해."

"여부가 있겠습니까? 그래도 약속한대로 가야겠습니다."

"장군님, 제발 저도 데려가주십시오."

갑작스럽게 이사부가 끼어들어 모즉지에게 말했다.

"이사부야, 내가 말했지. 경거망동하지 말라고. 이 중대한 일에 네가 나설 일이 아니다."

"아닙니다. 장군님. 전번 봄에 갈문왕을 모시고 제가 탐수장군을 제압하러 갔었습니다. 그때 탐수장군은 갈문왕께 항복을 했구요."

"그랬다고 들었다. 갈문왕께서 이사부가 늠름하게 활약을 했다고 하셨지."

"탐수장군이 감시가 소홀한 틈을 타서 궁으로 도망쳤지요. 그러니 저에게 거짓말을 하고 저를 한 번 속였지요. 저에게 빚이 있는 셈이니 제가 가면 탐수가 거짓말을 하기 힘들지 않을까요? 제가 옆에 있으면요."

"그럴 듯한 말이다. 약문장군의 생각은?"

"함께 가도 좋겠습니다."

그날 밤이었다. 어둠 속에서 작은 배에 노를 저어 이사부 일행은 강 건너 버드나무 아래로 들어갔다. 약문과 이사부와 물력이었다. 사부지는 함께하지 않았다. 만에 하나라도 일이 잘못되어 사부지가 포로가 되면 상당히 곤란해진다. 지도로가 갈문왕이 아니라 실질적으로는 국왕이었기 때문이다. 국왕의 막내가 사로잡히면 어떤 일이 벌어질지 모른다.

이사부 일행이 반식경을 기다렸을까. 사람의 목소리가 들렸다. 탐수장군이 부하들에게 무어라고 말을 하고 버드나무 아래로 조심스럽게 다가왔다.

"약문장군이시죠. 혹시 몰라 우리를 추적하는 병사는 없나 하고 부하들에게 망을 보게 했습니다."

"어서오세요. 탐수장군, 저는 이사부입니다. 여기 약문장군도 있구요."

사국지 1

"…… 이사부 도련님께서 여기까지……"

"지난번 탐수장군이 제 눈앞에서 사라졌지요. 이제 나타나셨으니 된 겁니다."

"……"

탐수는 대답하지 못했다. 바로 약문이 끼어들어 말을 이었다.

"탐수장군, 단도직입으로 묻겠소. 그래, 나를 만나자고 한 이유는 무엇이오?"

"그간의 사정을 다 말하기는 어렵습니다. 폐하께서 지금 고타군 병사들의 신망을 얻지 못하고 계시오. 우리 사로국 군사들끼리 싸우면 그것도 큰 문제지요. 그러니 시간이 좀 걸리더라도 기다려주시오. 당장 군사를 움직이지 말고."

"탐수장군의 말을 믿을 수 있는 근거가 뭐요? 병사를 더 모으기 위한 시간을 벌려고 그럴 수도 있지 않소? 죽령 쪽 군사들을 동원한다든가."

"폐하께서는 파로(波路)의 딸 벽화(碧花)에게 빠져서 정신을 못 차리고 있소. 노래도 있고."

"그건 또 무슨 이야기요?"

약문이 다그치자 탐수는 비처왕에게 일어난 그간의 일들을 간략히 이야기했다. 봄에 일선군과 사벌군으로 군사를 얻으러 갔지만, 일선군과 사벌군의 촌주는 병사가 국경 성(城)에 모두 배치되어 동원할 병력이 없다고 군사를 주지 않았다. 급한 김에 비처왕은 고타군으로 들어갔다. 다행히 고타촌주는 비처왕에게 고분고분했다. 고타촌주는 병사를 모아

서라벌로 진격하면 승리는 비처왕에게 있다고 확신했다. 고타군의 병력만 해도 5천이 넘었다. 비처왕은 고타군을 서라벌 탈환을 위한 근거지로 삼기로 했다. 왕은 고타군의 촌청을 임시 왕궁으로 사용하기로 하고 북쪽 날이군(捺已郡)에 행차하였다. 날이군 군사와 날이군 북쪽 변방의 군사를 모으면 1만이 넘는다. 실직군과 하슬라 군사도 동원하면 거의 2만에 가까운 군세가 된다. 비처왕과 탐수장군은 군사가 모이는 대로 서라벌로 진격할 각오를 다졌다. 군세가 강해지면 서쪽 변방의 군사들도 가담할 터였다.

그 무렵 예기치 못한 일이 생겼다. 아주 하찮은 일일 수도 있다. 날이군 촌주의 집에서 점심을 먹는 중에 탐수장군이 별 생각 없이 말했다. 촌주의 딸 벽화가 사로국 제일가는 미녀란 소문이 자자하다는데 사실이냐고 했다. 날이군 촌주는 얼굴이 시뻘겋게 변하더니 대답을 제대로하지 못했다. 탐수장군은 신하 된 도리를 파로에게 말했다. 군주가 왕궁을 떠나 척박한 변방에 계신다 했다. 군주가 풍찬노숙(風餐露宿)한 지 하루 이틀도 아닐 때, 어떻게 군주를 모셔야 하는가에 대해 말했다.

그날 밤이었다. 비처가 날이군 촌청 객사에서 잠자리에 들 무렵이었다. 왕은 파로가 보낸 수레가 도착했다 하여 나가보았다. 수레는 수가 놓인 화려한 비단으로 덮여있었다. 비처는 별생각 없이 파로가 야식을 넉넉히 준비했나보다 하고 비단 장막을 벗겼다. 그순간 왕은 깜짝 놀랐다. 뜻밖에도 장막 속에는 한 소녀가 눈을 동그랗게 뜨고 앉아있었다. 비처왕은 화들짝 놀라 다시 장막으로 수레를 가렸다. 그제야 왕은 그날 점심 무렵 나누었던 탐수장군과 파로의 대화를 기억해냈다. 그게 이렇게 되었구나. 파로가 딸 벽화를 보냈구나. 왕은 순간적으로 갈등했다.

지금이 어떤 시국인가? 서라벌 왕궁에서 쫓겨나 탐수장군의 말대로 풍찬노숙하며 군사를 구걸하러 다니는 처지다. 말 한마디로 사로국을 호령하던 서라벌 월성의 왕이 아니다. 그렇게 해서는 아니 된다. 순간적으로 비처왕은 그렇게 생각하고 수레를 파로에게 돌려보냈다.

"길게 이야기는 못 하겠습니다. 거기까지는 좋았습니다."

탐수장군의 이야기는 그 정도였다.

"그런 일이 있었군요. 저도 짐작은 하고 있었습니다."

약문이 탐수장군에게 대답했다. 사실 약문은 비처왕 쪽에 심어놓은 간자를 통해 상황을 어느 정도 파악하고 있었다. 그 이야기를 들으며 약문은 저절로 미인계가 실행되었다, 하고 속으로 웃었다.

그 시각 비처왕은 벽화와 밤을 보내고 있었다. 벽화와 함께 있으면 모든 근심 걱정이 사라졌다. 차라리 갈문왕에게 왕위를 물려주고 자신은 평범한 촌부로 벽화와 평생을 보내고 싶기도 했다. 비처에게 지난 두어 달 동안에 일어난 일이 눈앞에서 펼쳐지는 듯했다.

그날, 바로 그날 밤, 장막을 벗기는 순간 자신에게 심각한 일이 터졌음을 비처왕은 바로 깨달았다. 자신의 마음에 불이 붙어버렸다. 장막 안의 소녀, 벽화는 비처왕에게 10여 년 전에 죽은 강월궁주 강희를 떠오르게 했다. 하슬라에서 처음 만난 강희. 그녀에게 반해서 그녀를 서라벌로 데리고 왔다. 그런 일만 없었더라면, 그 일만 없었더라면……

비처왕이 그 일만 생각하면 손에 힘이 들어가서 주먹이 쥐어졌다. 이빨이 빠드득거렸다. 일선군 도리사 중놈들이 첩자질을 한 증거라고 찾아낸 편지봉투를 비처왕은 어디선가 본 듯하다고 생각하고 무심결에 지나쳐버렸다. 세월이 흘러 선혜왕후의 내전 서랍에서 우연히 그 봉투를 여러 장 발견했다. 비처왕 스스로 무엇에 들킨 것처럼 화들짝 놀라 서랍을 꽝 하고 닫았다. 선혜왕후가 그 소리를 듣고 비처왕 쪽을 바라보았다. 왕후는 무심한 표정으로 시선을 돌려버렸다.

비처는 곰곰이 생각해보았다. 선혜왕후의 봉투는 도리사에서 발견된 正月移都月城(정월이도월성)이라 쓴 편지의 봉투와 같았다. 또 그 봉투는 양피촌을 순시할 때 어떤 노인이 주었다는 射琴匣(사금갑)이라는 편지가 있었던 그 봉투와도 같았다. 그렇다면 강월궁주를 죽게 하고, 도리사 중을 죽게 한 편지의 배후는 선혜왕후란 말인가? 선혜왕후가 왜? 혹시 아버지 내숙공의 계략인지도 모른다. 이벌찬 내숙이 그랬다면 그 배후는 지도로갈문왕이 분명할 터. 이 모든 게 그때부터 다 짜인 각본인가? 12년 전부터?

분하고 원통한 비처왕의 마음속에 씨앗이 하나 심어져 금세 무럭무럭 자라났다. 그 씨앗의 이름이 바로 벽화였다. 비처는 젊은 시절 강희를 원했을 때보다 더 간절하게 벽화를 원했다. 비처왕의 머리는 선혜왕후와 지도로에 대한 복수로 가득했으나 마음은 벽화에게 가버렸다. 궁에서 쫓겨난 허전함 때문일 수도 있다. 사랑이 아니라 정욕일 수도 있었다. 무엇이라도 상관없다. 비처왕에게 그 둘은 구분되지 않았다. 비처왕은 고타군의 임시 왕궁에 돌아와서도 벽화 생각을 버리지 못했다. 마침내 비처왕은 평복을 입고 말을 달려 파로의 집으로 달려갔다. 파로는 왕이 왜 왔는지 짐작하고 바로 벽화의 방으로 왕을 모셨다.

같은 일이 짧은 기간에 서너 번 반복되었다.

백성들 사이에서 소문이 났다. 왕이 평복을 입고 여자를 몰래 만나러 다닌다고 했다. 무릇 용이라 하더라도 물고기 껍질을 쓰고 있다가는 어부에게 잡혀 필시 먹잇감이 되고 만다는 소문이었다.

무릇 군주를 둘러싼 소문은 가까운 신하가 군주에게 알려주어야 한다. 설령 군주의 비위를 거슬리더라도 충신은 간언(諫言)을 그만두어서는 안 된다. 비처왕에게 가장 가까이 있는 탐수장군이 그 역할을 해야 했다. 탐수장군은 침묵을 택했다.

비처왕이 평복을 입고 날이군에서 고타군으로 돌아오는 날이었다. 비처왕은 임시 왕궁으로 가는 도중에 있는 나루터 주막을 찾았다. 비처왕이 가끔 들러 국밥으로 요기를 하는 곳이었다. 서라벌의 궁중 음식과는 달라도 고타군의 국밥은 거친 대로 깊은 맛이 있었다. 왕이 허겁지겁 국밥에 코를 박고 있을 때, 주막 주모가 백성들 사이에서 떠도는 소문을 왕에게 일러바쳤다. 어부에게 잡혀 먹잇감이 될 수도 있다는 말에 비처왕은 충격을 받았다. 그러고는 바로 탐수에게 말해 고타군 촌청 임시 왕궁 가까이에 여염집을 마련하게 했다. 그 집에 벽화가 모셔졌다. 이후 비처왕은 시도 때도 없이 벽화를 찾았다.

비처는 지난 두어 달을 생각하다가 손을 뻗어 벽화의 몸을 찾았다. 부드럽고 따스한 벽화의 몸이 만져졌다. 손의 느낌이 마음으로 파고들어 비처는 편안해졌다. 바로 잠이 들었다.

고타군 강 건너 남쪽에서 서라벌에서 온 1만의 군대가 진주할 무렵 고타군 백성들 사이에 왕과 벽화를 두고 새로운 노래가 퍼졌다. 왕에 대한 노래가 백성들 사이에 퍼지면 충신은 군주에게 그 노래를 알려주어야 한다. 이번에도 탐수장군은 침묵했다. 대신 달도 없는 야심한 한 밤에 약문과 이사부에게 그 노래를 들려주었다.

"요즘 고타군 백성들이 노래를 부른답니다. 북방에 미인이 있네, 홀로 떨어져 있네, 한 번 돌아보면 성이 위태롭고, 두 번 돌아보면 나라가 망하는구나."

"그래요? 탐수장군, 대강의 사정은 알겠소. 우리가 오래 기다리지는 못하오. 곧 동짓달이니 겨울이오. 아직은 그렇게 춥지 않으나 1만 대군이 강변에서 오래 진을 치고 있을 수는 없소."

"알겠습니다. 열흘만 시간을 주십시오."

"탐수장군, 이건 반역이 아니라 반역을 처단하는 거요. 비처는 이미 왕이 아니오. 열흘은 어렵고 꼭 닷새만 주겠소. 닷새가 지나면 우리는 강을 건너 진격할 거요. 그러면 고타군 병사는 전멸할 거요. 탐수장군도 6부군과 지방 군대가 싸우면 그 결과가 어떻다는 건 잘 알지 않소? 닷새요. 닷새."

"알겠습니다. 그럼 닷새 안에 결판을 내겠습니다. 여염집 하나에 불길이 오르면 거사에 성공한 신호로 알고 고타군으로 입성하십시오."

"탐수장군님, 제가 부탁이 하나 있습니다."

"말씀하시지요. 이사부 도련님 부탁이라면 들어드려야겠지요. 전번에 도망친 빚도 있고 하니."

"비처왕을 죽이되 시신은 훼손하지 않았으면 합니다. 어쨌든 비처왕은 사로국의 왕이었으니까요."

이사부와 물력과 약문은 탐수가 돌아가자, 바로 작은 배에 노를 저어 본진으로 돌아왔다. 본진에서는 모즉지가 새벽이 다 되어가는데도 잠도 자지 않고 그야말로 눈이 빠지게 그들을 기다리고 있었다.

"오, 어서 오게나. 그래 다들 무사히 돌아왔구만."
"대장군, 좋은 소식입니다."

약문은 모즉지에게 탐수장군이 비처왕을 시해할 약속을 했다고 보고했다.

"닷새 시간을 준다고 했습니다. 닷새면 한 사람을 죽이기에는 충분한 시간입니다. 만약 닷새가 지나도 움직임이 없다면 오히려 충분한 시간을 벌자는 함정일 수도 있습니다. 날이군 북쪽 변방에도 사로국 병력이 있고 실직군과 하슬라에도 우리 군사가 있으니 그들을 다 동원하려는 속셈이겠지요. 닷새 안에 그 병력들을 다 동원하지는 못할 겁니다. 혹 고구려에 원병을 청했을 수도 있습니다."
"잘했네. 하지만 꼭 비처왕을 죽여야 하나? 사로잡아 우리 쪽으로 넘기라고 해도 되지 않았는가?"
"대장군께서 그러실 줄 알았습니다. 그렇게 되어 만약 비처왕이 살아 있다면 후일 어떤 일이 벌어질지 모릅니다. 우리가 비처왕을 넘겨받으면 우리가 부담스럽습니다. 비처는 왕이었으니까요. 살리기도 죽이기도 다 어렵습니다. 차라리 탐수장군의 손을 빌리는 게 좋은 방법입니다."

"그렇군. 자네 말을 들으니 그렇군. 과연 탐수가 그렇게 움직여줄까? 우리의 뜻대로."

"탐수는 권력을 따라가는 사람입니다. 지금은 우리에게 권력이 있으니 그렇게 할 겁니다."

모즉지가 잠자코 있던 이사부에게 말했다.

"이사부야, 너도 그렇게 보았구나."

"그렇습니다. 백성들 사이에서 이런 노래가 유행한다고 들었습니다. 북방에 미인이 있네, 홀로 떨어져 있네, 한 번 돌아보면 성이 위태롭고, 두 번 돌아보면 나라가 망하는구나."

모즉지가 이사부의 말을 듣고 말했다.

"그래? 어디서 들어본 것 같은데. 약문장군, 이거 어디에 나오는 거 아닌가?"

약문이 대답했다.

"저도 들어본 것 같기는 한데 어딘지는……"

이때 느닷없이 물력이 말했다.

"이거 저희들이 사리공에게 배운 겁니다. 배운 건 확실한데, 정확하게 무슨 뜻인지는 잊어버렸습니다. 이사부, 그렇지. 너는 기억나?"

"기억나, 물력. 사리공에게 사기를 배울 때 같이 공부한 내용입니다. 대장부는, 특히 임금은 여자를 조심해야 한다. 경국지색(傾國之色)을 배울 때 이 시를 배웠죠."

이사부의 말에 모즉지가 대답했다.

"그래? 나도 어렴풋이 기억이 나는 것 같기는 하다만. 이사부가 알면 말해봐."

"북방유가인(北方有佳人) 절세이독립(絶世而獨立) 일고경인성(一顧傾人城) 재고경인국(再顧傾人國), 이걸 사로국 말로 풀면, 북방에 미인이 있네, 홀로 떨어져 있네, 한 번 얼굴을 들면 성이 위태롭고, 두 번 머리를 들면 나라가 망하는구나. 그 노래입니다. 그 다음에도 있는데 그건 잊어버렸습니다."

"그렇구나, 이사부. 제법이다. 공부를 제대로 했구나. 역시 이사부다."

모즉지의 말에 이어 약문이 모즉지에게 말했다.

"대장군님, 이런 게 바로 참요(讖謠)입니다. 백성들 사이에 이런 노래가 퍼지면 그 군주나 나라는 끝이지요. 고타국의 누군가 학식 있는 사람이 백성들에게 몰래 가르쳐준 게 틀림없습니다."

"자네가 한 건 아니고?"

"아닙니다. 저는. 저의 실력이 그 정도는 아닙니다."

이사부도 모즉지가 칭찬하자 신이 나서 한마디를 더 보탰다.

"원래 이 노래는 한나라 무제라는 임금이 쓸쓸하게 지내니까, 음악을 담당하던 환관이 지어서 부른 노래라고 배웠습니다. 나이 오십이 넘어 사랑하는 여인이 없이 지내는 임금에게 자기 누이를 자랑했다는 거지요."

이사부의 말에 물력도 끼어들었다.

"아, 나도 생각나네. 그 여자가 바로 이부인(李夫人)이지요. 임금이 마침내 이부인을 불렀답니다. 이부인이 임금의 총애를 독차지했답니다. 아이도 낳구요. 어느날 이부인이 병들어 임금이 병문안을 왔는데 부인이 얼굴을 들지 않았다고 해요."
"그거 재미있구나. 물력도 제법이다. 그 다음은?"

물력의 말에 흥미를 느끼고 모즉지는 다음 이야기를 재촉했다.

"임금이 고개를 들라고 해도 이부인은 초췌한 병든 모습을 왕에게 보여줄 수 없다고 끝까지 고개를 숙였답니다."
"그래, 그래. 재미있구나, 물력. 그 여자가 경국지색이란 말이지. 그러니 비처왕의 끝이……"

모즉지의 말에 약문이 대답했다.

"대장군님, 그러합니다. 벽화는 고개를 든 셈이 됩니다. 끝이 보입니다. 우리는 닷새만 기다리면 됩니다."

16

비처왕이 죽었다. 경진년[55] 11월이었다. 비처왕 재위 22년 동안 사로국은 고구려의 여러 제도를 본받아 더욱 나라다운 나라가 되었다. 비처왕은 왕권을 강화했다. 사로국 6부 귀족들은 비처왕의 독주를 두고 볼 수가 없었다. 새로 획득한 땅과 노비를 나라가 직접 경영하려고 하자 귀족들은 반발했다. 지도로갈문왕은 귀족들의 힘을 결집해서 비처왕을 압박했다. 결국 비처왕은 고타군으로 도망쳤다가 하수인의 손에 죽는 비극을 맞이하고 말았다. 비처왕은 벽화의 집에서 잠을 자다가 탐수장군의 심복에게 칼에 찔려 살해당했다. 탐수장군은 비처왕의 시신을 더는 훼손하지 않고 잘 보존했다.

모즉지는 고타군의 한 여염집에서 불길이 오른다는 보고를 받고 겨우 긴장을 풀었다. 불길이 타오르면 탐수장군의 계획이 성공이라는 신호였다. 혹 함정일 수도 있어, 일부지장군의 선봉대가 먼저 고타군에 입성했다. 이어 모즉지의 중군이 성으로 들어갔다. 탐수장군을 비롯한 시위대 병사와 고타군 촌주는 부복하여 모즉지 일행을 맞이했다. 모즉지

---

55) 서기 500년

가 누구던가. 토벌군 대장군이기에 앞서 지도로갈문왕의 맏아들이 아닌가. 실질적으로는 왕이나 다름없었다.

모즉지는 고타군 촌주에게 반역의 죄를 묻지 않았다. 날이군 촌주 파로도 마찬가지였다. 그들이 촌주의 신분을 그대로 유지할 수 있도록 했다. 그들이 비처왕에게 가세하였다고 하나 불가피한 측면이 있었다. 왕의 명령을 거역하기는 쉽지 않았다. 따지고 보면 모즉지가 역도였다.

모즉지는 고타군 임시 왕궁에서 서둘러 업무를 처리하고 탐수장군과 벽화를 대동하고 서라벌로 귀환했다. 벽화는 얼은 빠졌어도 강단이 있어 정신을 완전히 잃지 않고 있었다. 모즉지가 보아도 과연 아름다운 여인이었다. 몽글몽글 피어나는 꽃망울 같았다. 모즉지는 집히는 데가 있어 군의(軍醫)를 보내 벽화를 진맥하게 했다. 모즉지의 짐작대로 벽화는 임신 중이었다.

모즉지는 벽화를 인정상 아비 파로에게 돌려보내고 싶었으나 그럴 수는 없었다. 비처의 씨앗이 북쪽 변경에서 자라나면 장차 사로국 전체의 화근이 될 수 있다. 그 씨앗이 아들이라면 고구려가 무슨 수를 써서라도 비처왕의 아들 신병을 확보하려 할 게 틀림없다.

벽화를 죽여버리는 게 가장 안전한 방법이라도 모즉지는 죽이고 싶지 않았다. 그녀의 미모에 홀려서가 아니었다. 사로국에만 있다면 벽화의 아들이 위험할 리는 없다. 사로국에서는 어머니의 신분도 왕에 버금가야 그 아들이 왕이 될 수 있다. 벽화의 아들은 애당초 왕이 될 수 없다. 그렇기에 벽화가 사내아이를 생산한다 해도 아들은 위험하지 않다. 비처가 자식없이 죽었다. 아들이라면 아비의 능이라도 돌볼 후손이 되니 오히려 다행이다. 비처왕은 죽었기에 왕으로 대접해야 마땅하다. 그래야 아버지 지도로갈문왕이 인심을 잃지 않는다. 아버지에 대한 인심은 곧 모즉지 자신에 대한 사로국 백성들의 인심이기도 하다.

비처왕이 죽었으므로 아버지 지도로갈문왕이 명실상부한 사로국의 대왕이 되었다. 강건하시지만 아버지 춘추가 벌써 64세다. 전쟁까지는 벌어지지 않았다 해도 백성들은 크게 동요했음이 틀림없다. 백성들의 신망을 얻고 있던 실죽장군이 죽었다. 20년 이상 왕이었던 비처가 어느 날 갑자기 도성에서 달아나 객지에서 부하의 손에 죽어버렸다. 아무리 쉬쉬한다 해도 백성들의 뚫린 귀와 입을 다 틀어막을 수는 없다. 비처라는 근심이 사라졌으니 백성들의 화합이 관건이다. 벽화에 대한 예우와 비처왕의 장례가 화합의 발판이 될 수 있다. 모즉지는 그렇게 생각하고 벽화를 안전하게 모시라고 했다.

모즉지와 군사들은 닷새가 지나 서라벌에 도착했다.

지도로갈문왕은 너털웃음을 터뜨리며 모즉지의 보고를 받았다. 이보다 더 좋을 수는 없었다. 사로국 군사끼리 충돌도 없었다.

"그래, 수고 많았다. 벽화라고 했던가. 그 여인을 선혜왕후에게 보내 특별히 돌보게 하여라. 지아비가 죽었으니 서로 질투할 일도 없겠고. 선혜왕후가 공주를 잃고 얼마나 슬퍼했나. 오히려 잘 되었지. 서로 의지하면서 살겠지. 왕후는 자기 아이가 아니라도 잘 키울 거다."

"그렇게 조치를 하겠습니다. 아버님."

"그건 그렇고 이번에도 이사부와 약문장군이 많은 공을 세웠다고?"

"그렇습니다. 약문장군이 큰 공을 세웠고, 이사부도 담대하기 이를 데 없었습니다."

"사부지는?"

"사부지는 이제 이사부와 처지가 다르게 되었습니다. 혹 신변에 이상이 생기면……"

"이제?"

"그렇습니다."

"왕자가 되어서 사지로 가면 안 된단 말인가?"

"그렇습니다. 혹 신변에 이상이 생기면 아버님에게 바로 부담입니다."

"알았다. 내일은 아침 일찍 남당에서 회의를 소집하라. 모든 신료와 함께 6부의 귀족들도 빠짐없이 참석하게 하라."

다음 날이었다. 월성 남당에 오랜만에 귀족과 신료들이 가득찼다. 지도로갈문왕의 친동생이기도 한 대아찬 내숙공이 선창하여 만세 삼창을 했다. 고구려에서 배운 방법이었다. 내숙공이 먼저 입을 열었다.

"폐하, 감축드립니다."

내숙공의 앞 말에 따라 모든 신료들이 일제히 같은 말을 소리쳤다. 남당 측면에 자리잡은 악공들도 축하의 곡을 연주하기 시작했다. 장엄한 음악이 남당에 가득 찼다. 음악이 잦아들자 내숙공이 말을 이었다.

"사로국의 모든 근심거리가 사라지고 하늘의 해가 하나가 되었사옵니다. 일관에게 길일을 택하게 하여 대관식을 올림이 마땅하겠으며, 또한 공을 세운 여러 신료에게 합당한 포상을 하였으면 합니다……"

지도로갈문왕은 아우 내숙공의 긴 말이 끝나기를 기다렸다가 일어서서 말했다.

"대아찬의 충정을 모르는 바 아니나 대관식은 얼토당토않소. 나는 사로국의 대왕이 아니라 갈문왕일 뿐이오. 사로국은 모두 알다시피 6부의 어른들이 모여 국사를 합의하여 결정해온 나라요. 내가 대왕으로 등극을 하고 마음대로 나라의 중요한 일을 지시한다면 나와 비처와 뭐가 다르오. 안 그렇소?"

지도로의 물음에 6부의 귀족들은 아무도 대답을 하지 못했다. 만약 나서서 비처와 갈문왕이 같다고 대답한다면 자신은 지도로갈문왕에게 대항하는 꼴이 된다. 그들은 갈문왕보다 군권을 쥐고 있는 아들 모즉지를 더 두려워했다. 젊은이는 무슨 일을 벌일지 모른다. 그들은 이번 거사에서 모즉지가 한 일을 잘 알고 있었다. 모두가 입을 다물고 조용했다. 갈문왕이 말을 이었다.

"허허, 나에게 미움을 받을까 봐 두려운 거요? 지난번 습지공의 집에 모여 거사를 논할 때는 모두 허심탄회하게 말했다 들었소. 그게 얼마나 되었다고 갑자기 꿀 먹은 벙어리가 되었소?"
"그때는 비처의 처사가 심해서 그런 거였으니 지금과는 다르옵니다."

내숙공이 모두를 대표해서 한마디하였다.

"좋소이다. 어쨌거나 나는 대관식을 치르지는 않겠소. 그보다 비처왕의 장례를 치르는 게 순서요. 장례를 준비하면서 여러분들이 모여서 앞으로 우리 사로국이 어떻게 나아가야 하는지, 어떤 나라가 되어야 하는지, 고구려와 백제, 가야와 왜에 싸인 우리 사로국이 살아남아 더욱 강건하고 융성한 나라가 되려면 어떻게 해야 하는지 논의를 하시오. 나는 여러분이 추대해서 왕이 되었으니, 여러분이 나아갈 길도 찾아야 하오."

지도로갈문왕의 의지로 인해 먼저 비처왕의 국상(國喪)부터 치러야 했다. 여러 준비를 하면 최소 1년 이상 시간이 걸리니 관례에 따라 1년이 지나고 봄이 시작되는 2월에 국상을 치르기로 했다. 1년 동안 부장품을 마련하고 터를 조성하는 등 왕의 죽음에 맞는 장례 준비를 해야 했다. 경험이 많은 내숙공이 책임자로 임명되었다. 내숙공은 손녀의 장례에 이어 사위의 장례까지 치러야 하는 처지였지만 싫다는 내색은 하지 않았다.

국상날이 가까워지자 이사부는 물력과 함께 월성으로 사부지를 찾아갔다. 사부지가 왕자가 되었다 해도 그들은 그냥 친구들이었다.

"사부지, 한 가지 부탁이 있어."
"뭔가? 이사부. 말해봐."
"전번에 우리가 공주님 돌아가셨을 때 산 사람들 묻는다고 슬퍼한 거 기억나나? 시녀들하고 유모 말이야."
"그랬지. 그때 사리공께서 그걸 순장(殉葬)이라고 말씀해 주셨지."
"맞아, 그때 결초보은(結草報恩)을 배웠지."

물력의 말에 다들 웃으며 이야기를 계속했다. 이사부가 사부지를 찾아온 건, 지도로갈문왕께 말씀드려 이참에 백제나 고구려와 같이 사로국도 순장을 없애자는 건의를 하기 위해서였다. 사부지 역시 좋다고 했다. 다만 바로 아버지에게 아뢰지 않고 형인 모즉지에게 먼저 말하는 게 순서라고 했다. 사실 모즉지가 사소한 국사는 다 처리하고 있었다.

그들은 모즉지에게 갔다. 모즉지에게 물력은 4촌 동생, 이사부는 6촌 동생에 해당했다. 모즉지는 이사부의 침착함과 용맹함을 두루 잘 알고 있었다. 모즉지는 그들의 말을 경청했다.

"순장을 그만두자고?"

"그렇습니다. 아무리 시녀나 하인이라 하더라도 산 사람을 죽여 묻으니 불쌍합니다. 유모를 죽이니 유모에게 딸린 아이는 어미를 잃게 되구요."

"이사부의 말이 일리가 있다. 나도 그렇게 생각한다. 백성 한 사람 한 사람의 목숨이 얼마나 소중한가. 그러나 대대로 내려오는 관습을 섣불리 바꾸기는 어렵지."

"아닙니다, 형님. 형님이 나서서 바꾸면 됩니다. 지금 갈문왕께서 또 형님께서 안 하겠다고 하면 됩니다. 그럼 누가 감히 반대하겠습니까?"

이사부의 말에 모즉지는 이사부의 얼굴을 빤히 쳐다보았다. 이사부의 말이 맞긴 맞았다. 하나 당돌했다. 아무리 왕의 가까운 혈족이라도 왕가의 장례를 함부로 말해서는 안 되는 일이었다. 하지만…… 그렇다. 이게 시작이다. 자연스럽게 이 일부터 시작하여 사로국의 후진적인 풍습을 뜯어고쳐야 한다. 그러자면 왕가(王家)부터 솔선수범해야 한다. 순장을 없애면, 그래 그게 시작이다. 사로국을 재정립하기 위해서는 어떤 계기가 필요하다. 모즉지는 비처왕이 했던 여러 조치가 옳은 길이라고 늘 생각했다. 신궁을 세우고 역참을 설치하여 관도(官道)를 정비하고 서라벌에 시장을 열어 물산이 돌게 한 게 다 잘한 일이었다. 임금 한 사람에게 권력을 집중해 자신의 명령으로 새롭게 취한 나라의 땅을 임의로 처분하려 한 일도…… 그렇게 해야 할 일이었다. 그래야 나라에 힘이 생긴다. 모두 잘한 일이었다.

다만 지도로갈문왕이나 갈문왕의 아들 모즉지가 아니라 비처가 했기에 가당찮은 거였다.

이제 다르다. 아버지가 길을 열어야 한다. 그 길로 가야 한다. 그러자면 계기가 필요하다. 마침 잘 되었다. 불교도 그렇다. 고구려와 백제와 같이 번듯한 불교를 받아들여야 한다. 고구려의 광개토왕과 같이 큰 사찰을 세우고 그 사찰을 중심으로 믿음을 굳건하게 세워, 나라와 왕가 중심으로 믿음을 합일시켜 나가야 한다. 지금처럼 귀족들에게 각각의 잡신이 있고, 각각의 귀족들에게 후원을 받는 여러 무당이 중구난방으로 날뛰면 국론(國論)은 합쳐지지 않는다.

그것보다도…… 모즉지 자신이 요 몇 년 사이에 부처에 흠뻑 젖어 들었다. 아내인 보도부인(保刀夫人)을 따라 흥륜사에 나들이한 게 시초였다. 마음이 불안할 때 관세음보살을 염송하고 나면 마음이 편안해졌다. 흥륜사는 성진스님이 죽고 난 뒤 상당 기간 비어있었다. 몇 년 전부터 사로국 스님 몇몇이 주석하고 있는 서라벌 유일의 사찰이었다. 대자대비(大慈大悲)하신 부처님은 왕이건 백성이건 노비건 모두를 편안한 세상으로 이끌어 주신다. 그렇다면 굳이 아무리 왕족이라 해도 죽어서까지 하인을 부릴 필요가 있을까. 부처님께서 이끌어주신다는데.

"형님, 저도 순장 폐지에 찬성입니다."

사부지의 말에 모즉지는 꿈속에서 무엇을 보다가 놀란 듯이 갑자기 말했다.

"그래, 너희들의 생각이 다 그렇다는 말이지. 물력도?"
"그럼요. 형님, 저는 이사부와 사부지 말이라면 다 따라갑니다."
"그래? 그래도 이건 내 마음대로 결정할 일이 아니구나. 선대로부터 내려오는 관습이라 화백회의에서 결정해야 하는 문제다. 아버님께도 말씀을 올리마."

월성 남당에서 화백회의가 열렸다. 화백회의는 보통 6부의 수장들 중심으로 모였다. 모즉지는 6부의 수장뿐만이 아니라 신료들도 모두 참석하게 했다. 6부 귀족 대표와 지도로갈문왕의 지시를 받는 신료까지 모두 모인 회의였다. 월성 남당 중앙 마당에는 신료들이, 남북의 양쪽 전각에는 6부의 귀족들이 들어찼다. 동쪽에 위치한 중전(中殿)에는 지도로갈문왕과 모즉지가 자리를 잡았다. 모즉지가 먼저 입을 열었다.

"다음 달 2월이 되면, 비처왕의 국상이오. 장례 때 남녀 각 다섯을 함께 묻어 국왕이 불편하지 않게 하였소. 하나 그런 풍습을 지키는 큰 나라는 없다고 들었소. 가야 여러 나라가 아직 순장한다고 알고 있으나 가야는 작은 나라요. 어떻게 하면 좋겠소."

6부 귀족 중에서 가장 연로한 습지공이 바로 말을 받았다.

"죽어서도 왕은 왕이어서 시종들의 보살핌을 받아야 하나, 어찌 죽은 사람이 산 사람과 같다고 하겠습니까. 정성껏 흙으로 사람을 빚어, 산 사람 대신 모시게 한다면 죽은 왕도 흡족해하시겠지요."

이사부의 아버지 습지공의 말 한마디는 귀족 전체 대표의 말이나 다름없었다. 별 이견 없이 모두 그렇게 하자고 입을 모았다. 지도로갈문왕 역시 고개를 끄덕였다. 습지공은 말을 보태어 나갔다.

"여러분들도 다 알다시피 지난 수년 동안 우리 사로국에는 큰 변화가 있었소. 큰바람은 불고 지나갔습니다. 안정을 찾았으나 지도로갈문왕께서 대관식을 한사코 마다하고 계십니다. 지금 우리 사로국은 대왕이 확고하게 나라를 이끌어나가야 할 때요. 고구려는 호시탐탐 우리 북쪽 변방을 노리고 있소이다. 백제는 우리와 우호를 맺고 가깝게 지냈으나, 작년에 난이 일어나 모대왕이 죽었다고 하오. 왜국에서 개로왕의 아들 사마(斯麻)[56]가 와서 왕이 되었다 하오. 이 사마가 어떻게 나올지는 누가 알겠소. 왜국과 백제가 우리에게 등을 돌린다면 우리는 사방의 적과 싸워야 하는 처지가 되오. 대왕이 빨리 사로국의 중심을 잡아야 하오. 어서 갈문왕께서 대왕으로 등극하시도록 모두가 이 자리에서 간청하도록 합시다."

대부분의 6부 귀족과 신료들이 습지공의 의견에 동조하는 듯이 보였다. 그때 지도로갈문왕이 일어나 큰 목소리로 말했다.

"여러분들의 뜻을 모르는 바도 아니고, 사로국에 닥쳐오는 불안함을

---

56) 백제 무령왕(武寧王)의 이름. 삼국사기는 사마(斯摩)라고 했고, 1971년 발굴된 공주 무령왕릉 지석에는 사마왕(斯麻王)'이라 표기되어 있다.

모르는 바도 아니오. 하지만 내가 갈문왕에서 대왕이 된다고 해서 무엇이 바뀌겠소? 그보다 우리 사로국이 어떤 나라가 되어야 하는지 논의가 필요하오. 왜 고구려가 강한 나라인지, 또 고구려 서쪽에 있는 위나라가 왜 강성한 나라인지 잘 살펴봐야 하오. 우리가 그런 논의를 하고 우리의 나갈 길을 정해야 합니다. 내 나이 이미 예순여섯, 살 만큼 살았소. 여기서 대왕이 된들, 갈문왕으로 머문들 그게 무어 대수겠소. 내가 정말 바라는 건 강성한 사로국이요. 어떻게 해야 강성한 나라가 되겠소? 그 길을 의논해서 알려주시오.”

지도로갈문왕의 질문에는 아무도 대답을 하지 못했다. 넓은 남당에는 침묵이 흘렀다. 그때 대아찬 내숙공이 나섰다.

“신이 한 말씀 올리겠습니다. 신, 내숙은 사사로이는 갈문왕의 아우이고 비처왕의 장인이었습니다. 사위도 자식이라 사위가 저렇게 되었을 때 신도 죽어야 마땅했으나, 이 늙은이도 마지막 할 일이 있다 믿고 살아남았습니다. 신이 6부 수장들의 의견을 모으고 학식 있는 여러 사람의 의견을 모아 머지않은 날에 갈문왕께 답을 드리겠습니다.”

내숙공의 말로 회의는 마무리가 되었다. 내숙공은 나라 사람들의 의견을 듣기 위해 여러 사람을 모았다. 그중에는 이사부의 스승인 사리공과 약문이 들어가 있었다. 사리공은 이사부의 아버지 습지공이, 약문은 모즉지가 추천하였다. 귀족대표로 습지공과 자수지가 들어갔다. 그들은 자주 만나 사로국의 장래를 위해 무엇을 해야 하는지를 논의했다. 자수지는 6부 귀족의 입장에서 자신들이 얼마나 사로국을 위해 헌신하는

지를 주로 말했다. 약문은 고구려가 강국이 될 수 있었던 이유가 군주가 가진 절대적 권한 때문이었다고 했다. 둘의 의견 충돌은 사리공이 중간에 나서서 조정했다. 사리공은 유학자답게 사기에 나오는 역사적 사실을 제시하면서 둘을 중재했다. 그들은 상당한 기간 논의하여, 결론을 내숙공에게 보고했다.

계미년[57] 10월 내숙공은 지도로갈문왕에게 그간의 작업이 끝났음을 보고했다. 갈문왕은 월성 남당에 6부의 귀족과 신료들을 모두 모이게 했다. 내숙공이 엄숙하게 입을 열었다.

"대왕이시여, 시조께서 나라를 세우신 이래 우리는 나라 이름도 정하지 않아 사라(斯羅), 사로(斯盧)라고 했고 어떤 이는 신라(新羅)라고도 불렀습니다. 신(新)은 덕업이 날로 새로워진다는 뜻이고 라(羅)는 온 세상을 덮는다는 뜻이므로 날로 국력이 커지는 우리나라는, 신라라는 이름으로 불려야 마땅하옵니다. 또한 예로부터 나라의 임금은 모두 제(帝)나 왕(王)을 붙였는데, 우리 시조께서 나라를 세운 지 지금 22대에 이르기까지 우리 사투리로 임금을 칭하여 존엄한 호칭조차 올리지 못하였나이다. 지금부터 우리나라를 신라로 이름하며, 모든 신하가 폐하께 한마음으로 대왕이라는 칭호를 올리옵니다."

내숙공의 말을 모두가 수긍했다. 그들은 기쁜 마음으로 한마음이 되어 외쳤다.

---

57) 503년

"신라 만세, 대왕폐하 만세, 대왕폐하 만만세."
"신라 만세, 대왕폐하 만세, 대왕폐하 만만세."

내숙공의 선창으로 모두가 만세 삼창을 했다. 그 소리를 듣고 드디어 지도로대왕이 일어섰다.

"고맙소이다. 신라라, 좋은 이름이오. 신라라 부르기로 한다면 나도 갈문왕을 더는 고집하지 않겠소. 내 나이가 이미 칠순을 바라보고 있소. 시급히 태자를 정해 나라의 근본을 바로 세워야 하오. 나라 사람이 내 자식 모즉지를 태자로 삼아 장래를 대비하여야 한다고 하니 나도 나라 사람의 말에 따를까 하오. 일관은 길일을 잡으시오. 우리 국호를 새롭게 하고, 나도 갈문왕이라는 옷을 벗고 맞는 옷으로 갈아입도록 하겠소. 이 모든 일을 한꺼번에 준비하고 큰 잔치를 벌이도록 하시오. 이 일에 공이 있는 사람들에게는 모두 큰 상을 내리도록 하겠소."

17

조반을 먹는둥마는둥 하더니 말을 타고 집을 나서는 이사부를 보며 오명부인이 한마디 했다.

"오늘은 좋은 일이 있나 보구나. 어디로 가는 게냐."
"네, 어머니. 월성 내전으로 갑니다. 모즉지 형님께서 부르시네요."
"모즉지 형님이 뭐냐. 태자전하가 된 지도 몇 년인데."

옆에 있던 습지공이 거들었다.

"어머니 말씀이 맞다. 아무리 가까워도 예를 차려야 한다."
"잘 알겠습니다, 아버님. 그렇게 하겠습니다."

새해가 지나더니 습지공이 많이 달라졌다. 부쩍 연로해져 좋아하던 술도 삼가고 외출도 거의 하지 않았다. 대신 안 하던 잔소리가 늘었다. 이사부는 아버지 나이가 새해 일흔다섯이라는 사실을 상기했다. 해가 바뀌니 습지공 몸피도 조금 줄어들었다. 워낙 건강하시던 분이니 별일이야 있을라구, 그렇게 생각하면서 이사부는 월성으로 향했다.

모즉지 형님이 태자로 정해진 게 이미 4년 전이다. 태자가 되고 나서 모든 정사는 모즉지태자가 도맡았다. 지도로대왕은 습지공이나 내숙공과 같은 6부 귀족 원로들과 모여 맛있는 음식을 먹고 차를 마시고 담소를 나누었다.

모즉지태자는 나라의 살림살이를 매우 중요시했다. 비처왕 때 시장이 생기고 여러 지역에 나라 길이 마련되면서 물자의 유통이 활발해졌다. 백성들에게 소를 키워 논과 밭갈이에 이용하게 했더니 일석삼조의 효과도 있었다. 소를 키우니 고기가 생겼다. 소를 논과 밭갈이에 이용하니 땅을 깊게 갈 수가 있었다. 게다가 소똥을 거름으로 사용하니 땅도 더 기름지게 되어 결과적으로 농작물 수확량이 두 배 이상으로 늘었다. 서라벌 인근에서 그렇게 하다가 소출이 늘어나니 백성들 사이에 소문이 났다. 백성들이 좋아하니 신라 전체로 우경법(牛耕法)이 빠르게 퍼져 나갔다. 저수지를 많이 만들어 밭에 물을 대어 논으로 바꾸었다. 나락의 소출이 자연히 늘었다. 백성들이 풍족해지니 나라의 창고도 곳곳에 가득 차기 시작했다.

순장을 금하면서 상복을 입는 방법도 새로 마련했다. 일반 백성들은 제외하고 6부의 귀족과 신료들만 흰색 상복 1년 입는 것으로 간소화했다.

곡식이 넘쳐나니 태자는 서라벌과 여러 주에서 일꾼을 징발하여 파리(波里), 미실(彌實), 진덕(珍德), 골화(骨火) 등 열두 개 성을 쌓았다.

태자는 측근으로 사리공과 약문을 두었다. 사리공이 제도와 학문과 역사에 대해 조언을 했다. 약문은 군사에 관한 일과 여러 나라의 동태를 태자에게 아뢰었다. 태자는 사리공과 약문을 불러 말했다.

"사리공, 이제 신라는 과거의 사로국이 아니오. 어떤 나라가 되어야 하는지는 지난번 사리공이 말씀하셨소. 덕업이 날로 새로워져서 사방을 덮어야 한다고 하셨소. 그래서 신라지요?"

"그렇습니다. 태자전하."

"그건 목표요. 그렇게 되어야지요. 어떻게 해야 그렇게 됩니까?"

"한마디로 말하기는 어렵지만, 무엇보다 부국강병이 우선입니다."

"그렇지요? 어떻게 하면 부국강병으로 나아갑니까? 중요한 건 어떻게 하느냐, 실제 실천이 중요합니다."

"그렇습니다. 지당하신 말씀입니다. 전하."

"그래서 내가 두 분을 불렀소. 오늘부터 내가 사리공을 스승으로 모시겠소. 내가 태자이니만큼 국사(國師)가 되어주시오. 사리공은 덕업이 날로 새로워져 사방을 덮는 신라가 되기 위해서는 내가 어떻게 해야 하는지 가르쳐주시오. 아울러 약문도 병법에 조예가 깊으니 우리가 어떻게 이웃 나라를 상대해야 하는지 늘 생각하도록 하시오."

태자가 사리공과 약문을 가까이 지내자 이사부 또한 자주 태자전에 나아가 태자께 예를 올리고 스승을 찾아뵈었다. 태자는 이사부에게 사리공을 국사로 모셨다는 말을 지나가는 투로 말했다. 그 말을 할 때의 태자 눈빛이 워낙 강렬해서 두고두고 기억에 남았다. 태자는 보통 분이 아니었다. 그릇이 컸다. 이사부는 태자의 큰 그릇 속에 신라가 통째로 다 들어가고도 남는다는 생각을 했다.

태자는 이사부에게 물력과 함께 태자전 내전으로 들어오라고 했다.

사부지는 궁 안에 있으니 당연히 참석할 거라고 하셨다. 지소(只召)의 생일이니 모여서 점심을 같이 먹자는 분부였다.

태자의 나이 서른여덟, 적은 나이가 아니다. 신라에 잠시 변고가 있었다 해도 바로 나라가 안정되어 큰 걱정은 없다. 다만 태자는 보도(保道)부인과의 사이에 자식이라고는 딸 하나가 전부였다. 보도부인은 첫딸을 생산한 이후 또 딸을 낳았지만, 돌도 되지 않아 죽었다. 둘째를 낳다가 죽을 고비를 넘긴 이후로 보도부인에게는 태기가 아예 없었다. 보도보인이 흥륜사에 자주 가는 이유도 아들을 점지해 주십사고 부처님께 빌기 위해서였다. 은근히 모즉지태자도 아들 낳기를 빌었다. 안타깝게도 부처님께서 아직 답을 주시지 않았다. 태자는 서른여덟이라 크게 후사를 걱정할 형편은 아니라 해도 왕실의 법통 문제라 전혀 걱정이 아니 되지는 않았다.

이사부가 태자전 내실로 들어가자 이미 사부지와 물력은 도착해 있었다. 두어 달 못 보던 사이 물력은 더욱 덩치가 커졌다. 얼굴에는 검은 수염이 나서 제법 어른 같아 보였다.

"물력, 너도 수염이 많이 자랐네."
"그럼, 나야 어른답지. 무게로 보나 얼굴로 보나."
"사부지는 요즘 절에 자주 간다고 들었어. 흥륜사라고 하던가?"

이사부가 사부지에게 물었다.

"그렇지, 이사부. 흥륜사야. 자네도 같이 한번 가보세. 절에 가면 마음이 편안해져."

"그런가? 나는 아직 못 가보았어."

그때 태자와 보도부인과 지소가 들어왔다.

이사부 일행이 일어나 인사를 하고 자리에 앉자, 차가 먼저 나왔다. 보도부인이 말했다.

"오늘 지소가 열두 살 생일이어서 집안 오라버니들과 점심을 하자고 전하께서 말씀하셨답니다. 먼저 차를 하다가 좀 있다가 밥을 먹지요. 이 차가 양나라인가, 제나라인가…… 하여간 그쪽에서 왔답니다. 밥 먹기 전에……"

"제나라가 망하고 양나라가 들어섰지. 나는 밥 먹기 전에 물을 마시는 게 싫던데. 뭐 절에서는 공양하기 전에 이렇게 하더라구."

"물이 아니라, 차인데……"

"차가 물이지 뭐. 술이라면 모를까."

이사부는 태자 부처가 옥신각신하는 소리를 들으며 차를 입에 가져가서 한 모금 마셔보았다. 집에서와 마찬가지로 역시 별 감흥이 없었다. 찻잔을 내려놓으면서 보도부인 옆에 앉아 있는 지소에게 자연스럽게 눈길이 갔다. 지소가 다섯 살 때이던가, 먼발치에서 한 번 본 적이 있기는 했다. 식탁을 앞에 두고 가깝게 마주보기는 처음이었다. 지소도 찻잔을 내려놓다가 눈을 들어 맞은편에 앉은 이사부를 쳐다보았다. 둘의 눈길이 마주쳤다.

이사부는 마주친 지소의 눈을 보다가 어색해서 보도부인 쪽으로 눈길을 돌렸다. 지소는 눈길을 돌린 이사부를 빤히 쳐다보고 있었다.

보도부인이 말을 이어나갔다.

"이 아이가 지소랍니다. 열두 살이 되었답니다."

"아직 어린아이지. 밥이나 먹자구. 이사부나 물력이나, 다 한창나이니 배가 고프겠지. 올해 다 열아홉이지? 사부지는 왕자가 되었지만, 다 친한 친구들 아닌가. 아우들이 앞으로 사로국을, 참 아니, 신라를 이끌어나가야 하네. 할 일이 많아. 아우들과 나는 군신(君臣)이기 전에 혈연이야. 아우들이 나를 도와야 해."

"그렇게 하겠습니다."

이사부가 씩씩하게 대답했다.

"사부지에게는 내가 먼저 말했다. 나라가 융성하려면 사람들의 귀신이 같아야 해."

"귀신이 같다니요?"

태자의 말에 물력이 되물었다. 태자가 말을 이었다.

"아우들과 나는 모시는 조상귀신이 같지. 시조인 박혁거세를 비롯해서 여러 열왕들이 우리가 모시는 귀신이야. 그러니 우리는 생각이 같은 거야. 하지만 백성들에게는 자기 조상이 있거나 다른 귀신이 있어. 동해 용왕도 있고 남산 산신령도 있고…… 귀신이 참 많지. 그 귀신들을 모두 모아서 줄을 세우면 어떻게 될까. 부처라는 귀신 아래에 모두 모으는 거야. 그럼 생각이 같아지지 않을까? 백성의 생각이 같아야 나라에 힘이 생기는 거야. 병사들이 싸우다 죽더라도 부처님이 극락에서 왕생하게 해주신다면, 전쟁터에서 힘을 내겠지. 병사를 잃은 부모나 지어미는 자기 자식이나 지아비가 극락에서 왕생한다면 나라를 원망하지 않을 거야."

"알겠습니다. 태자전하의 말씀을 듣고 보니 고구려의 광개토왕이 평양으로 서울을 옮기기 전에 왜 평양에 큰 절부터 지었는지 알겠습니다. 바로 그거군요."

"이사부도 바로 알아듣는군. 먹고사는 문제만큼 중요한 게 바로 이거야."

음식이 나오면서 태자의 말은 줄어들고 보도부인의 말이 양념처럼 더해졌다.

"올해 햇미역으로 끓인 미역국이니 맛있을 거야. 많이들 들어요. 이건 가자미로 만든 식해. 기장과 엿질금을 넣어 삭혔지요. 잘 익어서 맛이 좋습니다."

식사가 끝나고 꿀에 생강을 재우고 곶감을 편으로 잰 음료가 나오자 태자가 마무리 말을 했다.

"오늘은 아우들이 말이 없네. 지소가 처녀로 보이는지 이 녀석들이 낯을 가리는군. 아직 어린아이인데 말이야. 하하하."

아버지의 말에 지소가 고개를 숙이고 눈을 두어 번 더 깜빡거렸다.

지소의 생일상 이후 이사부는 가끔 지소의 맑은 눈을 떠올렸다. 지소는 지엄한 국왕 지도로의 손녀였고, 태자전하의 맏딸이었다……

신분과는 상관이 없었다. 신분을 떠나, 지소의 맑게 반짝이는 눈은 이사부의 머릿속에 깊게 스며들어 버렸다. 지소는 쉽게 만날 수 있는 상대도 아니었다. 아직 지소가 어렸기에 누구에게 지소에 대해 말하기도 창피했다. 설사 물력에게도 말할 수가 없었다.

이사부는 지소를 떠올리면 막연한 불안감이 몰려와 가슴이 답답해졌다. 그럴 때 이사부는 남천벌로 나가 말을 달리거나 활을 쏘았다. 그때마다 어떻게 알았는지 물력도 말을 타고 달려왔다.

이사부가 한바탕 말을 달려 남천벌을 지나 남산 아래에 이르렀다. 땀 투성이가 된 말의 호흡이 평상시로 돌아왔을 때쯤 물력도 말을 타고 이사부 쪽으로 다가왔다.

"집으로 갔더니만 말 타고 나갔다고 해서 여기로 왔을 거라 짐작했지."

"그래? 뭐 특별한 일이 있나? 며칠 있다가 모두 만나기로 했잖아. 흥륜사에서. 보름날 오시에 만나기로 했지?"

"그렇지. 그렇지만 이사부 자네에게 먼저 말할 게 있어."

"뭔데?"

"나 장가가려고."

"뭐, 그게 정말이야? 갑자기. 누군데?"

"오두."

"뭐? 내 막내 이모 오두 말이야?"

"그렇다네."

"으하하하, 그거 잘 되었네. 잘되었어. 자네가 호박씨를 뒤로는 다 까고 있었구만. 내 이모와 결혼한다고."

"괜찮겠지?"

"그럼. 좋지. 알았네. 전번에 우리가 백제 웅진성에 다녀온 다음 비지공 댁에 갔지. 그때 오두를 보았지. 물력 자네가 그때부터……"

"그렇지. 바로 그때야."

비지공은 눌지왕의 동생 미사흔의 아들이다. 박제상이 왜국에서 죽고 미사흔이 돌아오자 눌지왕은 박제상의 딸 숙지와 동생 미사흔을 결혼하게 했다. 비지공이 그들의 아들이다. 비지공은 만진부인과 결혼해 오명부인을 낳았다. 오명부인이 바로 이사부의 어머니다. 만진부인이 일찍 죽자 비지공은 천호부인에게 장가를 들어 오진부인과 오두부인을 낳았다. 오진부인은 백제의 모대왕(牟大王)에게 시집을 갔다. 막내 오두가 시집을 안 가고 있었다. 이사부 어머니의 배다른 동생이다. 이사부에게는 이모였다. 나이는 이사부보다 두 살 아래였다.

"이런 엉큼한 친구가 있나. 백제로 갈 때부터 다 계획이 있었구만."

"하하하. 그렇지. 그렇지. 이 서라벌에 그만한 미인이 있나."

"하하하. 그래, 그래, 좋아. 축하해. 정말 축하해."

이튿날이었다. 태자전에서 이사부에게 사람을 보내왔다. 바로 태자전으로 들라는 태자의 전갈이었다. 태자전으로 가면서 이사부는 혹 지소를 만날 수 있을까 하고 기대했다. 오라는 데는 태자전이라 해도 주로 내전에 있는 지소를 보기는 어려울 게 틀림없다. 물력이 장가를 간다고 하니 이사부도 괜히 마음이 싱숭생숭해졌다. 물력이 부럽다는 생각을 하면서 태자전에 들어선 이사부는 뭔가 심상치 않은 기운을 느꼈다. 모즉지태자는 북쪽 의자에 정좌하고 약문이 이사부가 들어서자 일어나 자리를 안내했다.

"어서 오게, 이사부. 오늘은 나랏일로 자네를 불렀네. 자네도 알겠지만, 우리 신라의 가장 큰 우환은 예나 지금이나 바로 고구려야."

"왜적들도 우환입니다."

"그렇지, 그 둘은 둘이 아니고 하나일세. 약문이 쭉 설명을 해봐. 약문이 그동안 여러 경로를 통해 정보를 입수하고 있었네. 그건 이사부도 알고 있겠지만."

"이사부 도련님, 그간 태자전하께서 수집한 정보에 대해서는 함구령을 내리셔서 말씀을 못 드렸습니다. 우리도 얼마 전에 알았습니다. 한 10여 년 전에 왜국 조정에서 고구려에 사신을 파견했다고 합니다. 자세한 경유지는 알 수 없으나 왜의 사신이 탄 배는 우산국[58]을 거쳐 비열홀주[59] 부근에 상륙한 게 틀림없습니다."

"그래요? 왜국이 고구려에 사신선을 보내요? 뭣 하려요?"

"사람을 데리러 갔다고 합니다. 공인(工人)들을요."

"공인이라면 기술자들인데, 백제가 공인들을 그동안 쭉 보내주지 않았나요?"

"그랬죠. 백제의 공인들로는 부족한 점이 있었겠지요. 이번에는 가죽을 다루는 갖바치들을 주로 데려갔다고 합니다."

"갖바치?"

"그렇습니다. 고구려가 예로부터 짐승들을 워낙 잘 다루니 고구려 갖

---

58) 현재의 울릉도
59) 현재의 함경남대 원산 일대로 추정.

바치가 진짜 기술자들이죠."

"갖바치라면 가죽신을 만들고……"

"가죽신만이 아닙니다. 가죽으로 여러 가지를 만들죠. 갑옷 안에 가죽옷을 덧대면 훨씬 보호력이 좋아지고 불편하지도 않지요. 철갑을 잇는 끈도 무두질을 잘한 가죽을 사용하면 훨씬 튼실해지고. 군사들 막사도 우피(牛皮)나 녹피(鹿皮)를 사용하면 무게가 줄면서도 설치가 쉽습니다."

"그러니 군사에 필요한 기술을 배우기 위해 공인을 데려갔다?"

"그렇습니다. 4년 전 장봉진에 쳐들어온 뒤 왜적은 아직 잠잠하지만 언제 다시 쳐들어올지 모르지요."

"약문장군, 나도 그렇다고 봅니다."

"이사부 도련님, 그것보다도 더 급한 일이 있습니다. 고구려에 나간 첩자의 소식입니다."

"그게 뭐요?"

"올해 고구려에서는 위나라에 예실불(芮悉弗)이란 사신을 보냈습니다."

"고구려야, 해마다 위나라에 사신을 보내 조공을 하지 않습니까?"

"그렇습니다. 그런데 올해는 좀 특이합니다. 예실불이란 자는 고구려 조정에서도 글을 잘하기로 유명한데, 예실불이 가서 위나라 임금에게 이상한 말을 했답니다."

갑신년[60] 4월의 일이었다. 고구려는 해마다 위나라에 조공하는 물품 중에서 금과 마노옥을 뺐다. 그러면서 그동안 금은 부여로부터, 마노옥은 신라에서 진상을 받았는데, 부여는 물길(勿吉)이, 신라는 백제가 방해하여 조공품에서 빠졌다고 했다. 예실불이 그렇게 말하니 위나라 임

---

60) 504년

금은 앞으로 고구려가 물길과 백제를 잘 다스려 금과 마노옥 같은 특산물의 조공이 항시 있기를 당부했다. 위나라 임금의 말은 물길과 백제는 고구려가 알아서 다스리라는 뜻이었다. 고구려는 바로 그 대답을 얻기 위해 금과 마노옥을 조공품에서 뺐다. 고구려의 계략이 적중했다. 혹시라도 백제나 물길로 고구려가 쳐들어가도 위나라에서 간섭하지 말라는 뜻이었다. 위나라 임금이 고구려의 군사 행위를 묵인한 셈이었다. 백제를 친다는 말은 동맹관계인 신라에도 위협이었다. 약문이 설명하자 이사부가 말을 다 듣고 물었다.

"알겠습니다. 그러니 고구려가 백제와 신라를 친다는 말이지요?"
"그렇습니다. 이게 고구려가 백제와 우리 신라에 본격적으로 쳐들어오겠다는 신호로 보입니다. 지금 백제가 심상치 않습니다."
"심상치 않다니요?"
"백제 모대왕이 백가(苩加)라는 대신에게 살해당하고 지난 신사년[61] 왜에 있던 사마(斯麻)가 백제로 돌아와 왕으로 즉위했습니다."
"그건 나도 알고 있습니다. 모대왕이 방탕해지자 나라 사람들이 사마를 모시려고 했다지요. 사마왕이 즉위하고 백가가 반란을 일으켰다가 실패하고 죽었다지요. 내 이모 오진부인이 남편이 죽자 서라벌로 돌아와서 그 이야기는 잘 알고 있습니다."
"그렇군요. 그때 우리가 백제로 갔었지요. 오진부인께서 과부가 되셨으니 안타깝습니다만, 신라로 돌아와서 다행입니다. 알려진 대로 모대왕이 방탕해서 백가가 죽였다고 보이진 않습니다. 모대왕이 귀족들을 처단하려 하자 백가가 나섰다고 봐야죠. 사마왕은 개로왕의 자식입니다."

---

61) 501년

"개로왕이라? 그때 전사한?"

"그렇습니다. 그 전에 동생을 왜국으로 보냈는데……"

"아, 그 이야기도 내가 이모에게 들었습니다. 개로왕의 왜국 부인을 동생 곤지가 사모해서 임신 중인 형수를 왜국으로 데려갔고, 왜국에서 아이를 낳았다지요."

"그렇습니다. 그 아이가 바로 지금의 사마왕입니다. 그러니 사마왕으로서는 아버지 복수를 하고 싶지 않겠습니까?"

"아, 알겠습니다. 고구려로서는 사마왕이 왕이 되니 바짝 긴장하지 않을 수 없게 되었군요. 아버지의 복수를 하려들 게 분명하니까요."

"그렇습니다. 백제는 국력을 많이 회복했습니다. 재작년에 고구려가 말갈을 시켜 백제를 건드려본 적이 있습니다. 마수 목책을 넘어 고목성으로 쳐들어왔지요. 이게 고구려의 실수였습니다. 고구려는 슬쩍 떠보았지만, 백제는 곧바로 우영(優永)장군이 군사 5천으로 반격을 했습니다. 순식간에 인근 성을 점령했습니다."

"그렇군요. 고구려가 위나라에 사신을 보내 엄살을 부린 게 아니었군요. 사마가 왕이 되어 아버지의 복수를 하겠다고 나오면."

"그렇지요. 사마는 아버지의 복수를 원하고, 고구려 역시 선제공격을 원하고."

"알겠습니다, 약문장군. 우리가 백제와 동맹을 맺고 서로 원군을 보내주니, 백제를 확실히 치기 위해 신라부터 친다?"

"그렇습니다. 고구려는 신라부터 예봉을 꺾어놓으려고 할 겁니다. 위나라의 양해를 구하고, 신라와 백제를 하나씩 무너뜨린다, 이게 고구려의 계획이라고 봐야 합니다."

그때까지 잠자코 둘의 대화를 듣고 있던 태자가 입을 열었다.

"그래서 이사부를 부른 걸세."

바로 약문이 말을 이었다.

"그렇습니다, 이사부 도련님. 다음부터는 제가 말씀드리겠습니다. 고구려가 신라를 침략하려면 세 방향이 있습니다. 첫째는 신라의 서북 변경입니다. 저번처럼 살수를 건너 견아성으로 들어오는 방향이지요. 이곳은 삼년산성을 필두로 지난번에도 성을 쌓거나 증축해서 크게 걱정은 없습니다. 백제의 원군도 기대할 수 있습니다. 둘째 동북 변경입니다. 고구려는 실직(悉直)[62]으로 들어와 동해안을 따라 남하하여 바로 서라벌로 진격하려 하겠죠. 전번 고구려 공격 때는 미질부[63]까지 고구려군이 내려와 서라벌이 상당히 위험했습니다. 미질부에서 아혜를 지나면 바로 서라벌입니다. 전번에 백제와 가야의 도움을 받아 물리치긴 했지만, 여전히 이쪽이 위험합니다. 백제가 구원병을 보낸다 해도 동해안 쪽이라 상당히 멉니다. 고구려가 기병을 앞세워 전격적으로 돌파를 한다면 서라벌이 당장 위험해집니다. 고구려는 광개토왕 때부터 이 길을 잘 알고 있습니다."

약문장군의 설명이었다. 이사부가 약문을 바라보면서 말을 이었다.

"또 하나는요?"

---

62) 강원도 삼척시
63) 오늘날의 경상북도 포항시 흥해읍

"동쪽 바다죠. 언제 어느 방향으로 왜적이 올지 모르죠. 고구려와 왜국이 동시에 올 수도 있고."

"약문장군, 알겠소. 그럼 바로 실직이군요."

이사부의 짧은 말에 태자가 말을 이었다.

"그렇지. 바로 알아듣는군. 바로 실직이야. 실직만 막고 있으면 고구려가 남하하지 못해. 고구려가 수군을 움직이기도 힘들지. 그래서 실직을 이참에 군주(軍州)로 만들어 우리 6부 정군단 병력 5천을 보낼까 하네. 이사부 자네가 가게. 실직군주(悉直軍主)로."

"네? 제가요? 저는 아직……

"열아홉 살밖에 안 되었다고?"

"그렇습니다. 게다가 저는 아직 경험도 부족합니다."

"그렇지 않아. 신분으로 보나 경험으로 보나 이사부만 한 사람은 없지. 덕지장군을 따라 종군도 했고, 지난 거사도 함께하지 않았나. 장봉진도 갔고. 아버님께서도 이미 말씀하셨네. 이사부만 한 장군감도 없다고. 그러나 자네 말대로 아직 열아홉이야. 군부 장군들도 당연히 그렇게 생각하겠지. 그래서 내가 생각해둔 게 있어. 약문이 설명하게."

"가야 여러 나라 중에 추화국[64]이라고 있습니다. 탁국[65] 옆에 있는 작은 나라인데, 이 추화국은 낙수 동쪽에 있어 우리 신라가 낙수를 완전히 장악하는 데 눈엣가시 같은 나라입니다. 추화국을 장악하면 낙수 전체를 통제하기 쉽고 그러면 대가야나 아라가야, 남가야를 다 위협할 수 있습니다. 추화국을 얻고 다음에 탁국을 얻으면 낙수 동쪽은 다 신라 땅이

---

64) 현재의 경남 밀양시 일대에 있었던 가야 소국
65) 현재의 경남 밀양시 혹은 창녕 일대에 있었다는 가야의 소국

됩니다. 다른 가야국이 지원하기도 쉽지 않은 추화국을 도모하는 게 지금으로서는 매우 중요합니다. 남가야가 강했을 때는 남가야가 추화국을 지원하겠지만 우리 신라가 황산진[66]에 수군 나루를 만들고부터는 남가야도 추화국을 지원하기가 쉽지 않습니다. 대가야는 더욱 그렇구요."

"약문장군, 알겠습니다. 추화국은 가야 연합이지만 고립무원(孤立無援)이라는 말이지요. 그러니 우리 신라가 공격해서 뺏자는 말씀이지요?"

"그렇습니다. 추화국은 병력이 많아야 2천 정도입니다."

약문의 말에 이어 태자가 말을 이었다.

"그러니 이사부 자네가 먼저 추화국을 정벌하게. 6부 군사 2천을 줄 테니. 약문장군도 함께 가고. 이 정벌이 성공하면 자네를 실직군단장으로 임명한다 해서 누가 반대를 하겠는가."

이사부는 잠시 생각했다. 공을 세워 능력을 증명하라는 말이었다.

"태자전하, 맡겨 주셔서 감사합니다. 그렇게 하겠습니다. 2천은 필요 없고 기병 1천만 주십시오. 약문장군 없이 저 혼자, 아니 물력과 둘이 가겠습니다."

"기병 1천으로? 물력과 둘이?"

"그렇습니다. 다만 시간이 좀 걸릴지도 모르겠습니다. 오래는 아니구요. 한 석 달 정도면 됩니다. 그러니 가야진에서 배편으로 군량을 잘 공급해주셔야 합니다."

---

[66] 낙동강 하류의 나루터

"그래? 석 달이라고 하는 걸 보니 계획이 있는 모양이로군."

"가봐야 알겠지만……"

"알았네. 그럼 약문을 가야진 나루로 보내겠네. 약문장군은 황산진 나루에 대기하면서 혹 금관국이나 대가야 병력 이동을 감시하고 추화국에 가 있는 이사부 부대에 군량 지원을 해주게."

태자전에서 나온 이사부는 바로 물력의 집으로 말을 달렸다.

"물력, 물력!"

"무슨 일이야? 숨 넘어가겠네."

"자네에게 선물을 주려고 이렇게 달려왔지."

"선물? 나 장가간다고?"

"그래, 그냥 장가가면 체면이 서겠나. 나라에 공을 세워야지 일등 신랑이 되지."

"그래, 그게 무엇인가?"

이사부는 태자전에서 나누었던 이야기를 물력에게 들려주었다.

"언제 가나?"

"왜 겁이 나? 장가가려니 겁이 나는가 보군."

"아니, 빨리 가자고. 장가가 문제야. 자네와 내가 둘이 처음으로 하는 전투야. 이날을 얼마나 기다렸다고. 빨리 가자. 빨리 가. 한 보름이면 추화국 정도야 싹 쓸어버리고 올 수 있어."

이사부와 물력은 여름이 끝나갈 무렵 기병대 1천을 이끌고 추화국으로 갔다. 그들은 바로 추화국으로 진격하지 않고 추화국 건너편 강 너머 모래사장에 진을 쳤다. 모래사장이 지대가 낮아 추화국에서 보면 신라 기병대가 환히 보였다. 추화국 사람들은 황급히 무기를 들고, 방어 태세를 갖추었다. 얼핏 2, 3천은 되어 보였다. 궁수들이 활을 들고 앞줄에 늘어서 있었다. 수백 기의 기마병에 창수와 검수까지 보였다. 신라의 1천 철갑기병이 일시에 덮치면 바로 무너질 게 분명했다.

이사부는 1천 병사에게 진을 치게 하고 진 주위에 목책을 먼저 만들라 지시했다. 적의 기습에 대한 대비였다.

"이사부장군. 왜 목책을 쳐야 하나. 오늘은 말과 병사가 피곤하니, 내일쯤 바로 결판을 내세. 내가 선봉으로 달리겠네. 적장 몇몇만 베면 추풍낙엽처럼 다 쓰러질 걸세."

"그래? 물력 장군. 자네가 화살에라도 맞으면 내가 오두 이모를 무슨 낯짝으로 보겠나? 새신랑 될 사람을 전쟁터에 데리고 와서 말이야."

"나는 화살을 맞지 않아."

"바보 같은 소리. 화살은 아무도 가리지 않아. 자네 고구려왕이 화살 맞아서 죽은 거 모르나? 떨어지는 화살을 맞아서 죽었다고 하지."

"듣긴 들었지. 광개토왕의 할아버지라든가."

"내 말을 잘 듣게. 자네 거도(居道)라고 들어봤나?"

"거도? 모르겠는데."

"우리 조상님이야. 석탈해 임금 때 장군이었지. 거도장군이 왕명을 받아 우시산국(于尸山國)[67]을 정벌하러 갔어. 적의 방어가 철저했지. 거

---

67) 현재의 경남 양산시로 추정.

도장군은 적을 바로 치지 않고 기마 놀이만 했어. 며칠이 지나고 한 달이 다 되어도 기마놀이만 하니 우시산국 사람들은 경계를 풀었지. 그때 일시에 우시산국으로 들이닥쳐 항복을 받아내었지."

"그러니 우리도 그렇게 하자?"

"그렇지. 내가 왜 여기에 진을 쳤겠나. 적들이 우리를 다 보는 곳에. 우리도 기마놀이만 할 거야. 내일 자네가 강을 건너 추화국에 가게. 가서 우리는 신라의 젊은 병사들인데, 여기저기를 다니면서 심신을 단련하고 훈련하는 중이라고 하게. 쳐들어온 게 아니라고 해. 마침 강변에 좋은 장소가 있어 당분간 진을 치고 훈련한다고 해."

"알았어. 그렇게 하지."

이사부는 기마놀이를 하며 한 달을 더 기다렸다. 약문은 약속대로 군량미를 제때에 배로 보내주었다. 한 달이 지나자 추화국 사람들도 경계를 풀었다. 이사부는 더 기다렸다. 물력의 인내심이 바닥이 났다. 기다림에 지친 물력이 말했다.

"기습할 때가 되었어. 당장 공격하세, 이사부."

"며칠만 기다리게."

"왜?"

"이제 하늘이 높고 말이 살찌겠지."

"자네 지금 나 공부시키나? 나도 그 정도는 알지. 천고마비(天高馬肥). 사리공에게 천자문 배울 때 배웠지."

"가을이 되면 비도 덜 오지. 저 들판에 곡식이 누렇게 익어가잖아?"

"……"

"아직 모르겠나? 자네가 말 타고 저쪽 여울로 해서 강을 건너갔다 오게. 오늘 밤에 몰래."

그날 밤, 물력은 말을 타고 여울로 건너갔다가 바로 돌아왔다.

"이사부, 알았어. 자네가 무엇을 기다렸는지. 강물이 많이 줄어서 말 타고 바로 건널 수 있어."
"그래 되었네. 그럼 내일 새벽이야. 해뜨기 전에 기습하세."

새벽에는 날이 추워지면서 강에 안개가 피어올랐다. 물력이 선봉이 된 이사부의 기마병은 추화국을 급습했다. 안개 때문에 추화국 사람들은 이사부의 부대가 강을 건너는지도 몰랐다. 가을이 되니 강물이 줄어 기마병은 쉽게 강을 건넜다.

추화국 사람들은 처음에는 신라 기마병을 의심하여 방비를 철저히 했다. 하루 이틀 사흘이 지나고 열흘이 지나고 스무날이 지나면서 방비가 흐지부지 흐트러지고 말았다. 공격하러 온 기마병이라면 저렇게 태평하게 놀이를 하고 있을 리가 없다고 생각하기 시작했다. 한 달이 지나자 추화국 사람들은 일상으로 돌아가 평화로운 생활을 했다.

이사부의 새벽 기습에 추화국 왕은 힘 한 번 써보지 못하고 물력에게 사로잡혔다. 이사부는 사로잡혀 결박당한 추화국 왕을 예로 대했다.

"왕이시여, 피를 적게 흘리자면 이 방법밖에는 없었소."

이사부는 추화국 왕이 신라에 충성하기만 한다면, 추화국을 식읍으로 받고 지위는 유지할 수 있다고 했다. 그렇다 해도 추화국 왕은 일단 서라벌에 가서 지도로대왕에게 충성 맹세를 해야만 했다. 추화국 왕은 이사부의 요구 조건을 다 받아들였다. 이사부는 추화국 왕과 자식들을 앞세워 서라벌로 개선했다. 두 달만이었다. 지도로대왕은 추화국 왕을 풀어주고 식읍으로 추화국을 내려주었다. 대신 추화국의 아들 형제는 서라벌에 머물러야 했다. 그들은 신라의 관리가 되어 신라 사람으로 살아가는 법도를 새롭게 배워나가야 했다. 지도로대왕은 추화국 왕에게 청동관과 허리띠와 신발을 하사했다.

이사부는 모즉지태자의 바람대로 첫 임무를 잘 수행했다. 병력 손실도 거의 없었다. 깔끔한 승리였다. 태자는 이사부가 자신의 기대보다 더 뛰어난 장수가 될지도 모른다는 생각을 잠시 했다. 그게 신라 왕실에 반드시 좋을 수만은 없다는 생각도 했다.

18

을유년[68] 2월 지도로대왕은 이사부를 실직군주로 임명했다. 이사부의 나이 스물, 약관(弱冠)의 젊은이였다. 지도로대왕은 신라 역사상 최초로 6부의 젊은 병사로 구성된 정군단(停軍團)을 창설했다. 이름을 실직군단이라 하였다. 실직군단이 정군단이었다. 이사부가 실직군주로 임명되니 나라 사람들은 정군단을 이사부의 실직군(悉直軍)이라 불렀다. 실직군은 철갑기병, 경무장기병, 창수, 검수, 궁수, 도부수 등 5천의 전투병과 보급품과 군수 물자를 수송하는 보급대로 이루어져 있었다. 보급대는 6부 백성들이 아니라 6부에 소속된 노비들이 대부분이었다.

이사부는 부장으로 약문을 임명했다. 약문은 북천벌에 6부 장정을 소집하여 기본적인 점검을 하고 훈련을 시켰다. 정군단에 소집된 6부 장정은 자신들 스스로 무기를 마련하여 무장해야 했다. 기마병 1천은 이미 이사부의 군사로 추화국을 정벌한 바 있어 사기가 높았다. 물력은 혼사를 앞두고 있었기에 장가를 든 다음에 합류하기로 했다. 모즉지태자는 이사부가 실직으로 떠나기 전에 흥륜사에서 송별 법회를 열기로

---

68) 505년

했다.

서라벌에 봄이 왔다. 대천[69] 가에 있는 흥륜사 울타리에 개나리가 피기 시작했다. 남산에는 진달래가 지천으로 피어났다. 멀리 월성에서 보아도 점점 붉은빛이 산을 수놓았다. 서라벌을 둘러싼 북천과 남천과 대천은 비가 많이 오면 물난리가 자주 났다. 북천과 남천은 서쪽으로 흘러 대천으로 들어갔다. 대천은 서라벌 남에서 북으로 흘렀다. 서라벌을 지난 다음에 대천은 동으로 크게 휘돌아 바다로 흘렀다. 대천은 서라벌 사람들의 젖줄이었다. 눌지왕 때부터 6부 백성을 동원하여 대천에 큰 둑을 쌓았다. 이후에는 장마철에도 대천은 거의 범람하지 않았다. 둑을 쌓으니 둑 안으로 공터가 많이 생겼다.

묵호자스님은 성국공주의 병을 치료하고 난 뒤, 대천 동편 천경림에 흥륜사를 임시로 개창했다. 기와를 올린 번듯한 절집이 아니었다. 급히 짓느라 겨우 비를 피할 수 있는 초가집이었다. 어느 날 묵호자가 갑자기 사라졌다. 이후 많은 세월이 흘렀다. 공주를 치료한 성진스님이 잠시 흥륜사에 머물렀다. 성진이 강월궁주와 함께 처형된 이후에는 절에 주인이 없었다. 지도로갈문왕이 즉위한 이후에 흥륜사는 다시 왕실의 후원을 받았다. 신라 출신 승려가 흥륜사를 유지했다. 모즉지태자의 시주로 흥륜사는 규모는 작아도 기와를 올리고 법당을 새로 마련했다.

삼월하고도 삼짇날이었다. 제비가 돌아오고 뱀이 겨울잠에서 깨어나는 시기다. 농사를 본격적으로 시작해야 하는 때이기도 했다. 서라벌 사람들은 겨우내 움츠렸던 몸을 펴고, 들이나 산으로 봄나들이를 나서기 시작했다.

---

69) 경주 서쪽을 흐르는 형산강

모즉지태자와 태자비 보도부인, 태자의 딸 지소가 천경림 흥륜사에 들어섰다. 태자 가족의 화사한 봄나들이였다. 태자의 동생 사부지도 동행했다. 이사부의 가족, 물력의 가족도 모두 모였다. 흥륜사 주지는 긴장했다. 법당에서 법회가 시작되고 목탁 소리에 맞춰 염불을 시작하면서 주지는 안정을 찾았다. 그는 지도로대왕의 장수(長壽)와 신라 왕가의 안녕을 축원했다. 모즉지태자가 스님에게 이사부의 무운장구(武運長久)를 부처님께 빌도록 했다.

법회가 진행되는 내내 이사부는 앞쪽에 자리한 지소 아가씨가 신경 쓰였다. 지소 쪽을 안 보기 위해 애를 썼다. 이사부는 법회 참석이 처음이었다. 무슨 염불이 이렇게 길고, 절차가 많은지 알다가도 모를 일이었다. 평소 같으면 따분했겠지만, 지소가 있어 시간은 금방 흘렀다. 가끔 지소의 뒷모습을 바라보았다. 지소를 바라보는 자신의 시선에 놀라 얼른 시선을 거두는 자신이 우스꽝스러웠다. 사부지는 진중하게 염불을 외고 법회에 집중했다. 물력은 가끔 크게 하품을 해서, 이사부를 민망하게 만들었다.

법회가 끝나자 태자가 이사부에게 말했다.

"이사부, 아니 실직군주라고 불러야겠군. 실직군주, 무운을 비네."
"태자전하, 신명을 다하겠습니다."
"그래, 그래야지."
"이사부는 잘 해낼 거야."

참석한 사람들이 태자를 따라서 한마디씩 이사부에게 덕담을 건넸다. 송별식이니 당연한 절차이기도 했다. 그때였다. 태자 뒤에 서 있던 지소가 이사부에게 한마디 말을 건넸다.

"오라버니, 아프지 말고 밥도 잘 드셔야 해요."

이사부는 열세 살 소녀의 진지한 말에 순간 얼떨떨해졌다. 느닷없는 지소의 말에 무슨 대답을 해야 할지 몰라 허둥댔다. 보도부인이 그 모습을 보고 살짝 미소를 지었다.

이사부의 실직군은 4월이 되어 실직으로 출발했다. 음즙벌에서 진이 마촌을 거쳐 동해안으로 행군했다. 미질부부터는 동해안을 따라 북상했다. 행군도 중요한 훈련이기에 이사부는 규율을 엄격히 하여 행군 속도를 조절했다. 하루 백 리를 이틀 연속 행군을 하다가 후진의 보급대가 올 때까지 군영을 세워 쉬었다. 다시 사흘을 강행군하면서 북상을 했다. 야시홀[70]을 지나 우진야[71]까지는 평탄한 길이 많았다.

손자병법에 전쟁터의 좋은 자리를 먼저 차지하는 군대가 편안하다고 했다. 늦게 도착하여 좋은 자리를 놓친 군대는 피로하다고 했다. 그러자면 발이 빨라야 했다. 기병과 마찬가지로 보병의 생명도 발이다. 이사부는 약문과 함께 공부한 손자병법을 군주가 되면서 실전에 적용하려 했다. 야영지에 군영을 세우고 솥을 걸어 밥을 지어 먹고 철수하는 일도 반복된 훈련이 필요했다. 적의 기습에 대비하여 신속하게 움직여야 했다. 척후대를 보내 혹시 모를 적의 매복이나 기습을 대비하는 훈련도 했다.

사소한 방심이 전쟁의 승패를 좌우한다. 특히 장군부의 실수는 용납

---

70) 오늘날의 경상북도 영덕군
71) 오늘날의 경상북도 울진군

사국지 1

되어서는 안 되었다. 고구려군은 기마병 위주의 전술을 구사하기에 장군부를 기습하는 경우가 많았다. 백제의 개로왕이 전사할 때가 그랬다. 고구려 기병은 한성으로 바로 달려들어 한성을 포위해서 승부를 걸었다. 실죽장군은 진이마촌 매복에 허무하게 당했다. 장군부의 중요성을 간과했다. 혹시 모를 기습에 방심했다. 결과는 자기 목이 달아나고 임금이 월성을 내주는 신세가 되고 말았다.

장군부를 보호하는 까닭은 장군의 신분이 높아서가 아니라, 장군이 가진 전투의 지휘권 때문이다. 장군부가 전투 전체를 지휘해야 하기에 장군부는 이중삼중으로 방어벽을 쳐야 한다. 전황을 보고하고 장군의 명령을 병사들에게 전달하는 연락군관들 또한 지휘체계의 동맥이다. 무릇 아무리 강한 군대라 해도 지휘체계가 무너지면 바로 오합지졸이 된다. 깃발과 나발과 북과 징의 신호에 따라 장군의 지시가 일사불란하게 전달되어야 전투에서 승리할 수 있다. 지휘체계만 명확하면 약졸(弱卒)로 구성된 군대라도 큰 힘을 발휘할 수 있다. 신호를 전달하여 모든 병사가 신호를 알면, 용감한 자라도 혼자 공을 세우려 먼저 진격하지 않는다. 겁쟁이도 앞서 퇴각하지 않는다. 낮에는 깃발과 나발과 북을 동시에 사용하고 밤에는 북이나 나발, 혹은 불을 신호로 사용하라고 했다. 손자병법에 나오는 말이다.

전쟁 중에 지휘부가 건재하여 전황을 파악하면서 병사들에게 명령을 잘 전달하기만 한다면 그 싸움은 이긴 싸움이다. 적의 공격으로 진영이 무너지면 공포가 엄습한다. 공포는 바로 전염이 된다. 대군이 속수무책으로 무너지는 경우가 그렇다. 장수는 공포를 차단하고 명령 체계를 세워야 한다.

약문은 이사부의 명령을 병사들이 효율적으로 받아들일 수 있게 반복 훈련을 계속했다. 손자병법의 기본은 반복 훈련으로 장군과 군사들 사이의 신뢰를 쌓는 데서 출발한다. 그러기 위해서는 신상필벌이 필수적이었다. 다행히 이사부의 실직군은 신라 왕실과 6부의 전격적인 지원을 받았다. 먹을거리와 각종 물자가 넉넉했다. 이사부를 비롯한 실직군의 모든 장수는 병사들과 같은 음식을 먹었다. 이사부도 늘 그들과 함께 밥을 먹었다. 덕지장군이 생전에 늘 그랬었다.

우진야를 거쳐 거벌모라(居伐牟羅)[72]를 지나자 산길이 나타났다. 그리 높지는 않아도 몇 개의 고개를 넘어야 했다. 험한 길이었다. 이사부는 거벌모라에서 실직에 이르는 지형을 보며 깊은 생각에 빠졌다.

거벌모라 험로(險路)를 지키면 많은 병사가 남하하기도 북상하기도 힘들어진다. 고구려 군사는 북쪽에서 내려오니 실직을 빼앗기지 않는 이상 여기에 많은 군사를 수직(守直)할 필요는 없다. 실직에서 패배했을 경우 육로를 통해 퇴각하는 길은 이 길밖에 없다. 고구려 기마병이 빠르게 추격할 경우 산에 막혀 신라군이 몰살할 수도 있다. 이사부는 이사부의 뒤를 따르는 약문에게 물었다.

"약문장군, 만약 실직에서 고구려군에게 패배하면 여기로 도망가야 하는데, 이 길이 험하여 몰살당할 수 있습니다. 장군은 어떻게 생각하시오?"

"군주님, 저도 그런 생각을 했습니다. 꼬리자르기를 해야겠지요."

"꼬리자르기라? 도마뱀처럼 말이요?"

"그렇습니다. 아군 일부를 매복하고 주력은 도망가는 거죠. 매복이 두려워 적이 급하게 추격하지 못할 겁니다. 매복한 군사들은 살아 돌아오기 힘들겠지요."

---

72) 경북 울진군의 한 지역

"어차피 희생을 각오해야 한다는 말이군요? 다른 방법은 없을까요?"

그렇게 말하고 이사부는 동해 쪽으로 눈을 돌렸다. 푸른 바다가 끝없이 펼쳐지고 있었다. 해안 바위에 파도의 하얀 포말이 부서졌다. 장관이었다. 이사부도 이런 바다 경치는 처음 구경했다. 이사부는 전군에게 휴식을 명했다. 군사들도 모두 감탄하며 푸른 바다와 파도를 바라보았다.

"역시 바다겠지요?"

약문이 한참이나 지난 뒤에 대답했다. 이사부는 그 뜻을 짐작했다. 만약 고구려군에게 쫓기면 배를 타고 후퇴하자는 말이었다. 5년 전 장봉진에서 왜적이 배를 타고 철수하자 신라군은 닭 쫓는 개가 되었다. 속수무책이었다. 눈을 뜨고 왜적을 바라볼 수밖에 없었다. 수군(水軍)이 있어야 했다. 군선(軍船)이 있어야 했다. 이사부가 대답했다.

"그렇겠지요, 약문장군. 바다로 도망가야 하겠지요. 배를 타고."

그때였다. 일망무제(一望無際)의 수평선을 유심히 보던 이사부의 눈에 수평선 어딘가에서 희미하게 무엇이 보였다. 섬인가? 이사부는 눈에 티끌이 들어가서 그런 줄 알고 눈을 비볐다. 눈을 비비고 나서도 여전히 보였다. 이사부가 크게 소리를 쳐서 병사들에게 물었다.

"저 바다 끝에 무엇이 보이나? 섬이 보이나?"

여러 병사가 대답했다.

"보입니다, 장군님. 섬입니다."

그때 키가 큰 한 병사가 소리쳤다.

"여기 어부들은 저 섬을 우산도라고 부릅니다. 제가 하슬라에 있을 때 들었습니다."

이사부는 그 병사를 가까이 불러 물었다.

"자네는 실죽의 군사였는가?"
"그렇습니다. 하슬라에 있다가 배로 철수했습지요."
"이름은 무엇인가?"
"사탁부의 진육지(眞六智)라 하옵니다."
"사탁부 출신이라, 그리고 보니 얼굴이 낯익다. 나이는?"
"스물다섯입니다."
"글을 아는가?"
"조금 배웠습니다."
"우산도에 대해 말해보라."
"하슬라에 있을 때 주위들은 말로는 저 섬을 우산도라 하고 우산도에는 우산국이라고 하는 조그만 나라가 있다고 합니다. 나라 사람들이 매우 사납다고 하지요. 그 사람들은 본래 예맥족이라고 했습니다."
"알았다. 기억력이 매우 좋구나. 진육지는 본대로 가지 말고 장군부에 있으면서 나를 수행하라."

다시 행군이 시작되었다. 이사부의 군사는 산악지대를 벗어나 조그만 개천을 지났다. 눈앞에 그리 높지 않은 산에 쌓은 성이 나타났다. 약문이 이사부에게 말했다.

"저곳이 작년에 쌓은 파리성(波里城)[73]입니다. 곧 해가 지니 오늘은 파리성에 머물러야겠습니다."

장군부와 일부 병사들은 파리성에 입성하고 주력군은 후미의 보급대와 함께 야영하기로 했다. 파리성에는 1백여 명의 수직 군사들이 군주의 부임을 듣고 음식을 장만하고 기다리고 있었다. 이사부는 그 음식을 군사들과 나누었다.

성을 쌓는 이유 중의 하나가 바로 군량을 비축하기 위함이었다. 하루라도 먹지 않으면 병사들은 사기가 떨어진다. 한 끼를 걸러도 힘이 빠져 전투를 할 수 없다. 먹어야 힘이 나고, 먹어야 싸움을 한다. 군량을 직접 지고 행군하면 속도가 현저하게 떨어진다. 중간중간 성에 군량을 비축해두면 병사들은 맨몸으로 행군할 수 있다. 짐이 없으니 속도가 빨라진다. 속도가 빠르면 유리한 지점을 선점(先占)하여 싸울 수 있다. 신라가 변경에 이르는 길 여기저기에 잇따라 성을 쌓은 까닭도 여기에 있었다. 바로 군사의 기동성을 위해서였다.

변경의 성은 본래 방어를 위해 쌓았다. 적은 어디로 쳐들어올지 알 수 없다. 성은 소수의 병력으로 적을 막아내는 본연의 임무가 중요하기는

---

73) 강원도 삼척시 원덕읍에 있었던 성으로 추정.

했다. 변경이 아닌 파리성의 경우는 중간 보급기지 역할이 더 중요했다.

파리성에서 실직주 주도(州都)는 지척이었다. 파리성에서 밤을 보낸 다음 날 이사부는 실직으로 출발했다. 산이 끝나는 지점에 폭은 좁아도 꽤 물이 깊은 개천이 흐르고 있었다. 이사부는 진육지에게 개천 이름을 물어보았다.

"이 개천은 저 산꼭대기 우보고개에서 흘러 내려서 우보천이라고 합니다. 참, 굽이굽이 오십 번을 돌아서 온다고 오십천이라고도 합니다."
"거 재미있구만, 오십천이라."

척후대가 상류에는 여울이 있어 도보로 오십천을 건널 수 있다는 보고를 해 왔다. 동서로 흐르는 오십천의 북쪽은 대개 절벽이고, 남쪽은 완만한 모래사장이었다. 가끔 여울이 있는 곳은 인마(人馬)의 도강이 어렵지 않았다. 오십천이 바다와 만나는 하류로 가면 강의 수심은 더욱 깊어진다고 했다. 이사부의 군사는 상류로 돌아 여울을 건너 실직성에 입성했다.

실직은 원래 왕이 다스리던 작은 나라였다. 실직 왕은 오래전 이웃 나라와 분쟁이 일어나자 사로국에 구원을 청했다. 형세가 불리해지자 아예 사로국에 나라를 바쳤다. 이후 실직 왕은 곧 사로국을 배반했다. 사로국은 군사를 내어 실직국을 정벌하고 일부 백성들을 남쪽으로 옮겨 살게 하였다.

실직성은 실직국이 오래전에 쌓은 성이었다. 사로국이 점령한 이후 여러 번 고쳐 쌓았다. 50년 전에는 고구려 장수왕이 말갈 군사 1만 명을 보내 실직성을 함락한 적도 있었다. 이후 신라는 실직성을 회복하였지만, 고구려가 미질부로 진군할 때 다시 빼앗겼다가 실죽장군이 반격하면서 되찾은 성이었다.

실직 성주 이부지(尒夫智)는 이사부가 군주로 부임하자 모든 권한을 인계했다. 이사부는 실직군(悉直軍)에 배속된 이부지를 부관에 임명했다. 이부지는 사탁부 출신으로 마침 약문과는 어릴 때부터 같은 마을에 살았던 불알친구였다. 이부지는 친구 약문이 이사부의 부장으로 실직에 온다는 소식을 듣고 밤잠을 설칠 정도로 약문과 이사부를 기다렸다. 이부지는 이사부를 기쁘게 할 여러 정보를 수집해 놓고 있었다.

19

이부지는 이사부에게 몇 가지를 보고했다. 실직의 서쪽은 장대한 산맥이 흘러 이어진다. 영서에서 영동으로 넘어오는 두 고개를 방어하면 실직을 지킬 수 있다. 오래전에 쌓은 산성이 있기는 하나 무너지고 낡아 보수가 필요했다. 실직 북으로는 해변 길로 하슬라까지 1백 20리 길이었다. 보병은 이틀, 기병은 하루에 도착할 수 있는 거리였다. 하슬라 서쪽에 큰 고개가 있어 대령(大嶺)[74]이라 한다고 했다. 대령 역시 고구려가 쳐들어올 수 있는 중요한 관문에 해당했다.

"작년에 실직성 남쪽에 파리성을 쌓아 군량을 보관하고 있습니다. 여기 실직성과 파리성은 거리가 가깝습니다. 실직성과 파리성을 한꺼번에 함락시키지는 못할 거고······"

"실직으로 오다가 보았네. 실직성 배후에 있어 유사시에 실직성을 지원하려고 파리성을 쌓은 거지."

"그렇습니다. 실직성을 지키기 위해서죠."

---

74) 현재의 강원도 대관령 옛길

이부지의 설명에 이사부가 대답했다.

"그렇다고 여기서 적을 막아내는 건 참 갑갑한 노릇이야. 서쪽 산성에서 고구려를 막아야지."

"그렇습니다. 이사부장군님."

"당장 내일은 서쪽 산성으로 가봅시다. 준비하게."

이사부는 실직군주로 부임하자마자 실직주의 방어를 위해 동분서주했다. 실직은 특이한 지형을 가지고 있었다. 서쪽은 장대한 산맥이 흘러내려 내륙 지역과 교통로가 막혀 있다. 동쪽은 바다. 남쪽은 산악이 연결된다. 그나마 북쪽은 야트막한 산을 몇 개 넘으면 하슬라로 이어진다. 이사부는 서쪽 대산맥 너머 장생과 우보에 있는 성을 돌아보았다.

산악이 험준한 곳에서는 길은 물 따라 이어진다. 물이 흘러내리는 곳을 따라 끝까지 올라가면 그곳이 고개가 된다. 고개 너머 두 물길이 합치는 곳이 바로 요지 중의 요지다. 장생성이 바로 합수지점에 위치했다. 장생성을 지키면 고구려는 실직으로 들어오기 어렵다. 산맥에 막혀 북과 남으로 멀리 우회해야 했다.

장생성 서북쪽 한수의 물길 상류에 말갈족의 성이 있다. 말갈 성에서 장생성을 휘돌아 우보현을 넘으면 오십천 상류로 연결된다. 멀리 우회하기는 하지만 실직으로 들어올 수 있기는 하다. 우보현에 성을 쌓으면 이 또한 막을 수 있다. 이사부는 장생성과 우보성을 해안의 실직성과 봉수로 연결되게 했다. 하슬라와 대령도 봉수로 연결하여 유사시에 신호가 오도록 했다. 이사부는 말갈 성만 장악하면 하슬라와 실직의 방어는 물론이고 내륙 고구려 땅으로 진격할 수 있다는 생각을 했다. 지금은 아니라 해도, 언젠가는 말갈 성을 장악해 한수 하류로 내려가야 한다.

이사부는 우보성과 장생성을 수리할 병력 각 3백을 보내 그곳에 주둔하게 했다. 군사들은 여섯 달을 돌아가면서 본대와 교대하라고 했다. 그래야 병사들의 불만이 없다.

실직의 북서쪽 방어망이 완성되면서 이사부는 오십천이 동해와 만나는 지점으로 갔다. 약문과 이부지와 진육지를 대동했다. 오십천 건너편은 제법 높은 벼랑이 있는 자그마한 산이 있었다. 오십천이 끝나는 지점에는 길쭉한 섬이 있었다. 해안과 섬 사이에는 여러 척의 어선이 정박해 있었다. 섬은 길쭉하게 바다를 막고 있어 동해에서 치는 파도를 자연스럽게 막아주었다. 이사부가 이부지에게 물었다.

"저 섬이 참 신기하게 생겼네. 저렇게 파도를 막아주니 어선이 얼마나 좋겠어. 저 섬 이름이 있소?"

"어부들은 쇠뇌섬이라 합니다."

"쇠뇌? 만노(萬弩) 말이요? 화살을 쏘는?"

"그렇습니다. 쇠뇌를 닮았지 않습니까? 이쪽에서 보면?"

"그렇군요. 바다 저 멀리로 바위가 이어져 있는 게 꼭 쇠뇌같구만. 그러니 배를 대기도 좋고."

"그렇습니다, 장군. 포구가 넓고 배를 많이 댈 수 있습니다. 어부들은 여기를 넓은데라고 합니다."

"넓은데? 그럼 광진(廣津)이구만. 약문장군 그렇지요?"

"그렇습니다. 광진이라고 하면 되겠습니다. 이 전체가 실직포(悉直浦)입니다. 실직포가 광진입니다. 저 건너편 산 밑에도 배를 댈 수 있겠습니다. 저긴 수심이 깊어 보입니다."

이사부가 말했다.

"그렇군. 이쪽저쪽 다 배를 댈 수 있겠어. 북쪽으로는 언덕이 있어 바람을 막아주고. 동풍이 불면 만노도 뒤로 들어오면 되고. 저 산밑에는 큰 배도 정박할 수 있겠습니다."

이사부의 말에 이부지가 대답했다.

"그렇게 보입니다. 이 안쪽 포구에는 주변 고기잡이배들이 다 모여듭니다. 파도에 안전하니까요. 실직에는 그래서 어부가 많습니다."

"어부가 많다고요?"

"그렇습니다."

"이부지, 내가 거벌모라에서 파리성으로 산을 넘어올 때 멀리 바다 한가운데 섬을 하나 보았소. 그 섬을 아시오."

"저도 그게 궁금하여 알아본 적이 있습니다. 어부들 말로는 그 섬이 우산도라 하고, 순풍이 불면 이틀이면 도착한다고 합니다. 고기잡이를 나갔다가 큰바람이 불어 그 섬까지 떠내려갔다가 살아온 어부도 있습니다."

"그래? 그 어부를 한번 만나봐야겠군."

"그러시죠. 제가 물어볼 것은 다 물어보았습니다. 섬사람들이 사납고 섬은 산이 많고 험하다고 했습니다. 우리 신라와는 왕래가 없지만, 고구려와 왜국과는 왕래하면서 서로 물자를 주고받는 건 틀림없습니다."

"왜 그렇게 생각하나요?"

"섬사람들이 칼, 도끼, 낫을 사용한다는데 그 쇠가 어디서 오겠습니까? 고구려에서 가져간 게 틀림없습니다. 또 섬에는 물범이 있어 그 가죽으로 쇠와 바꾼다는 이야기도 들었습니다."

약문이 끼어들어 말을 이었다.

"전번 태자궁에서 말씀드렸지요. 고구려가 왜국이 요청한 갓바치들을 보내주었다고요."
"그랬지요."
"지금 생각해보니 고구려나 왜의 사신은 비열홀에서 출발해서 우산국을 거치는 게 틀림없습니다. 백제 쪽 바다로 돌아갈 수는 없으니까요."

이사부가 약문에게 물었다.

"그럼 역시 우산국인가?"
"무슨 말씀이신지."
"전번에 행군하다가 진육지가 우산도라고 알려주었을 때부터 쭉 생각하고 있었습니다. 우산도 우산국이 고구려와 왜의 중간 기착지라 짐작했지요. 그렇다면 우산국을 장악하면 왜와 고구려의 통교를 막을 수 있지요. 게다가 왜를 압박하지요."
"그렇게 하자면……"
"배가 있어야겠지요. 고구려나 백제처럼 강한 수군(水軍)이 있어야겠지요."
"그렇습니다, 이사부장군님. 그게 하루아침에 될까요?"
"하루아침에야 안 되겠지. 몇 년이나 걸릴까요?"

"5년은 걸리지 않을까요?"

"약문장군, 아마도 그 정도는 걸리겠지요. 강한 수군을 만들려면 군선과 군사와 항구가 있어야 하는데. 여기 항구가 있고, 군사야 나에게 지금 5천이나 있습니다. 게다가 여기는 어부들도 많다고 합니다. 어부보다 더 좋은 수군이 어딨겠어요? 문제는 배, 군선입니다. 배만 있으면 됩니다."

약문이 대답했다.

"하슬라에 대여섯 척이 있습니다. 여기저기 포구에 있는 신라 군선을 다 끌어모으면 한 20여 척은 될 겁니다."

"그래요? 군선을 만들지 않고 다 끌어모아요? 그렇게 하면 시간은 단축되겠지. 하지만…… 아닙니다. 그 배들은 각 포구에 있어야 하는 군선이 아닙니까? 약문장군, 난 다른 생각을 합니다. 배를 새로 만들어야겠습니다. 여기 실직까지 오면서 유심히 해안의 나무를 보았습니다. 해안에는 소나무가 지천입니다. 하늘로 쭉쭉 뻗은 아름드리 소나무가 지천이더라고. 바로 바다 옆에 말입니다. 이렇게 좋을 수가 있나. 해안 소나무로 모자라면 오십천 상류에 소나무가 또 지천입니다. 베어서 오십천에 띄우면 돼요. 그럼 여기 삼척포에서 건질 수 있지요. 그 나무가 다 배야. 다 군선이란 말입니다. 수십 척, 수백 척도 만들 수 있다고. 멀리 산에 가서 나무를 베어 오지 않아도 된다고요. 저 위 모래사장에서 배를 만들면 바로 바다로 띄울 수가 있지 않나요. 이런 좋은 데가 어디 있겠어요? 장봉진에서 배가 없어 왜적들을 눈앞에서 놓치고, 우리 부녀자들이 다 잡혀갔습니다. 그 부모, 남편이 피눈물을 흘렸지요. 배가 없어 그걸 놓쳤단 말입니다."

이사부의 말에 약문도 이부지도 아무 대답을 못 했다. 그들은 군선을 건조하겠다는 계획을 이사부가 즉흥적으로 말한다고는 생각하지 않았다. 그렇다고 쉽게 맞장구를 칠 수도 없었다. 군선 건조가 얼마나 어려운 일인지 잘 알고 있었기 때문이다. 어부들의 고깃배 한 척도 쉽게 만들어지지 않았다. 여러 명이 달려들어 몇 달이 걸렸다.

이튿날이었다. 이사부는 약문을 불렀다.

"약문장군, 장군이 서라벌에 다녀와야겠습니다. 군선을 만들려면 실직군의 힘만으로는 어림없습니다. 가서 태자전하께 말씀을 잘 드려야 합니다. 동해를 장악하려면 함대가 필요합니다. 군선이 있어야 우산국을 정벌하여 고구려와 왜의 통교를 막을 수 있다고요. 나아가 왜적의 침탈을 근본적으로 막을 수 있다고 하십시오. 우리 신라가 강한 나라가 되려면, 고구려나 백제와 견줄 수 있는 수군이 반드시 있어야 한다고 말씀드리세요."

"무엇을 해달라고 할까요?"

"우선 배를 지을 줄 아는 경험 있는 목수가 필요하겠지요. 6부에는 그런 목수가 좀 있을 겁니다. 배 짓는 일도 집 짓는 일과 비슷하지 않겠습니까? 집을 짓는 대목수도 최대한 많이 모아 달라고 하세요. 쇠붙이도 많이 들어갈 테니 대장장이도 필요합니다. 갖바치도 있어야 합니다. 이쪽으로 군량 지원도 더 많아야 합니다."

"알았습니다. 당장 출발하겠습니다."

"내가 가고 싶지만, 군주로 임명되고 몇 달이 되었다고 임지를 벗어나겠습니까? 그 사이 고구려군이 쳐들어올 수도 있으니, 약문장군이 수고해 주시오."

여름이 시작될 무렵 약문은 실직을 출발했다. 서라벌에 도착해 모즉지태자에게 이사부의 계획과 요청 사항을 말씀드렸다. 모즉지태자는 이사부의 계획을 바로 승인하면서 신료들에게 필요한 사항을 지시했다. 두어달 만에 서라벌 6부에서 배를 짓는 목수와 집 짓는 대목들을 1백여 명 끌어모을 수 있었다. 그중에는 백제에서 이주한 배 짓는 목수도 있었다.

약문이 이들을 인솔해 실직으로 출발하려고 할 때였다. 목수들을 차출당한 여러 지역에서 불만이 많다는 말이 지도로대왕에게 전해졌다. 대왕은 태자를 불러 자초지종(自初至終)을 물었다. 태자는 대왕에게 이사부의 계획을 자세히 보고했다. 태자의 말을 듣고 대왕은 기분이 좋아졌다. 대왕은 수군(水軍) 창설에 지대한 관심을 보였다. 그렇다해도 백제나 고구려가 알게 되면 역효과가 날 수도 있다. 지도로대왕은 간단히 신료들에게 배를 이용하여 백성들의 삶에 이로움이 있게 하라고만 명했다.[75] 왕명으로 목수들을 차출하니, 여러 지역의 불만이 잠잠해졌다.

약문이 실직으로 떠날 날이 가까워졌다. 약문은 태자전에 들러 하직 인사를 하였다.

"약문장군, 이것을 가지고 가서 이사부에게 주시오. 내가 주는 선물이오."

---

75) 制舟楫之利(제주즙지리, 선박을 편하게 이용하도록 하는 법을 제정하였다. 『삼국사기』 신라 본기. 505년 11월 기사.)

태자의 선물은 커다란 나무 조각상이었다. 네 발 달린 동물이었다. 붉은 칠을 한 얼굴은 무서운 형상을 하고 있었다.

"이게 무엇입니까? 범처럼 생겼는데 범은 아닌 듯합니다, 전하."

"사자(獅子)라 부르는 동물이지. 서역에서 왔다고 하네. 사악한 귀신을 물리친다지 아마. 관아나 성문 앞에 놓으면 악귀가 침범하지 않는다고 하네."

"이게 사자군요. 저도 말로만 들었습니다. 고구려 절에도 많이 새겨 놓았다고 합니다. 이사부장군에게 태자전하의 각별한 뜻을 전하겠습니다."

동짓달이 되었다. 약문은 더 추워지기 전에 서둘러 목수들을 데리고 실직으로 떠났다.

약문을 떠나보내고 난 뒤 이사부는 하루가 일 년 같이 길게 느껴졌다. 일일여삼추(一日如三秋)란 말이 실감이 났다. 지소가 생각났다. 이사부는 군사들을 조련시키다가 먼저 자신이 움직이기로 했다. 병사들을 데리고 오십천 상류 소나무 숲이 우거진 곳으로 갔다. 아름드리 소나무가 하늘을 향해 쭉쭉 뻗어 있었다. 이사부는 그 나무를 베어 오십천으로 운반하게 했다. 나무를 베기도 어려웠지만 벤 나무 옮기기에는 더 많은 공력이 들었다. 수십 명이 달려들어 끌고 밀고 당겨야 나무 하나를 겨우 물가로 옮길 수 있었다. 많은 군사들이 수천 그루의 나무를 벌채해서 물길에 실어 보냈다. 여름 장마철에는 나무 운송이 훨씬 쉬워졌다. 가을에 이르자 오십천 하류 모래사장에 재목이 산더미처럼 쌓였다.

약문은 겨울의 입구에 들어 1백여 명의 목수를 데리고 실직에 도착했다. 이사부는 태자가 보내준 사자상을 유심히 보았다.

"사자라고 한다고? 악귀를 물리친다고?"

"그렇습니다. 무덤이나 절, 큰 집 앞에 돌이나 나무로 형상을 만들어 놓으면 잡귀들이 범접하지 않는다고 합니다."

"그렇군요. 무섭게 생겼네. 좋아. 좋아."

"뭐가 좋습니까?"

"사자 얼굴 말이야, 얼굴만 정면으로 그려서, 우리 실직군단 깃발에 넣으면 어떨까요? 우리는 사자군대가 되는 거잖아요. 그럼."

"좋은 생각입니다. 이사부장군이 지휘하는 군사는 다 이 깃발을 사용하게 하지요. 그럼 군사들의 사기도 올라가고. 우리 군사는 악귀로부터 보호도 받고요."

"그렇지요. 나무 목상이나 돌로 만들면 거추장스럽지요. 시간도 많이 걸리고. 그냥 그림으로 그리자구요. 그리고."

"말씀하십시오, 장군님."

"저 형상을 군사들 방패에도 그려넣자고요. 어차피 방패에 칠을 하니 저걸 그려넣으면, 적들이 두려워하지 않을까요?"

"좋은 생각입니다. 바로 만들어보겠습니다. 무서운 사자 얼굴 형상을 깃발과 방패에 붉게 그려넣겠습니다. 그렇게 하면 우리는 이사부 사자 군단이 되는 겁니다. 하하하."

방패와 깃발에 그려넣는 그림 하나로 병사들의 사기는 훨씬 올라갔다. 악귀를 막는다는 말은 병사들에게 곧 죽음이나 부상에서 벗어난다는 뜻이었다. 병사들의 소망은 단순했다. 무사히 수자리를 마치고 부모형제와 아내가 기다리는 집으로 돌아가면 되었다. 혹 전쟁이 일어나 전리품을 얻으면 다행이지만, 그것보다는 몸의 안전이 최고였다. 방패를 장식한 사자의 표식이, 실직군단을 표시하는 사자의 깃발이, 자신에게 안전을 보장해 준다고 하니, 그보다 더 좋을 수는 없었다. 그들은 기꺼이 사자군단이 되었다.

그때부터 이사부는 전선 건조에 전력을 다했다. 목표는 전군이 다 승선할 수 있는 50여 척의 배였다. 이사부는 차근차근 배를 만들어나갔다. 서라벌에서 보내준 목수 중에는 백제 출신도 여러 명 있어서 큰 도움이 되었다. 백제는 이미 크고 작은 군선과 무역선을 많이 건조했다. 백제 출신 목수는 대부분 큰 배를 건조한 경험이 있는 기술자들이었다. 배를 건조하는 동안에도 이사부는 약문과 진육지를 수시로 서라벌로 보내 태자에게서 정보를 입수했다.

고구려는 예실불이 위나라에 사신으로 다녀온 뒤, 신라와 백제를 호시탐탐 노렸다. 백제를 치면 신라가 구원군을 보냈다. 신라를 치면 백제가 구원군을 보냈다. 고구려로서는 열불나는 일이었다. 다 이긴 전쟁을 놓친 경우가 한두 번이 아니었다. 그렇다고 백제와 신라가 영원히 동맹관계를 지속할 수는 없다. 언젠가는 틈이 벌어지게 마련이었다. 덕지장군이 백제를 구원하러 치양성에 출정한 이후, 양국의 관계는 서서히 금이 가기 시작했다.

모대왕 말년에는 백제는 신라의 침입을 염려하여 탄현(炭峴)에 목책을 세웠다. 모즉지태자는 그 보고를 받고 매우 의아하게 생각했다. 탄현은 백제와 신라의 경계에 있는 고개다. 백제가 고구려와의 경계에 목책을 세웠다면 당연하지만, 동맹국인 신라와의 경계에 목책을 세웠다면 이는 동맹을 파기하겠다는 뜻이 아닌가. 태자는 혹 고구려의 이간계가 아닌지도 알아보았다. 고구려에서 술책을 부렸다는 증거는 없었다. 백제가 신라를 적대시하는 다른 조짐도 없었다. 그렇다면 백제의 본심(本心)은 무엇인가? 여러 보고를 종합하여 모즉지태자는 백제의 의도를 겨우 간파했다. 가야 때문이었다.

대가야의 하지왕(荷知王)은 백제 한성이 함락당한 이후, 기회를 놓치지 않고 행동에 나섰다. 산맥을 넘어 서쪽으로 영토를 넓혀 백제의 영토를 침범했다. 고룡(古龍)[76] 일대를 장악하면서 성과 보루를 세우고 다사강[77] 하구로 진출했다. 하지왕은 새로운 포구가 생기자 송나라에 사신을 보냈다.

마침 대가야의 사신이 중국 남조에 도착했을 때는 공교롭게도 송나라가 망하고 제나라가 들어선 직후였다. 제나라는 나라를 세우자마자 도착한 대가야의 사신을 길조로 받아들여 대가야 사신을 환대했다. 여러 선물을 주고 하지왕을 보국장군(輔國將軍)에 봉하고 본국왕(本國王)이라 불러주었다. 이때부터 하지왕은 가야 여러 나라를 결속해서 백제나 신라에 버금가는 나라로 만들겠다는 포부를 가지기 시작했다.

가야의 융성은 신라나 백제의 영역에 위해를 가하는 일이었다. 신라는 낙수 동쪽을 굳게 지키며 가야의 확장을 제지하고 있었다. 한성 함락 이후 백제가 갈피를 못 잡고 있을 때 가야는 슬금슬금 백제 쪽으로 영토를 확장했다. 백제 모대왕은 나라를 안정시키고 난 뒤, 가야를 응징하고 싶어졌다. 군사를 동원해서라도 고룡 일대와 다사강 유역을 다시 찾아

76) 오늘날의 전라북도 남원
77) 오늘날의 섬진강

야 했다. 백제의 압력이 높아지자 대가야는 백제군을 막기 위해 신라와 동맹하고 싶어졌다. 백제로서는 혹 모를 신라와 대가야의 연합에 대비하고 있어야 했다.

모즉지태자는 모대왕이 다사강 일대를 차지하려고 신라쪽 국경에 목책을 세웠다고 짐작했다. 신라로서는 백제가 대가야에 압력을 가해도 뾰족한 수가 없었다. 설사 신라가 대가야와 연합을 한다 해도 탄현을 넘어 백제를 공략할 수는 없었다. 고구려가 더 큰 적이기 때문이다. 고구려를 두고 백제와 척을 질 수는 없다.

문제는 늘 그래왔듯이 고구려였다. 가야를 차지하기 위해 신라와 백제가 다툰다면 결국 고구려가 어부지리(漁父之利)를 취할 공산이 컸다. 모즉지태자는 백제의 속셈을 짐작했지만, 적대적인 조치는 취하지 않았다. 북쪽 변경에서 고구려를 확실히 막아낼 방도를 세운 뒤에야 가야를 도모하려 했다. 그게 모즉지태자의 확고한 생각이었다.

백제 모대왕의 생각은 달랐다. 한강 일대를 고구려에게 빼앗겼으니, 남쪽에서 그만큼 영토를 확장해야 했다. 무진주[78] 아래에서부터 남해안에 이르는 모든 땅을 백제가 완전하게 확실히 통치해야 했다. 모대왕은 혹시 모를 신라의 공격을 염두에 두면서도 조심스럽게 고룡 일대를 압박했다. 모대왕은 남행하여 무진주를 시찰하고 탐라국을 위협하여 조공을 받았다. 대가야는 모대왕의 눈치를 보며 전전긍긍했다. 모대왕이 죽고 등장한 사마왕도 역시 적극적으로 가야를 압박했다. 사마왕은 슬금슬금 군사를 내어, 대가야 세력을 몰아내고 고룡 일대를 장악하려는 계획을 세웠다.

---

78) 현재의 광주광역시

고구려는 신라가 실직군단을 편성하여 북방의 방어를 튼실하게 하였다는 정보를 입수했다. 백제 신라 동맹이 금이 가기 시작했음도 눈치챘다. 탄현의 목책이 바로 그 증거였다. 그렇다면 신라보다 백제 공략이 전술적으로 이득이 많았다. 백제는 한수 일대를 회복하기 위해 양병(養兵)에 전력을 다하고 있음이 확실했다. 한성에는 역대 백제 왕들의 능이 있었기에 백제 왕이라면 고토 회복을 꿈꾸지 않을 수 없었다. 모대왕 치세에 백제는 안정되는 듯했으나 또 분란이 일어나 왜국에 있던 사마가 왕이 되었다. 백가의 난(亂)도 있었다. 백제의 혼란은 오히려 고구려의 기회였다.

오히려 사마왕이 고구려의 공격을 눈치채고 선수를 쳤다. 상대의 수를 읽어 대처한 셈이었다. 즉위하던 해부터 2년이나 연속해서 가을이면 사마왕은 고구려를 공격했다. 2년 연속 11월에 백제가 고구려를 공격하니, 3년째 되던 계미년[79] 9월에는 고구려가 선수를 쳤다. 고구려 나운왕[80]은 진짜 사마왕의 실력이 궁금했다. 나운왕은 말갈 병사를 보내 북쪽 변경 마수책(馬首柵)을 불사르고 고목성(高木城)을 공격했다. 백제의 사마왕은 만만하지 않았다. 군사 5천을 내어 고목성을 잘 방어했을 뿐 아니라 역습을 가했다. 백제 장군 우영(優永)은 5천 군사로 고구려의 수곡성(水谷城)을 침공했다. 고구려가 백제의 공격을 막아내긴 했지만, 나운왕은 혹을 떼려다 혹을 붙인 격이어서 대단히 화가 났다. 사마왕을 얕본 대가였다.

고구려의 나운왕이 화났다. 병술년[81] 7월 다시 말갈 병사를 보내 백제 고목성을 치게 했다. 3년 전에 역습을 당한 자존심 회복이 중요했다.

---

79) 503년
80) 나운은 문자명왕의 이름. 장수왕의 손자다. 장수왕의 아들 조다태자는 아버지 장수왕보다 먼저 죽어 손자 나운이 장수왕을 이었다.
81) 506년

말갈 병사들은 용감히 싸워 고목성을 함락시켰다. 6백여 명의 백제군을 죽이거나 포로로 잡았다. 말갈 병사들은 고목성을 불태워버리고 폐허로 만들었다. 고구려는 3년 전의 복수에 성공했다.

고구려의 나운왕은 그 무렵인 8월에 한수 용산(龍山) 남쪽에서 1만의 군사를 데리고 사냥하고 있었다. 사냥은 물론 핑계이며 실은 군사훈련이었다. 나운왕은 사냥에 동원되었던 병사 1만으로 백제를 공략하게 했다. 고목성이 함락되었으니 백제의 새 도읍지 웅진성으로 가는 길이 한 걸음 더 가까워졌기 때문이었다.

병술년 11월에 폭설이 백제 땅을 뒤덮었다. 동짓달인 11월에 백제에 내리는 눈은 대부분은 금방 녹았다. 눈이 와도 눈에 익숙한 고구려 군대는 오히려 전쟁하기에 지장이 없었다. 고구려 군대는 고목성에서 남하하여 백제를 압박하기 시작했다.

하늘이 돕는다는 말이 있다. 전쟁에서 하늘이 돕는 자의 상대는 하늘이 버린다는 말이 된다. 사마왕과 나운왕이 꼭 그랬다. 날씨가 사마왕을 도왔다. 폭설 이후에 맹추위가 몰려와 보름 이상이나 계속되었다. 고구려 병사들의 태반이 동상에 걸려 군사를 움직일 수 없었다. 나운왕은 하늘을 한탄하며 어쩔 수 없이 군사를 물렸다. 고구려는 한성 함락 이후 다시 국력을 회복해나가는 백제를 완전히 굴복시킬 수 있는 절호의 기회를 놓쳤다.

백제는 하늘이 모진 추위를 내려 겨우 위기를 넘겼다. 사마왕은 하늘이 계속 백제를 도울지 알 수 없었다. 하늘이 돕지 않는 경우를 대비해 고목성 남쪽에 장령성(長嶺城)을 쌓았다.

나운왕은 고목성 침공 후 1년이 채 되지 않은 정해년[82] 가장 신임하는 장수 고로(高老)에게 1만의 병사를 주어 말갈의 군사 1만과 함께 백제를 치게 했다. 장령성 아래 횡악(橫岳)에서 고구려군은 공성전(攻城戰)을 준비했다. 장령성을 깨트리면 웅진으로 곧바로 치고 들어갈 수 있었다.

백제의 사마왕은 기다리고 있었다. 고구려가 또 쳐들어올 것이라 예상했다. 쳐들어온다면 틀림없이 장령성이라 짐작했다. 사마왕은 장령성을 지키는 척하면서 따로 편성한 기마부대를 우회시켜 고구려 본진을 급습했다. 알고 기다리는 적을 이길 수는 없다. 고구려 군대는 적의 기습에 큰 피해를 보았다. 고로장군은 황급히 군대를 수습해 한성 방향으로 후퇴했다.

사마왕이 보위에 오르면서 확실히 백제는 달라졌다. 그 전 모대왕 시절에 그 정도 병력의 고구려 군대가 쳐들어오면 틀림없이 신라에 구원병을 요청했다. 사마왕은 백제군의 힘으로 고구려군을 물리쳤다. 사마왕은 신라에 전황을 알리지조차 않았다. 백제가 튼실해지면서 고구려군도 함부로 백제로 쳐들어갈 수 없게 되었다. 그렇다고 해서 고구려군이 백제나 신라에 대한 침공을 아예 포기한 건 아니었다. 신라와 백제는 늘 긴장하고 있어야 했다.

나운왕과 사마왕이 옥신각신 싸우는 동안 실직의 이사부는 차곡차곡 실속을 쌓고 있었다.

---

82) 507년

20

이사부가 단기필마로 서라벌에 들어섰다. 실직에 있는 4년 동안 동해함대를 창설하여 군선을 건조하고 군사들을 조련시켰다. 신라 병사들은 활 쏘고 칼과 창을 쓰고 말 달리고 행군하는 데 익숙했다. 갑자기 배를 타고 노를 저어라 하니 힘들어했다. 평생 배를 타본 적이 없는 병사가 열에 아홉이었다. 특히 멀미가 그들을 괴롭혔다. 동해는 바다가 크고 깊어서 바다 표면이 잠잠하게 보여도 너울 파도가 심했다. 육지 생활에 익숙한 병사들이 울렁거리는 동해의 너울 파도에 적응하기란 쉽지 않았다. 아무리 훈련해도 적응 못 하는 병사들은 어쩔 수 없이 하선시켰다. 대다수 병사는 1, 2년이 지나면서 선상 생활에 익숙해졌다. 병사들은 노를 저어 난바다로 나갔다. 난바다로 나가면 노보다는 돛의 힘으로 항해했다. 해상에서 전투할 땐 돛을 내리고 노를 저어 군선의 기동력을 순간적으로 끌어올릴 수 있도록 훈련을 했다.

함대가 제대로 전투력을 가지자면 많은 훈련이 필요했다. 배를 건조했다 해서 끝나는 일이 아니었다. 큰 배일수록 입항과 출항이 힘들었다. 바람이 불어 파도가 심한 날에는 배끼리 부딪혀 배가 파손될 때도 있었다. 경험 많은 뱃사공과 어부, 신라 여기저기서 경험 있는 수군 전부를 끌어모아 하나하나씩 배워나가야 했다. 30여 척의 주력 전함은 진수하였다. 보급선과 같은 부속선과 대장선은 건조하는 중이었다. 대장선에는 돌덩이를 육지로 날릴 수 있는 투석기를 싣도록 했다. 배와 배가 싸우는 해전에서는 매우 유용하게 사용될 무기였다. 대장선에는 2백여 명 이상의 군사가 승선하여 하갑판에서는 노를 젓고, 상갑판에서는 무기를 운용해야 했다. 날렵한 연락선도 여러 척이 필요했다.

이사부는 1, 2년만 지나면 동해함대가 실전 투입이 가능하다고 보았다. 이사부는 대장선을 진수할 때 태자를 모시고 싶었다.

몇 년 만에 온 서라벌은 상당히 변해있었다. 집에 들렀더니 아버지 습지공은 더 나이가 들어 보여 이사부를 슬프게 했다. 어머니 오명부인은 밥상머리에서 이것저것 아들이 좋아하는 음식을 챙겨주다가 지나가는 말인 것처럼 말씀하셨다.

"물력은 말이다, 장가를 가더니 바로 아들을 낳았더구나."
"저도 소식을 들었습니다."
"그랬구나. 그런데 너는……"

아버지 습지공은 오명부인의 말을 가로막았다.

"그런 말 하지 마세요, 부인. 이사부는 지금 놀러 간 게 아니요."
"그래도 장가는 가야 할 것 아닙니까?"
"허허, 다 생각이 있겠지."

이사부는 숟가락을 놓자마자 바로 물력에게 달려갔다. 말에서 내리는 이사부를 보자 물력이 말했다.

"안 그래도 자네가 왔다는 소식을 듣고 바로 자네 집으로 가려던 참이었네."

"그랬구만. 반갑네 반가워, 물력."

"그래, 이사부, 나도 반가워. 신라의 제일가는 장군님을 이렇게 뵙는다."

"무슨 소리. 자넨 아들을 낳았다며. 뭐가 그리 급했나? 벌써 아들을 보고."

"그렇게 되었어. 참, 여기서 이럴 게 아니라 우리 동시(東市)나 가서 술 한잔하면서 이야기하세. 오늘 마침 장날이지, 아마."

"동시? 장날? 장이 선다는 말인가? 동시가 생겼다는 말은 들었네만 술 마실 데도 있는가?"

"성질 급하기는. 하나씩 물어보게. 오늘이 장날이네. 저자에 술청이 없으면 되겠는가? 자네 집 술맛에 비하겠냐마는 그런대로 마실 만하지."

20년 전인 경오년[83]의 일이었다. 탁부 백성들이 모여 살던 동네에 이상한 소문이 돌았다. 동네 우물에 용이 나타났다고 했다. 귀족들은 대부분 자기 집에 우물이 있었다. 상당수 탁부 백성들은 추라정(鄒羅井)이라는 우물에서 물을 길어 먹었다. 이 우물에서 용이 나타나 하늘로 올라갔다고 했다. 용이 하늘로 올라가면서 물고기 수십 마리가 우물 주변에 떨어졌다고도 했다. 서라벌 사람들은 그 이야기를 듣고 너도나도 추라정으로 몰려들었다. 물고기가 잉어와 붕어라는 사람이 있었다. 동해 어부

---

83) 490년

사국지 1

출신인 동네 사람은 그 물고기가 바다와 강을 오가는 황어라고 하기도 했다.

소문이 나니 서라벌 6부의 사람들이 추라정 주변으로 모여들었다. 사람이 많이 모이니 동네 사람들이 혹시나 하여 바꾸고 싶은 물건들을 가지고 나왔다. 쌀이나 콩과 같은 곡식, 닭과 달걀, 포목, 과일, 푸성귀 등이었다. 어떤 아낙은 집에서 담은 술을 가지고 오기도 했다. 그러다 보니 사람들은 5일에 한 번 자기에게 남는 물건을 가지고 나와서 필요한 물건으로 바꿔갔다. 그렇게 추라정에 시장이 자연스럽게 만들어졌다.

서라벌에 시장이 생기니 서라벌 백성에게 편리한 점이 아주 많았다. 5일 만에 한 번씩 사람들이 점점 더 많이 모였다. 교환하는 품목도 늘어났다. 추라정 앞마당이 좁아 많은 사람이 다 전을 펴지 못해 다툼도 일어났다. 늦게 나오면 자리를 못 잡는 경우가 생기자 아예 새벽 별을 보며 자리를 잡는 사람도 있었다.

모즉지태자는 보고를 받고 신료들과 의논을 했다. 탁부 동쪽 넓은 터에 새로운 시장을 하나 더 만들기로 했다. 새 시장은 터가 넓어 소나 돼지와 같은 가축도 교환할 수 있었다. 추라정 시장 동쪽에 있다고 동시(東市)라고 불렀다. 동시에 사람들이 많이 모이자 술을 담가 잘 익었을 때 내놓는 술청도 생겼다. 술꾼들에게 소문이 나자 술청은 매일 열게 되었다. 국밥과 같은 요깃거리와 삶은 고기나 부침개 같은 안주도 술과 함께 내었다.

이사부와 물력은 막걸리를 쭉 들이키며 이야기를 이어나갔다.

"여기가 동시구만. 시장이 있으니 서라벌 같아. 조용한 실직에 있다

보니 이런 번잡함이 그리웠어."

"이사부, 나는 오히려 자네가 있는 실직이 그리웠어."

"그게 진담인가? 아니지? 날 위로하려고 하는 말인지 다 아네."

"아니야, 자네와 말달리고 활 쏘고 하는 게 그리웠단 말이야."

"그래, 그래. 좋아. 그건 그렇고. 그래 아들 이름은 지었나?"

"아버님이 지어주셨지. 거칠부라 하네."

"거칠부?"

"이름이 이상한가?"

"그런 건 아니지만 좀 특이하네. 거칠다는 뜻 아닌가? 아기가 거칠면 얼마나 거칠다고 이름이 거칠부야?"

"그 녀석 얼굴은 괜찮은데 등과 엉덩이 피부가 거칠더라구. 그걸 보고 아버님이 거칠부라 하셨네. 오히려 그런 이름이 명을 더 길게 한다나. 거친 세상을 순조롭게 살아간다고도 하셨네. 이름이 고상하면 잡귀들이 달려든다지 아마. 나야 뭐 아버님이 하자는 대로 해야지."

"좋은데 그래. 거칠부, 거친 녀석이라."

"그건 그렇고. 이사부 자네는 장가 안 가나?"

"물력, 왜 이러시나. 집에서도 그 이야기를 듣고 나왔는데. 자네도 그러기야. 그 이야기는 하지 말게."

"그렇군. 미안하네. 오래간만에 만나면 오히려 할 말이 궁색해서 그런 이야기를 하게 된다네. 다 자네 생각이 있겠지."

"그래. 군선은 모두 건조를 마쳤네. 대장선과 연락선을 짓고 있지. 자네가 보면 대단히 놀랄 건데."

"그래, 나도 어서 보고 싶어."

"연락선은 빠르고 무겁지 않아 여기 대천까지 거슬러 오를 수 있다네."

"그럼 배를 타고 실직까지 갈 수도 있겠네."

"그렇지. 그래서 말이야, 그걸 자네하고 의논해야겠어."

"뭘?"

"1년, 늦어도 2년 정도면 동해함대가 드디어 돛을 달고 전쟁을 할 수 있게 된다네. 출범(出帆)하는 거지. 우리 신라로서는 대단히 경사스러운 일이라고. 장봉진에서 왜선을 놓친 기억이 나지?"

"나지. 내가 피눈물을 흘렸지."

"자네가?"

"그럼. 나야말로 눈물 많은 사내라고."

"하하, 어쨌든 함대를 태자전하께서 사열하셔야 해. 하지만 실직까지는 너무 멀지. 그래서 내가 전 함대를 이끌고 근오지(斤烏支)[84]로 올 생각이야. 어차피 함대는 여기저기 다 다녀야 하니."

"내 할 일이 뭐야?"

"내가 태자전하께 말씀드리겠지만, 내가 함대를 이끌고 근오지로 올 때 자네가 태자전하를 모시고 오게나. 안 가시겠다면 간청해서 업어서라도 모시고 오게. 태자전하가 오시면 완전히 달라. 군사들 사기가 달라져."

"그렇겠지. 나도 그때 가서 함대에 합류하면 안 될까?"

"자네 정말 가려고? 아이와 부인은 어떡하고?"

"가서 전쟁터를 누벼야지. 서라벌에만 있으니 답답해. 내 체질이 그래."

"알았네. 내가 연락선을 보내고 통기를 하겠네. 그때 꼭 모시고 오게나."

"알았어. 그렇게 하자고. 참, 사부지도 같이 가야지?"

"그래야지. 사부지는 요즘 뭘 하나?"

"스님이 되려는지 요즘 흥륜사에서 아예 살아. 외출도 안 하고. 술도

---

84) 현재의 포항 영일만

안 마시고. 나도 얼굴 본 지가 꽤 되었지."

"알았네, 물력. 그리고……"

"말해, 이사부. 자네답지 않게 뭘 망설이나."

"혹시라도 태자전하가 오실 때 지소도 함께 올 수 있을까?"

"지소?"

"……"

"하하하. 이사부 자네의 속셈을 알겠구만. 지소가 열일곱 살인가. 알았어. 내가 아내에게 말해서 바람 잡으라고 할게. 그나저나 그러자면 연락선이 좀 더 필요할지도 모르겠네. 내 아내도 가야 할 거 아닌가?"

"하하하. 그러네. 오두부인도 모셔야지. 내 이모니 당연히 오셔야지."

이사부는 물력과 만난 며칠 후 태자전에 들렀다. 모즉지태자는 흔쾌히 동해함대 사열을 수락했다. 태자도 신라 수군과 함대에 거는 기대가 매우 높았다. 수군이 강하면, 신라가 혁거세 임금 때부터 고민해 오던 왜적의 침입을 근본적으로 막을 수 있기 때문이었다. 왕실 기록에 혁거세 임금 때부터 지난 경진년[85]까지 약 5백 년 동안 왜적은 서른세 번이나 신라에 침입했다. 그들은 15년마다 한 번씩 쳐들어와서 신라 백성을 약탈하고 부녀자를 잡아갔다.

태자는 동해함대가 실전에 투입되면 이사부에게 하슬라군주(軍主)도 겸직하라 했다. 하슬라와 실직의 수군을 통합하여 동해함대의 전력을 끌어 올리려는 계획이었다. 태자가 적극적으로 나오자 이사부는 덩달아 마음이 급해졌다. 대장선과 다른 부속선도 건조를 끝마쳐야 했다. 군사들의 조련도 시급했다.

---

85) 500년

이사부는 서둘러 실직으로 가서 남은 일들을 처리했다. 이사부가 실직군주로 부임한 해부터 고구려나 왜적의 침공이 단 한 번도 없었다. 백제와 고구려가 다투느라 상대적으로 신라가 안전했다. 평화이긴 했지만, 폭풍 직전의 고요함처럼 고구려와 신라의 국경에는 고요한 긴장이 감돌았다. 팽팽해진 활 시위에서 누가 손가락을 놓기만 하면 화살은 목표물을 향해 힘차게 나아갈 터였다. 신라는 아직 화살을 쏠 이유가 없었다. 이사부는 함대의 건조와 수군 조련에 온 힘을 기울였다. 이사부는 군선이 한 척씩 건조될 때마다 선장에 해당하는 군관을 임명하여 군선 지휘를 맡겼다.

어선이 정박하던 실직 항구는 좁고 수심이 얕아서 건너편 오십천 하구, 벼랑 아래에 새롭게 군선의 정박 시설을 만들었다. 아울러 항구에 들어오고 나가는 배들을 감시하면서 수군이 머물 수 있는 산성을 군항 바로 위에 새로 쌓았다. 산성은 오십천이 바다와 만나는 지점의 나지막한 산에 자리했다. 산성 북쪽은 오십천의 벼랑이고 동쪽은 동해의 벼랑, 남쪽도 가팔랐다. 육지 쪽인 서쪽만 완만했다. 산성에는 군량미를 비축했다. 산성 꼭대기에는 봉수대와 망대를 설치하였다.

산성에서 봉수를 올리면 실직의 이사부 관할 모든 봉수대에서 불이나 연기를 볼 수 있게 연락망을 갖추었다. 산성 봉수대에서 불이 자주 오르자 오화(吾火)산성이란 이름이 자연스럽게 붙었다. 어떤 병사들은 화(火)가 발음하기 어려우니 오불성이라 불렀고, 오불성은 곧 오분성이라는 발음으로 바뀌었다. 오화산성이라는 정식 이름보다 오분성이라고 하는 병사들이 더 많았다.

오분성에서는 동해를 감시하고 군사들이 생활하는 막사도 여러 채 들어섰다.

이사부는 서라벌이 생각날 때면 가끔 오화 망대에 올랐다. 망대에서 바다를 보면 바다는 넓디넓어서 가슴이 펑 뚫렸다. 말 그대로 일망무제(一望無際)였다. 가끔 날씨가 매우 청명한 날에는 우산도가 가물가물 보이기도 했다. 그렇게 우산도가 보이는 날에는 이사부는 각오를 새롭게 다졌다.

임진년[86] 봄이 되었다. 이사부가 실직군주로 부임한 게 벌써 6년이 지났다. 이사부는 경계 지역에 성을 튼튼히 하여 고구려의 침입에 대비하는 한편 신라 수군 창설을 끝마쳤다. 아울러 전함이 정박하고 입출항하는 항만 시설을 마련하고 배후 산성까지 축성을 끝마쳤다. 이사부 이전에도 신라 수군이 있기는 했다. 겨우 연안 항해만 가능하여 왜선과 해상전투를 할 정도는 아니었다. 이사부는 봄이 되자 함대를 근오지로 출동시켰다.

이사부 스스로 보아도 동해함대의 위용은 대단했다. 2백여 명이 넘게 승선하는 대장선을 필두로 30여 척의 전함과 20여 척의 부속선들이 었다. 근오지에 정박한 이사부 함대는 연락선과 보급선 여러 척을 대천으로 올려보냈다. 연락선은 서라벌에서 태자 일행을 싣고 곧 근오지에 도착했다.

마침 바람도 거의 없는 따듯한 봄날이었다. 함대를 사열하기에는 딱 좋은 날씨였다. 태자 일행은 근오지에서 지금까지 본 적도 없는 어마어마한 크기의 배와 수십 척의 전함을 보고 입을 다물지 못했다. 배의 크기와 함대 전체의 규모에 깜짝 놀랐다. 상상 이상이었다.

---

86) 512년

전함에 도열한 병사들이 하나같이 붉은색으로 사자 머리를 그린 붉은 방패를 앞세우고 발을 구르며 함성을 질렀다. 그들은 적선이 쏘는 화살을 방패로 막아내면서, 적선을 활로 공격하는 역할을 부여받았다. 궁수들은 활만 쏘는 게 아니었다. 적의 함선이 근접하면 적의 함선에 올라타 칼로 적을 제압하는 훈련도 받았다. 노를 젓는 병사들도 근접하여 전투가 벌어지면 바로 무기를 들고 적과 싸워야 했다.

함대의 모든 배에는 사자 깃발이 휘날렸다. 태자는 그 사자가 바로 자신이 이사부에게 하사한 사자임을 기억해 냈다. 자신이 보낸 사자상을 깃발과 방패 그림으로 환치시켰다. 태자는 지극히 만족했다.

태자 일행은 유난히 큰 사자 깃발이 휘날리는 대장선에 올라탔다. 태자 부처(夫妻)와 이사부의 아버지 습지공과 어머니 오명부인을 비롯한 신라의 내로라하는 6부 귀족들이 모두 함께했다. 물력과 물력의 아내 오두부인, 태자의 동생 사부지, 태자의 딸 지소도 함께였다.

군악대가 부는 웅장한 나발 소리를 신호로 드디어 신라 동해함대 사열이 시작되었다. 이사부는 잔뜩 고무되었다. 태자 일행들이 선상 갑판 의자에 자리하자 이사부는 부관인 진육지에게 짧게 군령을 전달했다. 이사부의 명에 따라 진육지는 평소 훈련한 대로 기수에게 큰 소리로 명을 하달했다. 기수의 붉은 기가 펄럭이자, 대장선의 좌우 전함이 학이 날개를 펴듯이 빠른 속도로 전개하여 학익진을 펼쳤다. 넓은 바다에서 적을 포위할 때나 위용을 과시할 때 펴는 진법이었다. 50여 척의 배가 일제히 기동하여 진을 펼치는 모습은 그야말로 장관이었다. 태자를 비롯한 구경꾼의 입에서 감탄이 튀어나왔다.

이어 황색기가 펄럭이자 일자진으로 바뀌어 대장선을 중간에 두고 일자로 항해하는 진법으로 바뀌었다. 먼 바다로 항해할 때나 좁은 바다에서 후퇴할 때 사용하는 진법이었다. 청색기가 펄럭이자 모든 배는 대장선을 보면서 둥근 원진(圓陣)을 형성했다.

태자는 함대의 움직임을 지켜보면서 입을 다물지 못하고 감탄을 연발했다. 진법 시범이 끝나자 전함을 비롯한 모든 배가 대장선 앞을 지나가면서 태자에게 예를 표했다. 대소 50여 척의 배가 지나가고 함대가 다시 원진을 펼치자 태자가 입을 열었다.

"우리 신라는 국초 시조 때부터 수없이 많은 왜적의 침입을 받았다. 왜적으로 인해 신라 백성의 고초는 이만저만이 아니었다. 선대 열왕께서 모두 왜적을 방비하고자 노력했으나 근본적으로 왜적의 침탈을 막을 수가 없었다. 우리 신라에 수군이 없거나 약했기 때문이다. 왜적은 틈만 나면 우리 해안으로 쳐들어와서 재물을 약탈하고 가옥을 불태웠으며 우리 백성들을 살상하고 사로잡아 갔다. 우리의 힘이 조금이라도 약하면 서라벌까지 쳐들어와서 온 나라를 쑥대밭으로 만들었다. 오죽하면 선대 눌지마립간께서는 동생 미사흔을 보내 왜적과 화해를 시도했다.

왜왕은 천하의 소인배라. 왕제(王弟)를 인질로 삼고 오히려 우리를 겁박했다. 그것도 모자라 왕제를 구하러 간 충성스러운 신라의 신하 박제상을 불태워 죽였다.

세월이 흘러도 왜적은 이리와도 같은 짐승의 습성을 버리지 못하고 가야와 백제에 부화뇌동하여 우리를 괴롭혔다. 왜적은 고구려와도 손잡고 신라를 먹잇감으로 노리면서 호시탐탐 승냥이의 발톱을 갈고 있다. 국초부터 무려 서른세 번이나 신라를 침탈하여 무고한 백성을 괴롭혔다.

나는 오늘 신라 수군을 창대하게 열었다. 동해함대는 신라의 바다에서 왜적을 얼씬거리지도 못하게 해야 한다. 아울러 신라가 새로워지고 온 세상을 뒤덮는 데 큰 힘을 발휘하여야 한다.

대왕께서는 이사부의 동해함대를 믿으시고 이사부에게 실직군주와 함께 하슬라군주로 명하셨다. 이사부는 북방 변경과 동해를 지켜 신라를 더욱 안전하게 하라."

대장선에 탄 여러 사람은 태자가 느닷없이 이사부를 하슬라군주로 임명하자 모두 놀랐다. 이사부가 실직군주에 하슬라군주까지 겸하니, 이사부는 명실상부 동북방 신라 최고의 장수가 되었다.

"실직군주 이사부는 앞으로 나와 대왕폐하의 명을 받들라."

이사부는 태자의 명에 앞으로 나가 한쪽 무릎을 꿇었다.

"이사부에게 실직군주와 아울러 새로 하슬라군주에 임명하노라. 이사부는 소임을 다하라."

"신 이사부, 대왕폐하의 명을 받들겠습니다."

"내가 이사부에게 악귀를 쫓는 사자상을 보냈다. 이사부는 나의 마음을 잘 헤아려 사자의 얼굴 형상을 깃발과 병사들의 방패에 새겼으니, 신라의 동해함대는 사자처럼 용맹하여 패배를 모르는 전사가 되어라. 용맹한 사자 앞에는 적이 없으리니 신라의 장구한 방패가 되어라. 이사부는 충성의 마음으로 신라 왕실의 영광과 백성의 편안함을 위해 날로 새롭게 매진하라."

"신 이사부, 목숨을 다해 태자전하의 명을 받들겠습니다."

태자는 미리 준비한 금장식이 화려한 환두대도 한 자루를 이사부에게 내렸다. 둥근 고리 세 개의 황금 장식이 반짝거리면서 빛났다. 신라 왕실이 이사부에게 거는 신뢰와 기대감의 표시였다.

악대의 장엄한 나발 소리가 울려 퍼지고 북소리가 바다로 퍼져나가자, 전 함대의 군사들은 태자전하 천세를 외쳤다. 지도로대왕이 이미 일흔여섯, 모든 정사는 태자가 도맡고 있어 태자가 곧 대왕이었다.

사열식이 끝나면서 병사들에게 술과 고기가 내려졌다. 태자의 하사 음식이었다. 대장선에서도 곧바로 잔치가 열렸다. 모두가 일찍이 본 적 없는 거대한 함대의 위용에 압도되어 감탄을 금치 못했다. 태자는 자리에서 일어나 이사부의 노고를 치하했다.

"이사부, 수고가 많았다. 내 잔을 받아라."
"태자전하께서 제 말을 믿고 지원해 주신 덕입니다."
"그래, 언제 우산국을 치러 가는가?"
"다음 달이 4월이니 얼마 남지 않았습니다. 함대 전체가 실직과 하슬라를 들렀다가 바다 상황을 보아가며 우산국으로 출항할 예정입니다."
"4월?"
"그러하옵니다. 동해는 4월이 바다가 가장 잠잠하온지라. 늦어도 한 달 이내에 정벌을 끝마칠 예정이옵니다. 5월 중순 이후에는 남쪽에서 큰바람이 올 때도 있습니다. 늦어도 5월 초에는 실직으로 돌아와야 합니다."
"그렇군. 그럼 승전보를 기다리고 있겠네."

공식적인 대화가 오고 간 다음에 선상은 왁자지껄한 소리에 뒤덮였다. 잔칫날이나 마찬가지였기 때문에 조용하면 오히려 이상했다. 이사부의 아버지 습지공도 대단히 기분이 좋았다. 평생 처음으로 커다란 배를 타고 신라 함대를 눈으로 보았다. 그 함대의 제독이 바로 자기 아들 이사부였다. 게다가 실직군주에다 하슬라군주까지 겹으로 임명을 받았으니 기뻐하지 않을 수 없다. 이사부의 어머니를 비롯한 부인네들은 더 놀랐다. 대천에 오르는 상선이나 연락선을 보다가 큰 배 구경은 난생처음 했으니 놀라지 않을 수 없었다. 이런 날 수다스러움은 잔치의 흥겨움을 더한다. 물력과 물력의 아내인 오두부인이 시끄러움의 진원지였다. 이사부의 어머니 오명부인은 자리에 앉아 있지 못하고 선상 여기저기를 다니면서 술과 안주를 손님들에게 챙겨주었다. 오명부인은 마치 대장선이 자기 집이나 마찬가지인 것처럼 손님 대접에 부산했다.

사부지와 물력과 이사부도 오랜만에 같은 자리에 앉아 이야기하고 있었다.

"이사부, 자네는 역시 대단해. 이런 함대를 만들어내다니. 역시 이사부야. 그렇지 않은가 물력?"

"그럼, 그럼, 이사부야 대단하지. 이사부, 하사받은 칼 좀 구경하세. 태자전하가 얼마나 자네를 믿으시길래 저런 칼을 다 하사하시나. 저 칼은 대왕陛下와 태자전하와, 그리고, 에, 사부지만 가지는 건데. 사부지 자네도 저 칼 가지고 있지?"

"난 없어. 필요가 없지. 불제자가 뭔 칼이 필요하다고. 안 그래도 형님이 저 칼 만들 때 내 것도 같이 만든다고 하시길래, 그러지 말라고 했어. 난 필요 없다고. 지금 생각하니 내 것도 만들라고 할 걸 그랬어."

"아니, 왜? 혹시 나 주려고 그런 거 아냐?"

"그래, 자네, 물력 주려고."

"아, 좋아 좋아, 그냥 받을 수는 없으니 내가 큰 전공을 세우지."

"사부지, 이번에 물력도 함께 떠나기로 했네. 우산국을 정벌하고 오겠네. 물력이야 가면 당연히 전공을 세울 테니 그때 다시 부탁하세."

"그러지 뭐. 자네들이야 왕가나 다름없지. 누가 이 칼 찬다고 비난하겠나."

스무 살이 된 지소공주는 어머니인 태자비 보도부인 옆에 다소곳이 앉아있었다. 지소공주의 마음이야 오명부인처럼 배 여기저기를 휘젓고 다니면서 사부지 삼촌 옆에도 가고 싶었다. 지소공주는 태자비인 어머니 보도부인에게 나지막히 말했다.

"어머니, 이사부 오라버니와 물력 오라버니가 함께 떠난다고 해요. 실직으로 갔다가 우산국을 정벌하러 간다고 하네요."

"그렇다는구나."

"얼마나 먼 길일까요? 파도도 많이 칠 텐데."

"그래서?"

"우산국 사람들은 몹시 사납다고 하더라구요."

"너, 이사부 있는 자리 가보고 싶은 게지. 이 아이가……"

"그게 아니라…… 먼 길을 간다니까."

"그래, 가보거라. 저기 가야 너도 재미있지. 이 자리가 뭔 재미가 있겠니. 이거 가지고 가거라. 궁에서 가져온 인삼정과다. 하나씩 드시고 술을 마시면 덜 취하지. 드시고 술 마시라고 해."

지소는 궁에서 사용하는 접시에 인삼정과를 담아 사부지 삼촌 옆으로 갔다.

"저, 어머니께서 이거 안주로 하나씩 해서 술을 드시라고 해서……"

"그래, 우리 지소공주님이 손수 이렇게 가져오셨구나. 고맙네."

"이게 인삼정과라 술이 덜 취한다고 합니다. 술만 드시지 말고 꼭 같이 드세요."

"지소공주님, 잠깐 앉으셔서 궁금한 게 있으면 여기 이사부에게 물어도 보시고 그러세요. 함대가 궁금하지 않아요? 돛은 어떻게 바람을 받고 먼 바다로 나가는지……"

"물력, 그만하게, 과년한 공주께서 아무리 왕가와 가깝다고는 하나 남자들이 앉아있는 자리에 어찌 합석하겠는가? 그렇지 이사부?"

사부지가 이사부에게 묻는 바람에 모두의 시선이 이사부의 얼굴로 모아졌다. 이사부는 자신을 보는 지소의 눈길을 느꼈다. 이사부는 머뭇거리면서 지소의 눈을 쳐다보았다. 이사부가 대답하기 전에 먼저 지소가 말했다.

"아니에요. 어머니께서 인삼정과만 가져다드리고 바로 오라고 하셨답니다. 호호호. 이사부 오라버니, 물력 오라버니, 무사히 돌아오세요. 기다리는 사람이 많답니다."

21

임진년[87] 5월 이사부의 동해함대는 아침 일찍 실직포를 떠났다. 샛바람이 불기 시작한 아침이었다. 30여 척의 전함에 10여 척의 부속선이 따랐다. 병사들은 3천여 명에 달했다.

근오지에서 태자가 동해함대를 사열하고 난 뒤, 이사부는 바로 하슬라로 향했다. 함대는 하슬라항에 정박하고 이사부는 잠시 하륙하여 현안 점검을 했다. 하슬라군주로 부임하였으니, 그 임무를 수행해야 했다. 이미 약문장군이 먼저 도착하여 업무 처리를 다 해놓은 상태였다. 이사부는 급했다. 우산국 정벌은 우산국 자체의 군사력이 문제가 아니었다. 바다의 바람이 관건이었다. 큰바람이 오기 전에 정벌을 끝마쳐야 했다. 군선 수십 척이 움직이다가 대풍을 만나면 그야말로 진퇴양난이다. 육지야 어떻게든 살아서 버틸 수가 있다. 바다에서 큰바람을 만나면 군사들은 바로 물고기 밥이 된다. 큰 바다 항해 경험이 없는 이사부의 동해함대는 바람을 피하는 게 우선이었다. 바다에서 바람은 맞설 수 없다.

---

87) 512년

피해야 산다.

이사부는 하슬라에서 함대를 이끌고 실직으로 돌아와 식량과 물 등의 보급품을 충분히 선적하고 군사들은 숙소에서 쉬게 했다. 이사부는 날마다 실직과 하슬라의 나이든 어부와 이부지, 진육지 등의 참모를 데리고 오분성 망대에 올라 바다와 하늘을 살폈다. 산성 아래 바다에 면한 바위에 부딪히는 파도를 보면 그날그날의 파도 높이를 짐작할 수 있었다. 바다에 하얀 파도가 이는 날도 있었다. 어떤 날은 파도는 없지만, 먼 바다의 너울이 크게 출렁이는 때도 있었다.

나이든 어부들은 한결같이 하늬바람이 불면 빨리 출항해야 한다고 했다. 어부들은 서풍을 하늬바람이라고 했다. 하늬바람은 주로 겨울에 불지만, 장마 전에도 분다고 했다. 여름 장마 전 하늬바람이 시작되면 사나흘은 연속으로 분다. 이때가 우산국으로 항해하기에는 가장 좋다, 돌아올 때는 동새바람을 타면 된다고 했다. 동새는 동풍으로 봄부터 여름까지는 잔잔하게 분다고 했다. 5월 중순이 지나면 장마가 올 수도 있다. 그전에 돌아와야 했다.

"여름 동새는 잔잔하구만요. 그 바람만 타면 금방 실직으로 돌아옵니다요."

나이든 어부가 그렇게 말했을 때 이사부는 어떤 느낌이 왔다. 자신은 우산국 정벌만 생각했다. 어떻게 우산국까지 가느냐, 가서 어떻게 복속시키느냐가 관건이었다. 어부는 돌아오는 방법을 말했다. 그에게 우산국 정벌은 큰 의미가 없다. 무사귀환이 그의 최대 목적이다. 장수에게는 승리가 중요하다. 승리 못지않게 병사의 무사귀환도 매우 중요하다. 무사히 돌려보내는 장수라야 병사들이 따르게 마련이었다.

　이사부의 함대는 동으로 동으로 바람을 받으며 나아갔다. 오후 늦은 시간이 되자 군사들의 웅성거리는 소리가 들렸다. 이사부가 갑판에 나가보니 저 멀리 희미하게 우산도가 보였다. 섬의 형상이 보였다. 낮에 섬의 모습이 보인 건 큰 다행이었다. 섬의 방향으로 정확하게 돛대의 바람 받는 방향을 위치시키고 키를 잡을 수 있기 때문이었다. 만약 섬을 보지 못한 상태에서 밤이 왔다면 배는 다른 방향으로 좀 더 흘러갈 수도 있다. 해지기 전에 방향을 잡았기에 항해는 순조로웠다. 섬의 위치를 낮에 보아두면 밤에 별을 보고 항해하기도 좋았다. 이사부는 항해하면서 작전회의를 시작했다.

　몇 년 동안 이사부는 우산국에 대한 여러 가지 정보를 수집했다. 실직과 하슬라에는 우산도까지 떠내려갔다가 구사일생으로 살아 돌아온 나이든 어부가 두엇 있었다. 어부는 오래전에 예맥족이 동해를 건너가서 우산국에 정착했다고 말했다. 지금도 고구려와 왜국과 교류를 하고 있으며, 5백 호에서 1천 호 정도가 섬 여기저기 골짜기에 흩어져 살고 있다고 했다. 온통 바위섬이라 평지는 섬 북쪽 내부에 좀 있을 뿐이며, 섬 북서쪽 끝이 배를 대기에 좋다고 했다. 그곳 해안에 우산국 왕이 살고 있다고 했다. 농사지을 평지가 부족해 곡식을 귀하게 여기며, 섬에 사는 깍새를 사냥하거나 바닷가 바위에 사는 물개를 사냥하여 식량에 보탠다고도 하였다. 사람들이 헤엄을 잘 치고 날렵하게 산을 잘 타서 산속으로 도망가거나 해안 바위틈에 숨어버리면 찾아내기조차 힘들 거라고도 말해주었다. 사람들은 순박하지만 싸움을 두려워하지 않는다고도 했다. 우산국에도 배가 있지만, 고작 몇 명이 타는 작은 배라 먼 항해는 못 한다 했다. 고구려 배나 왜국 배가 1년에 한두 차례 들렀을 때 물물교환을 한다고 했다. 그들은 말린 전복이나 미역이나 물개 가죽 등을 주고 곡식이나 연장을 받는다고 했다.

"그럼 우리가 우산국을 정벌한다 해도 전리품이라고는 전복, 미역, 물개 가죽이 전부겠구만."

작전회의를 하다가 물력이 한 말이었다.

"이 정벌은 전리품을 얻기 위한 싸움이 아니다. 물력. 이 정벌은 첫째, 우산국을 평정하여 동해에서 고구려와 왜의 배들이 마음대로 다니지 못하게 해야 한다. 둘째는 신라 수군의 전투 능력을 키우는 데 있다. 전리품은 중요하지 않다."

"뭐 그 정도야 나도 알고 있네, 이사부. 어쨌거나 우산국 해안에 닿으면 내가 먼저 상륙하겠네. 우산국 왕만 잡으면 전쟁이야 바로 끝나겠지, 뭐 별 게 있겠나?"

"물력, 자네 우리 손자병법 배운 거 다 잊어먹었나? 여기 약문장군에게 배우지 않았나?"

"다 배웠지. 약한 상대를 만나면 한 방에 제압하라. 그렇지요? 약문장군."

"하하하, 물력장군님, 손자병법에 그런 건 없습니다."

"그게 왜 없나요? 난 분명 배웠는데. 거 참."

"물력, 농담 그만하고. 이렇게 배웠지. 백 번 싸워서 백 번 이긴다? 좋지 않아. 싸우지 않고 적을 굴복시켜야 가장 좋아. 최고는 적의 싸우려

는 의도 자체를 깨야 해. 다음은 적의 외교를 깨야 해. 가장 마지막 수단
으로 적의 병사를 깨야 한다네. 적의 성을 공격하여 적의 병사를 깨면
가장 하수야.”

“그렇구만, 이사부. 기억이 나네. 성을 공격하면 아군 피해도 커지겠지.”

약문장군이 이사부와 물력의 대화에 끼어 들었다.

“이사부장군님, 저도 장군님의 생각과 같습니다. 우리 군사로 우산국
을 정벌하기란 식은 죽 먹기입니다. 그들이 우리와 정면으로 싸우기만
한다면요. 아마 그들은 우리 함대를 보면 바로 겁을 먹을 겁니다. 우리
군사의 수가 우산국 전체 인구와 비슷할 겁니다. 어쩌면 더 많을지도 모
르지요. 정예 신라병과 저들이 어찌 싸울 생각을 하겠습니까? 만약 우
리가 자신들을 죽이러 왔다고 생각하면 저들은 산속으로 숨어들 게 분
명합니다. 그러면 우리는 아마 1년은 산을 뒤져야 할 겁니다. 그럼 군량
이 동나지요. 우리 원정은 실패로 끝납니다.”

“그렇지요, 약문장군. 그럼 어떤 계책을 사용할지 말해보시오.”
“일단 겁을 주고 회유책을 써야지요.”

물력이 약문장군의 말을 바로 받았다.

“바로 그겁니다. 나도 그렇게 생각하오.”

원정 이틀째였다. 밤새 샛바람을 타서 동쪽에 섬이 확실히 나타났다.
우뚝 솟은 산을 닮은 섬이었다. 이사부의 함대는 순조롭게 우산도로 다

가갔다. 원정 3일째 아침 드디어 섬이 벽처럼 눈앞에 다가와 있었다. 그 순간 이사부는 입을 다물기 힘들었다. 물력도 마찬가지였다. 이사부가 물력에게 말했다.

"세상에 이런 경치도 있나?"

"그러게 이사부, 실직이나 하슬라 해안도 대단히 경치가 좋지만, 우산국에 비할 바가 아니군. 저 높은 벼랑을 봐. 저 나무 봐. 저게 무슨 나무인가? 소나무는 아닌 것 같은데. 신선이 사는 섬이라 해도 믿겠어."

"나이든 어부들이 우산도에는 향나무가 많다고 하더라고. 향나무인가 봐. 그래도 경치 구경만 하고 있을 수는 없지."

"그렇지. 내가 무얼 하면 되나? 이사부."

"자넨 상륙 준비를 하게. 용감한 사람이 가야 우산국 왕이 바로 항복할 게 아닌가?"

이사부는 우산국 서북쪽으로 돌출한 커다란 벼랑을 보고 그 안쪽으로 들어가 40여 척의 배로 일자진을 폈다. 우산국 사람들에게 함대의 위용을 보여주기 위함이었다. 함대에서 보면 우산국 북쪽 해안에 우산국 백성들의 집이 여러 채 보였다. 제법 큰 집도 보였다. 집의 지붕이 초가나 기와가 아니라 모두 나무 널빤지였다. 큰 집도 마찬가지였다. 섬에 나무가 많으니, 나무판자로 지붕을 대신한 모양이었다.

함대는 우산국 북쪽 해안에 평행으로 정박했다. 사자 깃발을 올리고, 모든 병사가 사자방패를 들고 배 측면에 도열했다. 마치 우산국 사람들이 이사부의 동해함대를 사열하는 형상이 되었다. 이사부는 한가운데 있는 대장선에서 우측 측면 벼랑을 향해 투석기를 가동하라고 명했다.

이사부의 명에 따라 병사들은 투석기에 사람 머리통보다 큰 호박돌을 장전해 벼랑을 향해 쏘았다. 호박돌이 슉 하는 소리를 내며 날아가 벼랑 바위에 부딪히자, 꿍음과 함께 먼지가 일더니 벼랑 바위가 깨져 바다로 떨어져 내렸다. 투석기에서 호박돌을 20여 차례 날리자 벼랑의 큰 바위가 큰 소리를 내며 완전히 무너져 바다로 떨어졌다. 바위가 바닷물에 들어가면서 바다에서 물보라가 솟구쳤다. 그 모습을 본 신라의 수군들은 일제히 함성을 지르며 사자 방패를 배 갑판에 내려찍었다가 높이 들어 흔들었다. 그 소리는 우산도 북부 해안을 진동시켰다.

이사부가 물력과 약문과 진육지와 이부지 등의 참모에게 말했다.

"이만하면 충분히 겁을 먹었겠지?"

약문이 대답했다.

"우산국 사람들은 이런 크기의 대장선을 처음 보았겠지요. 한꺼번에 이렇게 많은 배도 처음 보았겠지요. 투석기의 공격에 벼랑 바위가 무너졌습니다. 분명 간담이 서늘하겠지요. 지금 산으로 도망칠 준비를 하고 있을지도 모르지요."

"그렇겠지. 지금 물력과 약문이 하선을 하게. 서라벌에서 가져온 곡식과 술, 그릇을 가져가서, 저들에게 선물로 주고 신라에 귀부(歸附)하라고 해. 만약 항복을 거절하고 귀부하지 않으면 우리 군사들이 하륙한다고 하게."

작은 연락선으로 옮겨 탄 물력 일행은 얼마 지나지 않아 큰집이 보이는 해안에 하륙했다. 해안은 몽돌밭이라 하륙이 그다지 힘들지는 않았다. 20여 명의 병사들이 함께 하선해 우산국에 줄 선물을 가지고 큰집으로 향했다. 물력이 창을 들고 성큼성큼 큰집으로 다가가자 우산국 왕으로 보이는 사내가 부하 서너 명을 데리고 물력 앞에 다가왔다.

물력이 먼저 큰 소리로 외쳤다.

"우리는 신라 실직군주 겸 하슬라군주이신 이사부장군의 군대다. 우리 대왕폐하의 명으로 우산국을 정벌하러 왔다. 너희들이 항복한다면 대왕폐하의 은덕으로 대대손손 여기에서 편안히 살 수 있다. 만약 항복하지 않으면, 우리 병사를 하선시켜, 너희 우산국 사람들을 끝까지 쫓아가 다 잡아 죽이겠다. 항복하고 바로 무릎을 꿇어라."

우산국 왕은 물력의 말을 다 알아듣지 못했는지 부하들과 한참을 이야기를 나누었다. 그들은 언성을 높이며 다투고 있는 듯 보였다. 물력은 초조해지기 시작했다. 창을 잡은 손에 힘이 들어갔다. 냅다 창을 던져 한 녀석 정도는 죽여야 정신을 차리려나 하는 순간, 우산국 왕은 물력 앞에 순순히 무릎을 꿇었다. 물력은 안도했지만, 한편으로 일이 너무 순조롭게 풀려서 이상한 느낌도 들었다.

약문은 우산국 왕을 일으켜 세우고 준비해 온 선물을 우산국 왕에게 주었다. 우산국 왕은 이름이 우혜라고 했다. 우혜왕은 신라의 선물을 대단히 고마워했다. 우산국은 늘 곡식이 부족하였다. 그러기에 곡식으로 술을 담아 먹는다는 건 언감생심(焉敢生心), 생각조차 하기 힘들었다. 곡식으로 만든 술은 우산국에서는 그만큼 귀했다. 신라의 그릇도 섬에서는 요긴하게 사용될 터였다. 약문과 우혜왕 사이에 우산국의 항복 조건에 대한 협상이 순조롭게 마무리되었다.

이튿날이었다. 이사부는 병사 천여 명과 함께 하선하였다. 정식으로 우혜왕이 이사부에게 항복의 예를 표해야 했다. 우혜왕은 이사부에게 세 번 절하고 일어섰다.

"신라 대왕폐하의 명으로 우혜를 우산국 도주(島主)로 임명하노라. 우혜는 늘 신라에 충성하고 해마다 한 번씩 토산물을 공물로 바치되, 정성을 다하고 게으름이 없도록 하라. 아울러 우혜의 자식 중 한 명을 신라로 보내어 신라의 예절과 풍습을 배우도록 하라. 신라의 대왕폐하는 우혜를 어여삐 여겨 우산국에 필요한 하사품을 해마다 내리겠다."

"신 우혜, 대왕폐하의 명을 받들겠습니다. 신라의 대왕을 섬김에 한 치 의혹없이 충성을 다하겠습니다. 그 증표로 신의 아들을 신라로 보내겠습니다."

이사부는 우혜와 풍이라고 이름하는 도주의 부인과 아들들을 대장선에 태웠다. 대장선의 위용을 보여주는 한편 우산도를 한 바퀴 둘러보기로 했다. 이사부는 새롭게 신라 땅으로 편입된 우산도 전체를 눈으로나마 한 번은 보아야 했다. 대장선은 바람의 방향에 따라 우산도를 한 바퀴 돌았다. 우산도를 일주하면서 우혜는 이사부에게 우산도를 설명했다.

"이 북쪽 해안을 돌면 본 섬에 붙은 섬이 두 개 나타납니다. 사람은 살지 않지요. 물개들이 많고 물속에는 미역이나 전복이 잘 자라서 봄에 미역을 따서 말리고, 전복은 여름철에 많이 잡아서 말립니다. 저 안쪽은 평지가 제법 넓어서 수수나 귀리 같은 잡곡을 심어 식량을 마련합니다."

"동남쪽으로 저기 가물가물 보이는 저 섬은 무엇이오?"

이사부의 물음에 우혜가 대답했다.

"저 섬은 빠른 바람을 타도 종일 가야 도달할 수 있습니다. 온통 독[石]이라 독섬이라 부릅니다."

"독? 돌이란 말인가?"

"그렇습니다. 돌섬입니다."

"저긴 사람이 사는가?"

"살지 못합니다. 섬은 두 개인데, 물이 없고 바람을 피할 데도 마땅 찮습니다. 여기 우산도에도 바닷속에 전복같은 먹을거리가 지천이어서 저기까지는 잘 가지 않습니다. 저기 가면 물개들이 많아 날씨가 아주 좋을 때 가끔 물개 사냥을 갑니다."

"그렇군. 도주는 일년에 한 번씩 신라에 공물을 바쳐야 하오. 내 연락 선 한 척을 두고 갈 테니, 여기 나무를 잘라서 똑같이 두 세척 만드시오. 여기서 정서 방향으로 항해하면 실직이 나타나오. 무엇보다 고구려와 왜선과의 교류나 교역은 없어야 하오. 우산국이 필요하다면 우리 신라 가 무엇이든 다 마련해 주겠소. 만약 고구려나 왜선이 우산도에 나타나 면 어떻게 하겠소?"

"나타난다 해도 작은 배 한 척입니다. 병사들을 배에 태워 적선을 공 격하겠습니다. 우리가 충분히 이길 수 있습니다."

"좋소. 그렇게 하시오. 나도 여기 배를 지을 줄 아는 우리 병사 10여 명을 남기겠소. 그들이 먹을 식량도 넉넉하게 두고 가겠소. 그들은 1년에 한 번씩 실직으로 와서 다른 병사와 교대합니다. 아시겠소?"

"잘 알겠습니다. 어찌 한번 맺은 언약을 배신하겠습니까? 장군님 휘하에서 신라의 백성으로 살겠습니다."

그때 물력이 우혜에게 물었다.

"내가 배에서 내려 그대에게 갔을 때 그대는 부하들과 무슨 이야기를 했소? 내가 보기엔 말싸움으로 보이던데. 부하 중에 누가 항복을 반대했소?"

"아하, 저희들은 원래 말소리가 큽니다. 누가 들으면 싸우는 줄 알지요. 바닷가라 그렇습니다. 다 항복하자고 했습니다. 이 배를 보고 어찌 맞서 싸우겠습니까? 방패 그림도 무섭고 저희들은 무서워서 죽는 줄 알았습니다."

물력이 우혜의 말을 듣고 크게 웃었다.

이사부는 우혜 도주의 말을 들으면서 한편으로는 바람의 방향을 살피고 있었다. 장마가 오기 전에 어서 실직으로 돌아가야 했다.

"장군님, 내일부터 동새가 사나흘 불겠네요. 내일 출항하면 됩니다."

우혜의 말이었다. 이사부는 우혜가 눈치도 빠르고 머리도 잘 돌아간다고 생각했다. 그런 사람이라면 이번 신라 함대의 위용을 보았으니 배신하지 않을 터였다. 고구려보다는 신라다. 그래야 우산국에 필요한 곡식을 비롯한 여러 생필품을 구하기가 쉽다. 어쩌면 우혜는 이사부 함대

266

의 위용 때문에 항복하지 않았다. 자신들의 생존을 위해 신라에 스스로 귀부하였을 공산이 더 컸다. 정복하는 자와 정복을 당하는 자가 다 같이 이득을 본다면, 정복은 쉽다. 피를 흘리지 않는다. 이사부는 그런 생각을 하며 실직으로의 귀항을 서둘렀다.

이튿날 이른 아침 이사부 함대는 우산도에서 출항했다.

이틀이 걸리지 않아 이사부의 함대는 단 한 명의 인적 손실 없이 실직으로 귀항했다. 이사부는 약문을 연락선에 태워 서라벌로 보냈다. 약문은 우산국의 공물과 항복 문서와 우혜의 둘째 아들을 데리고 태자전에 도착했다.

약문이 서라벌에 도착하자 비가 주룩주룩 내리기 시작했다. 장마의 시작이었다. 약문은 서둘러 모즉지태자에게 동해함대의 첫 정벌 보고를 올렸다. 임진년[88] 6월의 일이었다.

모즉지태자는 대단히 기뻐했다. 태자는 이사부의 우산국 정벌이 어떤 의미인지 누구보다 잘 알고 있었다. 동해의 재해권을 쥐면 왜국에 압박을 가할 수 있다. 나아가 신라의 수군이 남해로 나아갈 수 있다. 남해를 신라 수군이 차지한다면, 가야 정벌도 어렵지 않다. 실직에서 고구려의 군사를 육지에서 막고, 동해를 차지하면 신라는 날로 번창한다. 그 일의 초석을 이사부가 다졌다. 그래, 지금부터다. 모즉지가 눈길을 주면 이사부는 달려간다. 이렇게만 나아간다면 신라의 시대가, 모즉지의 시대가 활짝 열릴 날이 머지않았다.

---

88) 512년

22

 신라가 동해함대를 출정하여 우산국을 정벌하던 바로 그때였다. 백제의 사마왕도 가만히 있지 않았다. 사마왕은 대가야의 기세를 완전히 꺾어 놓을 계획을 짰다. 남가야는 고구려의 광개토왕에게 패배한 이후 차츰 몰락했다. 힘의 공백을 이용하여 대가야는 남가야를 대신해 여러 가야의 맹주국으로 부상했다. 남가야의 몰락은 신라가 낙수 동쪽을 점령하고 낙수 뱃길을 장악하자 더 가속화되었다. 대가야는 낙수를 포기하고 고룡으로 진출한 이후 다사강[89]으로 뱃길을 뚫었다. 대가야는 쇠와 그릇 등을 비롯한 여러 물건을 왜국의 여러 물건과 교환하면서 나라의 살림을 튼튼히 하였기에 뱃길은 대가야에게 무척 중요했다.

 사마왕이 노린 게 바로 대가야의 뱃길 차단이었다. 몇 해 전 백제는 고룡지역을 다시 회복했다. 이어 대가야가 관장하던 다사강 하류의 몇몇 지역을 백제 땅으로 만들면, 대가야 전체를 정벌하지 않아도 결국 대가야는 백제에 손을 들게 분명했다. 대가야를 정벌하려면 백제의 국력이 너무 소모된다. 고구려를 머리에 이고 있는 이상 대가야와의 전면전

---

89) 섬진강 하류

은 위험한 전략이었다. 과거처럼 대가야가 고분고분 백제의 말을 잘 듣게 만들기만 한다면, 굳이 대가야를 정벌할 이유도 없었다. 대가야를 순한 말처럼 길들여서 필요할 때면 언제나 탈 수 있게 하자. 사마왕은 그렇게 큰 그림을 그리고 있었다.

사마왕은 대가야가 왜국에 구원을 요청할 가능성을 먼저 차단하기로 했다. 그 자신이 축자국에서 나고 자란 만큼 사마왕은 왜국 사정에 익숙했다.

왜국은 남가야나 아라가야나 대가야와의 통교를 통해 나라를 굳건하게 만들었다. 가야의 쇠가 없었다면 아예 왜국이라는 나라가 세워지지도 않았다. 왜국은 가야의 쇠를 가져다가 무기나 농기구를 만들어서 나라의 기틀을 다졌다. 백제와의 우호는 가야와의 통교와는 다른 차원의 이익이 있었다. 백제의 집 짓는 기술이나 배 짓는 기술도 중요했다. 더 중요한 건 오경(五經)과 같은 학문을 익힌 백제 학자에게 한자를 배우는 일이었다. 글을 알아야 기록할 수 있다. 호구를 조사하고 세금을 거두기 위해서라도 관리는 반드시 기초적인 글을 배워야 했다. 왜국도 나라의 기틀을 다지고 통치를 하기 위해서는 관리를 양성해야 했다. 백제의 도움으로 관리 양성이 가능했다. 나라의 힘을 유지하고 왕권을 강화하기 위해서는 백제로부터 도입한 통치방법이 무엇보다 중요했다. 불교의 도입 또한 국가를 강성하게 하기 위한 매우 중요한 요소였다. 왜국에도 불교 도입을 반대하고 나라의 잡신을 숭앙하는 세력이 강했다. 잡신을 억누르고 국가의 중앙 신 역할을 하는 불교를 숭상해야 나라 사람들의 생각이 같아진다. 왜국 왕도 나라 사람들의 생각이 같아야 나라다운 나라가 된다는 사실을 서서히 깨닫기 시작했다. 모두 백제로부터 문물을 도입하는 과정에서 하나하나 배우면서 깨달았다.

쇠의 제련은 가야로부터 이미 기술을 배웠다. 왜국 자체에서 쇠를 자급하게 됨에 따라 과거와 같이 가야와의 통교가 왜국에게 중요하지 않았다. 나라가 기틀을 잡아갈수록 백제의 여러 기술과 학문이 더욱 절실했다.

사마왕은 왜국에 사신을 보내 자신이 대가야의 뱃길을 차단한다고 통보하면서 왜국의 양해를 구했다. 사마왕은 왜국에서 친가야 세력과 친백제 세력의 분쟁을 예상했다. 사마왕은 사신에게 비단과 벼루와 먹, 종이와 서적, 은장도 같은 왜인이 탐내는 물건들을 보냈다. 그 물건들은 친가야 편의 왜인들에게 전달되었다. 사마왕의 예상대로 뇌물을 받은 왜인의 입은 잠잠해졌다. 그것에 그치지 않고 왜국은 사신까지 보내 축자국 말 40필을 바쳤다. 사마왕의 적극적인 공세로 대가야는 고립되고 말았다. 이사부가 우산국을 정벌하러 우산도로 떠났던 임진년 4월의 일이었다.

사마왕은 여름이 되자 진문귀(眞文貴) 장군에게 1만 군대를 주어 고룡에서 다사강 하류로 진격하게 했다. 진문귀장군은 구차례(仇次禮), 마로(馬老), 사평(沙平)[90]까지 파죽지세로 대가야군을 격파했다. 점령한 성은 보강하여 튼튼한 백제의 요새로 만들었다. 대가야 군대는 현격한 전력 차이에 겁을 집어먹고 항복하거나 도망가버리고 말았다. 사마왕은 진문귀장군에게 더 이상 진격하지 말고 다사강을 확보하여 확고한 방어선을 만들라고 지시했다.

고구려의 나운왕은 백제와 신라의 동향을 보고받았다. 백제가 군사

---

90) 구차례는 구례, 마로는 광양, 사평은 순천 일대

1만을 동원해 남쪽으로 가야를 치러갔다는 보고에 무릎을 쳤다. 할아버지 장수왕 때는 한수 일대를 점령하고 멀리 웅진까지 백제를 쫓아냈다. 나운왕 치세에 들어와서는 고구려군과 백제군은 일진일퇴의 공방만 거듭하고 있었다. 특히나 병술년[91]과 정해년[92]에 거듭 백제를 공략했지만, 오히려 백제의 역습에 당하기만 했기에 나운왕은 심히 마음이 불편했다. 나운왕은 고로(高老)장군을 불렀다.

"바로 이때다. 백제군의 주력은 저 멀리 남방에 가 있다. 고로장군은 지난 패전의 아픔을 씻고 나의 마음을 후련하게 하라."

나운왕은 고로장군에게 2만의 병사를 주어 백제를 공격하게 했다. 고구려의 전격적인 공격에 변방에 있던 가불(加弗)성[93]이 함락되더니, 이어서 원산(圓山)성[94]도 함락되었다. 심지어 가불성에 있던 백성 1천 명이 사로잡혀 포로가 되기까지 했다. 백제가 북방을 잠시 방심한 탓이었다.

사마왕은 두 성이 함락되고 백성이 사로잡혔다는 보고를 받고 매우 애통했다. 막 가야와의 싸움에서 진문귀장군으로부터 승전보를 받았다. 승전보의 기쁨은 바로 슬픔으로, 그 슬픔은 바로 분노로 변했다. 사마왕은 서둘러 기병을 편성하여 직접 출정하기로 했다. 신하들이 말렸다. 왕은 막무가내였다.

"백성 천여 명이 사로잡혀 갔는데 어찌 내가 가만히 앉아서 승리를

---

91) 506년
92) 507년
93) 충남 천안시 북쪽으로 추정.
94) 충남 천안시 일대로 추정.

기다리겠느냐?"

왕의 기병은 밤낮을 달려 위천(葦川)[95] 북쪽으로 나아갔다. 위천 남쪽
은 산지가 많고 위천 북쪽은 낮은 구릉지에 평지가 많았다.

사마왕은 진을 치지 않고 기병을 쉬게 했다. 연속으로 두 개의 성을
바로 함락시킨 고로장군은 의기양양했다. 그러나 백제 국왕이 직접 군
사를 몰고 온다기에 잔뜩 긴장하여 적군의 추이를 지켜보고 있었다. 이
윽고 척후병으로부터 백제의 기마병이 3천이라는 보고를 받았다. 고로
장군은 안도의 한숨을 내쉬며 큰 소리로 말했다.

"고작 3천이라고? 나, 고로가 가소로운 모양이지?"

그 정도라면 정면 대결로 격파할 수 있었다. 백제의 후방에서 후속
구원병이 온다거나 혹 신라의 지원병이 온다는 정보도 없었다. 눈앞에
있는 백제군만 섬멸하면 될 일이었다. 고로장군은 군세가 강하기에 위
천 북쪽 넓은 평지에서 승부를 보기로 작정했다. 넓은 들판에서 맞부딪
히는 전투야말로 고구려군의 장기였다. 고구려군은 성에서 나와 행군
을 하다가 넓은 들판에서 진도 치지 않고 야숙을 했다.

사마왕은 고구려군이 진영도 갖추지 않고 방책도 없이 야숙하고 있
음을 알았다. 기회였다. 사마왕은 새벽 동트기 전에 기습을 감행했다.
사마왕은 기병을 삼대로 나눠 중앙과 측면 양쪽을 동시에 공격했다. 전
혀 예기치 않았던 백제군의 기습에 고구려군은 당황하며 물러나기 시
작했다. 대오가 무너지면 아무리 강군이라도 오합지졸에 불과하다. 고

---

95) 오늘날의 충남 곡교천으로 추정.

로장군은 큰소리로 군사들을 독려하였다. 백제군 중앙 기마병은 고로장군이 위치한 고구려 군대 한복판을 돌파했다. 고로장군의 장군부가 백제 기마병에 의해 관통당하면서 고로장군이 참살되었다. 고구려 군대는 대장군 고로가 전사하자 걷잡을 수 없이 무너졌다.

지휘관이 없는 고구려군은 서둘러 도망쳤다. 고구려군은 기껏 점령했던 가불성과 원산성마저 버리고 한성 방향으로 후퇴했다. 사마왕은 그쯤에서 군사를 멈추었다. 백제군이 고작 3천의 병력으로 그 너머까지 추격하기는 어려웠다.

사마왕은 적장을 베고, 가불성과 원산성을 되찾은 데 만족하고 웅진으로 복귀했다. 사마왕은 고구려가 그 정도 혼이 났으면 당분간은 조용히 있으리라 확신했다. 오히려 남쪽의 대가야가 여러 가야국을 규합해 백제에 대항하려 한다는 정보를 입수했다.

백제는 진문귀(眞文貴)장군이 확보한 구차례(仇次禮), 마로(馬老), 사평(沙平)의 여러 성을 고쳐 쌓았다. 병사의 수를 늘려 대가야의 침입에 대비했다. 이 지역은 대부분 다사강 서쪽에서 남해안에 이르는 지역이었다. 남쪽 동부 국경이 안정화되자 사마왕은 이듬해[96] 진문귀장군을 왜국에 사신으로 보냈다. 말을 보내주는 등, 왜국이 백제와의 결속을 강화한 데 대해 치하했다. 왜국이 요청한 오경박사도 파견했다. 대가야도 왜국에 사신을 파견하여 백제 침략을 호소하며 원병을 청했다. 그러나 왜국은 이미 백제국과의 친선을 유지하지 않을 수 없었다. 사마왕의 능란한 외교술과 백제의 선진 문물이 이미 왜국을 뿌리부터 깊숙이 뒤흔들어놓았기 때문이었다.

---

96) 513년, 계사년

대가야의 이뇌왕은 갑갑했다. 무엇보다도 다사강에서 양나라나 왜국으로 가는 뱃길이 백제에 의해 막혔기 때문이다. 이뇌왕은 다사강을 포기할 수 없었다. 이뇌왕은 다사강 하류 동쪽과 그 배후인 거타(居陀)[97]에도 다시 성을 쌓았다. 거타 지역으로 우회해서 다사강으로 진출할 수 있기 때문이었다. 그렇다고 다사강을 통한 뱃길이 확보되지 않았다. 낙수 쪽으로도 뱃길을 찾아봐야 했다. 낙수를 통한 뱃길 통행이 불가능하지는 않았다. 곳곳에 신라의 성(城)과 나루[津]가 있어 대가야의 크고 작은 배들은 언제 습격을 받을지도 모르는 상황이었다. 이뇌왕은 장함(獐含)과 신이(辛爾)[98]에 성을 쌓고 낙수 건너편에 있던 예전 가야 세력을 규합하여 비자화(比自火)와 추화(推火)[99]의 신라 땅을 공격했다. 가야 병사들은 그동안 백제와 신라에 당했던 분풀이를 하듯 양민들을 죽이고 마을을 노략질하고 불을 질렀다. 추화는 예전에는 가야였지만 이사부의 공략으로 신라에 귀부한 지역이었다.

신라의 모즉지태자는 비자화와 추화에서 가야 병사에게 공격을 받았다는 보고를 받았다. 그 배후는 대가야임이 분명했다. 태자는 대책을 세우기 위해 지략이 뛰어난 이등(伊登)과 철부(哲夫)를 불렀다. 이등과 철부는 왕권 강화에 이견이 없는 탁부 출신 귀족들이었다. 태자는 실직의 이사부와 약문도 부르려고 하다가 그만두었다. 이사부는 당분간 멀리해야 했다. 아버님이 위독하기에 더욱 그러하였다. 그게 이사부에 대한 배려일 수도 있었다. 이사부는 젊고 강했기에 오히려 위험했다.

이등과 철부가 태자의 부름에 한달음에 태자전으로 달려왔다.

---

97) 진주
98) 장함(獐含)은 경남 의령, 신이(辛爾)는 경남 의령 부림면 일대
99) 비자화(比自火)는 경남 창녕, 추화(推火)는 경남 밀양 일대

"두 분과 긴히 상의할 게 있소."

"말씀하시지요. 태자전하."

"비자화와 추화에서 급보를 보내왔소. 가야 병사들이 우리 양민을 공격하여 피해가 막심하오. 대가야 병사는 아닌 듯하지만, 배후에서 대가야가 분명 조종했을 거요."

이등이 말했다.

"저도 그럴 거라 짐작합니다. 대가야 이뇌왕이 백제의 공격으로 다사강 쪽 뱃길이 막히니 낙수 쪽으로 눈을 돌렸습니다."

"우리 황산진은 무사한가요?"

철부의 물음이었다. 태자가 바로 대답했다.

"황산진은 무사합니다. 그쪽까지 내려가서 분탕질을 치진 못했습니다. 황산진은 남해에서 낙수로 들어오는 입구라 우리 경계도 삼엄하고 바로 뒤의 산성에 우리 군사가 있습니다."

"다행입니다. 태자전하."

"두 분을 오시라고 한 건, 어떻게…… 바로 군사를 일으켜 대가야를 혼내줄까요? 아니면 다른 방법을 찾아볼까요? 그걸 의논하려고 한 겁니다. 바로 응징을 하자니 아버님이 위독하셔서, 지금 흥륜사에서 불공을 드리고 있는 마당에, 군사를 일으키면 혹시라도 아버님께……"

"태자전하, 소신의 생각을 말씀드려도 될까요?"

이등의 말이었다.

"말씀을 듣자고 이 자리에 오시라고 한 거요. 어서 말씀해 보시오."

"제가 생각하기에 태자전하께서는 지금 가야를 정벌하고 싶지 않으십니다. 폐하가 위중해서도 그렇지만 정벌이 아닌 다른 방법을 찾고 싶으신 게지요. 우리 신라가 대가야를 정벌하려면 하면 됩니다. 하지만 사력을 다해야 합니다. 그러면 고구려나 백제에게 우리 허점을 보이게 됩니다. 지난번 백제가 대가야국을 정벌하러 주력 군대를 남쪽으로 보내니, 당장 고구려가 달려들었지요."

"백제의 사마왕이 잘 막아냈지 않소?"

"그렇긴 합니다만 백제의 피해도 많았습니다. 사마왕이 기동력이 있는 기병을 남겨놓아서 그나마 그 정도에 그쳤습니다."

"백제와의 충돌도 문제가 될 수 있습니다. 또……"

철부도 말을 보탰다.

"계속하시오."

"예, 태자전하. 백제는 아마도 가까운 대가야를 노린다고 봐야 합니다. 다사강을 틀어막은 게 그 전초전이라 봐야겠지요. 그러니 우리는 오히려 대가야 이뇌왕을 달래고, 백제와는 반대로 아래로부터 먹어가야 합니다."

"아래로부터 먹어가?"

"그렇습니다. 지금 가야는 대가야가 가장 강합니다. 다음이 아라가야, 다음이 남가야입니다. 예전에 남가야가 강성했을 때 우리 신라에 쳐들어왔다가 우리 신라 군대와 고구려의 광개토왕의 군사에 의해 종발성이 함락되면서 남가야는 힘을 못 쓰게 되었습니다."

"그건 알고 있습니다."

"그러니 우리는 우리 땅과 가깝고 백제 땅과 먼 약소국인 탁국, 다음에 남가야, 아라가야를 먹어가는 겁니다. 그러면 백제도 할 말이 없지요. 자기들도 가까운 땅부터 먹어가기 시작했으니까요."

"그렇지, 그건 철부 아찬의 말이 맞소. 이등 아찬도 그렇게 생각하오?"

"그렇습니다. 저도 그게 순서라고 생각합니다. 또 하나 더 말씀드리자면 우리 신라는 지난번 실직군단을 편성하여 이사부에게 맡겼습니다. 그것으로 동북방 변방의 고민은 해결되었습니다. 서북방 변방은 성은 견고하다 하나 서북방을 후방에서 지원하는 기동성 있는 군단을 하나 더 창설했으면 합니다. 그렇게 된다면 남쪽으로 실직군단이 가서 전쟁을 치른다 해도 북쪽을 방비할 군단이 있는 셈이니까요."

"그렇지. 지난번 사마왕의 3천 기병대처럼 말이지."

"그렇습니다. 동서 양쪽에 군단을 두면 신라의 북쪽 변방은 튼튼하면서 가야를 도모할 수 있습니다."

"그럼, 새로 창설하는 군단은 어디에 두는 게 좋겠소?"

"사벌(沙伐)[100] 정도가 적당합니다."

"사벌?"

"그렇습니다. 사벌은 낙수의 상류라 물자나 군사를 운송하기에 좋습니다. 북쪽의 새재나 죽령으로도 바로 통하면서 삼년산성 쪽으로도 길이 뚫려있는 요충지입니다. 사벌군단을 창설해서 강화하면 이사부의 실직군단은 지난번 우산국 정벌처럼 자유롭게 다닐 수 있습니다."

---

100) 현재의 경북 상주시

"그렇지, 그렇게 하면 실직군단은 해상으로 가야로 갈 수 있겠구만."

"그렇습니다, 전하."

"좋소, 매우 좋소. 이사부장군에게도…… 잘 맞겠군."

이등과 철부, 둘의 제안에 태자는 매우 만족했다.

"그럼 철부 아찬은 비밀리에 대가야 이뇌왕에게 다녀오시오. 이뇌왕은 아버지 하지왕이 승하하고 바로 왕위를 이어받았지요. 갓 스무 살이라고 하오. 애송이 이뇌왕에게 가서 이번 분탕질에 대한 책임을 물으시오. 그럼 분명히 자신들의 소행이 아니라고 발뺌을 할 거요. 그럼 우리가 누구 소행인지 밝혀서 응징하겠노라 엄포를 놓으시오. 그럼, 사죄하거나 뭔가 다른 핑계를 대겠지. 그렇게 나오면 우리가 다른 가야에 쳐들어가도 할 말이 없을 거요. 사죄하고 우리에게 손을 내밀면 적당히 받아주시오. 만약 대가야가 우리와 손을 잡게 된다면 백제가 다급해지는 거지. 우리가 백제를 압박할 수가 더 생기는 거니."

"그렇습니다. 전하의 말씀을 받들어 내일 떠나서 잘 마무리 짓고 오겠습니다."

"이등 아찬은 사벌군단 창설을 준비하시오. 나중에야 어차피 알게 되겠지만 지금 고구려나 백제가 알아서 좋은 건 없소. 이제 시작이니 면밀하게 계획을 세워 나에게 보고하시오."

"신명을 바쳐서 준비하겠습니다."

"좋소. 이 두 건은 남당에서 회의로 결정할 문제가 아니니 두 분 다 비밀리에 움직이길 바라오."

23

갑오년[101] 7월 신라의 지도로대왕이 돌아가셨다. 예순넷에 임금이 되어 14년을 나라를 다스리다 일흔여덟에 돌아가셨다. 모즉지태자가 아버지를 승계하여 바로 즉위하였다. 태자가 14년 동안 실질적으로 신라를 통치했다. 당연히 서라벌에는 왕위 승계에 따른 작은 동요도 없었다.

유학자 사리공은 신라에서도 시호(諡號)를 추증하자고 주장했다. 돌아가신 분이니 업적을 기려 좋은 이름을 붙이자는 의견이었다. 반대하는 사람은 없었다. 사리공은 지도로대왕을 지증(智證)대왕이라 하자고 했다. 지혜로움을 증명하는 분이란 뜻이니 지도로대왕의 살았을 때의 성품과도 일치했다. 모즉지왕은 사리공을 국사(國師)로 모셔서 매우 흡족했다. 아버지를 높이면 자신 또한 저절로 높아지는 법이었다.

서라벌 6부에는 불안한 귀족들이 많았다. 애초에 지도로가 비처왕을 몰아낼 때 내 걸었던 명분은 6부 귀족 특권의 유지였다. 태자는 비처왕이 마음대로 국정을 운영하자 6부 귀족들을 선동해 반란을 일으켰다. 결국 귀족 연합의 힘을 등에 업고 자기 아버지를 왕으로 세웠다.

---

101) 514년

시호를 추증하면서 모즉지왕은 점점 비처왕의 길을 걸어가려 하고 있다. 그런 우려가 귀족들 사이에 퍼져나갔다. 지증왕이야 연로했고 성품이 인자해서 왕권 강화에 대한 본색을 드러내진 않았다. 하지만 모즉지왕은 다를 수 있었다. 그렇다고 모즉지왕을 반대할 명분도 없었다.

이듬해 6월 초사흗날 이사부는 서라벌에 왔다. 대왕의 장례가 코앞이기는 해도 서라벌은 평온했다. 이사부는 물력에게 부탁하여 지소공주에게 통기를 넣었다. 물력의 아내 오두부인은 친정 조카이기도 한 이사부의 전갈을 한시도 지체 없이 바로 지소공주에게 전달했다.

노송이 우거지고, 버드나무가 늘어진 천경림에서 이사부와 지소가 만났다. 지소는 아버지 모즉지태자가 왕으로 즉위하자 공주가 되었다. 매사가 더욱 조심스러워졌다.

"오래간만이오, 공주. 지난번 배 위에서 만나고 벌써 3년이 흘렀네. 잘 지냈소?"

"오라버니도 잘 지내셨지요?"

"나야 잘 지냈소만, 공주는?"

"……"

"궁에 무슨 일이라도 있소?"

"아무 일도 없습니다만……"

"무슨 일이 있는 대답으로 들리오. 공주, 무슨 일이오?"

"……"

"내 이번 장례가 끝나면 왕께 말씀을 올릴 작정이오."

"무슨 말씀을요?"

"지소와 나를 혼인시켜 달라고 말이오. 지소도 스물두 살이오."

지소는 고개를 들어 이사부를 쳐다보았다. 숲으로 한 줄기 바람이 지나갔다. 이사부는 지소의 눈을 바라보았다. 맑고 고왔다. 눈길이 마주치자 지소는 눈길을 내리면서 대답했다.

"차라리 그렇게라도 해주시면 좋겠습니다."

"차라리?"

"예. 차라리."

"무슨 일이 있구만, 역시."

"더는 묻지 마시고요. 오라버니."

이사부의 심장이 쿵쾅거렸다. 전투를 앞둘 때도 이런 적은 없었다.

지증대왕의 장례가 끝나고 이사부는 월성에 입궁했다.

"폐하, 실직군주 겸 하슬라군주 신 이사부 폐하께 하직 인사를 올립니다."

"그래, 이사부. 하슬라로 돌아가는구만. 안 그래도 이사부에게 할 말이 있었지."

"하명하시옵소서."

"작년 봄에 가야 놈들이 우리 남쪽 변경을 넘어와 양민들을 죽이고 난리를 쳤어. 내 당장 이사부를 불러 그놈들을 징치(懲治)하려 했지만 몇 가지 이유로 참았어. 아버님도 위독하시고, 고구려가 불안하기도 했고.”

“저도 소식을 듣고 폐하께 당장 가야국으로 쳐들어가자고 하려다가 겨우 참았습니다.”

“그랬을 거야. 이사부라면 당연히 그랬을 거야. 그때 이등과 철부를 불러 계책을 마련하라고 했네. 둘은 서북 변방에 대비하여 군단을 하나 더 창설하자고 하더군. 그렇게 해 놓고 이사부의 실직군단이 가야를 치자는 거야.”

“매우 좋은 계책이라는 생각이 듭니다. 방비부터 하고 적을 치는 게 병법의 기본입니다.”

“그렇지. 그러니 언제가 될지는 모르겠으나, 준비하고 있게.”

“명령만 내리시면 어디든 출정할 수 있게 만반의 준비를 해놓겠습니다. 그리고……”

“뭔가? 말해보게.”

“신의 나이 어느덧 내년이면 서른이옵니다.”

“그렇지. 이사부와 내 동생 사부지와 물력이 다 같은 나이가 아닌가. 내 잘 알고 있지. 그런데?”

“지소공주와 결혼하고 싶습니다. 허락해 주십시오.”

“뭐라? 내 딸 지소와?”

“그러하옵니다.”

“허허. 안 그래도 왕비가 둘이 그런 눈치가 보인다고 하더니 사실이었구만. 하지만 이사부, 안 되는 일이야.”

“네?”

“안 되는 일이라니까. 그렇게 알고 임지로 떠나게.”

“폐하!”

"허허. 안 되는 일이라니까. 어서 물러나."

이사부가 물러나고 난 뒤 모즉지왕은 급히 남당에 6부의 귀족과 모든 대소신료를 소집하라는 명을 내렸다. 장례가 끝난 지 며칠 되지도 않아 귀족과 대소신료는 무슨 일인지 의아해가면서 모였다. 이 자리에서 모즉지왕은 그동안 아버지 지도로갈문왕이 왕으로 즉위하면서 한동안 비어 있던 갈문왕 자리에 자신의 동생 사부지를 임명한다고 발표했다.

"내 나이 마흔여덟이오. 늙은 나이는 아니나 또한 젊은 나이라고 할 수도 없소. 왕실의 튼튼함이야말로 신라의 근간이고 백성들이 편안하게 살아가는 힘의 원천이오. 왕실을 튼튼하게 하지 않을 수 없소. 그러나 무슨 연유인지는 몰라도 조상께 아뢸 수 있는 내 자식이라고는 공주 하나밖에 없소. 하여 지증대왕폐하의 아들이자 내 동생인 사부지를 갈문왕에 봉하고, 더불어 그를 내 딸 지소와 맺어줄까 하오. 이 혼인으로 신라 왕실은 백 년 앞을 내다볼 수 있게 될 거요."

파격적이고도 전격적인 발표였다. 집안일이자 왕실의 내밀한 일이었다. 아무도 가타부타 말할 수 없었다. 보도왕비의 나이가 있기에 사실상 모즉지왕과 보도왕비 사이에 아들이 태어난다고 보기는 어렵다. 만약에 모즉지왕이 갑자기 신병에 이상이 생겨 잘못된다면, 동생인 사부지가 신라의 왕이 된다는 말이다. 또 둘이 결혼하여 아들이 생기면 사부지의 아들이 왕위를 이어간다는 말이기도 하다. 그 아들은 모즉지의 외손자이자 지증대왕의 손자이니 결과적으로 지증대왕의 순혈통이 대를 이어간다. 절묘한 선택이 아닐 수 없다.

모즉지의 결정에 반대하면 반역이나 마찬가지였다. 6부의 귀족들은 불안했다. 지소가 다른 귀족과 결혼하여 왕가의 범위가 확대될 때 왕의 권력은 분산된다. 왕가(王家)가 소수만으로 이루어질 때 왕의 권력은 응집력이 생기면서 독점화된다.

6부 귀족들은 본능적으로 알고 있었다. 모즉지왕은 절대로 권력을 나누려 하지 않는다. 과거 비처왕보다 훨씬 더 왕권을 강화하고 권력을 독점하려 들 게 틀림없다. 자기 딸과 동생의 혼인 발표는 결국은 왕권 강화에 대한 의지 표명이다. 그렇다고 하여도 지금으로서는 귀족들이 반대할 명분이 없었다.

이사부가 집에서 부모님께 하직 인사를 하고 임지로 떠나려고 할 때였다. 물력이 허겁지겁 말을 타고 달려와 그 소식을 전해주었다.

"아니, 그럴 수가 있나, 폐하께서. 자네 마음을 다 알면서도."

그 말을 들은 이사부는 순간적으로 그 자리에 얼어붙어 버렸다. 이사부에게서 잠시 혼이 빠져나갔다. 이사부는 움직이지도 못했다. 숨만 겨우 내쉬었다. 물력이 이사부를 부르면서 어깨를 흔들었다. 이사부는 나무둥치처럼 흔들렸다. 물력은 이사부가 장승같다고 생각했다. 장승이면 곳을 바라보고 있었다.

이사부의 머릿속은 빠르게 움직이고 있었다. 월성으로 가서 지소를 말에 태워 어디론가 달아나고 싶었다. 우산도로 갈까? 하슬라 대령 너머 깊은 산속으로 갈까? 배를 타고 왜국 남쪽에 있다는 머나먼 섬으로 달아날까?

깊은 생각에 잠긴 이사부를 정신 차리게 한 건 또 물력이었다.

"이사부, 우리 군사를 몰고 와서 확 뒤엎어버릴까?"

"뭐?"

"우리 군사 말이야."

"그걸 말이라고 하나. 나는 못 들은 것으로 하겠네. 자네가 날 생각해서 하는 말이겠지만, 그건 반역이야. 우리는 신라를 지키는 장수일세."

"누가 그걸 모르나? 자네가 안쓰러워서 그러지."

"가겠네, 하슬라로. 자네는 오지 않아도 돼. 아들 재롱도 보고 부인과 즐겁게 보내게."

"그래, 그게 좋겠네. 어서 떠나게. 나도 곧 뒤따라가겠네."

이사부가 하슬라로 떠나고 몇 달 후 모즉지왕은 서둘러 사부지와 지소공주를 결혼시켰다. 서둘렀다고는 하지만 온 서라벌이 떠들썩한 화려한 결혼이었다. 서라벌의 백성들은 며칠이나 배불리 먹고 마셨다. 물력은 친구 사부지에게 혼인 축하 인사를 건넸지만, 잔치에는 숟가락을 걸치지 않고 바로 하슬라로 떠났다. 하슬라에 가서 이사부에게 아무 말도 전하지 않았다.

24

청춘 남녀의 사랑이 엇갈렸다. 그들 마음에 깊디깊은 멍이 들어도 세월은 흘러간다. 이사부가 군사를 조련하면서 아픔을 달래는 동안 모즉지왕은 강한 나라를 만들어야겠다는 집념을 꺾지 않았다.

모즉지왕은 정유년[102]에 병부를 설치했다. 병부는 군사와 국방에 관한 일을 총괄하는 부서다. 신라에서는 처음 설치되었다. 병부령에는 철부(哲夫)를 임명했다. 철부는 대가야를 압박하기 위해 낙수 유역의 뱃길 요소요소에 성을 쌓기 시작했다. 마침 고구려의 나운왕의 병세가 심각하다는 세작의 보고가 있었다. 고구려의 침공은 당분간 염려하지 않아도 된다는 말이다. 이때를 이용하여 대가야를 압박하자는 철부의 계산이었다.

이사부는 실직과 하슬라를 오가며 군사 훈련 겸 사냥을 하며 시간을 보내고 있었다. 철부는 이사부에게도 서신을 보냈다. 언제든 출정할 수 있도록 준비하라는 전갈과 함께 앞으로는 이사부도 병부의 명을 따라야 한다는 명령서였다.

---

102) 517년

이사부는 명령서를 받았다. 병부령 철부의 명령서였다. 불쾌했다. 과거에는 왕명을 직접 받았다. 왕과 자신 사이에 병부령이 낀다고? 감히? 하지만 모즉지왕에게서 직접 명령을 받지 않아도 되니 차라리 다행이라는 생각이 스치듯 이사부의 머리를 지나갔다. 중간에 누가 있으면 어떠냐. 누군들 어떠랴. 더 좋다. 모즉지왕과는 안 부딪히는 게 좋다.

서신을 가져온 연락군관은 묻지도 않은 말을 덧붙였다.

"지금 서라벌에는 경사가 났습니다요."

"경사가 났다고? 왜?"

"시집간 공주마마께서 아들을 낳았다니까요."

"지소공주가 아들을 낳았다고?"

"네, 그렇습니다요. 오랜만에 왕실에서 아들이 태어나서 잔치가 몇 날이고 계속되었습니다요."

"그렇군."

"이름은 추안(鄒安)이라고 지었답니다. 사람들은 추안랑(鄒安郎)이라 부르지요."

"알았네. 수고했으니 물러가서 푹 쉬게."

이사부는 자신의 감정이 묘하게 흐르고 있음을 발견했다. 당연히 친구 사부지가 아들을 얻었으니 기뻐해야 했다. 추안랑이라. 지소공주가 아들을 낳았다니 섭섭하기도 했다. 자신이 없어도 서라벌의 시간은 아름답게 흘러간다는 사실이 서글프기도 했다.

이사부는 말을 타고 해변으로 나갔다. 말을 달렸다. 그래, 나는 신라의 장군이다. 변방에서 나라를 지키는 장수다. 외롭고 쓸쓸하게 나라를 지키는 장수로 사는 게 나에게 주어진 운명이다. 그렇게 마음먹고 동해를 보면서 하슬라 해변에서 말을 달리고 활을 쏘니 이사부의 기분이 한결 나아졌다. 그래, 사랑이란 거추장스러운 거야. 전장의 장수에겐. 홀가분한 게 좋다.

이사부가 동해에서 말 달리고 군선을 보강하고 군사를 조련하는 동안에도 세월은 흘렀다. 기해년[103]에는 장수왕의 손자이면서 호시탐탐 백제와 신라를 괴롭혔던 고구려의 나운왕[104]이 승하했다. 나운왕의 아들 흥안[105]이 즉위했다.

신라의 모즉지왕은 나라다운 나라를 만들기 위해 더욱 박차를 가했다. 경자년[106]에는 율령을 반포하고 관리들에게 공복(公服)을 입도록 했다. 과거 고구려로부터 하사받은 옷을 입기도 했지만, 그것은 잠시뿐이었고 신라의 관리 대부분은 제한없이 이런저런 옷을 입었다. 모즉지왕은 오경과 역사에 능통한 사리공의 제안을 받아들여 자주색과 주홍색과 청색과 황색 네 단계로 높은 관리들의 옷을 구분해 입게 했다. 율령을 반포하고 관리들의 옷을 제정하니 조정의 기강이 확실히 잡혔다.

귀족들의 불만은 잠재되어 있었다. 국초부터 모셨던 여러 잡신은 여전히 여러 귀족의 수호신 역할을 했다. 잡신들의 기대와 염원을 통일함이 매우 중요했다. 문제는 그 잡신들이 애당초 타협을 거부하는 존재들이었다. 이에 사리공이 모즉지왕에게 간언을 했다.

"우리 신라는 혁거세 임금을 모신 국초부터 6촌이 협력하면서 나라

---

103) 519년
104) 나운왕의 시호는 문자명왕(文咨明王)
105) 안장왕(安藏王)의 이름
106) 520년

를 이루어왔습니다. 6촌은 각각의 조상에게 제사를 지내고 또한 각각의 성황당에 자신들의 신을 모십니다. 이게 우리 신라가 백제나 고구려처럼 강한 나라가 되지 못하는 이유입니다. 고구려나 백제는 불교를 받아들여 한결같이 부처를 모신지가 오래되었습니다. 더군다나 서해 건너 남쪽에 새로 들어선 양나라는 한결같이 부처를 떠받든다고 합니다. 그렇게 해야 나라의 힘이 하나로 모입니다."

"나도 그렇게 생각하오. 하나 아직 6촌은 쉽게 자신들의 조상과 신을 포기하지 않을 거요. 무슨 방법이 있겠소?"

"신을 양나라로 보내주소서. 신이 폐하의 국서를 가지고 양나라로 가겠습니다. 가서 나라를 살찌울 여러 서적을 얻어오고 양나라의 전례를 고구(考究)하여 방법을 찾아보겠습니다."

그렇게 하여 모즉지왕은 사리공과 약문 등 여러 학자를 양나라로 보내기로 했다. 그때 월성에서 왕을 보좌하는 사인(舍人) 벼슬을 하는 박이차돈이 자신도 양나라로 보내달라고 왕에게 간청했다. 박이차돈은 나이가 아직 열아홉이어서 벼슬이 낮아도 왕과는 인척이었다. 모즉지왕 사촌 여동생 자선부인의 아들이었다. 아버지는 박길승으로 시조 박혁거세의 후손이다. 어머니 자선부인의 아버지가 아진종공으로 지증왕의 바로 밑에 동생이었다. 박이차돈은 모즉지왕에게는 오촌 조카에 해당했다. 왕과 가까운 인척이면서 말도 잘하고 머리도 비상해서 왕은 박이차돈을 가까이 두고 신임했다. 박이차돈 또한 성심으로 전력을 다해 모즉지왕을 섬겼다. 모즉지왕도 그를 귀하게 여겨 앞으로 나라의 중책을 맡길 심산이었다. 그런 박이차돈이 스스로 양나라로 가서 견문을 넓히겠다고 하니 모즉지왕도 흔쾌히 수락했다.

신라는 양나라에 사신을 파견해본 적이 없었다. 백제가 2, 3년에 한 번씩 사신을 교환하는지라, 모즉지왕은 사리공을 보내 백제의 사마왕을 알현하게 했다.

마침 추수철에 백제 들판에 메뚜기떼가 창궐하여, 애써 지은 벼농사를 망쳐버렸다. 신라와 가까운 곳에 살던 삼년산성 부근의 백제 백성 9백여 가구가 굶주림에 지쳐 신라로 도망친 사건이 발생했다. 사리공은 그들 중 완강하게 백제로 돌아가기를 거부하는 자들을 빼고, 나머지 수백 가구 백성들에게 곡식을 주고 백제로 돌려보냈다. 그런 다음에 사마왕을 알현했다.

사마왕은 백성들도 돌려받아 기분이 좋았다. 자신들도 사신을 11월에 파견하려고 했으니 그때 신라 사신도 함께 가라고 했다. 사마왕은 신라 사신도 동행하니 양나라 임금에게 올리는 국서를 보다 공들여 쓰라고 신하에게 지시했다.

신축년[107] 11월 신라와 백제의 사신이 함께 양나라로 떠났다. 사리공은 도대체 백제가 어떤 국서를 가지고 가는지 궁금했다. 자신도 국서를 가지고 가기는 한다. 하나 문장도 졸렬했고 내용에도 자신이 없었다. 자신은 신라에서는 제일가는 학자라 해도, 백제에는 자기 정도의 학자는 수두룩했다. 국서를 처음 작성해 보는지라 불안하기도 했다. 백제의 국서를 보고 배우는 게 중요했다. 사리공은 산삼으로 백제의 사신을 구워삶아 백제의 국서를 구경했다. 신라의 산삼은 백제에서도 명약으로 통했다. 어렵게 비밀리에 본 국서에는 백제가 얼마나 훌륭한 나라인지를 말하면서 대가야나 신라는 백제의 부용국(附庸國)이다, 백제는 처음 고

---

107) 521년

구려 때문에 고생했지만, 사마왕이 여러 번 고구려를 격파하여 마침내 다시 강한 나라가 되었노라고[108] 씌어있었다.

사리공은 백제의 국서를 보고 백제가 허풍을 떤다고 생각했다. 아니었다. 사마왕은 고구려의 공격을 여러 번 막아내고 쳐부수었다. 그건 사실이었다. 대가야나 신라가 백제의 부용국이란 말은 물론 헛된 말이다. 부용국이란 약소국이고 기대어 사는 나라를 말함이 아닌가. 신라는 백제에 추호도 기대지 않는 나라다. 그러니 이게 과장이 아니고 무엇인가.

사리공은 불쾌했다. 하나 사리공은 그게 바로 백제 사마왕의 속셈이라는 결론에 도달했다. 사마왕은 고구려의 침략을 막아냈으니 대가야로 창칼의 끝을 돌렸다. 그러고는 그 창칼은 마침내 신라로 향하겠다는 의사 표현이었다. 바로 그것이었다. 사리공의 몸이 부르르 떨렸다. 사마왕의 국서는 앞으로 백제가 대가야와 신라를 공격하겠다는 의사 표시였다.

이듬해였다. 양나라로 갔던 백제 사신은 양나라 임금의 책봉서를 가지고 돌아왔다. 사마왕을 영동대장군(嶺東大將軍)으로 책봉한다는 조서였다. 종잇조각 하나가 무어 중요하겠냐마는 사마왕에게 삼한 여러 나라의 군사 책임자로 인정하였다는 문서의 의미는 각별했다. 군사적으로 백제가 무엇이라도 마음대로 해도 좋다는 일종의 양해문서였다. 양나라로 갔던 사신이 도착하자마자 백제의 사마왕은 정예병 1만을 동원하라는 명령을 내렸다. 부대의 지휘관으로 진문귀장군을 임명했다. 사마왕은 진문귀장군을 대장군으로 임명하며 말했다.

---

108) 累破句麗(누파구려) 更爲强國(갱위강국)

"진장군, 가서 원수를 갚으라."

대가야는 백제의 움직임에 대경실색(大驚失色)했다. 진문귀장군과의 악연 때문이었다. 진문귀장군이 7년 전 오경박사를 데리고 왜국에 사신으로 갔다가 귀국하는 길이었다. 느닷없이 다사강 초입에서 대가야 수군이 진장군 일행을 기습했다. 진문귀장군을 호위하던 왜국 호위병 5백 명이 대부분 불귀의 객이 되어 남해에 수장되었다. 진문귀는 구사일생으로 살아나 겨우 백제로 도망쳤다. 대가야는 일을 저질러놓고 백제의 보복 침략이 두려웠다. 백제가 대가야를 공격하는 건 시간문제였다. 대가야는 잔뜩 긴장하여 대비했다.

당시 사마왕은 군사를 내지 않았다. 마침 사마왕의 맏아들이면서 태자였던 순타(純陀)가 죽었다. 사마왕은 비탄에 잠겼다. 왕은 의욕을 잃고 한동안 국정을 보살피지 않았다. 절에 가서 부처님께 아들의 극락왕생을 열심히 발원했다. 불교의 계율에 따라 복수를 위한 군사를 낼 수가 없었다.

양나라로 보내는 사신의 국서를 보고 사마왕은 다시 힘을 냈다. 오경박사 단양이(段楊爾)가 작성한 국서에는 백제가 다시 강국이 되었고, 신라와 대가야가 백제의 부용국이라고 되어있었다. 국서를 보는 순간 사마왕은 깨달았다. 신하들은 자신에게 슬픔을 떨치고 일어서라 했다. 백제를 진정 강국으로 만들라 했다. 신하들의 충정은 바로 그것이었다. 해가 지나 양나라에서 온 답신 국서에 자신을 영동대장군에 봉한다 했다.

사마왕은 결심했다. 차근차근 준비하여 대가야부터 친다. 마침 고구려 나운왕도 몇 년 전에 죽었다. 갓 왕이 된 애송이 고구려 흥안왕이 무엇을 할 거냐. 백제의 시대를 다시 열어야 한다. 아버지 개로왕의 슬픈 종말을 벌써 잊었느냐? 아차산 아래에서 뒹굴었던 아버지 목을 어찌 잊으려 하느냐? 젊은 날 자신도 왜국에서 얼마나 절치부심을 했나. 어찌 그걸 잊을 수 있단 말이냐. 동생이 먼저 왕이 된다고 백제로 떠났을 때 바위에 부서지는 푸른 바다의 포말을 보며 얼마나 이빨을 악물었더냐. 그래, 다시 힘을 내자. 백제를 부흥시켜야 한다. 가야부터 해치우고 고구려로 올라가자. 한수의 땅을 되찾아야 한다. 한성에 있는 조상 무덤을 되찾아야 한다. 지하에 계신 선대 왕들이 얼마나 애타게 자신을 찾을 거냐.

백제의 사마왕이 군사훈련을 하고 진문귀장군을 대장군으로 임명했다는 소식을 들은 대가야의 이뇌왕은 다급해졌다. 백제가 쳐들어온다면 정면으로 맞서서 이길 방법은 없다. 살아날 길은 왜국이나 신라와의 동맹이다. 과거 왜국은 대가야와 매우 친했다. 가야의 쇠와 도자기가 왜국에게 매우 중요했을 때 왜국은 군사도 빌려주었다. 지금 왜국은 오히려 백제 편이다. 더군다나 대가야 수군은 왜국 수군을 공격해 5백여 명을 거의 다 죽인 적도 있다. 진문귀가 대장이 되었으니 급히 방법을 마련해야 했다. 진문귀가 쳐들어오기 전에 대책을 마련해야 했다.

답은 신라였다. 신라와 동맹을 맺는 방법밖에 없다. 신라 지증왕이 죽던 해 대가야가 선동하여 신라 영토에 쳐들어가 분탕질한 적도 있었다. 신라 사신 철부가 그 일을 따지러 왔을 때 대가야의 소행이 아니라고 딱 잡아뗐다. 신라는 보복하지 않고 잠잠했다. 백제나 고구려의 견제에 대군을 움직이지 못했다. 그것 말고는 딱히 신라와는 원수진 일도 없으니 신라와 동맹을 맺을 때다. 이뇌왕은 다급하게 서라벌로 사신을 보냈다.

대가야의 사신은 모즉지왕에게 엎드려 아뢰었다.

"저의 임금께서는 신라 대왕폐하를 친부모처럼 흠모하시옵니다. 이에 신라의 부마국이 되어 폐하의 은덕을 입고, 세세토록 소나무처럼 푸르게 이어가고 싶다고 하셨습니다."

모즉지왕이 바로 대답하였다.

"나를 부모처럼 흠모했다고?"
"그러하옵니다."
"그래, 그대 나라의 임금이 나의 사위가 되고 싶다는 말이오? 하나 나에게는 남은 딸이 없는데."
"알고 있사옵니다. 공주님께서 귀하디귀한 아들을 생산했다는 소식을 멀리서도 들었나이다. 왕손 보심을 감축드리옵니다."
"허허, 대가야까지 득남 소식이 알려졌단 말이오. 아무렴 기쁘지."
"하옵고 저의 왕께서 바라는 신부는 왕가의 여식이기만 하면 더 바랄게 없사옵니다."
"그럴 테지. 내 딸은 없으니. 하지만 이 일은 내가 혼자 결정할 일이 아니오. 물러가 기다리시오."

모즉지왕은 병부령 철부와 이등장군과 양나라에서 돌아온 사리공과 약문을 불렀다.

"국사(國師)께서 양나라에 다녀오고 따로 모시질 못했소. 오늘은 겸

사겸사 국정도 논의하고 노고도 치하하고자 합니다."

"폐하의 염려 덕에 양나라에 잘 다녀왔습니다. 차차 제 생각을 말씀드리겠습니다."

"그렇게 하시오. 그건 그렇고 이뇌왕이 우리와 혼인을 맺자고 합니다. 어떻게 하는 게 좋을까요? 병부령이 대답해보시오."

철부가 아뢰었다.

"이뇌왕은 백제의 위협에 맞서기 위해 신라와 동맹을 맺으려고 하니우리로서는 손해볼 게 없습니다. 허락하시는 게 좋겠습니다."

사리공도 거들었다.

"그렇습니다. 나아가 가야 내부 사정을 알아내는 데도 큰 도움이 됩니다. 그렇게 하시옵소서."

"약문장군은 어떻게 생각하는가?"

왕의 물음에 약문은 잠시 생각하다가 말문을 열었다.

"신도 같은 생각이옵니다. 대가야와 통혼을 허락하고 동맹을 맺는다고 해서 우리가 대가야의 도움을 받지는 않겠지요. 그러나 우리는 대가야 내부 사정을 알 수 있게 됩니다. 이왕이면 시녀와 시종을 많이 보내서 이들을 가야에 흩어지게 하여, 여러 사정을 탐지하게 해야 합니다."

"그게 무슨 말인가? 좀 더 자세히 말해보라."

"대가야 이뇌왕과 혼인을 하게 되면, 시집갈 분을 모실 시녀와 시종을 보내야 합니다. 보통 스물이면 충분합니다만, 우리는 한 백 명 정도를 보내는 거지요."

"백 명을 보내? 그렇게 많이?"

"그렇습니다. 대가야 이뇌왕은 대단히 좋아하겠지요."

"그렇겠지. 시녀와 시종이 백 명이 딸려가니 당연히 좋아하겠지."

"이뇌왕은 그들을 가야의 여러 나라에 나눌 게 틀림없습니다. 신라와 혼인을 맺은 걸 자랑해야 할 테니까요."

"그렇겠지. 그렇다면…… 알았다, 약문장군."

"네, 그렇습니다. 짐작하신 대로 여러 가야의 내부 사정을 탐지하자는 겁니다."

"약문장군, 이런 것도 손자병법에 있나?"

"네, 있사옵니다. 용간(用間)이라 하며 간자(間者)를 활용하는 방법에 있사옵니다. 적의 내정을 아는 방법은 사람을 통해야 한다, 그 사람이 바로 간자이옵니다."

"그럼, 시집갈 신부가 불쌍한 게 아닌가."

"그렇지 않사옵니다. 귀하신 몸을 간자로 사용하면 안 되지요. 그래서 제가 백 명의 시녀와 시종을 보내자고 하였습니다. 이들이 여러 가야의 사정을 탐지합니다."

"알았네. 그럼 병부령 철부와 의논해서 그렇게 준비를 하게."

"그렇게 하겠습니다. 그리고 폐하, 병부령과 사리공이 함께 계시니 제가 일전에 사리공과 나눈 이야기를 마저 올리겠습니다."

"그래? 어떤 이야기인가?"

"선동후서(先東後西), 선남후북(先南後北)이 바로 신라의 백 년 갈 길이라 아뢰옵니다."

"선동후서, 선남후북이 신라의 백 년 갈 길이라? 알기 쉽게 말하게."

"폐하도 이미 알고 계시온데, 우리 신라는 왜적을 막는 게 급선무였기에 이사부가 우산국을 복속시켰습니다. 이사부의 수군이 동해를 장악하니 왜적의 준동이 완전히 사라졌습니다. 동쪽을 먼저 제압하고 서쪽을 치자는 말입니다."

"그럼 서쪽은 어디인가?"

"신라의 서쪽은 가야국과 백제이옵니다."

"그럼 선남후북은? 남쪽을 먼저 치고 북은 나중에 도모하자?"

"그렇습니다. 왜적을 방비했으니 서쪽과 남쪽에 해당하는 가야국을 도모해야 합니다."

"그게 쉬운가? 가야국은 만만한 상대가 아니야."

"그렇습니다. 가야국은 골짜기마다 사람이 많이 살고 땅이 비옥합니다. 게다가 쇠가 많이 나며 낙수의 물길로 연결되어 있어 운송이 편리합니다. 정말 탐나는 땅이지요. 하지만 우리 신라가 탐을 낸다 해도 지금 우리의 힘으로 가야국을 모두 복속시키기는 어렵습니다."

사리공이 이어서 말했다.

"그건 백제도 마찬가지입니다. 백제가 고구려에 크게 당해 개로왕이 죽고 한성을 빼앗긴 이후 웅진으로 내려왔습니다. 그 이후 모대왕과 사마왕은 남쪽 공략을 강화했지요. 다사강을 다시 빼앗아 대가야를 압박하면서 왜국과 더욱 긴밀하게 지내고 있습니다. 더군다나 제가 작년에 양나라에 갔을 때 백제는 양나라에 주는 국서에서 말하기를 우리 신라와 가야국은 백제의 부용국이라 했사옵니다.”

“뭐라, 우리가 백제의 부용국이라?”

“그렇습니다.”

“이런 허무맹랑한 말이 있나? 어째 우리가 그들의 부용국인가?”

“그게 백제의 속셈입니다. 앞으로 신라와 가야를 부용국으로 삼겠다는 욕심이지요. 백제가 양나라에 백제 동쪽을 다 평정하겠다고 통보한 셈이 됩니다. 이에 양나라는 사마왕에게 영동대장군을 제수했지요. 양나라 동쪽은 백제 마음대로 해도 좋다는 일종의 양해지요.”

모즉지왕은 화가 나서 얼굴이 벌겋게 달아올랐다.

“사리공, 나는 화가 납니다. 괘씸하기 짝이 없습니다. 신라를 평정해, 이런 고얀!”

“그렇습니다, 폐하. 저도 몸이 떨려 가눌 길이 없었습니다. 하지만 냉정하게 대처해야 합니다, 폐하. 그 국서 속에 백제의 전략이 숨어있습니다. 가야를 도모하고 그 힘으로 신라도 도모하겠다는 거지요. 사실은 우리 신라와 백제가 다 가야를 삼키려고 달려드는 늑대입니다. 가야를 삼키고 가야의 힘을 보태서 상대방을 또 삼키려고 하겠지요.”

“그렇겠지. 그럼 결국 누가 가야를 먼저 삼키는가……”

“그렇습니다. 과거 우리 신라는 백제에 비하면 국력이 약했습니다. 백제에 맞서기 위해 고구려에 머리를 조아리고 고구려의 힘을 빌렸습니다. 고구려가 백제를 침공하자 백제는 우리와 손을 잡자 했습니다. 우리는 백제와 손을 잡으면서 고구려의 간섭에서 벗어났습니다. 우리 신라는 백제보다 힘이 약하지만, 왜적을 물리치고 힘을 모았습니다. 지금부터라도 가야를 도모하면 신라는 백제와 맞설 수 있습니다. 그럼 우리 신라, 백제, 고구려가 삼분(三分)하여 삼한 땅은 균형을 잡을 수 있습니다. 솥의 다리가 세 개인 것처럼, 우리 신라도 솥의 다리 하나가 되어 삼한을 삼분하여 맞서서 버텨야 합니다. 그러다가 언젠가 기회가 되면 한수 일대로 진출하여 위나라와 양나라와 직접 교통하고 백제와 고구려를 떼놓아야 합니다. 그렇게 해야 신라의 백 년, 나아가 신라의 천년을 장담할 수 있습니다."

사리공의 삼한 삼분 이야기를 듣고 모즉지왕은 깊은 생각에 잠겼다. 한참을 생각하다 말을 이었다.

"그렇군. 알겠습니다, 사리공. 명확히 알겠습니다. 우리 신라가 무엇을 해야 하는지 알겠습니다."

철부가 이어서 말했다.

"폐하, 다행히 우리 신라는 대왕께서 영명하시고 이사부와 같은 맹장이 있습니다. 지금 기회도 좋습니다. 백제가 대가야를 밀어붙이자 대가야도 살기 위해서 신라와 사돈을 맺자고 합니다. 이 기회를 놓쳐서는 안됩니다. 가야 전체는 우리 신라가 도모하기에 지금은 버겁지만, 가야는 치명적인 약점이 있습니다. 위쪽의 대가야, 중간의 아라가야, 아래쪽의 남가야가 모두 마음이 하나가 아닙니다. 생각이 각자 다릅니다. 작은 가야 나라들도 각각 마음이 달라, 살기 위해서 이 눈치 저 눈치 보고 있습니다."

약문이 이어서 말했다.

"그렇습니다, 폐하. 그게 가야의 약점입니다. 그 약점을 파고들려면 이간책이 최선입니다."

왕이 말했다.

"약문장군, 역시 이간책을 꺼내는군. 그래 좋아. 내 완전히 마음을 굳혔어. 선동후서, 선남후북, 삼한 삼분이라…… 좋아, 좋아. 먼저 대가야라."

모즉지왕은 화백회의를 소집하여 이뇌왕에게 시집갈 신부로 누가 적당한지를 정하게 했다. 그렇게 하여 이찬 비조부(比助夫)의 여동생 화진(花眞)이 결정되었다. 화진은 가야국 사람들이 좋아할 예물을 지참하여 백 명의 시녀와 시종을 대동하여 대가야로 시집을 갔다. 임인년[109] 3월의 일이었다.

이뇌왕은 기쁘기 한량없었다. 신라에서 신부를 구했음은 물론이거니와 진귀한 예물과 함께 신라의 시녀와 시종 백 명까지 받았으니, 그럴 만도 했다. 이뇌왕이 신라의 귀족 여인과 결혼했다는 소식에 백제의 사마왕도 바로 대가야를 공격하지 못했다. 신라와 표면적으로는 여전히 동맹 관계였다. 신라와 사돈을 맺은 대가야를 공격할 명분이 당장은 없었다. 그렇다고 군사를 바로 해산하기는 멋쩍었기에 호산(狐山) 벌판으로 가서 크게 사냥을 했다. 그 사냥만으로도 백제군의 위용을 보여주기에는 충분했다.

---

109) 522년

백제의 사마왕은 그것으로 부족했다. 이듬해 북쪽으로 가서 백성들을 동원하여 쌍현성을 쌓았다. 사마왕은 북쪽의 고구려, 남쪽의 대가야를 도모하여 동방의 강자가 되겠다는 생각을 버리지 않았다.

아무리 능력이 있었던 왕이라 해도 운명을 피해갈 수는 없었다. 계묘년[110] 봄이 되자 사마왕은 갑자기 병석에 들었다. 워낙 강건했던 임금이라 나라 사람이 당황했다. 손을 쓸 사이도 없이 임금은 5월이 되자 승하하고 말았다. 백제 사람들은 그에게 무령(武寧)이라는 시호를 올렸다.

무령왕, 그가 누구던가. 장수왕과의 싸움에서 전사한 개로왕의 아들이 아니던가. 왜국에서 태어나 동생 모대왕을 몰아내고 나이 서른아홉에 왕이 되어 23년간 백제를 다스려, 백제가 다시 강국으로 우뚝 서게 한 왕이 아니던가. 그런 무령왕이 61세로 승하하자 백제는 온통 슬픔에 빠졌다. 한성을 빼앗기고 크게 상처입은 나라를 제대로 일으켜 세운 왕이었기에 백제의 백성들은 더욱 슬펐다.

백성들은 웅진성 서쪽 언덕에 그를 성대하게 장사지냈다.

---

110) 523년

25

사마왕이 승하했다는 소식을 들은 약문이 왕을 찾아뵈었다.

"폐하, 백제의 사마왕이 돌아가셨다고 합니다."

"나도 들었다."

"그럼 가야로 한번 납시지요."

"가야?"

"그렇습니다. 앞으로 우리 신라가 사방으로 덕업을 넓히려면 가야 쪽으로 나아가야 합니다. 현재 낙수 동쪽은 거의 우리 신라 땅입니다만, 탁국(啄國)이 낙수 동쪽에 있습니다. 탁국은 황산진을 장차 위협할 수도 있습니다."

"그렇지. 탁국이 눈엣가시 같지. 탁국을 신라가 흡수해야만 낙수를 완전히 장악할 텐데 말이다."

"그렇습니다. 그러니 대왕께서 남으로 순수(巡狩)를 하시어 영토를 확실히 하면서 탁국을 위협할 필요가 있습니다. 탁국을 겁을 주기 위해서 남순(南巡)을 하시라는 겁니다."

"그래? 탁국은 이사부가 정벌한 추화국과 가깝지. 그럼 이사부를 데리고 가야겠구나. 다른 일도 있고 하니. 이사부를 서라벌로 불러라."

이사부는 약문장군으로부터 빨리 서라벌로 오라는 전갈을 받았다. 실직에 있던 이사부는 황급히 서라벌로 와서 바로 입궁했다.

"이사부, 너도 관록이 붙어 장군다운 기상이 보이는구나. 잘 지냈느냐?"
"신이 폐하를 알현하옵니다."
"그래, 내가 너의 마음을 잘 안다. 나를 원망하지 않느냐?"
"폐하, 신은 신라의 장수이옵니다. 폐하의 명에 따를 뿐이옵니다."
"복명(復命)은 머리가 하는 일이고, 원망은 마음이 하는 일이다. 네가 어찌 나를 원망하지 않겠느냐. 하지만 신라의 장수이니 너는 이겨내야 한다. 왕실과 나라를 위해서 한 일이다. 지소가 사내아이를 낳아서 잘 크고 있으니, 내 근심이 사라졌다. 얼마 전에는 둘째 아이도 낳았다. 딸이지. 지소가 아이를 낳으니 내가 기쁘기 한량없다. 너의 마음고생이 있다 하나 너의 상처를 어찌 왕실의 근간이 이어짐에 비할 수 있겠느냐? 그렇지 않느냐?"
"그러하옵니다, 폐하. 신의 마음이 무엇이 중요하겠사옵니까? 왕실의 근본이 우뚝 섰습니다. 경하드리옵니다."
"그래, 그래. 이사부가 그렇게 말해주니 나도 안심이 된다. 고맙다. 이번에 내가 가야를 순시하려고 한다. 나를 호위하는 시위대가 있지만 혹 가야가 반역을 도모하여 나에게 위해를 가할 수 있으니 이사부가 군사를 이끌고 나를 호위하라. 이사부는 추화국을 정벌한 적이 있으니 가야 사정도 잘 알지 않느냐?"

"명을 받들겠습니다."

바로 그때였다. 모즉지대왕에게 급한 보고가 들어왔다. 실직 바로 아래에 있는 거벌모라에서 반란이 일어나서 이야은성(尒耶恩城)을 불태웠다는 보고였다. 거벌모라는 실직에서 매우 가까운 지역이라 한때는 고구려의 땅이었다.

"이사부, 거벌모라에서 반란이 일어났다고 한다. 그 지역은 이사부가 잘 알고 있지 않는가?"

"그렇사옵니다, 폐하. 그 지역에는 노인(奴人)[111]이 많이 살고 있습니다. 고구려 포로와 말갈족도 있사옵니다. 그들은 사나워서 말을 잘 듣지 않습니다. 실직군 병력을 보내 바로 반란을 진압하겠습니다. 크게 염려하지 마옵소서."

"이사부, 네가 가야 하는가?"

"아닙니다. 제가 전령을 보내 부관에게 지시하겠습니다. 폐하를 모시고 남순(南巡)을 준비하는 게 저에게는 더 중요한 일입니다. 반란은 염려 마옵소서."

이사부의 말대로 얼마 지나지 않아 거벌모라의 노인(奴人) 반란은 이사부의 부관 이부지(尒夫智)에 의해 바로 진압되었다. 모즉지대왕은 남당회의를 소집하여 거벌모라 반란에 대한 후속 조치를 논의하도록 했다. 거벌모라의 반란은 신라가 새롭게 획득한 영토에서 적국의 포로나 백성을 어떻게 처리하느냐 하는 기준을 다시금 검토하게 했다. 신라 조

---

111) 전쟁을 통해 사로잡은 적국의 백성이나 포로

정으로서는 확장된 지역을 다스리면서 일관된 원칙을 적용해야 했다. 부역이나 토지세가 너무 과하면 반란이 일어날 수 있다. 그렇다고 반란을 일으킨 자들을 마냥 용서해 줄 수도 없었다. 회의 결과 성을 불태운 주동자는 곤장 1백 대, 앞장선 자는 곤장 60대, 나머지는 관대히 용서해 주기로 했다. 신라는 반란이 일어난 원인을 더 세밀히 살펴보기로 했다.

이사부는 서라벌에서 거벌모라 반란에 대한 후속 조치를 진행하면서 모즉지대왕의 남순 준비도 함께 했다.

해가 바뀌어 갑진년[112]이 되자 모즉지대왕은 남순길에 올랐다. 먼저 추화국을 살펴보고 가야진으로 향했다. 이뇌왕은 가야진까지 나와 모즉지대왕을 맞이하였다. 그는 기쁜 낯빛으로 모즉지대왕을 영접했다. 신라의 사위가 되면서 백제의 침공을 면했다. 더군다나 대가야를 위협했던 사마왕마저 아예 승하하였다. 이뇌왕은 안도의 한숨을 쉬지 않을 수 없었다. 게다가 신라의 신부 화진은 달빛같이 인물이 환한 아들을 낳기까지 했다. 이보다 더 좋을 수는 없었다.

"이름을 월광(月光)이라 하였다구요?"

"그러하옵니다. 폐하."

"허허, 그 이름 참 좋구료. 월광이라. 월광이 좀 자라면 서라벌로 보내시오. 그러면 내가 좋은 스승을 붙여서 훌륭한 교육을 받도록 해주겠소."

"좀 자라서 어미, 아비 얼굴을 기억할 때가 되면 그렇게 하겠습니다."

"월광이 잘 자라서 부디 우리 신라와 대가야의 우호를 길이길이 다져주기를 바라오."

---

112) 524년

"저도 같은 생각이옵니다."

"하하. 다행이오. 이뇌왕께서 이렇게 신라와 잘 지내니, 지금 신라와 다른 여러 가야도 평화롭게 잘 지내고 있소. 여기서 더 욕심내지 말고 이대로 잘 살았으면 하오. 누구도 변경을 침범하지 말자는 말이오. 이뇌 왕께서는 어떻게 생각하시오."

"폐하의 말씀을 따르겠습니다. 가야 여러 나라에도 폐하의 말씀을 다 알리도록 하겠습니다."

"좋소. 허나, 만약 누구라도 해코지를 하면 바로 우리 신라가 응징하 도록 하겠소."

"잘 알았습니다."

그렇게 하여 두 왕의 짧은 만남은 끝이 났다. 이뇌왕으로서도 유익한 만남이었다. 다만 월광태자를 서라벌로 보내라는 요구가 마음에 걸렸 다. 곰곰이 생각해 보니, 그것이 오히려 이득일 수도 있었다. 월광태자 의 어머니는 신라 귀족이다. 앞으로도 대가야는 잘만 하면 신라의 강력 한 후원을 기대할 수 있다. 신라의 후원이야말로 백제의 위협에서 벗어 나는 길이다. 모즉지대왕 역시 만족스러웠다. 대왕은 남순길에 남쪽 여 러 고을의 백성을 위무한 뒤 서라벌로 돌아왔다.

서라벌로 돌아온 이사부는 모즉지대왕에게 하직 인사를 올리러 입궁 했다.

모즉지대왕은 이사부를 붙잡았다.

"벌써 겨울이 다가오고 있네, 이사부."

"폐하, 실직으로 돌아가겠사옵니다. 하슬라도 오래 비워두었구요."

"아니다. 서라벌에 좀 더 머물러라. 지난번 보니 이사부가 없어도 반란도 잘 진압하더구나."

"그야, 노인 몇몇이니까 그렇습니다."

"아니야. 이사부가 군령을 잘 세워 놓아서 그렇지. 이사부도 알겠지만, 내년에 사벌군단을 만들기로 했네."

"알고 있습니다."

"이사부의 실직군단과 사벌군단이 우리 신라의 두 기둥이 될 거야. 그래서 내년 정월이 지나 추위가 풀리면 북천벌에서 사벌군단을 사열하고 사벌로 보낼 생각이야. 물론 6부 병사들도 사벌군단에 들어가지. 사벌에서도 군사를 모아야겠지. 실직군단이야 6부 정예군이 대부분이지만."

"두 군단이 있으면 두 군데서 적을 맞아 싸울 수 있겠습니다."

"그렇지. 이사부가 실직군단을 데리고 가야로 출동한다 해도 북쪽 변경은 사벌군단이 막을 수가 있지. 그러니 이사부가 내년까지 서라벌에 머물면서 사벌군단의 창설을 돕게. 사벌군단은 이등장군에게 맡길 생각이야."

"명을 따르겠습니다."

이듬해인 을사년[113] 봄이 되면서 모즉지왕은 이등을 대아찬으로 승진시키고 사벌주 군주(軍主)에 임명했다. 이사부에 이어 이등이 두 번째의 군주가 되는 셈이었다. 이등은 이사부보다 나이가 10여 세나 많았다. 하지만 어느 자리에서나 이사부를 존중했다. 이사부는 북천벌에서

---

113) 525년

사열이 끝나자 이등과 함께 사벌주로 향했다. 사벌주에서 병력을 보충하여 사벌군단은 1만의 정예병을 양성할 계획이었다. 1만이면 백제나 고구려 어느 나라와도 군단 단독으로 전쟁을 할 수 있다. 이사부의 실직군단 6천과 합치면 신라는 영토 확장 전쟁도 가능할 터였다.

사벌군단 창설이 끝나고 이사부는 사벌주에 두어 달 머물렀다. 사벌주 북쪽 죽령으로도 가보았고, 서쪽으로 가서 삼년산성도 돌아보았다. 북쪽과 서쪽의 변경지대를 살펴보고 다시 사벌주로 돌아오니 어느덧 봄이 끝나고 여름이 시작되었다.

사벌주는 농토가 비옥하고 낙수의 뱃길도 잘 통하여 번성한 땅이었다. 낙수가 바다와 만나는 황산진 부근에서 구운 소금은 배로 사벌주까지 거슬러 올랐다. 사벌주 백성은 콩이나 보리나 쌀과 같은 곡식과 소금을 바꿔먹었다. 사벌주에는 버섯이나 나물이나 꿀과 같은 인근 산악지대의 각종 임산물이 많이 흘러들어왔다. 각종 곡식이나 곶감과 같은 먹을거리가 풍부했고 뽕나무가 많아 좋은 비단도 생산되었다. 낙수에서 배로 들어오는 소금과 젓갈과 건어물도 풍부했다. 산과 들과 바다의 여러 물산이 교환되면서 사벌에는 늘 큰 장이 열렸다.

이사부는 여러 물자가 교환되는 나루터 장터를 구경했다. 백성들이 활기차게 생활하는 모습을 보면서 물자의 집산지에 사벌군단을 창설한 게 절묘했다는 생각을 했다. 물자가 풍부해야 군사들에 대한 여러 보급도 쉽다. 군사는 용기나 충성심만으로 싸우지 않는다. 잘 먹여야 하고 좋은 갑옷과 무기로 무장해야 한다. 군의 전투력(戰鬪力)은 보급이 반이라 해도 틀린 말이 아니다.

이사부는 사벌주 구경을 끝내고 서라벌로 향했다. 서라벌로 가서 모즉지대왕에게 인사를 올리고 실직주로 돌아갈 예정이었다.

"그래, 이사부가 사벌주까지 가서 다 살펴보고 왔다고."

"그러하옵니다."

이사부는 사벌주에 다녀오며 보고 느낀 점을 아뢰었다. 모즉지대왕은 흡족해하며 고개를 끄덕였다.

"이사부장군, 수고가 많다. 실직주로 간 지도 벌써……"

"이십 년이옵니다."

"이십 년이라. 그럼 이사부도 마흔이구나."

"그러하옵니다."

"알았다. 올해 여름은 유난히 덥구나. 잠시 집으로 돌아가 쉬고, 시원한 시내에서 풍류도 즐기다가 실직으로 돌아가도록 하라."

"풍류라 하시옵니까?"

"그렇다. 곧 통지를 하마."

이사부는 의아하게 생각하고 집으로 돌아왔다. 갑자기 풍류라니. 도대체 무슨 소리인가.

아버지 습지공이 세상을 뜨고 어머니 오명부인도 환갑이 지났다. 그래도 아들이 집에 돌아오면 어머니 오명부인은 이사부가 좋아하는 음식을 마련하느라 신이 나서 움직였다. 이사부도 오래 객지 밥을 먹었더니 어머니가 마련해 준 밥이나 반찬은 다 맛있었다. 예전에는 몰랐던 사실이었다.

저녁을 먹고 나니 밖에서 누군가의 행차가 도착한 듯 소란해졌다. 그 소란의 주인공은 뜻밖에도 바로 사부지갈문왕이었다. 이사부는 사부지

갈문왕이 말에서 내려 걸어들어오는 모습을 보고 깜짝 놀랐다.

"아니, 이사부, 이 사람아, 왜 그렇게 놀라나? 내가 어디 못 올 데를 왔나?"

"아니 갈문왕께서 여기를 어쩐 일로 오셨나이까?"

"이사부, 내 비록 갈문왕이라 하나 우린 친구 아닌가. 말을 높이지 말게."

"그래도 어찌 갈문왕전하에게……"

"어허. 그러지 말래도."

"하여간 안으로 드시지요. 술상을 보아 올릴까요?"

"그러세, 나야 술은 몇 잔밖에 못하지만, 자네야 술꾼이지. 아버지 습지공께서 서라벌을 대표하는 술꾼이셨는데, 그 피가 어디 가겠나."

이사부는 불편했다. 낮에 대왕이 느닷없이 풍류를 말하더니, 갑자기 갈문왕이 찾아왔다. 도대체 대왕 형제는 왜 나를 그냥 두지 않는 것일까? 술이 주거니 받거니 두어 순배 돌자 이사부도 긴장을 조금 놓았다.

"이사부, 내 솔직하게 이야기를 하겠네. 자네가 지소를 좋아한다는 걸 나도 알고 있었네."

"……"

"어쩌겠나. 자네보다 내가 더 힘들어. 나도 지소를 좋아했지만, 자네만큼은 아니었을 거야. 그러나."

"사부지, 그만 하게. 그런 말 해서 무엇하나."

"그래, 그렇지. 그만하기 위해서 내가 이렇게 왔네."

사국지 1

"그만하기 위해서라니?"

"지소가 내 아들을 낳았지. 이름을 추안이라 지었다. 부처님의 가호 아래에서 편안하게 살라는 뜻이다. 여덟 살이지. 서라벌 사람들은 추안랑(鄒安郎)이라 부른다네."

"좋은 이름이야."

"추안은 내 아들이지만, 폐하의 손자이기도 해. 추안이 태어나면서, 그리고 점점 자라나면서 형님은 확고해지셨지. 지난 경자년[114] 형님은 율령을 반포하고 관리들에게 공복을 입게 했지. 누구 하나 끽소리하던가? 사탁부고 탁부고 간에 아무 소리도 못 했어. 지난번 비처왕 때 만약 확고한 태자가 있어서, 국본(國本)이 확실했다면, 우리가 비처왕을 몰아내고 나라를 뒤집을 수 있었겠나? 그건 자네가 더 잘 알지. 자네가 앞장섰으니."

"나는 별다른 생각이 없었는데, 듣고 보니 그렇군."

"어허, 이 사람이. 자네가 생각이 없었다고? 하여간 나는, 또 자네는, 또한 지소는 그게 운명이야. 한 나라라는 말일세. 우리들은 신라라는 나라 그 자체야. 한 사람의 운명이 아니란 말일세."

"사부지. 알고 있네. 나도 그걸 받아들였지. 그리고 나는 폐하에게 충성하네."

"이사부, 내가 자네에게 부탁이 있어. 며칠 있다가 서석곡으로 가려고 하네."

"서석곡(書石谷)이라면?"

"굴아화촌[115]으로 가는 시냇가에 있지. 엄청 시원하다네. 벌레도 없고. 해서 나와 지소와 추안이 함께 며칠 더위를 피해 시원한 데서 풍류

---

114) 520년
115) 현재의 울산광역시 일대

를 즐기기로 했지."

"갈문왕 가족께서 피서가시는데 내가 무슨 할 일이 있나?"

"가는데 종일 가야 하고 한 사흘 있다가 올 거야. 오는데도 종일 걸릴 거고."

"닷새구만. 그러니."

"그렇지. 그 닷새 동안 국본을 지켜야 하지 않겠나?"

그 말을 듣고 이사부는 정신이 들었다. 사부지갈문왕 가족의 풍류 여정에 이사부가 호위하라는 말이었다. 어쩌면 이 모든 게 사부지의 계획이 아니라 모즉지왕의 계획일 수가 있다. 풍류를 먼저 말한 건 모즉지왕이 아니었던가. 이사부는 잠시 생각을 하다가 사부지에게 대답했다.

"대왕께서 낮에 풍류 이야기를 잠시 하셨네. 대왕의 명으로 알고 그렇게 하겠네. 갈문왕의 가족을 호위하는 일이네. 자네 말대로 국본을 호위하는 일인데 내가 해야지."

그날밤 사부지를 보내고 이사부는 잠을 이루지 못했다. 도대체 모즉지왕의 꿍꿍이속은 무엇일까? 사부지의 속셈은 또한 무엇일까? 그러면서도 이사부는 마음이 설렜다. 지소가 시집가기 전 천경림에서 마지막으로 만난 게 지난 을미년[116]이니, 벌써 10년이 흘렀다. 그동안 지소는 첫아들 이후 딸을 낳고 몇 달 전에 둘째 아들을 낳았다고 들었다. 세 아이의 어머니라. 이사부는 세 아이의 어머니인 지소가 상상이 가지 않았다. 그래도 지소가 보고 싶었다.

---

116) 515년

이사부는 만일을 대비하여 시위대 중에서도 용맹한 기병 1백여 명을 선별해 사부지갈문왕 일행을 호위했다. 지소와 추안랑은 가마를 탔다. 밥을 짓고 음식을 만들 아녀자들은 미리 보내 준비를 하게 했다. 호위 군사 말고도 수십 명의 시녀와 시종이 따랐다. 그들의 행렬은 서라벌 백성에게는 큰 구경거리였다. 이사부는 갑옷을 입고 묵묵히 갈문왕 일행을 호위했다. 오후가 되어 일행은 서석곡에 도착했다.

서석곡은 사부지의 말대로 피서지로는 제격이었다. 물이 풍부하여 흐르는 시내에 들어가면 아이들이 물장구를 치며 놀기에 알맞았다. 여덟 살 난 추안랑에게는 더없이 좋은 여름 놀이터였다. 계곡 아래쪽에는 제법 깊은 소(沼)가 있었다. 어른들 또한 물에 뛰어들어 헤엄치며 더위를 식히기에 그만이었다.

이사부는 갈문왕 행렬을 뒤에서 호위하면서 따라갔기에 지소나 추안랑과 직접 마주치지 못했다. 굳이 마주치지 않아도 되었다. 가까운 거리에서 지소와 닷새 동안이나 같이 있을 수 있는 날은 이사부에게는 처음이었다.

말발굽처럼 휘어져 꺾어지는 지점이 가장 놀기에 좋은 장소였다. 그곳에는 시내를 보고 옆으로 길게 누워있는 커다란 바위가 있었다. 그 바위는 냇가로 드러난 면이 마치 비석처럼 매끈하여 글씨나 그림을 새기기에 적당했다. 실제로 그 바위에는 이미 여러 동물과 물고기 그림이 그려져 있었다. 여기저기 두서없이 글씨도 새겨져 있었다. 이 계곡을 글씨가 있는 바위라는 뜻의 서석곡(書石谷)이라 한 연유를 알 수 있는 바위였다.

서석 바로 앞 모래사장에 커다란 막사가 쳐졌다. 며칠 동안이라도 갈문왕 일행이 불편하지 않게 머물기 위해서였다. 시중을 들 시녀와 시종,

음식을 마련할 숙수(熟手)들의 막사도 세워졌다. 이사부는 서석곡 아래와 위 계곡으로 군사들을 배치하고 산에서 들이닥칠 자객을 방비하기위해 산 위에도 초병을 세웠다. 군사와 자신의 숙소로 사용할 막사는 서석 아래 멀찌감치 설치했다. 이사부는 경계병들에게 할 일을 일일이 지시하고 여기저기 순찰을 돌았다. 서석 앞으로는 얼씬도 하지 않았다. 그러다가 자신이 지소와 마주칠까 두려워하고 있음을 깨달았다. 어쩔 수없었다. 저녁이 되고 해가 지자 이사부는 길고 긴 하루가 지나갔음에 안도했다. 몸보다는 마음이 피곤했다. 막 갑옷을 벗고 쉬려는 차에 사부지가 이사부를 찾았다. 이사부는 서석 아래에 쳐진 별도의 장막으로 갔다.

"이사부, 뭐가 그리 바쁜가? 피서를 왔는데 자네는 전쟁터에 온 것 같구만."

"나야 전쟁터지. 경비를 철저히 해야 해서……"

"여기서 누가 우리를 해치겠는가? 신라 제일의 명장 이사부가 있는데, 누가 감히 나서기라도 하겠나?"

"농담이라도…… 명장이라니. 갈문왕께서 농담을 하십니다. 그래도 여긴 한결 시원하고 좋구만."

"맞아. 올해는 유난히 덥네."

사부지는 시녀들에게 일러 주안상을 올리라 했다.

"이사부, 한잔 하게."

"아니, 갈문왕전하, 신 이사부는 전하와 전하 가족을 호위하고 보호하는 일을 해야 합니다. 술은 가당치 않습니다."

"그러지 말고, 이사부."

"아닙니다. 그러면 제가 어떻게 병사들의 기강을 잡겠습니까? 갈문왕전하께서 드십시오."

"자네 그렇게 삐딱하게 나올 텐가? 그러면 나만 마시겠네. 뭐 나야 몇 잔이면 취하니."

사부지갈문왕은 혼자서 술을 몇 잔 마시더니 기분이 좋은지 몇 잔 더 마셨다. 이윽고 계곡 동편 산 위로 동근 달이 떴다. 술 몇 잔에 사부지의 혀가 살짝 꼬이기 시작했다.

"이봐, 이사부. 너무 그렇게 딱딱하게 굴지 말게. 내가 자네에게 부탁이 있어."

"부탁이라니. 갈문왕께서 말하면 부탁이 아니라 명령이지요."

"아니야, 이건 친구에게 하는 부탁일세."

"어쨌거나 말을 해보게."

"나는 그리 오래 살지는 못할 거 같아."

그제야 이사부가 정색하고 말을 받았다.

"무슨 말씀을 그리 하나. 이제 마흔이야. 사부지 자네가 오래 살지, 내가 오래 살지 그건 모르는 일일세."

"아니야, 그렇지 않아. 요즘도 나는 잔기침이 심해. 늘 약을 달고 살지 않나. 기력도 없고. 만약 대왕이 갑자기 승하하시면, 나라도 강건해야 할 텐데 그러질 못해. 대왕보다 내가 먼저 갈지도 모르겠다는 생각이

들기도 해. 혹시라도 대왕이나 내가 없다면 어떻게 되겠나? 추안이 혼자서 버틸 수 있겠나?"

"누가 감히 추안을?"

"아니야. 지금 신라는 과거 비처왕 때보다 귀족들의 불만이 더 많아. 워낙 폐하께서 강건하시니 감히 입을 열지 못하고 있을 뿐이지. 폐하께서 승하하시면 완전히 달라질 걸세. 승냥이 떼처럼 달려들겠지."

"……"

"자네가 약속해주게. 이사부가 약속해주게. 내 아들 추안을 지켜주게."

"내가 무슨 힘이 있다고 그러나? 나는 한 개 군단의 장수일 뿐인데."

"아니야, 이사부. 자네가 있으면 아무도 내 아들을 거역할 수 없네. 신라의 모든 장수들이 자네를 따를 걸세. 지금 병부령이 있다 한들, 대왕 뒤에 있는 허수아비일 뿐이야. 하지만 자네는 다르네."

"……"

사부지는 벌떡 일어나 이사부에게 다가가더니 이사부의 두 손을 잡았다.

"이사부, 이렇게 부탁이네."

이사부의 손을 잡은 사부지의 자세가 엉거주춤해서 사부지가 무릎을 꿇은 형상이 되었다. 이사부는 누가 볼세라 당황하면서 순간적으로 생각했다. 그래, 그래야겠지. 대왕의 손자이고, 친구의 아들이지. 지소의 아들이기도 하지. 그럼 내 아들이나 마찬가지가 아닌가. 짧은 순간에 많은 생각이 이사부의 뇌리를 스쳐 지나갔다.

"자네가 전장에 나가는 나보다 오래 살 게 틀림없지만, 약속은 하겠네."

"이사부, 고맙네, 고마워. 자네가 약속해주면 나는 안심이야."

사부지의 안심이라는 말이 이사부의 머리를 치고 들어왔다. 이사부는 일어났다가 다시 고쳐 앉으며 말했다.

"친구 사부지에게 하나만 묻겠네. 이게 누구의 생각이야? 폐하? 사부지 자네? 아니면?"

"누구의 생각이라니?"

"이렇게 나에게 부탁하는 거 말이야. 추안의 장래를?"

"그게 누구의 생각이면 어떤가. 나의 생각이야. 아니, 지소의 생각이기도 하고. 그래 폐하의 생각이기도 해. 자네가 만약 왕이면 안 불안할 거 같나? 왕이 더 불안한 법이네. 더군다나 폐하가 지난 거사의 주동자였지. 그러니 더 불안해하시지. 만약 자네가……"

"내가?"

"아니야. 아니야."

사부지는 무슨 말을 하려다가 멈칫하고 말문을 닫았다. 이사부는 사부지가 말을 멈추자 그 속뜻이 무엇인지 바로 알아차렸다.

"그렇군. 내가 충성하지 않는다면 나를 없애버리시겠지. 그걸 몰랐네."

"그래, 폐하는 그러실 분이야. 그러나 다음 대안이 누구일까? 자네만큼 믿을 만한 사람이 또 있을까?"

"알았네, 사부지. 자네가 나를 살리는 거네."

"그건 아니야. 자네에게 내가 부탁하는 거라니까. 내 아들의 안위를 위해서. 내 아들 추안은…… 지소의 아들이기도 하지."

"……"

"이사부 자네가 이렇게 약속해주어 고마워."

"내가 약속하지. 자네 아들을 지키겠다고. 하지만 내가 살기 위하여 약속한 건 아니라네."

"알아. 그래서 자네를 믿는 거야. 서라벌로 돌아가면 폐하께 말씀드리겠네. 나야 정사에 관여하지 않고 싶지만, 이 문제는 또 다른 문제니."

사부지는 몇 잔을 더 마시고 취기가 오른다며 침소 막사로 들어갔다. 이사부는 병사들 옆에 쳐있는 장군 막사로 들어갔다. 하루 내내 움직여서 피곤할 때가 되었지만, 정신이 말똥말똥했다.

이사부는 시냇가로 나갔다. 휘영청 밝은 보름달이 중천(中天)에 떴다. 흐르는 물소리가 밤의 고요를 삼키면서 달은 더욱 밝아졌다. 아무래도 그냥 자기는 틀렸다. 이사부는 부관 주령(朱玲)에게 간단한 술상을 차려오라고 했다. 물가에 앉아 물소리를 들으며 독작을 하려는 거였다. 주령이 무슨 일인지 당황해하며 옆에 시립했다. 주령은 탁부 출신으로 나이는 어려도 눈치가 빠르고 영민했다.

"아니야, 들어가 자. 나 혼자 있어도 되네."

"그래도 괜찮으시겠습니까?"

"그럼. 어서 들어가. 아무 일도 아니야."

이사부는 천천히 술잔을 들이켰다. 어릴 때 함께 자랐으니 이사부는 사부지를 잘 안다. 사람은 쉽게 변하지 않는다. 어릴 때의 심성은 나이를 들어도 그대로 간직된다. 사부지는 소심하기는 하지만 거짓을 말하는 사람은 아니다. 천성이 착해 남에게 위해를 가하지도 못한다. 그렇다고 혼자서 무엇을 도모할 만큼 용기가 있지도 않다. 왕의 아우가 아니었다면 스님이 되었으면 딱 맞을 친구였다.

이사부는 홀로 잔을 기울였다. 시냇물 흐르는 소리가 안주였다. 가끔 달빛과 별빛도 술잔 위에 비치곤 했다. 둥근 술병은 술이 다 비워진 듯해도 끈질기게 몇 잔은 남아있었다. 약간 취기가 올랐다. 그때였다. 누군가가 다가와 이사부 앞에 살며시 앉았다. 시냇물 소리가 다가오는 발자국 소리를 감췄다.

"누구?"
"지소랍니다."

지소였다. 지소부인이었다. 모즉지대왕의 딸이자 사부지갈문왕의 아내이자 추안랑의 어머니 지소였다.

"오라버니에게 고맙다는 말을 하러 왔습니다."

이사부는 아무 말도 하지 못했다.

"혼자서 술을 마시는군요."
"달빛이 좋아서. 그건 그렇고 누가 보면 어쩌려고 그러오. 어서 처소로 돌아가시오."

"보면 어때서요. 저는 당당합니다."

"그래도 그렇지 않소. 아니면 내가 가리다."

"오라버니, 10년 세월이 꿈같습니다. 천경림에서 오라버니와 헤어진 이후 저도 힘들었답니다."

"……."

"이번 생에는 이렇게 살아야겠지요."

"이번 생에는…… 그럼 다음 생은?"

"다음 생에는 왕의 딸로 태어나지 않겠습니다."

"그렇다고 해도 지금 달라질 건 없소. 어서 들어가시오. 나는 신라의 장군이고, 갈문왕과 가족을 호위하러 왔소."

"알고 있습니다. 내 아들을 지켜준다고 약속해서 고맙다는 말을 하고 싶었습니다. 오라버니, 부디 강건하세요."

"알았소. 어서 들어가시오. 나는 약속을 지키리다."

26

모즉지왕은 월성 내전에서 사인(舍人) 박이차돈을 불렀다. 사인은 직급은 낮아도 왕을 가까이서 모시기에 누구보다도 왕의 심기를 잘 살필 수 있었다. 총애하는 사인에게는 편하게 마음을 드러낼 수 있었다.

"내가 요즘 고민이 있다."

"폐하, 무슨 말씀이신지……"

"내가 언제 죽을까? 내 나이 이미 환갑을 지났어. 요즘은 갑자기 죽지 않을까 하고 식은땀을 흘릴 때도 있다. 머리는 백발이 된 지 오래야. 죽을 날이 가까이 다가오고 있는 거야."

"폐하, 아직 연부역강(年富力強) 하옵시고 백발이라 해도 홍안(紅顏)이신데, 당치 않은 말씀이옵니다."

"연부역강? 나이가 젊고 기운이 왕성해? 백발이라도 홍안이라고? 그래 보이나? 아니야. 듣기는 좋다만 사실이 아니지. 내가 죽으면 말이다. 이차돈아, 무간지옥(無間地獄)에 떨어지지 않을까?"

"폐하, 폐하께서는 전륜성왕(轉輪聖王)이옵니다. 무간지옥이라니 당치도 않습니다."

"전륜성왕?"

"그러하옵니다."

"내가 그 말을 우리 사신단이 양나라에 다녀온 해에 사리공으로부터 들었다. 양나라 왕이 부처를 신실하게 믿고 있다고 말이다. 그래, 생각 난다. 서축(西竺)의 아육왕(阿育王)[117]이 곧 전륜성왕이라 했다. 서축이라면 부처님이 태어난 나라가 아니냐?"

"그러하옵니다. 부처님은 서축에서 태어나셨지요. 부처님은 아육왕이 전륜성왕이 될 거라 예언을 했다고 합니다."

"사리공은 양나라의 임금도 전륜성왕이나 다름없다고 했다. 전륜성왕이 도대체 무엇이냐?"

"전륜이라는 말은 불법(佛法)의 바퀴를 굴린다는 말입니다. 부처님의 법을 실천한다는 말이지요. 그러니 부처님의 법을 실천하는 성스러운 왕이라는 뜻입니다."

"어허. 전에 들었는데, 이제 생각이 났다. 나이가 드니 잘 잊어버린다. 부처님의 바른 법을 실천하는 왕이란 말이지."

"그러하옵니다. 저세상에는 부처님이 계시고, 이 세상에는 부처님의 짝인 왕이 계시지요. 그 왕이 부처님을 대신해 세상을 다스립니다."

"그렇구나. 너도 양나라에 사신으로 다녀오더니 공부를 많이 했구나."

"폐하의 은덕입니다. 양나라에 가서 많은 걸 보고 배웠습니다. 서축의 아육왕은 처음 즉위할 때 백 명의 형제를 죽였다 합니다. 다른 나라를 정벌할 때도 많은 피를 흘렸다고 합니다. 하지만 왕의 권위가 확립된 다음에는 부처님의 가르침, 곧 불법(佛法)에 따라 나라를 평화롭게 잘

---

117) 인도 마우리아 제국의 통치자 아쇼카왕(재위 기원전 268년-232년)을 말한다. 서축은 인도.

다스렸다 합니다. 백성들에게는 많은 자비를 베풀었다고 하지요."

"피를 흘려도 전륜성왕이 된다고?"

"그러하옵니다. 우리 신라는 6부의 귀족들이 각각의 조상을 모시고 또 마을을 지키는 귀신을 따로 모십니다. 그러니 국왕이 무엇을 하려고 해도 조상귀신과 마을귀신이 방해합니다. 신이 보기에 비처왕께서도 귀족들의 반대를 무릅쓰고 나라를 굳건히 하려 했지만……"

"했지만?"

"결국 실패하고 말았습니다. 그 이유는 바로……"

"내가 죽여서지."

"폐하, 그래서 그런 게 아니옵고."

"말이야 맞는 말이지. 내가 죽였어. 6부 귀족들을 들러리로 세워 내가 죽이고 아버님을 왕으로 모신 거다. 그런데 말이야."

"네, 폐하."

"내 고민이 바로 그거야. 다른 귀신들 때문에 잠을 잘 수가 없어."

"폐하, 그러니 전륜성왕이 되시라는 겁니다. 전륜성왕은 미륵불의 현신(現身)입니다. 귀족들은 아직 믿지 못하겠지만 백성들은 미륵을 믿습니다. 사바세계에 내려와서 백성들을 편안하게 해주는 부처가 바로 미륵불입니다. 그 미륵불이 바로 전륜성왕입니다."

"그래, 그렇다 하자. 그럼 내가 전륜성왕이라고 선언하면, 정말로 전륜성왕이 되는 것이냐?"

"그렇습니다. 폐하께서 전륜성왕임을 스스로 천명하면 전륜성왕이 됩니다. 귀족들은 그렇지 않겠지만 백성들은 폐하가 전륜성왕임을 믿습니다. 아니 믿는다기보다는 믿으려 하지요. 미륵불이야말로 현세의 고통을 줄이고 백성들을 배불리 먹이는 부처니까요."

"그렇기는 하지."

"백성들에게 확실한 믿음을 주려면 구심점이 있어야 합니다. 그게 바로 흥륜사와 같은 절입니다. 절이 있으면 열심히 부처를 믿는 백성이 많아지게 마련입니다. 백성들이 부처의 계율을 지키면서 정진하면 백성들도 미륵보살이 됩니다. 미륵불이 신라를 다스리고 미륵보살이 온 신라에 가득 찰 때 바로 우리 신라는 불국토가 되옵니다."

"그래? 듣기는 좋다. 불국토? 내가 미륵불이 되라고? 법을 일으켜, 법을 나라에 굴러가게 하는 왕이 되라고? 그게 전륜성왕이라고?"

"그러하옵니다. 신은 폐하께서 전륜성왕이 되지 못할 이유가 없다고 늘 머릿속에서 생각해왔나이다. 그래야만 백성이 편안하고, 믿고 의지할 수 있나이다. 우리 신라가 이웃 나라로부터 업신여김을 받지 않고 당당하게 나가려면 그 길밖에 없나이다."

"그래, 그건 좋다. 내가 전륜성왕이 되려면 우선 신하와 귀족들이 따라야 해. 그들이 말을 듣지 않으면 애당초 전륜성왕이고 뭐고가 없지. 믿지 않아도 반드시 따라야 해. 그러다 보면 내가 전륜성왕이 되겠지."

"그렇사옵니다. 저들을 복종시켜야 합니다. 폐하의 명이라면 콩이 팥이라 해도 듣게 만들어야 합니다."

"어떻게?"

"폐하, 저를 이용하십시오. 저는 목숨을 바쳐서라도 신라가 불국(佛國)이 되는 걸 꿈꾸고 싶습니다."

"너를 이용하라고? 그게 가능이나 한 말인가?"

"가능합니다. 저를 죽이고 저를 밟고 가시옵소서. 더 미룰 수는 없사옵니다."

그로부터 서너 달이 흘렀다. 서라벌에는 흉흉한 소문이 돌기 시작했다. 누군가 천경림의 큰 나무들을 베어서 북쪽 어딘가에 모은다는 소문이었다.

천경림 남쪽, 남천 건너편에는 박혁거세의 능과 박혁거세의 부인인 알영부인의 능이 있었다. 서라벌 사람들은 누구나 그 일대를 신성한 곳으로 여겨 감히 범접하지 않았다. 천경림 나무를 베자 폭풍우가 몰아치면서 박혁거세 능을 지키던 소나무에 벼락이 떨어져 큰 가지가 부러졌다는 소문까지 퍼졌다.

몇 달이 지나도 흉흉한 소문은 가라앉지 않았다. 소문이 소문에 그친 게 아니라 실제 일어나고 있었다. 천경림 여기저기서 굵은 아름드리 소나무가 베어져서 천경림 북쪽 한 귀퉁이에 있는 흥륜사 부근에 쌓이기 시작했다. 많은 목수와 일꾼들이 나타나 재목을 다듬는 모습이 목격되었다. 그들은 초가인 흥륜사를 허물고 새로 절을 짓는다고 내놓고 말했다. 인근에서는 이미 기와도 굽고 있었다.

흥륜사 이야기가 퍼지자 탁부와 사탁부 등 6부 귀족들이 흥륜사 공사 현장으로 몰려갔다. 그때 그들을 막아선 젊은이가 있었다.

"대왕의 명이시다. 대왕께서 천경림 주위의 곧은 나무를 베어 흥륜사를 중창하라 이르셨다. 누구도 방해하지 말라."

귀족들은 믿을 수가 없었다. 여기가 어디라고. 감히 여기 나무를 베어 절을 세우다니. 조상님이 노해서 벼락도 내리쳤다. 그러나 반월성 모즉지대왕의 사인, 박이차돈이 그렇게 말하니 믿지 않을 수도 없었다. 그들은 월성으로 몰려가 왕에게 말했다.

"폐하, 박이차돈이라는 자가 왕명이라며 천경림의 나무를 베어 흥륜사를 짓고 있습니다. 이게 어찌된 영문이옵니까?"

"내가 흥륜사가 매우 흉하고 낡아서 박이차돈에게 중창할 방법을 찾아보라고 했다. 하지만 천경림의 나무를 베라고는 하지 않았다."

"폐하, 박이차돈은 천경림의 나무를 베라고 폐하께서 말씀하셨다고 합니다."

"그럴 리가 있나. 나는 천경림의 나무를 베라고 한 적이 없다. 여봐라, 박이차돈을 당장 잡아 대령하라."

한 식경도 되지 않아 박이차돈은 결박된 채로 월성 남당 앞마당에 끌려왔다. 왕이 말했다.

"박이차돈, 내가 먼저 묻겠다. 내가 너에게 천경림의 나무를 베라고 한 적이 있느냐?"

"없습니다."

"그럼 왜 나무를 베었느냐?"

"폐하께서 흥륜사를 중창하라 하셨습니다."

"그랬지. 그러나 천경림의 나무를 베라고는 하지 않았다."

"신은 가까운 곳에 나무를 사용하면 되겠다 싶어 나무를 베었사옵니다."

"천경림의 나무는 신성하다. 서라벌 사람이라면 다 알지."

"폐하, 저는 하루라도 빨리 흥륜사를 완공하여 서라벌 사람에게 불법을 알게 하고 싶었사옵니다. 부디 저의 충정을 헤아려 주시기 바랍니다."

"뭐라. 충정을 헤아려 달라. 시키지도 않은 일을 해놓고 충정을 알아달라? 그 나무가 어떤 나무인 줄 아나? 시조의 혼을 지키는 나무야. 서라벌 사람들이 우러러보고 모시는 나무야. 그 나무를 마구 베어?"

"폐하, 저의 불찰이옵니다."

"그래, 너의 불찰이다. 불찰일뿐만 아니라 큰 죄다. 죽어 마땅한 죄다."

"폐하, 저의 죄이기는 합니다. 하지만……"

"여봐라, 시위대장, 저놈이 죄를 시인했다. 당장 목을 베라. 왕명의 지엄함을, 왕명의 무서움을 보여주겠노라."

시위대장은 부하를 시켜 왕의 명을 바로 시행하게 했다. 칼이 박이차돈을 향해 높이 치켜든 순간 왕이 말했다.

"박이차돈, 마지막으로 하고 싶은 말이 있느냐?"

"저는 폐하의 명을 어겼나이다. 명을 어겼으니 죽음도 달게 받겠나이다. 그러나 폐하께서 저를 죽이는 대신 저에게 내리신 흥륜사를 중창하라는 명은 앞으로 꼭 지켜주시기를 간청드립니다."

박이차돈이 마지막 말을 마치자 큰 칼이 뒤에서 박이차돈의 목을 향했다. 칼이 번쩍 허공에서 춤을 췄다. 박이차돈의 목이 잘리면서 선명하게 붉은 피가 하늘로 솟구쳤다. 목은 바닥으로 떨어졌다. 피는 바닥으로 쿨쿨 흘러내렸다. 목 없는 박이차돈의 신체는 하얀 화강암 바닥에 모로 쓰러졌다.

그 참혹한 광경에 신하들은 모두 고개를 돌렸다. 너무도 갑작스럽게, 순식간에 벌어진 일이었다. 아니 이게 무슨 변괴란 말이냐. 모두 몸이 사시나무 떨듯 떨렸다.

"이제 되었소? 그대들이 고변(告變)한 대로 박이차돈에게 죄를 물었소. 왕명은 지엄하오. 박이차돈이 내 누이의 아들이라 하나, 없는 왕명을 지어냄은 죽어 마땅하오."

모즉지왕은 몸을 일으켜 내전 안으로 바람같이 사라져 버렸다. 왕에게 자초지종을 따지러 온 귀족들은 다리가 후들거려 움직일 수가 없었다. 그들은 한동안 남당에 있다가 한 식경이 지나서 사방이 어두워지자 하나둘 몸을 일으켜 귀가했다. 목없는 박이차돈의 원귀가 그들에게 달라붙은 듯, 제대로 걷기도 힘들었다. 휘청거리는 그들의 뒤편으로 어둠이 짙게 달라붙었다.

그날 밤이었다. 모즉지왕은 내전으로 은밀히 사리공과 약문을 불렀다. 왕 앞에는 주안상이 놓여 있었다. 왕은 이미 독작을 했는지 옷매무새가 흐트러져 있었다.

"국사, 내가 괴로워서 마셨소. 아무리 마셔도 취하지도 않구려. 박이차돈이 생각나 정신만 말똥말똥하니. 내가 이렇게까지 해야 하오?"

사리공이 대답했다.

"폐하, 어쩔 수 없사옵니다. 사인은 왕명을 출납(出納)하는 자이옵니다. 그런 자가 왕명을 빙자하여 서라벌 사람들을 농락하였으니, 죽어 마땅합니다."
"아니, 사리공, 그걸 내가 왜 모르겠소? 이렇게까지 해야 왕명이 지엄해지나 하고 물어본 거요."

이번에는 약문이 말했다.

"박이차돈이 자처한 일이옵니다. 유념치 마옵소서."
"그래도 나는 괴롭다. 괴로워."
"폐하, 폐하께서는 이런 일은 빨리 잊으셔야 합니다. 누가 감히 폐하의 명을 어기겠습니까? 왕명의 출납과 시행에는 절대 어김이 있어서는 아니 되옵니다. 생각해보시옵소서. 비처왕 때 귀족들이 왕을 얼마나 업신여겼습니까? 탈을 쓰고 왕에게 장난을 치질 않나."
"그 배후는 나야. 내가 시킨 거야."
"배후가 누구이건, 그것은 중요하지 않습니다."

사리공이 말을 이었다.

"그렇습니다, 폐하. 하지만 폐하가 즉위하시면서 신라는 제 갈 길을 가고 있습니다. 폐하께서는 오래전부터, 폐하께서 태자 시절부터, 저희에게 차근차근 신라가 나아갈 길을 밝혀보라고 하셨습니다. 폐하께서는 저희들의 계책대로 조정에 먼저 병부를 설치했습니다. 병부를 설치하여 완전히 병권을 잡았습니다. 이어 율령을 정하고 공복을 제정했습니다. 귀족의 자제들은 학문을 익히어 벼슬을 살게 했습니다."
"그랬지요. 그게 국사가 나에게 알려주기도 했지만, 나의 뜻이기도 하였지요. 하지만 아직도 불안해."
"박이차돈의 죽음이 그 불안을 완전히 사라지게 했습니다. 이번 일로 폐하는 전륜성왕으로 가는 길을 닦았습니다. 흥륜사를 완공하여 나라의 생각을 하나로 합쳐야 합니다. 양나라의 왕이 그렇게 하였습니다."

약문이 말을 이었다.

"폐하, 서라벌은 이 정도로 하고 힘을 밖으로 돌려야 합니다. 서라벌에 노인(奴人)이 더 들어와 전리품을 귀족들에게 나누어주면 귀족들의 불만은 사라집니다. 그들은 더욱 폐하의 발아래에 엎드리게 됩니다."

"역시 가야인가?"

"그렇습니다. 가야를 도모할 때가 되었사옵니다. 군사력이 충분할 때 그 군사력을 내부에 두면 오히려 말썽이 생길 수 있습니다."

"폐하, 약문장군의 말이 맞습니다. 앞으로 서라벌은 부처님을 일심으로 믿어야 합니다. 밖으로는 신라가 사방을 망라하는 길로 나아가야 합니다. 서축의 아육왕이 그랬습니다. 힘으로 밀어붙이고 온 사방을 망라한 다음에 백성들에게 자비를 베풀었습니다. 그것이 법을 굴리는 일입니다. 전륜성왕이 되시는 길입니다."

"그래요, 박이차돈도 그렇게 말했습니다. 나에게 전륜성왕이 되어 법을 굴리라고 했지요. 그게 자신의 소원이라고 했습니다."

그렇게 말하면서 왕은 눈물을 철철 흘렸다. 사리공과 약문은 눈짓을 하여 내전을 물러났다.

왕은 왕이다. 왕이기에 스스로 이겨내야 하는 아픔이었다.

27

박이차돈이 죽고 난 뒤 며칠이 되지 않아서였다. 꽃이 화사한 맑은 봄날이었다. 갑자기 비바람이 서라벌을 뒤덮었다. 천둥 벼락이 쳤다. 대낮이어도 앞이 보이지 않을 만큼 사위가 캄캄해졌다. 벼락은 월성과 오릉과 민가에도 떨어져 여러 그루의 나무가 부러지고 불탔다. 다음 날 오후가 되어 겨우 바람이 가라앉고 비도 그쳤다. 서라벌 백성들 사이에서 죄없는 박이차돈의 목을 잘라서 부처님이 노해서 그런다고 수군거렸다.

젊은 사인 여러 명이 왕에게 백성들 사이에 떠도는 소문을 전했다. 왕은 사인들의 말을 경청하더니, 남당에서 화백회의를 열라고 지시했다. 사람들이 모이자 왕이 먼저 말했다.

"백성들 사이에 이상한 말이 떠돌고 있소."

병부령 철부가 신하들을 대표해서 왕의 말에 대답했다.

"신들도 알고 있나이다. 박이차돈의 원혼이 구천을 떠돌고, 부처님이 노해서 그런다고 합니다."

"부처님이?"

"그러하옵니다. 박이차돈이 모셨던 신이 부처님이니 그런 소문이 난 겁니다."

"그럼 어떻게 해야 합니까?"

"박이차돈의 소망이 흥륜사를 중창하자는 것이었지요. 폐하의 뜻도 그러했구요. 그러니 흥륜사를 중창하게 하고 누구나 편하게 부처님을 믿게 하심이 옳은 줄로 아뢰옵니다."

왕은 한참 생각에 잠겼다가 말했다.

"하지만 중은 머리를 깎고 이상한 옷을 입고 있으며, 말하는 설법이 괴상하여 정상이 아니라고 한 자들도 있지요."

"폐하, 무지한 자들의 말이옵니다. 만약 부처를 믿는 일이 정상이 아니라면, 위나라나 양나라가 어찌 모두 부처를 믿고 하물며 고구려와 백제가 절을 세우고 부처를 모시겠나이까?"

"그도 듣고 보니 맞는 말이오. 나 역시 양나라처럼 불법을 받아들여서 자비로 나라를 다스리고자 하오. 하지만 반대하는 자가 있질 않소? 내 뜻이 마뜩찮은 분들도 있질 않겠소? 그런 분들은 지금 이야기하시오. 그럼 불법을 시행하지 않겠소이다."

남당에 침묵이 흘렀다. 아무도 반대할 수 없었다. 반대했다가는 다른 이유를 대고 죽일 수도 있는 사람이 바로 모즉지왕이었다. 그걸 모르는 신하는 없었다. 누이의 아들까지 한칼에 죽인 왕이니 누군들 그렇게 못

하겠는가. 입으로는 자비를 말하지만, 손은 잔인하다. 남당에 찬바람이 한번 횡하니 지나갈 정도의 시간이 흘렀다. 여러 신하가 목젖을 삼켰다.

"그럼 아무 반대가 없으니, 병부령의 말대로 시행하리다. 흥륜사 중창을 다시 시작하시오. 내가 여러 날 잠을 못 잤소. 박이차돈이 꿈에 자꾸 나타나는구려. 아무래도 원혼인 게야. 이제 소원을 풀었으니 편히 가겠지."

그렇게 화백회의는 끝났다. 아무도 모즉지왕에게 반기를 들지 못했다. 박이차돈의 목이 많은 일을 해냈다. 왕은 회의를 마치면서 병부령 철부와 약문을 내전으로 들게 했다. 왕이 먼저 말했다.

"오늘 일은 잘 되었소. 병부령이 큰일을 했구려."
"폐하, 순리대로 매듭을 풀었을 뿐이옵니다."
"그렇지. 순리대로지. 오늘 내가 병부령과 약문장군을 들라 한 이유를 아시겠지요?"
"짐작은 했습니다. 그렇지 않아도 약문장군과 논의를 해두었습니다."
"그래? 그럼 약문장군이 말해보시오."
"네, 폐하. 전쟁을 일으키려면 명분이 필요합니다."
"그렇지."
"지난 대가야 이뇌왕과 혼사 때 우리가 백 명의 시녀와 시종을 보냈습니다."
"그랬지."
"그때 가야의 여러 나라가 대가야를 의심하기 시작했습니다. 아라가야, 탁국(啄國), 골포국(卓淳國)[118] 등에서는 이미 소문이 돌고 있습니다. 대가야가 신라의 사위가 되면서 신라와 짜고 다른 가야를 신라의 제물로 바치려고 한다구요."

"그야 자네와 병부령이 낸 소문이 아닌가?"

"물론 그렇지요. 그래서 이뇌왕은 그렇지 않다는 걸 증명하기 위해 여러 나라로 시녀와 시종을 나누어 주었습니다."

"그래서?"

"그들은 여러 가야국에 흩어졌습니다. 가야 사람들은 그들에게 가야의 풍습을 따르라고 했다 합니다. 옷도 가야의 옷을 입으라 했지요. 그들이 자기들은 가야 옷을 입기 싫다고 신라 옷을 입게 해달라고 했답니다."

"그런 일이 있었나?"

"그렇습니다. 하지만 가야 사람들은 그들에게 가야 옷을 입으라고 강요했지요. 그랬더니 그들이 인편으로 서라벌로 사람을 보내 자기들이 신라 옷을 입게 해달라고 간청했습니다."

"왜 가야 옷을 입기 싫어하는가?"

"아무래도 가야 옷이 신라 옷보다 덜 예쁘고 화려하지 못합니다. 그러니 여인들이 입기 싫어하는 게 당연하지요. 여인들의 말로 촌스럽다고 합니다."

"여인들은 그렇다 치고 시종들은?"

"시종들도 마찬가지입니다. 그들도 신라 옷 입기를 원합니다. 가야 옷은 공복(公服)이 아니니까요."

"그렇지. 신라는 공복을 제정했으니, 아무리 다른 나라로 가 있다 해도 신라의 옷을 입어야 한다고 처음부터 분명히 통보하지 않았더냐. 시

---

118) 골포국은 경남 창원시 일대에 있었던 것으로 추정되는 가야의 소국

녀나 시종들도 다 신라 사람이니 신라 옷을 입는 거지. 그게 신라의 법도다."

"그렇습니다. 우리가 다시 그들에게 신라 옷을 입으라고 통보했습니다. 골포국과 탁국에서 또 트집을 잡았습니다. 이게 분명 뭔가 있다, 대가야가 신라와 사돈을 맺으면서 뭔가 밀약을 했다고 다시 의심하면서 대가야에 해명하라고 사람을 보냈습니다. 대가야는 그런 밀약은 없으니, 그냥 신라가 하자는 대로 해, 신라 사람들이 신라 옷 입는 게 무슨 큰일이냐, 이렇게 대응했다고 합니다."

"잘했구만."

"하지만 골포국과 탁국에서는 여전히 그렇게는 할 수 없다고 우겼다고 합니다."

"우겨? 왜?"

"골포국과 탁국의 궁중 여인들이 신라 옷을 입은 시녀들에게 질투를 심하게 하고, 또 공복은 관리들이나 입는 거지 무슨 시종들까지 입느냐, 그러니 이건 무슨 음모가 틀림없이 있다고 고집을 피웠답니다. 결국 강제로 그들에게 가야 옷을 입히고, 말을 듣지 않는다고 매질을 했습니다. 그중 두 명은 죽기까지 했습니다."

"뭐라? 죽기까지 했다고?"

"그렇습니다."

"그럼 그냥 있을 수는 없지. 이제 눈 밑에 있는 가시를 빼자."

모즉지왕은 6부에 남아 있는 병사들을 모으라고 지시했다. 실직군과 사벌군에 이미 징발되어 남은 병사는 그다지 많지 않았다. 병부령 철부는 6부의 군사를 거의 모두 끌어모았다. 평소라면 6부의 반발이 심했겠지만 박이차돈의 처형 이후 왕명에 이의를 제기하는 6부 귀족은 없었다. 왕은 물력에게 가야 원정군의 지휘를 맡겼다.

이사부의 수군은 남해 가야진과 황산진을 오가면서 남해에 주력을 포진하고 있었다. 왜국 축자 지역의 정세 때문이었다. 축자의 토착세력의 우두머리 반정(磐井)이 왜국 중앙 정부를 상대로 반란을 일으켰다. 이사부는 남해 연안에 병력을 대기시켜 은밀히 반정을 지원하고 있었다. 반란에 성공한다면 신라로서는 왜국에 직접 영향력을 행사할 수 있는 발판을 마련하는 셈이었다.

백제의 명농왕[119] 역시 왜국 중앙군을 지원하고 있었다. 명농왕이야말로 이사부보다 왜국과의 우호와 친선이 더욱 절실한 상황이었다. 결국 백제의 지원을 받는 남대적(男大迹)왕의 군대가 반란군을 진압하러 축자국에 왔다. 왕의 군사와 반정의 반란군이 치열하게 전투를 벌이는 중이었다.

이사부의 사정이 그러하니 왕은 물력을 믿어보기로 했다. 물력은 늘 이사부의 선봉장이었다. 이사부를 대신하여 물력도 독자적으로 군대를 움직일 때도 되었다고 왕은 판단했다. 성질이 급하고 욱하는 성격이었으나 용장이었다. 왕은 약문을 함께 보내기로 했다.

물력이 소집한 군사들을 북천벌에서 훈련시키는 동안 약문은 대가야로 갔다. 약문은 이뇌왕에게 탁국과 골포국에서 신라의 시녀들이 죽은 일을 문책했다. 이뇌왕이 신라의 사위가 되면서 처신을 잘못했기 때문에 벌어진 일이라고 이뇌왕을 몰아붙였다. 약문이 이뇌왕에게 말했다.

---

119) 무령왕의 아들. 명농은 성왕(聖王)의 이름이다.

"전하, 신라의 조정에서는 이 일로 말이 많습니다. 신의 폐하께서는 전하를 어여삐 여겨 해결책을 찾으라지만, 신하들은 혼인을 무효로 해야 한다고 주장합니다. 신하들의 주장이 워낙 완강하여 폐하께서도 입장이 난처합니다."

"뭐라구요? 혼인을 무효로 한다구요? 그게 무슨 말이오?"

"이찬 비조부(比助夫)께서 앞장서서……"

"비조부는 왕비의 친정 오빠이니 내 형님이오. 그래 비조부께서 무슨 말씀을 하셨소?"

"비조부께서 시녀들이 그렇게 고생하고 심지어 죽었다고…… 자신의 동생도 얼마나 고생이 심하겠냐며 당장 신라로 돌려보내라 하셨습니다."

"당치도 않는 말씀이오. 이미 시집와서 아이까지 낳았는데 무효로 하자니. 그게 어느 나라 풍습이오?"

"신라에서는 아무리 혼인을 하였다 하더라도 상대방이 잘못이 있으면 혼인을 무효로 하고 새로 혼인을 하기도 합니다. 아이가 있다 하여도 그렇습니다."

이뇌왕은 대단히 화가 났다. 자신이 무슨 잘못을 했는가. 자신은 잘못이 없다. 시녀와 시종을 백 명이나 보낸 게 처음부터 이상하긴 했다. 그걸 핑계 삼아 왕비로 삼은 화진부인과 아들 월광을 돌려보내라는 말이다. 도대체 말도 안 되는 말을 주장하러 온 신라의 진의는 무엇일까. 이뇌왕은 자신이 함정에 빠졌음을 어렴풋이 깨달았다.

"내가 그렇게 할 수는 없소. 아이까지 낳은 왕비를 친정으로 돌려보낼 수는 없소."

"그렇다면 다른 방도가 있기는 합니다. 저의 폐하께서 이뇌왕 전하와 화진부인이 정이 두텁다 하니 차마 갈라놓을 수 없다 하시며 다른 방법을 말씀해주셨습니다."

"오, 그래요? 너무 황송합니다. 다른 방법이 무엇이오?"

"신라 시녀들을 핍박한 무례를 한 자들을 그냥 둘 수는 없으니, 그런 자들을 색출하여 혼을 내고 가르침을 주라고 하셨습니다. 신라가 그냥 혼내도 되겠지만, 미리 전하에게 양해를 구하라고 하셨습니다. 그 정도에서 마무리하라 하셨습니다."

이뇌왕은 어쩔 수가 없었다. 신라가 트집을 잡아 골포국과 탁국을 공격하겠다는 의미다. 하나 그것마저 거절하면 신라는 화진과 월광을 데려가려고 할 게 분명하다. 안 내어주고 버티면 군사를 동원하여 쳐들어올 게 틀림없다. 왕비를 내어주면 동맹이 깨어지니 신라가 공격할 명분은 더 많아진다. 받아들이지 않을 수 없는 조건이다. 이번에야 탁국과 골포국을 공격하겠지만 다음은 어디가 될까? 이뇌왕은 사마라는 늑대를 피하려다 모즉지라는 호랑이의 아가리에 깊숙하게 들어갔음을 실감했다. 신라의 그늘에서 벗어나는 방법이 있기는 할까? 방법을 찾아야만 했다. 이뇌왕은 약문을 떠나보내며 깊은 고민에 빠져들었다.

물력장군은 비자화 남쪽의 탁국으로 진격했다. 탁국은 지난날 이사부와 같이 공략했던 추화국과도 가까운 거리였다. 약문이 물력을 따랐다. 기병과 보병이 합쳐서 5천이었다. 보급은 이사부의 수군이 담당했다. 황산진을 거점으로 하여 동해 실직함대의 보급선들이 낙수를 오르내리고 있었다.

탁국의 왕은 신라와 싸우고 싶은 생각이 없었다. 낙수 동쪽에 남아있는 가야국은 오로지 탁국밖에는 없다. 과거 남가야가 강성했을 때는 탁국도 남가야의 위세를 등에 업고 당당하게 군림할 수 있었다. 대가야가 강성할 때는 대가야에 기댈 수 있었다. 지난번 신라의 늙은 왕이 죽던해 근방의 신라 고을을 공격해 약탈했다. 대가야가 부추겨서 한 일이었다. 신라도 그걸 알고 있는 듯했다. 왕은 보기병 5천이 이서국[120]을 거쳐 탁국 북쪽으로 들이닥친다는 보고를 받았다. 왕은 병사를 비티재로 보낼까 하다가 신하들을 급히 소집해 의견을 물었다.

"신라군사 5천이 쳐들어오고 있소. 어떻게 해야 할까?"

신하들의 의견은 양분되었다. 신하들의 반은 낙수 동쪽에 남아 있는 가야는 탁국밖에 없으니, 항복하여 백성들의 안위를 지키자고 했다. 나머지 반은 비티재로 병력을 보내면 5천 정도는 막을 수 있다, 다음에 다른 가야국에 도움을 청하면 충분히 버틸 수 있다고 주장했다. 두 파로 나누어서 갑론을박하는 가운데, 신라의 군사가 이미 비티재를 넘었다는 소식이 전해졌다. 왕은 신라군의 진격 속도가 너무 빨라 제대로 대응하지도 못하고 세 개의 산성으로 나누어 군사들을 포진시켰다.

물력은 왕이 있는 중앙의 탁성을 포위했다. 피맛을 본 병사들이 용감해진다. 물력은 정면으로 탁성을 공격해 보고 싶었다. 하지만 약문이 말렸다.

"장군님, 제가 한말씀 올리겠습니다. 백 번 싸워서 백 번 이기는 장수

---

120) 경북 청도로 추정.

가 최고의 장수가 아닙니다. 싸우지 않고 적을 이기는 장수가 최고의 장수입니다."

"나는 최고의 장수가 아니지 않소. 그러니 싸워야지."

"적이 싸우려는 의지를 없애고 계교를 사용하여 굴복시켜야 합니다. 그럴 방법이 없을 때 성을 공격합니다."

"그럼 다른 방법이 있소?"

"있습니다. 제가 성안으로 들어가서 항복하라 하겠습니다."

"아니 그러다가 약문장군을 인질로 잡으면?"

"그때는 공격하여 저를 구출해 주십시오. 이미 불귀의 객이 되었을 수도 있지만. 하하하."

약문은 혼자 백기를 들고 탁성으로 향했다. 탁성의 성문이 열리자 약문은 탁국 왕 앞으로 나아갔다.

"신라의 폐하는 탁국이 지난 시절 대가야의 부추김으로 비자화와 추화를 공격하여 신라의 양민을 죽이고 재물을 약탈한 일을 잘 알고 있습니다."

"우리 탁국은 그런 일을 한 적이 없소이다. 신라가 오해한 거지."

"그 일은 이미 대가야의 이뇌왕이 다 토설했소이다."

"이뇌왕이 다 말했다고? 그럴 리가 없소. 하여간 우리는 모르는 일이오."

"신라의 시녀와 시종을 매질해서 죽였지요? 탁국에서 일어난 일입니다."

"그거야 죽이려고 죽인 게 아니오. 병약한 데다 매질을 당했다고 스스로 분통이 터져 죽은 거지."

"어쨌거나 이뇌왕은 신라가 알아서 처결하라고 했습니다. 전하도 잘 아실 겁니다. 다른 가야국의 도움없이 신라의 공격에 버티겠습니까? 지금 온 신라의 병사는 전초부대입니다. 곧 이사부의 본진이 배편으로 옵니다. 탁국이 살아남을 수 있습니까?"

"……"

"만약 탁국이 항복하여 성문을 연다면, 저의 폐하께서는 탁국 왕을 정중히 모시라 하였습니다. 지난번 이웃에 있는 추화국을 보시지 않았습니까? 이사부장군에게 항복하고 왕과 귀족들은 다 예우를 받고 있습니다. 백성들도 그 땅에서 평화롭게 살고 있습니다."

"이사부장군의 명성은 나도 알고 있소. 하지만 이게 내 맘대로 결정할 문제는 아니오. 의논할 시간을 주시오."

"좋소이다. 내일 오시까지 시간을 드리겠습니다."

성질 급한 물력은 탁성에서 약문이 금방 나오지 않자 애가 탔다. 당장 성을 공격할까 망설이는 중에 성문이 열리더니 약문이 나타났다.

"어떻게 되었소?"

"내일 오시까지 성문을 열겠지요. 탁성이 열리면 다른 두 성도 바로 항복합니다. 골포국으로 이동할 준비를 하시지요."

"정말이오? 이렇게 쉽게 싸워보지도 않고 항복한다는 말이오?"

"하하, 제가 겁을 좀 주었습니다. 물력장군이 공격하면 모조리 다 참살되니 어서 항복하라 하였지요."

"뭐라? 나는 그리 잔인한 사람이 아니오."

"하하, 농담입니다. 사실은 탁국의 왕과는 내통이 있었습니다. 지금은 신하들에게 보여주기 위한 시늉입니다."

"그러면 그렇지."

"왕은 탈출구를 찾는 척하겠지요. 어쩔 수 없으니 항복하자고 할 게 뻔합니다."

"역시 약문 사부는 다 만들어놓고 나를 농락하는군요."

"하하, 그게 확실하지 않아 말씀을 못 드렸습니다. 하지만."

"하지만 골포국은 다르니 긴장을 늦추지 말란 말이지요?"

"그렇습니다. 골포국은 어떨지 모릅니다."

이튿날 날이 밝고 아침이 지나자 탁성에는 백기가 걸리고 성문이 열렸다. 말 그대로 물력은 탁성에 무혈입성했다. 나머지 두 개의 성도 바로 항복을 했다.

물력은 주력 군사를 이끌고 바로 골포국으로 향했다. 낙수를 건너 골포국 도성까지는 여러 개의 성이 있었다. 약문의 예측대로 골포국은 만만치 않았다. 수백 명이 지키는 작은 성이라 하더라도 지형의 험준함을 믿고 끝까지 버티고 싸웠다. 물력은 군사들을 독려해가면서 하나씩 성을 깨뜨렸다. 한 달 만에 다섯 개의 성을 빼앗았다. 하지만 여전히 골포국 도성까지는 두어 개의 성을 더 깨뜨려야 했다. 정면으로 성을 공략하여 깨뜨려야 하니 물력의 군대에도 사상자가 속출했다. 사기는 떨어지고 군사들은 지쳐가기 시작했다. 약문이 물력에게 이 정도에서 그쳐도 좋겠다고 말했다.

"나도 그렇게 생각하오. 낙수 서쪽으로 다섯 개의 성을 점령했소. 이렇게 되면, 아라가야와 남가야는 완전히 갈라지게 되었소. 우리가 중간을 가로질렀단 말이오."

"그렇습니다. 대가야와 아라가야와 남가야가 거의 분리가 된 형국입니다. 가야는 전체가 낙수로 연결이 되어야 힘을 쓰는 큰 이무기였는데, 이제 세 도막이 났습니다. 우리는 여기까지입니다. 이무기는 동강이 나면 힘을 쓰지 못합니다. 골포국은 백제와도 인연이 깊어 백제가 구원을 하러 올 수도 있으니 이쯤에서 공격을 멈추는 게 좋겠습니다. 왜국 축자국의 반란도 중앙군이 승리해 진압되었으니, 백제군이 한결 여유가 있을 겁니다."

"그렇게 합시다. 군사들도 지쳤으니."

신라가 탁국을 완전히 집어삼키고 골포국을 공격하여 다섯 성을 빼앗은 일로 해서 가야국 전체가 발칵 뒤집혔다. 대가야는 신라와 동맹을 맺었기에 표면적으로는 덜 불안했다 해도 남가야와 아라가야를 비롯하여 가야의 여러 작은 나라들은 불안하기 짝이 없었다. 맹주 역할을 자임했던 대가야는 이번 신라의 침공에는 한 발 빼고 불구경하듯 했다. 다른 가야국들은 대가야를 불신할 수밖에 없었다. 가야국 중에서도 아라가야는 더욱 불안했다. 탁국은 바로 낙수 건너편이었고, 골포국은 아라가야 바로 남쪽이었기에 아라가야는 뭔가 대책을 세워야 했다.

아라가야의 왕은 여러 가야국에 사발통문을 돌렸다. 아라가야에 모여 앞으로의 대책을 논의하자고 했다. 아라가야의 왕은 대가야가 한동안 여러 가야국의 맹주 노릇을 하였으나 신라와 사돈의 나라가 되면서 이제는 더 이상 믿을 수 없다고 했다. 아라가야 왕은 아라가야가 새로운 가야국의 맹주가 되겠다는 욕심도 가지고 있었다. 아라가야 왕은 왜국에도 사신을 파견해 회의의 개최를 알렸다. 왜국에게 사신과 함께 병사도 아울러 요청했다. 세를 과시하기 위함이었다. 아라가야 왕은 회의를 위해 급히 도성 입구에 큰 회의장을 지었다. 고당(高堂)이라 했다. 아라가야의 위상을 보여주어 가야 연합의 주도권을 가지기 위해서였다.

여러 가야국에서 왕이나 고위 관리가 속속 아라가야로 모여들었다. 아라가야 왕은 신라와 백제에도 고당회의에 참가해달라고 했다. 사마왕의 뒤를 이은 백제의 명농왕은 좌평 연모를 보내 가야 여러 나라를 백제에 우호적으로 만들라고 지시했다. 신라의 모즉지왕은 회의에 신라의 사신도 보내 달라는 요구를 받고 콧방귀를 뀌었다. 회의는 보나마나 신라가 점령한 골포국의 다섯 성을 돌려달라 할 게 뻔했기 때문이다. 심지어 탁국을 원상태로 회복해달라는 요구가 있을지도 몰랐다. 모즉지왕은 약문을 보내려 하다가 물력의 아들 거칠부(居柒夫)를 보냈다. 거칠부는 영민하고 글을 잘해서 신라 조정에서는 거칠부에 대한 기대가 컸다. 거칠부는 왕의 친척이기는 했어도 아직 나이가 어려 나마(奈麻) 벼슬이었다. 왕은 거칠부에게 나서지 말고 회의에서 무슨 이야기가 오고가는지만 파악하고 오라고 했다.

아라가야에서 고당회의가 열렸다. 왜국 사신은 아라가야 국왕의 요청대로 수백의 병력을 거느리고 회의에 나타났다. 왜국 사신은 자신이 군사 수백을 거느리고 왔다고 잔뜩 거들먹거렸다. 일종의 과시였다. 가야의 여러 작은 나라는 왜군 파병을 요청한 아라가야의 국왕이 대단하게 보였다. 신라와 백제와 왜국의 사신을 다 부르는 아라가야의 능력을 보면, 믿을 수 없는 대가야국의 연합세력이 되느니 차라리 아라가야를 맹주로 받들고, 아라가야와 함께 생존을 도모하는 게 작은 나라의 미래를 위한 길로 보이기도 했다.

회의장은 벽이 없어 밖에서도 다 들여다볼 수 있게 지어졌다. 회의장 안에는 가야국 대표들만 들어가게 되어있었다. 백제와 신라 사신은 발언권도 없이 뜰에서 회의를 지켜보아야만 했다. 회의 내용은 뻔했다.

아라가야를 비롯한 여러 가야국은 신라가 뺏은 땅을 원주인인 골포국에 돌려주어야 한다고 했다. 앞으로 신라든 백제든 가야국을 침범하지 말아야 한다고 했다. 또한 회의는 아라가야에서 개최하자고도 했다. 가야국 대표들은 아라가야의 결의사항을 거칠부에게 전달했다. 가소로운 결의지만 거칠부는 가야국들의 결의사항은 신라 국왕에게 잘 전하겠다며 서라벌로 돌아갔다. 정작 칼자루를 쥔 당사자는 신라였다. 엉뚱하게도 칼끝을 쥔 가야국들이 결의한 형국이었다.

백제 사신으로 온 좌평 연모는 잔뜩 화가 났다. 백제에서 좌평은 가장 높은 관직이다. 조그만 나라에서 감히 대국의 좌평을 무시해서는 안 될 일이었다. 게다가 발언권도 주지 않고 뜰에서 대기하다가 돌아가게 했다. 푸대접을 당한 연모는 화가 잔뜩 난 채로 웅진으로 돌아가서 바로 명농왕에게 고했다.

"폐하, 신라가 아라가야 아래를 일부 점령했사옵니다. 우리도 그냥 있어서는 안 되옵니다. 대가야는 신라와 명색이 사돈을 맺었으니 두고 보더라도 아라가야를 비롯한 다른 가야는 우리가 점령해야 합니다. 그냥 두면 신라가 필시 야금야금 장악할 공산이 큽니다."

"그래요? 그렇겠지. 그럼 우리도 군사를 냅시다. 신라가 군사를 내었으니 우리도 군사를 내야지. 지난번 우리 진문귀장군이 왜국에서 귀국

할 때 호위병과 진장군을 공격한 게 아라가야지요?"

"그렇지는 않사옵니다. 대가야이옵니다."

"그래도 아라가야가 협조하지 않으면 그렇게 할 수는 없었겠지요?"

"그렇습니다. 분명 협조했을 겁니다."

"그러니 지난번 우리를 공격한 죄를 물어야지. 좌평에게 군사 5천을 내 줄테니 아라가야를 혼내주고 오시오. 다만 신라처럼 무도하게 아라가야를 완전히 멸망시키려 하지는 마시오. 아라가야도 그렇고 다른 가야 소국들을 우리 백제가 완전히 교화하여 품에 안아야 하오. 우리가 좀 더 인내심을 가지고 살펴야 할 거요. 그들이 충심으로 우리를 대하는 날이 올 거요. 우리 백제가 신라와 같이 얕은 꾀를 쓰면 되겠소?"

"신명을 바치겠나이다."

사실 명농왕의 계책은 다른 데 있었다. 신라처럼 땅을 조금 빼앗는 게 무슨 의미가 있으랴. 명농왕은 아버지 무령왕의 한을 알고 있었다. 아버지는 할아버지의 원수를 갚고 한성을 회복하고자 했다. 아버지의 재위 기간이 너무 짧았다. 자신이 아버지의 못다 이룬 꿈을 이루어야 했다. 그러자면 가야 전체가 자신의 의지에 따라야 한다.

백제의 좌평 연모가 군사를 모아 출정을 준비하는 동안 북쪽 국경에서 급보가 날아들었다. 한동안 잠잠했던 고구려왕 흥안(興安)왕이 움직이기 시작했다. 흥안왕은 백제를 치기 위해 직접 병사를 거느리고 국경을 넘었다. 3만도 넘는 병력이었다. 고구려의 갑작스러운 공격에 백제의 혈성(穴城)이 바로 함락되었다. 백제의 명농왕은 깜짝 놀라 궁성 수비를 철저히 하는 한편 좌평 연모(燕謨)에게 보기병 3만 명을 주어 오곡

(五谷)에서 막아 싸우게 했다. 기유년이었다.[121]

고구려의 기병은 역시 강했다. 오곡 전투에서 백제는 크게 패했다. 죽은 자가 무려 2천여 명에 달했다. 연모는 당황하지 않고 성으로 철수해 농성전으로 들어갔다. 흥안왕은 총력을 다해 성을 공격했다. 백제의 성은 단단했다. 병력도 많아 그다지 효과가 없었다. 더군다나 이른 추위가 들이닥치자 흥안왕은 군사를 물렸다.

명농왕은 한숨을 돌렸다. 번번이 고구려에 뒷덜미를 잡혀 남쪽을 공략하지 못하는 게 너무 아쉬웠다. 신라의 모즉지왕이 야금야금 영토를 넓혀가는 게 보이는데도 어쩔 수 없이 참아야 하는 상황이 답답하기 그지없었다. 좋은 소식도 있었다. 고구려에 나가 있는 세작은 고구려의 흥안왕이 승리했지만 쉽게 군사를 물린 데는 이유가 있다고 했다. 고구려 내부에 왕위 계승을 둘러싼 심상치 않은 조짐이 있다 했다. 그렇다면 고구려는 당분간 군사를 내지 못할 게 틀림없다. 명농왕은 연모에게 다시 아라가야를 공략할 준비를 하라고 했다.

신해년[122] 5월 드디어 기다리던 소식이 왔다. 고구려의 흥안왕이 세상을 떴다. 병으로 죽은 게 아니었다. 동생인 보연(寶延)이 형을 시해하고 스스로 왕이 되었다. 흥안왕의 아들 복귀(福貴)는 재빨리 왜국으로 도망쳐 화를 면했다.

명농왕은 때가 왔음을 직감했다. 고구려의 위협이 당분간 사라졌으니 남쪽을 도모해야 할 때였다. 명농왕의 명을 받은 좌평 연모는 바로 기병 5천을 이끌고 출정하여 서쪽의 여러 작은 가야를 공략하고 아라가야를 압박해 들어갔다. 다급해진 아라가야는 백제에 충성하겠다는 서

---

121) 529년
122) 531년

약을 했다. 백제는 아라가야를 멸하는 게 목적이 아니었다. 연모는 아라가야를 지속적으로 압박할 수 있는 걸탁에 성을 쌓고 백제군을 주둔시켰다. 걸탁성(乞乇城)은 아라가야의 목을 겨냥하는 곳이었다. 아라가야는 백제의 위협에 숨이 막힐 지경이었다. 명농왕은 그쯤에서 만족했다. 여러 가야를 다 정벌하기엔 북쪽이 불안했다. 머리 위에 고구려를 이고 있는 백제로서는 감당하기 힘들었다. 백제는 아라가야와 같은 큰 가야는 그대로 두고 협조를 받는 게 더 유리하다고 판단했다. 아라가야와 함께 대가야도 협조하게 만들어야 했다.

백제가 아라가야를 압박하여 허수아비로 만들었다는 소식은 신라에도 바로 전해졌다. 이번에는 모즉지왕이 급해졌다. 왕은 철부를 상대등으로 임명하여 국정을 맡기고, 이사부의 동해 군단을 출정하라 명했다.

이사부는 함선 30여 척에 군사 3천을 태우고 해안만 돌면 남가야가 바라보이는 다대포에 하륙했다. 이사부는 무력을 써서 남가야를 멸하고 싶지 않았다. 다대포에서 낙수 하구를 돌아 올라가면 바로 황산진이었다. 황산진 건너편이 남가야였다. 신라가 황산진을 장악한 이후부터 남가야는 사실상 힘을 쓰지 못하는 나라였다. 그래도 한때는 가야국의 맹주였기에 충성으로 남가야를 지키고자 하는 백성들이 많았다. 왕의 아들들이 죽기 살기로 싸우기를 각오하고 있다는 정보도 들어왔다.

이사부는 남가야의 땅보다 남가야 사람들, 특히 용맹한 왕의 아들들이 탐이 났다. 무릇 강한 나라가 되자면 용감한 장수가 많아야 한다. 그 장수는 신라 사람이 아니어도 상관없다. 가야 사람이라도 신라에 충성하면 신라 사람이 된다. 이사부는 남가야가 어디에도 연통하지 못하게 수군으로 항구를 봉쇄한 다음 남가야의 구형왕에게 항복을 받아내려고 부관인 주령을 보냈다.

주령은 구형왕에게 항복하면 신라의 귀족으로 대우하며, 식읍으로 남가야를 내주겠다는 조건을 전달했다. 구형왕은 시조인 김수로왕으로부터 5백 년을 내려온 사직을 자기 대에서 끝내려 하니 눈에서 피눈물이 났다. 생각만 해도 오장육부가 뒤집혔다. 아무리 나라가 내리막길이라 해도 자신은 왕이었다. 항복하지 않을 수도 없었다. 남가야를 구원하러 나설 나라가 없었다. 아라가야는 백제에게 발목이 잡혀있다. 대가야는 신라와 동맹국이었다.

구형왕은 주령에게 신하와 왕자들과 의논해 결정하겠다고 시간을 달라고 했다. 주령이 다대포로 돌아와 이사부에게 그렇게 보고하자 이사부는 기다려주기로 했다. 한 달이 지나고 두 달이 지나도 구형왕은 결정하지 못했다. 오히려 죽을 때까지 싸우자는 신하와 왕자가 여럿이었다. 특히 왕의 첫째 아들 노종(奴宗)과 셋째 아들 무력(武力)이 완강히 반대했다.

승산이 없으니 항복하자고 하는 자도 많았다. 갑론을박이 지속되는 동안, 이사부 수군은 신라의 해상 포위망을 뚫고 왜로 달아나려는 왜선한 척을 추포(追捕)했다.

왜인을 심문해보니 왜의 병졸들이었다. 왜의 병졸들은 지난번 아라가야 회의 때 참석했다가 왜국으로 돌아가지도 않고 아라가야에 머물렀다고 한다. 백제가 아라가야를 공격하자 그들은 골포국 바닷가로 도망쳐 적당한 곳에 성을 쌓아 주둔하고 있다고 했다. 그들은 신라와 백제와 가야의 동향을 탐지하여 왜왕에게 보고하는 일을 하고 있었다. 이사부는 그들을 처단하고 낙수 하류를 건너 남가야의 성들을 향해 쳐들어갔다. 이사부 군사의 공격에 남가야 여러 성이 바로 함락되었다. 남가야성 주변에 있던 성이 모두 점령당하자, 이게 바로 말로만 듣던 초패왕의 사면초가(四面楚歌)로구나, 하면서 구형왕은 굵은 눈물을 떨구었다.

남가야는 잇몸도 없이 흔들리는 이빨처럼 위태해져 버렸다. 그럼에도 구형왕은 항복하기를 망설였다. 이사부는 석 달이 지나가자 더는 기다릴 수 없었다. 이사부의 전 병력이 남가야성을 향했다. 총공격 일보 직전에 구형왕은 마침내 항복 결정을 내렸다.

이사부는 군사를 이끌고 남가야성에 입성했다. 이사부는 군사들에게 인명을 절대 살상하지 말라는 엄명을 내렸다. 아울러 절대 약탈도 하지 못하도록 했다. 명을 어기면 군법이 시행된다고도 했다. 궁궐에 들어가서도 이사부는 아무리 항복한 왕이라 하더라도 구형왕을 함부로 대하지 않았다. 나이가 많은 구형왕을 왕에 버금가는 대우를 하고 상석에 앉혔다. 그렇다 하더라도 망국의 왕은 이미 왕이 아니었다. 이사부는 구형왕의 세 아들 중 막내인 무력이 유독 항복을 반대했다는 말을 듣고는 그를 따로 불렀다.

"왕자님의 이름은 무엇입니까?"

"망한 나라의 왕자 이름이 뭐가 궁금합니까? 욕을 보이려거든 바로 죽이시오."

"그럴 리가 있나요. 끝까지 항복을 반대한 용감한 왕자가 누군가 하고 궁금했습니다. 혹시 무력(武力)왕자가 아니시오?"

"……"

"무력 왕자시군요. 왕자님의 용맹함은 익히 들어서 알고 있습니다. 어디 우리 장수와 칼이라도 한번 부딪쳐 보겠소?"

"그렇게 해 주시오. 안 그래도 답답해서 미칠 지경인데 잘 되었소."

느닷없이 이사부의 부관 주령과 남가야의 왕자 무력의 칼싸움이 시작되었다. 둘의 칼끝에서 뻗쳐나온 검기(劍氣)가 남가야 궁성 마당에 가득했다. 둘의 검술은 모두 경지에 올라있어 10여 합을 붙어도 승부가 나지 않았다. 검과 검이 부딪치는 소리가 계속되자 구경꾼들의 심장이 점점 오그라들었다. 20여 합에 이르자 이사부는 칼싸움을 중지시켰다.

"두 용사는 그만두시오. 이러다가 큰일 나겠소."

이사부의 말에 주령은 바로 칼을 내렸다. 무력은 칼을 내리지 않았다. 그렇다고 칼을 내린 상대를 공격하지도 않았다. 한참을 상대를 노려보다가 칼을 바닥에 던지고 털썩 바닥에 주저앉아 통곡했다. 이사부는 다가가 조용히 그의 어깨를 토닥였다.

그날 밤 이사부는 무력을 자신의 처소로 불렀다. 무력이 이사부의 처소에 도착했을 때 주령이 먼저 와 있었다. 그들 앞에 조촐한 주안상이 놓여 있었다.

"싸움 구경을 했으니 내가 술 한잔 내야 하지 않겠소?"

무력은 좌정한 뒤 말이 없이 이사부가 따르는 술을 석 잔이나 연거푸 벌컥벌컥 마셨다.

"그대의 심정을 알 것 같소."
"장군께서 저의 심정을 아신다구요?"
"물론 안다고 해서 위로가 되는 건 아닐 거요. 내가 하고 싶은 말은 분노와 슬픔으로 인생을 보내기에는 그대가 너무 젊다는 거요."

"그러니 더 속이 터집니다."

"그럴 거요. 하지만 그대에겐 남가야의 왕자가 아닌 다른 삶도 있을 거요. 그대가 선택하기에 달렸소. 그 선택이 그대의 앞날을, 나아가 그대 후손의 앞날을 결정하게 될 거요."

이사부는 그 정도로 하고 술자리에서 빠져나왔다. 무력은 주령과 주거니 받거니 하면서 만취했다. 이사부도 쉽사리 잠자리에 들지 못했다. 마당에서 서성거릴 때 누군가가 다가왔다. 이사부는 혹시 자신을 해칠 자객일지도 몰라 검을 잡고 경계를 했다.

"장군님, 남가야의 태자 노종입니다. 뭐 지금은 태자도 아니지만."

이사부는 전혀 뜻밖의 인물이라 다소 놀랐다.

"태자시군요. 이 밤중에 무슨 일로……"

"고맙다는 말씀을 드리러 왔습니다. 오래도록 기다려주시고, 입성해서도 성안 사람들을 아무도 해치지 않았습니다. 민가에서조차 조그만 약탈도 없다고 들었습니다. 왕가 사람들도 다 대우를 해주셨구요. 제 동생을 염려해주셨지요. 제가 유심히 보았습니다."

"그랬군요. 태자에게 나도 허심탄회(虛心坦懷)하게 말하리다. 나도 남가야 사람들이 얼마나 상심이 클지 잘 압니다. 5백 년 나라를 들어 항복하기가 쉬운 일이 아니란 걸 잘 압니다. 한목숨 살고자 그렇게 하지는 않겠지요. 죽음보다 어려운 결정입니다."

"그렇습니다. 죽기보다 어려웠습니다. 하지만 장군께서는 우리에게 치욕을 주시지는 않았습니다."

"나는 그대 나라 사람들에게 치욕을 안길 이유가 없습니다. 내 솔직하게 말하리다. 우리 신라는 고구려나 백제에 비하면 아직 힘이 약합니다. 그대 가야국 사람들의 힘이 필요합니다. 가야국 사람들과 성심을 다해 힘을 합치면 신라는 사방으로 더 뻗어나갈 수 있습니다. 나는 가야국을 정벌하러 온 게 아닙니다. 가야국 사람들을 얻으러 왔습니다."

"저도 그렇게 보았습니다."

"태자께서 저를 도와주십시오."

"장군께서 저를 품어주십시오. 제 동생들과 함께 미력이나마 보태겠습니다."

"허허, 이렇게 고마울 수가. 이렇게 그냥 이 밤을 보낼 수는 없겠소. 내 태자와 한잔 해야겠소이다."

이사부와 노종은 어울려 술을 마시기 시작했다. 아무리 적이 항복했다 하더라도 적의 궁궐에서 장수와 부관이 모두 함께 각각 적국의 왕자와 대취한다는 건 있을 수 없는 일이었다.

이사부와 주령은 그렇게 했다. 아무 일도 없이 밤이 지나가고 아침이 왔다.

이사부는 구형왕과 그의 식솔들을 서라벌로 보낼 준비를 시켰다. 단순히 포로를 잡아가는 게 아니라 한 나라를 들어 바치다 보니 준비할 게 많았다. 구형왕과 왕의 식솔은 아예 서라벌로 이주를 시켜야 했다. 오래된 나라여서 이삿짐도 많았다. 시종과 시녀를 비롯해 왕가와 관계된 식솔들만 수백이었다. 배로 짐을 운송하면 쉬워지지만, 모즉지왕은 시간이 걸리더라도 육로로 보내라 했다. 신라의 영토로 들어와서 서라벌에 도착할 때까지의 구형왕의 행렬 자체가 모즉지왕의 위세를 세워주는 일종의 전리품이 될 터였다. 구형왕 일행이 느릿느릿 서라벌에 당도한 건 이듬해인 임자년이었다.[123]

모즉지왕은 물력에 이어 이사부가 남가야를 완전히 평정하자 기쁨을 감추기 어려웠다. 자신이 전륜성왕에 한 걸음 다가섰다 생각했다. 왕은 상대등 철부에게 명하여 구형왕의 귀부 의식을 대소신료들을 모두 모아 남당에서 성대하게 치르라고 했다.

장엄한 음악이 울려 퍼지는 가운데 구형왕은 월성 남당에서 머리를 조아렸다. 구형왕과 계화(桂花) 왕비, 맏아들 노종(奴宗), 둘째 아들 무덕(武德), 막내 아들 무력(武力)이 함께 머리를 조아렸다. 구형왕은 대대로 내려오던 금관국의 보물을 바쳤다. 모즉지왕은 단상에 앉아있다가 단하로 내려와 예를 갖추어 구형왕을 데리고 단상으로 함께 올랐다. 모즉지왕은 그에게 바로 상등(上等)의 직위를 주었다. 상등은 가장 높은 벼슬을 의미하는 명예직으로 신라에서 구형왕이 처음 받은 직위였다. 모즉지왕은 아울러 남가야를 김해현(金海縣)으로 이름을 바꾸고 구형왕의 식읍(食邑)으로 삼게 하였다. 다만 구형왕은 당분간은 충직한 신하에게 김해현의 관리를 맡기고 자신과 아들은 탁부에 소속된 귀족으로 서라벌에서 살아야 했다.

이사부도 서라벌로 개선했다. 모즉지왕은 남가야를 완전하게 귀부

---

123) 532년

(歸附)시킨 이사부의 공적을 높이 평가했다.

"이사부가 내 근심을 사라지게 했도다."

왕은 이사부에게 실직으로 가지 말고 서라벌에 주둔하라 명했다. 고구려의 국내 사정이 혼란스러워 과거와 같이 고구려가 동북 변방으로 쳐들어올 가능성은 거의 없었다. 고구려의 침입이 있다 해도 신라의 수군이 강성해져서 동북 변방에서의 싸움은 기동력 있는 수군으로 대처할 수 있다. 서북 변방으로 온다고 해도 사벌군이 능히 막아낼 수 있다. 또한 남가야국을 흡수하여 낙수 동쪽부터 동해에 이르는 남해 전역이 신라 수군의 해역이 되었다. 이사부가 실직주 군주로 가서 수군을 양성한 이래 남가야를 귀부시킬 때까지 27년이 걸렸다. 그동안 동해와 남해의 바다는 이사부의 수군이 완전히 통제권을 장악했다. 고구려도 왜국도 얼씬거릴 수 없었다.

이사부가 친구들과 장봉진을 쳐들어왔던 왜적을 놓쳐 한탄했던 날 이후 왜적은 단 한 차례도 바다 건너 신라를 넘보지 못했다. 골치 아팠던 왜적의 침탈은 지증왕과 모즉지왕 대에 들어서는 단 한 차례도 없었다. 신라는 평화로운 가운데 국력을 비축했다. 비축한 국력은 가야 정벌로 나타났다. 신라 군사력의 중심에 이사부가 있었다. 모즉지왕이 이사부를 칭찬한 데는 그런 배경이 있었다.

이사부는 모즉지왕에게 장차 골포국과 아라가야도 귀부시키겠다는 계획을 말했다. 골포국은 백제와 왜국을 이어주는 역할을 하고 있었다. 골포국을 장악하면 남해에서 신라의 영향력은 더욱 커질 수밖에 없었다.

백제가 가만히 있지 않았다. 백제는 탁발성에 진주했던 군사를 골포국으로 보내 지난번 물력이 점령했던 성을 빼앗았다. 신라 병사가 몇 없었기에 백제는 신라 병사를 죽이지는 않고 쫓아내어 버렸다. 백제는 골포국 북쪽의 성을 보강하여 칠원성을 견고하게 쌓았다. 모즉지왕은 이사부를 남가야로 보냈다. 이사부는 남가야의 태자였던 노종과 함께 남가야에 도착해 골포국 사정을 탐지했다.

이사부는 남가야처럼 골포국 왕실을 회유하려고 했다. 골포국은 백제가 칠원성을 쌓고 목을 겨누자 갑갑하기 이를 데 없었다. 골포국은 당장 백제의 위협에 직면하게 되자 백제냐, 신라냐 두 선택지를 놓고 매우 고심했다. 골포국 조정에서는 연일 회의를 거듭했다. 신하들은 백제 쪽을 원했다. 백제는 왕을 압박하고 감독하는 정책을 펴고 있었기에, 신하들은 어차피 백제의 다스림 속에 들어간다 해도 크게 달라지는 건 없었다.

골포국 아리왕은 생각이 달랐다. 나라가 망한다면 차라리 신라에 귀부하는 게 좋다고 생각했다. 남가야의 구형왕이 신라에 항복하고 서라벌로 가서 신라의 귀족이 되어 잘살고 있다고 했다. 망하는 나라의 임금으로 매일매일을 존망을 염려하며 위태롭게 사느니, 차라리 흥하는 나라의 귀족이 되어 평화롭게 사는 게 낫지 않을까? 그런 생각을 하던 차에 과거 남가야의 태자였던 노종이 골포국 왕을 찾아왔다.

노종은 골포국 왕을 설득했다. 신라에서 자신들은 귀족 대우를 받으며 잘살고 있다고 했다. 자신들과 마찬가지로 골포국 왕도 신라에 귀부하면 골포국을 식읍으로 받아 자손 대대로 번창할 거라고 했다.

노종이 골포국 아리왕을 만나자, 일부 신하들이 눈치를 챘다. 노종이 아리왕을 찾아왔다면 그 목적은 뻔할 터였다. 백제에 속하기를 원하던 신하가 급히 칠원성의 백제군에 연통을 보냈다. 백제의 칠원성주는 당장 군사를 보내야 할지 왕의 명령을 기다려야 할지 혼자서 결정할 수가 없었다. 명농왕에게 급보를 보내 명령을 받고서야 비로소 군사를 출동시켰다.

노종은 남가야로 돌아와서 이사부에게 급한 소식을 전했다. 노종은 이사부에게 골포국의 아리왕은 귀부할 의사가 있다고 했다. 신하들의 반대가 심해 이러지도 저러지도 못하니 신라 군대를 보내주면 성문을 열기로 했다고 보고했다. 하지만 백제군사가 먼저 골포국 도성에 도착할지도 모르니 급하다고 말했다. 이사부는 남가야와 황산진 인근의 군사를 끌어모았다. 족히 3천은 되었다. 백제의 기병이 골포국 서북쪽 국경을 돌파해 골포성으로 전진 중이라는 보고가 들어왔다.

다급해진 이사부는 함선에 군사를 실어 바로 골포성 앞바다에 상륙했다. 골포성은 바다에 인접했으므로 이사부의 군사가 백제 기병보다 먼저 도착했다. 이사부의 군사가 골포 성문에 도달하자 약속대로 아리왕은 성문을 열고 항복했다. 이사부의 군대는 재빨리 성으로 들어가 신라 깃발을 달고 성문을 닫았다.

한나절이 지나 백제의 기마대가 골포성에 도착했다. 백제군은 신라군이 한 발 빨랐음을 그제야 알았다. 분하고 원통했지만 그렇다고 해서 신라군을 공격할 수는 없었다. 신라와 싸움을 벌였다가는 불똥이 어디로 튈지 모르는 일이었다. 북쪽 고구려의 위협이 있는 한 신라와의 동맹을 함부로 깰 수는 없었다. 백제군은 철수 길에 올랐다.

이사부가 가만히 있지 않았다. 물력이 점령했던 성을 빼앗겼기에 보복을 했다. 백제의 칠원성을 기습했다. 백제군으로서는 뒤통수를 맞은 격이었지만, 이사부는 물러서지 않았다. 이사부는 신라가 뺏은 성을 백제가 가로챘으니 신라가 탈환해야 당연하다는 명분을 내세웠다. 신라군의 맹공에 백제군은 많은 사상자를 내고 칠원성을 다시 신라에 내주고 말았다. 실로 오래간만에 백제와 신라가 전투를 벌였다. 이사부는 설혹 백제와 전면전이 벌어진다 해도 가야를 양보할 수 없었다. 이사부는 가야를 차지하는 자가 결국 승리한다고 생각했다.

마침 이때 백제는 웅진에서 사비로 도읍지를 옮기는 중이었다. 신라를 징치하기 위해 많은 군사를 낼 형편이 못되었다. 이사부도 바로 그 점을 노렸다. 백제는 분명 군사를 크게 일으킬 수 없다. 그렇다면 신라는 잇속을 차리자는 생각을 했다. 골포국을 귀부시키고 칠원성을 점령하면 심각한 타격을 입는 건 아라가야였다. 아라가야의 남쪽은 신라에 의해 완전히 틀어막힌 형세가 된다. 아라가야는 신라와 싸우든 손잡든 둘 중 하나를 택해야 했다. 이사부의 노림수가 바로 그것이었다.

아라가야 왕은 신라의 손을 잡기로 했다. 낙수의 뱃길을 사용하려면 그 길밖에 없었다. 대가야의 이뇌왕은 아라가야가 신라에 가까워지자 다시 위기감을 느끼기 시작했다. 가야의 맹주를 자처해온 대가야의 지위가 흔들릴 수 있다. 백제의 명농왕이 바로 눈치를 챘다. 명농왕은 이뇌왕에게 바로 사신을 보냈다. 이뇌왕의 처지를 위로하고 백제와 다시 손잡자고 했다.

이뇌왕은 고심에 고심을 거듭했다. 다시 백제의 후원을 받을 수도 있다. 북쪽에 있는 여러 가야국과 힘을 합치면 아라가야 정도는 가소롭다. 백제가 밀어준다면 신라와도 한판 붙어볼 만하다. 이뇌왕은 쉽사리 잠들지 못했다.

신라에서 시집온 왕비 화진(花眞)은 이뇌왕이 백제 쪽으로 기우는 듯한 모습을 보이자, 서라벌에 있는 오라버니 비조부에게 사람을 보내 그 사실을 알렸다. 비조부의 보고를 받은 모즉지왕은 즉시 약문을 사신으로 보냈다. 약문은 이뇌왕에게 가서 말했다.

"저의 폐하께서는 월광태자가 서라벌에 와서 좋은 교육을 받으라고
하십니다. 이왕이면 이뇌왕 부처까지 함께 오시면 좋겠다고 하십니다.
서라벌에서 구경도 하시고 맛난 음식도 드시구요."

이뇌왕은 약문의 능청에 기가 막혔다. 같이 갔다가 서라벌에 유폐되
어 버리면 그것으로 대가야는 끝이다. 신라 모즉지왕은 능히 그런 일도
마다하지 않을 인물이었다. 이뇌왕은 비밀리에 다녀간 백제 사신의 제
안을 되새겨보았다. 백제 사신은 백제가 대가야의 이웃이 되겠다고 약
속했다. 백제와 대가야의 분쟁의 원인이었던 다사강 통행도 보장해주
겠다고 했다. 만약 신라가 침공한다면 백제가 구원하겠다고 했다. 대가
야는 전통적으로 백제와 교류가 많았고, 신라와는 적대적이었다는 역
사적 사실도 환기시켰다. 신라인 부인과 갈라서면 백제와 통혼도 가능
하다는 언질도 주었다. 명농왕의 약속은 매력적이었고, 파격적이었다.
이뇌왕은 백제 사신에게 상황을 지켜보자는 말만 하고 돌려보냈다.
이뇌왕은 백제 사신의 제안을 상기하면서 약문에게 대답했다.

"초대는 고맙소만 내가 요사이 몸이 편치를 않소. 대신 월광태자는
대왕과의 약속도 있고 하니 보내겠소이다."
"왕후전하의 오라버니 되시는 비조부께서 지금 위독하여 언제 돌아
가실지 몰라, 죽기 전에 동생을 꼭 보고 싶다고 하시니, 이번 월광태자
가 가는 길에 왕후마마의 친정 나들이를 청하옵니다."
"그래요? 왕비까지?"

"그렇사옵니다. 병문안만 하면 바로 돌아오시게 하겠습니다."

"내 마음대로 결정할 문제가 아니니, 기다리시오. 내일 알려드리겠소."

이뇌왕은 결정하기 힘들었다. 결정이 가져올 결과를 생각했다. 화진부인이 신라로 돌아가면 신라는 대가야와 완전히 돌아설 수도 있다. 만약 신라와 갈라서더라도 백제와 앞날을 도모할 수 있지 않은가. 백제가 압박해서 신라의 사위가 되었다. 백제와 친선을 회복한다면 굳이 굴욕을 감수하면서 신라의 사위로 있을 이유는 없다. 백제의 사위가 될 수도 있다 않는가. 백제는 사마왕의 치세를 지나 그 아들 명농왕 대에 들어서면서 다시 강성한 나라가 되었다. 올봄에 사비로 도성을 옮기면서 백제는 더 강성한 나라가 되었다.

월광태자 말고도 아들은 많다. 화진부인과 월광을 일단 신라로 보내놓고 다음을 도모하자, 이뇌왕은 이런 판단을 했다. 머리는 그렇게 생각해도 이뇌왕의 마음 한구석은 아들과 아내를 신라로 보내는 게 썩 내키지 않았다.

이뇌왕은 내전으로 들어가 화진부인에게 서라벌로 가겠냐고 물었다. 화진부인은 반색을 하며 펄쩍 뛸 듯이 좋아했다. 그 순간 이뇌왕은 화진부인에 대한 정이 뚝 떨어졌다. 자신은 허깨비와 살았는지도 모른다. 가지 않겠다고 해야 정상이 아닌가. 부부의 연이 거미줄보다 약하다면야, 어디 인연이라고 할 수 있겠는가. 이뇌왕은 화가 나서 약문을 바로 불러 화진부인과 월광태자를 서라벌로 보내겠다고 했다.

다음 날이었다. 화진부인은 얼씨구 하면서 친정 서라벌로 가버렸다. 이뇌왕은 신라의 사위 노릇을 하기 위해 치른 많은 희생을 돌아보았다. 정작 당사자인 화진부인은 뒤도 돌아보지 않고 태자를 데리고 떠나버렸다. 그렇게 떠나가다니. 남편 옆에 있겠다고 말해야 했다. 자신의 친정은 이미 가야라고 해야 했다. 매정하게 거절하고 가야에 남아야 마땅했다. 이뇌왕은 허망하고 분했다.

이뇌왕은 백제와 다시 손잡기로 했다.

신라는 탁국과 남가야와 골포국을 차지하여 낙수 동쪽과 남해 지역을 얻었다. 낙수 중부에 있는 아라가야를 우호 세력으로 끌어들이는 게 앞으로의 숙제였다. 백제는 다사(多沙)강[124] 일원을 장악했고, 내륙 지역의 대가야와 다시 친교를 회복하고 있었다. 신라는 탁국과 남가야와 골포국의 왕을 비롯한 많은 백성을 신라로 이주시키면서 영토와 함께 백성을 얻는 데도 주력했다. 모즉지왕은 그렇게 해야 점령지를 완전히 얻을 수 있다고 믿었다.

백제 명농왕은 영토를 점령하지 않고 나라를 존속시키면서 관리하는 방법을 선택했다. 명농왕은 대가야와 여러 작은 나라의 왕에게 위세를 보여줌과 동시에 환심을 사려고 했다. 자발적인 협조를 통해 백제가 필요할 때 군사협력을 받는 게 더 좋은 방법일 수 있다. 백제가 도읍지를 옮기면서 발생한 여러 문제를 해결하기까지는 그랬다.

가야의 여러 나라는 백제와 신라 사이에서 줄다리기하면서 살아남는 방법을 스스로 찾아야만 했다. 살아남은 가야는 결국 늑대와 승냥이 사이에 놓인 사냥감 같은 신세가 되었다. 그냥 앉아서 당할 수만은 없었다. 대가야도 아라가야도 스스로 살길을 찾아 나가야만 했다.

모즉지왕은 남가야의 귀부에 크게 고무되었다. 모든 일이 그렇듯이

---

124) 현재의 섬진강

좋은 일만 연속될 수는 없는 법이다. 모즉지왕에게 충성을 다하며 지혜를 빌려주었던 상대등 철부가 갑인년[125]에 병으로 죽었다. 모즉지왕은 조회를 중지하고 상대등의 죽음을 애도했다. 상대등이 죽고 난 뒤에는 이사부가 나서서 실질적으로 가야 공략을 지휘했다. 모즉지왕은 잇따른 승전보에 크게 만족했다.

한 집안도 그렇거니와 나라에는 늘 좋은 일만 계속될 수 없다. 나라의 근간을 흔드는 나쁜 일이 아니라면 좋으련만 꼭 그렇게 되지는 않는 법이다. 위중한 일이, 일어나서는 안 되는 일이 신라 왕가 내부에서 일어나고 말았다.

모즉지왕의 손자이자, 사부지와 지소의 아들 추안랑이 갑자기 죽었다. 여느 때와 똑같이 저녁을 먹은 후 좀 쉬다가 침소에 든 직후였다. 추안랑의 안색이 노랗게 변하더니 복통을 호소했다. 통증은 더 심해져 식은땀을 흘리며 침상을 데굴데굴 굴렀다. 어의들이 추안랑의 침소로 몰려갔다. 어머니 지소부인과 아버지 사부지도 얼굴이 하얗게 질려 아들의 침소로 달려갔다. 어의가 장이 갑자기 막히는 장옹(腸癰)이라고 진맥을 하였다. 급작스러운 장옹은 치료약이 없다. 침을 놓고 그저 낫기만을 기다려야 했다. 추안랑이 몹시 고통스러워해도 어머니 지소부인이 어떻게 해줄 방법이 없었다. 눈물을 참으면서 어의를 채근하는 수밖에 없었다. 어의도 방법을 찾지 못했다. 다음 날 어이없게도 부모가 지켜보는 가운데 추안랑은 이 세상에서의 마지막 숨을 쉬었다. 생명은 대개는 끈질기지만, 참으로 허망하게 갈 때도 있다. 17세 꽃다운 나이의 추안랑

---

125) 534년

은 허망하게 유명을 달리했다.

외손자이자 조카를 잃은 모즉지왕의 슬픔은 너무나도 컸다. 나이 든 사람의 죽음에는 의례적으로 슬퍼하지만, 추안랑의 죽음과 같은 어린 죽음은 모두가 진심으로 가슴 아파한다. 상대등 철부의 죽음에 건성으로 슬퍼했던 사람들도 추안랑의 죽음에는 진실로 슬퍼했다. 신라 왕실은 깊은 슬픔으로 가득 찼다. 아버지인 사부지의 슬픔도 어머니 못지않았다. 모즉지왕이 아들이 없었기에 추안랑은 아버지 사부지에 이어 왕위 계승 순위로 보자면 그 다음이었다. 모즉지왕은 예순여덟의 나이였다. 사부지는 나이 오십이라 해도 병약했다. 추안랑의 죽음은 모즉지왕의 통치에 누수가 생길 수 있는 일이었다. 사부지와 지소 사이에 둘째와 셋째 아들이 있어 그나마 다행이었다.

모즉지왕과 지소부인은 흥륜사에서 왕자의 명복을 빌고 좋은 세상으로 인도하는 천도재(薦度齋)를 지내기로 했다. 박이차돈이 죽고 난 뒤에 다시 짓기 시작했던 흥륜사는 여전히 완공되진 않았다 해도 천도재를 지낼 법당은 완공되어 있었다. 모즉지왕은 왕비인 보도부인과 함께 흥륜사에 자주 들러 손자의 극락왕생을 빌었다. 지소와 사부지도 그럴 때면 동행하여 아들의 명복을 빌었다.

실질적으로는 신라의 다음 왕위 계승자나 마찬가지인 추안랑이 죽자 왕실의 권위가 흔들린다고 생각한 사리공은 모즉지왕에게 신라도 연호를 사용하자고 주청을 드렸다. 연호는 힘 있는 임금이 자신의 나라를 세상의 중심이라 선포하는 일이었다. 한때 신라가 고구려의 연호를 사용할 때가 있었다. 광개토왕이 영락(永樂)이라는 연호를 정하면서부터였다. 하지만 표면적으로 그렇다 해도 실제는 육십갑자로 연도를 계산했다. 모즉지왕은 사리공의 말대로 건원(建元)이라는 연호를 사용하기로 했다. 건원이란 나라를 세운 임금이 연호를 정한다는 뜻이기도 하기에, 건원이란 연호에는 명실상부하게 모즉지왕이 나라의 기틀을 마련했다는 뜻이 들어가 있었다. 사리공이 그렇게 모즉지왕에게 설명했다.

건원으로 연호를 정하고 나서 모즉지왕은 다시 마음을 추스렸다. 신라에서는 병진년[126]이 건원 1년이 되는 셈이었다. 모즉지왕은 아버지를 부추겨 비처왕을 몰아내고 난 뒤, 신라라는 국호를 정하고 연호까지 제정하면서 숨 가쁘게 신라의 강성함을 위해 살아왔다. 자신이 서방정토로 떠나면 동생인 사부지갈문왕이 왕위를 계승하면 되고, 만약 사부지에게도 변고가 생기면 사부지의 둘째 아들 삼맥종이 대를 이으면 된다. 마음을 넓게 먹으니 마음이 한결 누그러졌다.

얼마 지나지 않아 모즉지왕에게 만약이 현실이 되었다. 동생인 사부지가 병석에 누워버렸다. 아들을 잃은 상심이 사부지를 더욱 힘들게 했다.

"못난 녀석."

모즉지왕은 사부지가 자리에 눕자 안타까운 마음에서 한마디를 했다. 모즉지왕은 딸 지소와 함께 사위이자 동생인 사부지의 병을 낫게 해달라는 불공을 흥륜사에서 드렸다. 부처님이라 해도 못 하는 것은 못 한다. 형과 아내의 간절한 기도에도 불구하고 건원 2년, 사부지갈문왕은 정사년[127]에 먼저 간 첫아들과 첫딸을 따라 서방정토로 가버렸다. 형의 그늘에서 형의 심기를 건드리지 않고 52년의 일생을 조용히 살았던 사

---

126) 536년
127) 537년

부지갈문왕의 죽음에, 동갑내기 친구 이사부와 물력은 몹시 슬퍼했다.

사부지는 아내이자 조카인 지소부인과의 사이에서 모두 삼남이녀를 두었다. 첫째 추안랑은 17세에 죽었고 둘째인 딸은 돌이 지나자마자 죽었다. 서석곡에 소풍 가던 해 지소는 둘째 아들 삼맥종을 낳았고 이어 두 해 터울로 셋째 아들 숙흘종과 딸 만호를 낳았다. 사부지가 저세상 사람이 되자 신라 세인들의 관심은 모두 삼맥종에게 쏠렸다. 사람들은 나이 칠십이 된 모즉지왕을 태왕(太王)이라 불렀다. 태왕은 지는 해였고, 열두 살의 삼맥종이 떠오르는 해였다. 세상인심이란 원래 그런 법이니, 유독 신라 사람을 야박하다 할 수도 없었다.

28

이사부는 긴 하루를 보내고 14년 전의 그날처럼 혼자서 자작하고 있었다. 세월은 시냇물처럼 무심하게 흐른다더니, 시냇물 옆에 앉으니 더욱 세월이 빠르게 흘러갔음을 느꼈다. 그날 밤은 사부지와 한잔하다가 헤어져 혼자 술을 마셨었다. 인기척도 없이 옆에 지소가 나타났었다. 그때가 지소가 서른셋이었던가. 달밤에 나타난 친구의 아내가 오히려 야속했었다. 차라리 오지나 말지. 그래도 지소가 반가웠었다.

14년이 흘러 그날 함께 왔던 추안랑도, 사부지도 다 서방정토로 떠났다. 서방정토가 있기나 할는지…… 죽으면 그냥 다 썩어 없어지는 게 아닐까? 육신이 채 썩기 전에 영혼이 먼저 사라지는 게 아닐까? 햇빛이 나면 안개가 사라지는 것처럼……

며칠 전이었다. 사부지가 죽고 일 년이 되는 날이라 이사부는 흥륜사에 갔었다. 모즉지태왕과 보도태왕비와 삼맥종 등 왕실 일가가 자리를 잡고 있었다. 재를 올리느라 정신이 없는 와중에 왕실 시녀 한 명이 이사부를 찾아왔다. 지소부인께서 관음전에서 만나 뵙자고 한다는 전갈이었다. 관음전에는 지소부인 외에는 다른 이들이 없었다. 지소가 미리 준비를 해 놓았을 터였다.

"이런 날 오라버니를 뵙습니다."

"그러게 말이오. 그래, 갈문왕께서 허망하게 가시니 얼마나 상심이 많소?"

지소는 눈시울에 눈물이 떨어질 듯 바로 눈이 발갛게 변했다. 그 눈은 지소가 어릴 때 이사부가 본 눈과 크게 다르지 않았다.

"오라버니, 바로 부탁을 드리겠습니다. 일주기가 지나면 바람이라도 쐬러 가야겠습니다. 저를 좀 데려가 주세요."

"허허, 남들이 들으면 큰일 나겠습니다."

"농이 아닙니다. 너무 덥기도 하니 그때 갔던 그 계곡으로 나를 데려가 주세요. 혼자 가기는 어려울 거고, 어머니와 아이도 함께 가려구요."

"태후님과 삼맥종도요?"

"그렇습니다."

이사부는 잠시 헷갈렸던 정신을 다시 수습했다. 14년전 사부지가 자신의 집에 찾아와서 서석곡으로 소풍 간다고 호위를 부탁했다. 그 부탁은 사부지의 부탁이자 모즉지왕의 명령이었다. 앞으로 추안랑에게 충성하라는 명령이나 다름없었다. 그 명령을 들었기에 자신은 살아남을 수 있었다. 그때 지소가 혼자 술 마시고 있는 자신에게 찾아와 굳이 고맙다는 말을 남기고 갔다. 이후에 이사부는 지소의 말을 곰곰이 되새겼다. 처음에는 자기의 아들을 지켜준다고 해서 고맙다고 한 줄 알았다. 시간이 지나갈수록 그 말은 왕실에 반기를 들지 않아 고맙다는 말로 의미가 바뀌었다. 당신, 살아남게 되어 고마워, 그런 말이 아니었을까?

"이번에도 태왕의 명이신가요?"

이사부의 말에 지소는 멈칫하다가 대답했다.

"그게 중요한가요? 오라버니에게는 그게 중요한가요? 왕명이라야 움직이나요?"
"아니오. 그게 아니라 지소의 부탁인지, 왕명인지 그게 궁금해서……"
"지소의 부탁이자 아버님의 말씀이지요."
"알았소. 이번에도 가지 않으면 내가 죽겠구려."
"오라버니, 아무 말씀 마시고요. 아버님 무서운 줄 잘 아시잖아요?"

이사부는 관음전에서 나와 집으로 돌아오면서, 또 집에 와서도 며칠을 생각했다. 그러다가 14년 전에도, 지금도 소풍은 모두 모즉지왕이 아니라 지소의 계획이었다는 생각이 별안간 들었다. 군왕은 원래 의심이 많다. 많을 수밖에 없다. 의심없는 군왕은 비처왕처럼 비참하게 죽을 수 있다. 비처왕이 미리 지도로갈문왕과 그 아들 모즉지를 제거했더라면 지금은 완전히 다른 세상이었을 수도 있다.

지소가 아버지에게 먼저 소풍을 이야기했을 수도 있다. 태왕은 이사부를 죽이려고 마음먹고 있었는지도 모른다. 그걸 눈치챈 지소가 자신을 구출하려고 14년 전에 소풍을 계획했는지도 모른다. 그렇다면 이번 소풍도? 삼맥종에게 충성하라? 그렇게 하지 않으면 태왕이 이사부를 제거한다고?

이사부는 새벽부터 군사들을 지휘하여 태후와 지소와 삼맥종을 호위하여 서석곡에 도착했다. 소풍을 온 사람은 바뀌었으되 산천은 여전했다. 계곡에는 여전히 시원한 물이 흘렀다. 물이 깊은 곳에는 산 그림자가 어리었다.

이사부는 혹시 모를 외부의 침입을 철저히 경계하라고 지시하고 장군 막사로 가서 쉬려는 참이었다. 그때 태후가 사람을 보냈다. 태후와 지소와 삼맥종이 있는 막사로 오라는 전갈이었다.

"태후마마, 부르셨습니까."

"이사부장군, 저녁을 함께 먹자고 불렀네. 따로 먹을 게 뭐가 있나."

"아닙니다. 저는 병사들과 함께 먹겠습니다."

"아니야. 그럴 거 없네. 이사부장군이 남인가? 여기까지 왔으니 편하게 지내고, 삼맥종에게는 무술도 가르쳐주고, 그러게나."

"무술을 가르쳐드리는 건 어렵진 않으나……"

"밥은 함께 못 먹는다 이건가? 지소가 어려워서 그러나? 예전에 지소가 어릴 때 지소 생일날 와서는 밥만 잘 먹었지. 사부지가 없으니 불편하기는 하겠지만, 그렇다고 그렇게 정색을 하고 내외를 할 필요는 없어. 여기 이리로 와 앉게. 그렇게 서있지 말고."

결국 보도태후의 강권에 못 이겨 이사부는 그날 이후로 왕실 식구와 함께 밥을 먹게 되었다. 밥 짓고 찬을 담당하는 숙수의 음식 솜씨는 훌륭했다. 가리찜과 같은 육류에서부터 동해의 건문어와 건대구를 물에 불렸다가 쪄서 내놓는 음식은 늘 입맛을 돋우었다.

열네 살인 삼맥종은 이사부에게 물어보고 싶은 게 많았다. 우산도 원정 간 이야기와 계략으로 가야를 정벌할 때의 이야기를 들을 때 삼맥종의 눈은 반짝반짝 빛이 났다.

"그럼, 이사부장군, 전쟁에서 가장 중요한 건 무엇이오?"
"패하지 않는 거지요. 이기지 않을 전쟁은 아예 하지 말라고 했습니다."
"이사부장군은 한 번도 지지 않았지요?"
"이길 전쟁만 했으니, 지지 않았을 뿐입니다. 태왕께서 질 전쟁에 저를 내보내지 않았습니다. 미리미리 대비했기에 태왕의 치세에 우리 신라는 적의 공격을 받은 일조차 없습니다."
"이제 우리 신라는 어떻게 해야 하오?"

이때 지소부인이 끼어들었다.

"우리 삼맥종이 이사부장군을 보더니 할 말이 많습니다. 이사부장군이 힘드실 텐데 내일 여쭈어보는 게 어때요?"
"괜찮습니다. 저도 재미있습니다. 내버려두십시오."

삼맥종은 아버지보다 어머니 지소를 닮았다. 활달하고 거침이 없었다. 열네 살인데도 벌써 덩치는 어른만 했다. 이사부는 앞으로 신라가 어떻게 나아가야 하는지 이야기했다. 가야를 더 압박해 들어가서 가야를 흡수해야 한다, 가야의 힘과 신라의 힘을 합쳐서 백제나 고구려와 맞서야 한다, 그렇게 하여 삼한 지역의 힘의 균형을 맞추어야 한다고 말했다. 물론 삼한 삼분론은 사리공과 약문의 전략이었다. 삼맥종은 이사부의 말을 듣자마자 바로 이해했다. 신라가 살길은 그 길뿐이었다. 나아가 중원을 장악하여 양나라나 제나라와 바로 연결할 수 있다면 신라는 더욱 강성한 나라가 될 수 있다. 삼맥종은 이사부의 말을 진지하게 듣고 고개를 끄덕였다.

긴 하루가 지나갔다. 이사부는 자신의 막사로 와서 부관에게 주안상을 보라고 했다. 피로할 때는 오히려 한잔하고 자는 게 더 깊은 잠을 잘 수 있다. 어쩌면 14년 전의 그 밤처럼 지소가 와주기를 기다렸는지도 모른다.

그날 밤 지소는 오지 않았다. 이사부는 오래 기다리지도 않았다. 아니 기다렸다. 밤새도록 잠을 이루지 못했으니 기다렸다 해야 한다. 정작 지소는 다음 날 밤에 왔다. 아예 시녀를 시켜 주안상을 대령하고 나타났다.

"밤이 되니 한결 시원해졌습니다. 오늘은 달빛 아래서 오라버니와 저도 한잔 나누고 싶었습니다."

"오호, 좋소이다. 태후께서는 주무시오?"

"왜, 걱정되시옵니까? 어머니가 다 늙은 딸이 야심한 밤에 사내 만나러 간다고 잔소리할까 봐요?"

"그게 아니라……"

"걱정 마셔요. 어머니는 주무신답니다. 노인네가 되면 초저녁잠이 많아진답니다."

"어쨌거나 어머니께서 잠드니 빠져나오셨구려. 허허."

"제가 와서 불편하신가요?"

"아니, 그럴 리가 있겠소. 시원한 시냇가에서 물소리 들리고 게다가 월하(月下)에 미인인데, 술까지 내오셨으니, 무엇을 더 바라겠소."

"미인이라니요. 아이 다섯을 낳은 마흔이 훨씬 넘은 여자입니다. 가당치 않은 말씀입니다."

"나도 쉰이 넘은 지 오래잖소. 하지만 나이가 든다고 마음이 늙는 건 아니오."

"그렇긴 하지요. 지나간 일들은 다 남의 삶 같습니다."

"이번에도 부인이 오자고 했소?"

"그게 무슨 말이신지."

"여기 서석곡 소풍 말이요."

"……"

"처음에는 태왕께서 그렇게 하신 줄 알았습니다. 내 마음을 떠보려고 그런 줄 알았습니다. 이 이사부가 믿을 만한지 말입니다. 하지만 이번에 오면서는 태왕이 시키신 게 아니라 부인이 계획한 일이란 걸 알았습니다."

"그래요. 제가 아버님께 말씀드렸지요. 이사부장군의 속을 들여다보자구요."

"그랬군요. 그래 나의 속을 보셨습니까?"

"제가 어린 날 제 생일 때 궁에 오신 이후로 지금까지 저는 늘 오라버니의 마음을 보고 있습니다. 한결같이 제 눈을 보고 말씀을 하시지요."

"그래서 나를 살리셨군요. 이번에도."

"아버님은 의심이 많은 분입니다. 이번에도 제가 가서 말씀드려야죠."

"왜 그렇게까지 나를?"

"오라버니, 어렵게 생각하지 마세요. 저는 오라버니를 좋아했답니다. 지금까지도 그렇답니다. 비록 지금 생에는 부부가 되지 못했지만, 다음 생에는 부부로 살았으면 좋겠습니다. 그리고 저는 제 아이들을 지켜야 하는 어미입니다. 아버님도 연세가 일흔둘입니다. 오늘 돌아가셔도 이상하지 않습니다. 그럼 누가 신라의 왕이 됩니까? 열네 살 아이인 삼맥종입니다. 삼맥종을 든든하게 지킬 분은 누구입니까? 바로 이사부 오라버니입니다. 아버님이 살아계실 땐 제가 이사부 오라버니를 보호하고, 아버님이 돌아가시면 오라버니가 제 아들을 보호해야 합니다."

"허허. 부인은 대단하오. 그런 생각까지……"

"저는 생각하지 않았습니다. 저절로 깨달은 겁니다. 저도 어릴 때는 제가 싫었습니다. 좋아하는 사람을 두고 삼촌에게 시집을 가야 하는 제 운명이 싫었습니다. 그러나 왕의 딸이었습니다. 어떡합니까? 저는 제 운명을 받아들이기로 했습니다."

"지소."

"네?"

"지소의 이름을 불러보고 싶었소. 나도, 지소도 평범한 백성이었으면 얼마나 좋았을까 하고 생각한 적이 한두 번이 아니었소. 하나 그렇게 생각한다고 될 일이 아니잖소. 지소, 당신의 속마음을 알았으니…… 그것으로 나는 충분하오."

"오라버니!"

"지소!"

29

이사부가 보도태후와 지소부인과 삼맥종을 호위하여 서석곡을 다녀온 다음 해 봄부터 모즉지왕이 병석에 드러누웠다. 일흔셋 생신이 지나더니 기력이 부쩍 약해졌다. 여름 더위와 싸우다가 찬바람이 날 때쯤 되니 기력이 다했다.

태왕은 마지막으로 머리를 깎고 싶다고 했다. 갈문왕의 아들로 태어났으나, 아버지를 왕으로 옹립하여 태자가 되었다. 부왕이 승하하자 신라의 왕을 승계했다. 왕이 되어서 왕은 서서히 권력의 중심으로 뚜벅뚜벅 들어갔다. 신라에서는 처음 있는 일이었다. 신라 사람들은 그를 태왕으로 우러러 받들었다.

태왕은 마지막으로 하나를 더 하고 싶었다. 저 서역의 아육왕(阿育王)처럼 전륜성왕이 되고 싶었다. 동생 사부지와 딸 지소를 결혼시켜 그 자식들에게 전륜성왕의 대를 잇게 하고 싶었다. 다행히 손자가 태어났나 했더니 첫째는 죽어버렸다. 그래도 둘째와 셋째가 있어 전륜성왕의 핏줄은 이어지게 되어있다. 태왕은 죽을 때 전륜성왕을 완벽하게 구현하고 싶었다. 삭발하고 불제자가 되어 전륜성왕의 현현한 모습을 백성들에게 보여주기로 했다. 태왕비인 보도부인도 머리를 깎고 함께 불제자가 되기로 했다.

흥륜사 대웅전에서 태왕과 태왕비는 성대한 수계식을 올렸다.

국왕이 비구가 되었다. 태왕비인 보도부인은 비구니가 되었다. 태왕은 형식상으로 완벽한 전륜성왕이 되었다. 윤회의 수레바퀴를 주재하는 성스러운 임금이 되었다. 기력이 없는 가운데도 태왕은 부처님 전에 엎드렸다.

아무리 전륜성왕이라 해도 속세의 죽음은 피해갈 수 없다. 모즉지왕은 죽음이 임박하자 자신의 계략이나 욕심으로 인해 죽어간 악연을 괴로워하면서 속죄하고자 했다. 제대로 피지도 못하고 젊은 날에 가버린 박이차돈이 특히 마음에 걸렸다.

태왕은 오래전에 자신이 뿌렸던 죄업을 참회했다. 비처왕이 불교를 받아들여 권력을 강화할까 두려워 성진스님을 모략했다. 성진이 강월궁주의 집에서 불공을 드린다는 측근의 보고를 받고 射琴匣(사금갑)이라고 쓴 봉투를 내밀게 하여 비처왕을 곤궁에 빠뜨렸다. 비처왕은 함정에 빠져 결국 성진을 처단했다. 도리사에 있던 두 중도 조작된 증거에 의해 죽었다. 아무 죄 없는 불제자 세 명을 자신이 죽였다.

강월궁주도 불쌍하긴 마찬가지였다. 사람을 풀어 증거를 조작하고 함정을 팠다. 박이차돈도 그랬다. 귀족을 누르기 위해 박이차돈의 목을 베었다. 아무리 스스로 원했다 하더라도, 어쩔 수 없다 하여도 그렇게 죽이지 않아야 했다. 권력이 뭐라고. 전륜성왕이 뭐라고. 군왕의 천하 없는 권력도 세월 앞에서는 이렇게 무력하지 않나. 다 자신이 죽인 거다. 천하의 망나니가 바로 자신이다. 그 죄업을 이미 살아생전에 받고 있다. 아들자식 하나 없고, 딸과 동생을 결혼시켜서 낳은 맏손주가 죽어버리기까지 했다. 아무 이상 없이 잘 자라던 아이가 하루아침에 장옹으로 죽어버리다니. 천벌이다. 다 자신의 업보다. 막내 사부지도 자신 앞에 갔다. 부처님이 나에게 철퇴를 내리시는 거다. 이를 어쩌나. 이를 어쩌나.

부처님이시여, 자비를 내리소서. 그렇게 가물가물 참회하다가 경신년, 건원(建元) 5년[128] 여름 어느 날 아침, 헉, 한 마디 소리를 지르고는 모즉지 태왕이 이승을 하직했다.

신라 사람들은 부처의 법을 흥하게 했다고 해서 태왕의 시호를 법흥(法興)이라 했다. 애공사(哀公寺) 북쪽 봉우리에 장사 지냈다.

(2권에 계속)

---

128) 540년